"十三五"国家重点图书出版规划项目

| 当代中国文学批评史丛书 |

张江 主编

当代中国诗歌批评史

周瓒 著

中国社会科学出版社

图书在版编目(CIP)数据

当代中国诗歌批评史/周瓒著. —北京:中国社会科学出版社,2020.8
(当代中国文学批评史)
ISBN 978-7-5203-7093-6

Ⅰ.①当… Ⅱ.①周… Ⅲ.①诗歌评论—文学批评史—中国—当代 Ⅳ.①I207.22

中国版本图书馆 CIP 数据核字(2020)第 164081 号

出 版 人	赵剑英
责任编辑	张　潜
责任校对	王丽媛
责任印制	王　超

出　　版	中国社会科学出版社
社　　址	北京鼓楼西大街甲 158 号
邮　　编	100720
网　　址	http://www.csspw.cn
发 行 部	010-84083685
门 市 部	010-84029450
经　　销	新华书店及其他书店
印刷装订	北京君升印刷有限公司
版　　次	2020 年 8 月第 1 版
印　　次	2020 年 8 月第 1 次印刷
开　　本	710×1000　1/16
印　　张	24.5
字　　数	273 千字
定　　价	125.00 元

凡购买中国社会科学出版社图书,如有质量问题请与本社营销中心联系调换
电话:010-84083683
版权所有　侵权必究

总　　序

　　经过各位专家学者四年多的努力，这套"当代中国文学批评史"终于在中华人民共和国成立70周年之际问世了。编著这套丛书，在于对1949年特别是改革开放以来的当代中国文学批评发展史，从各个不同的侧面进行回顾和研究，总结经验教训，为当下及今后文学批评的发展提供借鉴，推动中国文学艺术走上高峰之路。

　　70年来，中国文学批评从自我封闭到对外开放，从体系构建到自主创新，经历了曲折而辉煌的不平凡发展历程。从中国文学批评发展的主流看，我们似乎可以概括为"新开端、新变化、新时期、新世纪、新时代"这样一些时段，并对这些时段分别进行分析研究。我们也可以确定诗歌、散文、小说、戏剧等各种文学体裁，分述针对这些文学体裁进行文学批评的历史。我们还可以把文学与艺术交叉形成的一些新艺术门类考虑进来，考察文学批评活动是如何进入这些复杂的文学现象之中的。文学批评研究是一个理论群，涉及批评对象、批评方法、批评者身份、批评目的等，包含十分丰富的内容。我们编写这套丛书，就是要积极面对这种复杂性，以更为宽阔的视野，尽可能收纳更多内容，期待对70年中国文学批评做比较全面的评述和总结。

相比理论著作的撰写，历史著作的写作有很大不同。历史著作要展现一个过程，归纳出一些有规律性的东西；而理论著作要通过逻辑推理的展开，阐明一些道理或原则。写70年的文学批评史，就是要将一些历史事件，历史上出现的观念、思潮、理论，放回历史语境之中来考察，再从中看到历史是如何演进过来的。

20世纪50年代初，中国出现了社会主义建设的高潮，同时也出现了建设社会主义新文化的要求。当时，文化建设是以对旧文化进行批判为背景进行的，因此，理论的指导特别重要。以革命的理论为指导，通过文艺批评，改造旧文艺，建立新文艺，是当时文化建设的中心任务。

在这一大背景之下，当时的文学理论是以毛泽东的《新民主主义论》和《在延安文艺座谈会上的讲话》等著作及其他领导人的著作和讲话提出的文学思想、方针和政策为主体形成的。在中华人民共和国成立之前，毛泽东文艺思想是马克思主义普遍真理与当时中国革命根据地文艺实践相结合的产物。中华人民共和国成立后，中国共产党及其领导的人民政权，面临着比革命战争时期更为复杂的情况，面临着让新的文艺思想占领文艺批评领域，以及在大学课堂里讲授新的文学理论的任务。基于这一需要，我们在当时引进了许多苏联的文学理论，包括苏联的文论教材体系。

20世纪50年代中期以后，形成了理论和批评建设的热潮，当时所倡导的文艺上的"百花齐放"、学术上的"百家争鸣"，使文艺批评的理论和实践建设都有了长足的发展。50年代的文艺争鸣，以及当时出现的一些关于"现实主义"的批评观念，都是极其宝贵的。但是，这些积极探索在"文化大革命"时期遭到错误的批判。改革开放后，文艺批评展现出前所未有的活力，对新时期文艺的繁荣发展起到了推动和引领的作用。在此后的一些年，随着国外一些文学批评理论的引入，中国的文学批评又有了新的变化。一方面，引进国外的文学理论和批评方法，给中国的文艺理论批评注入了新的活力，另一方面，也出现了用国外理论剪裁中国文艺，使之成为西方理论注脚的现象。一些引进的理论不仅不能帮助我们更好地进行有效的文艺评论，反而扭曲中国的文艺，或者将文艺现象抽离，成为理论的空转。在这种情况下，回到文艺本身，构建立足于本土经验的文艺批评理论，就显得尤为迫切和重要。

今天，站在一个重要的历史节点之上，回顾历史，我们可以感慨、感叹、感动，但更重要的，是要有所感悟。中国人讲"以史为鉴"，历史要成为当下的"资治通鉴"。研究历史，要照亮当下，指引未来。努力创建新时代中国文论话语体系，应该是我们今天的中心任务。

构建新时代中国文论话语体系，要坚持实践性。理论要与实践结合，特别是与批评结合。文学理论要指导文学批评，文学批评要在文学理论的指导下进行。由此更进一步，要发展批评的理论。这种批评的理论，不是实用批评手册，而是关于批评的深层理论思考。这种批评的理论，也不寻求在各种文学体裁和各门艺术中普遍适用，而是在研究它们各自的特殊性的基础上，寻求其相通性。从实践中来，形成理论之后，再回到实践中接受检验。

构建新时代中国文论话语体系，要本着"古为今用，洋为中用"的方针，吸收一切对我们有用的理论资源。但是，这绝不是照搬照抄、简单套用。我们曾经用古代文论和西方文论来阐释当代的文艺实践，从历史上看，这样做在当时似乎也有一定的合理性。黑格尔说，凡是现实的都是合乎理性的。从这个意义上，也可以说上述做法曾有其特定历史语境下的合理性。但是，黑格尔还说，一切合乎理性的东西都是应当实现出来的。古代文论不能完全符合当代中国的文艺实际，西方文论更不能很好地符合当代中国的实际。我们必须在吸取多方资源的基础上，立足中国实际，推进理论创新，用新时代的新理论，阐释和指导当代中国的文艺实践，包括中国文艺批评实践。

构建新时代中国文论话语体系，是与中华人民共和国成立70年特别是改革开放40多年来理论建设的努力一脉相承的。这也是我们编辑这套"当代中国文学批评史"的初衷。冯友兰先生在谈到哲学史时，曾区分了"照着讲"和"接着讲"。对于历史事实，对于历史上的重要人物的思想，我们要"照着讲"，不要讲错了，歪曲了前人的思想。但仅仅是"照着讲"还不行，照着讲完了，还需要"接着讲"。历史的车轮滚滚向前，我们要面对新情况、进行新总结、讲出新话来。反过来看，"接着讲"与"照着讲"也是一种承续关系。历史不能隔断，只有反思历史，才能展望未来。

总 序

中国特色社会主义进入了新时代。习近平总书记在《在文艺工作座谈会上的讲话》中指出,要用"历史的、人民的、艺术的、美学的观点评判和鉴赏作品",这对文学批评提出了新的要求,确立了新的标准。我们要守正创新、不离大道,在新的时代,创新发展文学批评理论,助力中国文艺走向繁荣昌盛。

张 江

2019 年 9 月

目　　录

导论　当代中国诗歌批评史概论 …………………………（1）

　　第一节　当代诗歌批评的"界定" ……………………………（2）

　　第二节　当代诗歌批评与写作的共生性 ……………………（12）

　　第三节　当代诗歌批评的历史阶段……………………………（22）

　　第四节　体例及评述方式说明…………………………………（30）

第一章　破与立：20世纪50—60年代的诗歌批评……………（35）

　　第一节　新、旧文艺队伍划分与批评主体分化………………（36）

　　第二节　新诗形式问题、传统问题的讨论 …………………（43）

　　第三节　新民歌运动和新诗发展道路问题论争 ……………（55）

　　第四节　诗歌批评演变为文艺批判……………………………（69）

　　第五节　对诗人们的"批判" …………………………………（84）

第二章　均质化的极致与"潜在写作"的反拨：20世纪

　　　　　60—70年代的诗歌批评 ………………………………（111）

　　第一节　滑向批评凋敝的年代 ………………………………（112）

第二节　激进的诗歌实验与"上纲上线"的批评…………（117）
　　第三节　毛泽东诗词的传播和阐释…………………………（129）
　　第四节　"潜在写作"与民间传播……………………………（134）
　　第五节　天安门诗歌运动及其评价…………………………（140）

第三章　立体、多元的"新时期"：20世纪80年代的
　　　　诗歌批评………………………………………………（147）
　　第一节　批评空间的拓展与批评功能的修复………………（148）
　　第二节　"朦胧诗"论争中的批评话语转向…………………（160）
　　第三节　"第三代"诗歌群体展示与反思……………………（178）
　　第四节　在讨论、论争中深化诗歌的诸问题…………………（195）

第四章　诗歌"边缘化"及社会文化"转型"：20世纪
　　　　90年代的诗歌批评……………………………………（209）
　　第一节　"转型"：诗歌批评话语的空间分化…………………（210）
　　第二节　文化批评中的"诗人之死"与诗歌"边缘化"………（221）
　　第三节　批评的维度及反思的限度
　　　　　　——以"女性诗歌"和"先锋诗歌"批评为例……（237）
　　第四节　民间写作与知识分子写作论争……………………（252）
　　第五节　诗人批评与学院批评现象…………………………（279）

第五章　丰富与匮乏：21世纪以来的诗歌批评………………（306）
　　第一节　互联网时代：诗歌写作与批评空间的迁移………（307）

第二节　诗歌"写作伦理"批评话语 …………………………（323）
   第三节　诗人代际划分及其批评实践 ………………………（339）
   第四节　诗歌细读批评的深化与总体批评的困境 …………（357）

结语　批评"批评家" ……………………………………………（365）

参考文献 ……………………………………………………………（377）

后记 …………………………………………………………………（380）

导论　当代中国诗歌批评史概论

依据现有的学科建制,"中国当代文学"指的是自1949年以来中国大陆地区的文学现象、思潮、作家创作成果以及这一时期文学的总体演进。作为本书论述对象的"当代诗歌批评",其历史起点和阶段变化也沿用了这种社会政治历史时段的划分法,因而,当代诗歌的批评也如当代文学及其研究一样,其总体的演进与中国当代社会的进程相伴生。对中国当代诗歌批评成果加以梳理和评述,对诗歌批评的总貌进行概括,对重要诗歌批评家及其相关诗歌批评观点细加介绍、探讨,是本书的基本工作。

在展开具体的论述之前,我将简要描述当代诗歌批评的总体特征,包括如何界定当代诗歌批评,如何理解批评话题与批评话语的关系等,考察其发展的阶段性,列出重要的批评现象、批评事件及诗歌批评群体,并指出其重要性和意义。此外,我也将对本书的体例与方法进行简要的交代与说明。

第一节 当代诗歌批评的"界定"

一 读、释、评

广义的文学批评包括三个基本流程：读、释、评。其中，读，是文学接受和批评的基础与发端，没有对于文学作品的阅读，就谈不上随之而来的理解、阐释与评价。按照英国文学批评家、作家C.S.路易斯所采用的"文学性的阅读"和"非文学性的阅读"二分法，显然，从事文学评论工作需要的是"文学性的阅读"，而有关诗歌的阅读情况，C.S.路易斯似有武断之嫌地声明，"非文学性的读者完全不会触及它"。① 这个早在20世纪60年代初做出的判断，听起来对现代诗歌，尤其是英语现代诗歌的接受状况抱有相当悲观的心态。不过，质疑或分析此一观点并非本书的目的，我们不妨接受他对现代诗歌读者与接受状况的概括，相信阅读"现代诗歌"的多是"诗人、职业评论家和文学教师"，这样，我们也许可以说，"现代诗歌"的批评主体也多属于这三类人。这里所说的批评主体，指的是积极、自觉地参与和从事诗歌批评活动的诗歌阅读者。相对来说，把阅读诗歌当成某种生活格调、文化时尚、消遣娱

---

① ［英］C.S.路易斯：《文艺评论的实验》，徐文晓译，华东师范大学出版社2008年版，第110页。接下去，C.S.路易斯还论述道："通常非文学性读者不读诗。文学性读者中也有越来越多的人不读诗。如果本身不是诗人、职业评论家或教师，几乎没有多少人阅读现代诗歌。"（第113页）。

兴的读者不能算作主体性鲜明的诗歌读者和批评者。由此可见，"文学性的阅读"指的是带有明确的批评意识和意图的阅读，这类阅读的主体同时也是职业和专业的批评主体。

当然，在中国当代文学的历史进程中，我们看到的情况并不总是这样。考察当代中国文学进程中的诗歌批评主体的构成情况，在相当长的时段内，职业性的诗歌批评家往往同时是中国社会文化体制内的管理者、文学官员或文艺工作者，一方面，这样的身份虽然具备相应的诗歌创作基础条件，但是，他们的批评活动受制于体制内的政治观点和文学政策的要求；另一方面，他们的批评活动又因为身份特殊而无从摆脱当时的政治运动的影响，特别是20世纪50—70年代这一时段，作为文艺工作者的诗歌批评主体，如同其时大部分知识分子一样，很难逃离时代的政治风波。细究起来，这是历史的制约，也是几代人的悲剧。此外，当代文学史中的一段时期，作为批评主体的还有另一群人，即普通读者。他们的身份或是"工农兵"成员，在刊物上则以"读者来信"的身份出现，又或是网络时代活跃于互联网上的匿名读者，以"游客"的身份"跟帖""回复""评论"，发表自己的"酷评"。这些颇不普通的"普通读者"现象是由中国当代文学特殊的意识形态决定的，也是现代以来文学大众化传统的产物之一。这种由普通读者积极参与诗歌（文学）批评的现象持续多年，尤其活跃在"十七年"和"文化大革命"时期。批评主体的构成又与批评对象（即当代诗歌现象、成果及问题）本身的发展变化相关。到了20世纪80年代中期之后，文学话语发生了蜕变，文学曾一度特别强调其语言形式的"本质性",当代诗歌批评也倡导回归"语言本体"的美学批评,由此,诗歌批评的从事者更注重文学和美学理论方法的训练,批评也开始了专业化、职业化和学术化进程。

从诗歌阅读的角度,我们既可考察诗歌批评主体的构成,也能了解当代中国诗歌文化的变迁。而说到当代诗歌批评的对象,从字面上理解,指的是1949年以来的中国当代新诗,习见的术语"新诗"是相对于旧体诗(中国古代诗歌或古典诗歌)而发明的概念,自新文学诞生时起一直沿用至今。进入20世纪90年代以来,有评论家认为"新诗"概念颇笼统,不足以准确描述这些诗歌更内在的特征,也难适应新的文化语境,因而提出以"现代汉诗""当代诗"一类的概念来取代它。比如,评论家、学者奚密和王光明,在他们各自的研究中将新诗称为"现代汉诗",强调新诗的现代性兼汉语语言品质。也有诗歌批评家通过再解释"新诗"之"新"的含义,来巩固"新诗"概念的合法性,诗人、批评家孙文波主编的一本以书代刊的《当代诗》,侧重挖掘诗的当代性及不断更新的力量。本书采用"当代诗歌"这个较中性的概念,且争取在稍后的论述中,通过厘清具体语境中出现的跟"新诗"有关的不同的指称,来考察当代诗歌内部形态的变化。

笼统而言的"当代诗歌"是诗歌批评的关注对象,而构成当代诗歌批评史对象的即所谓当代诗歌批评的"历史事实"。有关"历史事实"这个概念,根据历史学家E. H. 卡尔的理解,应是经过适当的选择与排列,以现实为认知方向,经过解释因而具有意义的事实现象。① 卡尔还在历史哲学层面上，试图回答"历史是什么？"，提出历史学家应"作为理解现在的关键来把握过去、体验过去"②，这就将文献处理和写作的问题意识结合了起来。尽管在如此漫长的时段中，当代诗歌批评的相关概念、观念及话题也已经历了相当复杂的话语变迁，对于本书的作者而言，从当下的实际出发，厘清问题，与历史事实对话，仍是进入研究的出发点。

如果说，接近诗歌的开端是阅读，那么，紧接着的便是解释的环节。因诗歌文体的独特性，当代诗歌批评史上的各个时期均出现过有关诗歌晦涩问题（通俗而言即"读不懂"）的质疑，这是关于当代诗歌释读的症结性话题，与不同的诗歌趣味、艺术观念、诗歌文化及意识形态倾向有关。"读不懂"话语的潜台词往往包含着各种否定性的价值判断，更有甚者，认为"读不懂"的诗即是"非诗"。诗歌是修辞应用最为密集而普遍的文体，语义相对复杂难懂是其基本的言语特征。古人有云"诗无达诂"，说的也是这个意思。唯其如此，诗歌解读才有必要，因诗歌难懂而催生了解诗学，便在诗歌批评发展的情理之中。诗歌文本细读不仅是受西方现代诗歌批评理论启发的结果，也是进入20世纪90年代以来学院批评家们共同探索与推广的批评实践。另外，诗歌解读还与诗歌教育状况相关，20世纪90年代有关中学语文教材改革中入选诗歌篇什的论争，显示出当代诗歌普及化的内在需要，因而，"解诗"也是更综合的

---

① ［英］E. H. 卡尔：《历史是什么？》，陈恒译，商务印书馆2008年版，参阅第一章"历史学家和历史学家的事实"相关论述。

② 同上书，第110页。

诗歌研究、诗歌文化建设的基础。

阅读、解析、阐释，其目的是品评、筛选出优秀的诗歌作品，并将其推荐给更广大的读者。中国传统诗歌批评中既有对诗歌和诗人划分等级的"诗品"类阅读与批评，也有诗词鉴赏、注评的释读类批评，还有大量知人论世、评赏结合的"诗话"，新诗自诞生以来同时引入的西方诗歌（及文学批评）理论，更侧重系统性的评价方法，但其基本目的依然是建立诗歌及文学的经典秩序。读、释、评三要素，联系着诗歌批评中的相关核心概念，即诗歌的阅读/接受、解释/阐释、审美/价值判断。从阅读开始到接受状况的形成，诗歌批评渐趋自觉。解释诗歌是以诗歌自身为目的的文学理解问题，而阐释诗歌则从诗歌文本出发，试图挖掘出诗歌创造之外的文化意涵。诗歌或文学之美固然陶冶人的性情，但美与真、善的并存，才是精神创造的完整内涵。唯其如此，诗歌批评的完整意义和功能才得以体现。

文学理论在批评实践中扮演的角色鲜明而又暧昧。诚如英国文学与文化理论家、批评家特雷·伊格尔顿所言："如果没有某种理论——无论其如何不自觉其为理论或隐而不显——我们首先就不会知道'文学作品'是什么，也不会知道我们应当怎样阅读它。"[①] 西方传统文学理论中的诗学，近现代涌现出的各种文学和文化理论，都可以归入广义的批评理论之中。虽鲜有系统的诗学理论，中国古代的诗歌批评也形成了相应的校注、评点、释义的传统。中国

---

① ［英］特雷·伊格尔顿：《二十世纪西方文学理论》，伍晓明译，北京大学出版社2007年版，第3—4页。

新诗自20世纪初诞生以来，也在参照古代与西方的文学理论传统下，建构形成相应的新诗批评观念，包括诗歌批评的基本概念、理论框架和评价标准等。这些批评观念和理论方法在当代文学发展过程中得到了检验、改造、扩充和革新。20世纪被认为是理论批评的世纪，在欧美兴起且影响广泛的各种文学和文化理论也持续地被中国的读者与批评家接受、检验、改造和运用，最终本土化，并自觉建构起跨文化交往的话语体系。

宽泛的文学理论对诗歌批评和研究基本适用，而更具针对性的诗歌理论或许应为诗歌批评的方法论基础。在中国当代文学史上，有过不少探讨诗歌原理的著作，关于新诗的审美批评、本体研究也曾几度繁荣。理论是批评的武器，当然，批评的武器也需要"武器的批评"。在运用诗歌理论进行诗歌批评的实践中，理论自身也受到了检验和改造。

当代的诗歌现状、现象、思潮、诗学命题、诗人及其诗作，是当代中国诗歌批评史的梳理对象，同时，历史理论也在梳理与评析的过程中起着积极的作用。历史观念和历史研究方法体现为一种连接过去和未来的意识与眼光，以及论者辩证的历史思维。虽然断代史研究中，不可避免地需要考察分裂或断裂的历史时段，需要意识到突变与缓慢发展背后的历史偶然性与延续性，也需要就不同文化时空中的诗歌或文学现象进行对照理解，但历史叙述也是反思的过程，指向对当下问题的思考。能够成为批评主体的批评者必须是有历史和现实问题意识的批评家，这是本书作者选择论说的诗歌批评者的基本标准。有基本的理论素养、诗歌感受力和批评的热情，积极参与当代诗歌的批评活动,这样的批评家构成了一个时代的批评群体。

二 批评话题与批评话语

读、释、评,这三个元素是对于诗歌批评内在过程的分解式描述,在现实的批评行为中,它们并不可能总是清晰、鲜明,人们读到的更多是以话题形式出现的各类诗歌评论。在这些话题中,出于概括、归纳和梳理的需要,批评家和研究者会对诗歌现象做出命名,对一个时期的诗歌趋向加以总结,并在历史视野中继续与诗歌写作相关的理论命题的讨论,同时,也对照诗歌史和当代其他文学样式的发展,探讨诗歌话语变迁中的得失。

在当代诗歌发展的不同阶段,涌现过紧密联系着时代文化因素的各种批评话题,这些话题或是触及诗歌的阅读,比如诗歌的晦涩问题;或是联系着诗歌的解析,比如为解决诗歌的晦涩性而展开的一系列文本细读;或是关涉诗歌现象、重要诗人的评价,如诗人论、诗歌流派研究等。批评话题显著的一种体现,是围绕诗歌现象或诗人展开的论争与论战。读、释、评只是诗歌批评工作的意识基础,在此前提下,联系诗歌创作的内在规律,诗歌与现实、诗歌与文化理想之间的关系而生发的一系列诗歌批评话题,才构成了诗歌批评丰富与复杂的形态。一些相同或相近的批评话题在不同的历史阶段出现,而表现为不同的提出方式和角度。诗歌风格、诗歌与传统的关系、诗歌与政治的关系、写作的伦理等议题，可能在诗歌批评史的不同阶段均有体现，也在相应的反思中得到讨论深化。

　　一定历史时段中的批评话题也带有时效性，这是我们经常看到的现象：一些批评家似乎热衷于发明新概念，以努力区别于前一阶段同行们的工作。有时候，新概念与旧概念有关，而在内涵上发生了偏移、丰富和深化；有时候，新概念是对旧概念的颠覆，体现了诗歌观念的突变或审美意识的觉醒；有时候，新概念富于原创性，是经由批评对文学内在力量更新的一次确认。自然，批评的概念也包含了不同层面的范畴，在这一方面，韦勒克以"批评的概念"为角度撰写了相关专著，而他的后继者们又以"关键词"为名目，对既有的批评概念体系加以扩充。对于诗歌批评来说，古今中外积累下来的通用关键概念是不同时期诗歌批评实践的延续和重要参照。在面对新出现的批评概念时，对照旧有的相关批评关键词，有助于厘清新概念的核心意涵，避免落入"唯名论式"的思维陷阱。

　　明确的概念之外，批评话题还包括相应的推论与判断，即通过诗歌批评形成的诗歌观念。譬如"诗言志"（《诗经》），"诗是抒情"（浪漫主义文学观念），"诗是经验"（里尔克语）等是关于"诗歌是什么"的判断，这些论断性的观念也随着诗歌实践的多样发展而有变化。诗歌观念是批评话题中相当重要的部分，这些观念中即包含了判断与推论的内容，比如何为新诗，与古典诗歌相比新诗有哪些特点等。在当代中国文学中，诗歌与政治的关系，新诗与古典诗歌（文学传统）的关系，诗歌如何现代化，诗歌与语言的关系，新诗的现代性等，是在各个阶段都占据主要讨论空间的话题。围绕着这些话题，诗歌界会因观点不同而形成相应的诗歌论争。一个时期的诗歌或文学观念中还包括更高层面的文学理想的成分，因之，诗歌和文学活动也带有明确的文化建构特征，而在此过程中扮演重要角色的就是诗歌批评。纵观古今文学史，批评活动能从诗歌（及文学创作活动）中开掘出的文学和文化理想，无外乎三个方面——认识、审美教育和作为方法的批评自身的建设。诗歌批评试图了解诗人通过诗歌写作而发现（发明）一个全新的精神（现实）世界，这与其他文类的批评相似，只是进入诗歌与进入其他文类和艺术的方式是不尽相同的。

自从法国历史学家、思想家米歇尔·福柯的话语理论被介绍到中国，批评作为一种话语实践便成了批评者们的共识。福柯所开创的"知识谱系学"也有助于我们将既有的批评概念与观念重新绘入不断更新的考察图谱之中。与批评的话题不同，话语是一种特殊的语言实践，在批评领域，其特殊性表现在：一方面，批评的语言由相应的人群所运用（在文学领域，包括作家、批评家、研究者和文学系的学生等，在当代文学的一个阶段，体制内的文学、文化宣传机构也是文学批评语言的发明者和使用者），另一方面，它又在这群人之间行使配置话语权力关系的功能。这种语言运用即批评话语实践，还体现了相应的文学制度和特定时期的文学内部的语言特征。对诗歌批评作为一种话语活动的结构机制和历史过程的提炼，可以说是研究诗歌批评史的基本操作方式。分析诗歌批评话语如何在权力的生产、复制和传播过程中发挥积极的作用，并意识到这种权力本身又存在于不同的"意识形态国家机器"①之中，即是诗歌批评的话语实践。

从话语理论的角度理解诗歌批评，相应地，目的也是要使我们更好地理解批评本身产生的语境，并且在体现权力和知识之间的社会和文化关系的基础上，将话语理解为一种网络。有关诗歌的知识和权力正是在批评话语中走到了一起。在当代文学不同的历史时段，诗歌批评话语也表现为不同的运作方式，权力关系中的双方或各方并不总是同一群体。诗歌知识的建构场所和建构群体也并不总是相同的，关键要看到与特殊的诗歌主题相关的表达形式是如何在特定历史时期的文化内部进行运作的，因为不同的话语因素之间的关系有其系统性。诗歌批评作为话语的力量表现在它既是其实践的目标，也是进行这场实践的工具。

并非所有的批评话题都可以被视为话语实践，只有处理对象、描述风格、概念和主题选择之间形成了有规律的关系时，才可以说，话语的表述诞生了。在以当代诗歌批评为对象的历史研究中，对于已成为话语表述的批评话题，尤其要联系具体的语境分析和对权力关系的认识。此外，诗歌作为话语场所或网络，它不仅要通过批评实践强化话语准则，也要通过与其他文类、艺术样式产生关联，在彼此的话语角力中体现其话语准则。因此，诗歌批评联系着文学其他门类，同时也与当代社会的政治动向、审美趣味、文化生活潮流等密不可分。

---

① ［法］路易·阿尔都塞：《意识形态与意识形态国家机器》，李迅译，《当代电影》1987年第3—4期连载。

从批评行为的具体步骤，到作为话题的批评现象的产生与开展，再到对于批评作为一种话语实践的意识，沿着这一系列思考路向，会使当代诗歌批评史的论述层次变得丰富而清晰。对当代诗歌批评的历史考察，既是爬梳关于诗歌的知识，也是呈现诗歌知识建构、瓦解并重建的话语考察过程。

第二节　当代诗歌批评与写作的共生性

当代诗歌批评是当代批评家运用相应的诗歌、文学和文化批评的理论及方法，围绕当代诗歌作品、诗人、诗歌现象、诗歌流派、诗歌理论命题等展开的现状研究。批评始终与写作相伴共生，这是中国当代文学的特征之一。如何理解这种伴生或共生的特征？对诗歌的批评总是在诗歌完成之后，这似乎是不言自明的，那么先于写作的批评行为存在吗？在中国当代诗歌（文学）批评史上，存在着明显带有方向性或写作指导性的批评现象：或是为了阐释执政党的文艺政策而先行制定诗歌和文学写作的总体方向，写作者积极主动地按照这种理论方向进行写作实践；或是为了反对上一代诗人的写作理念与风格，而有意识地提出不一样的写作理念与风格而加以实施。前者体现在"十七年"与"文化大革命"时期，后者则体现在20世纪80年代以降的先锋诗歌思潮内部。不难理解，新诗诞生之初就被其构想者形容为"尝试"，写作者们也曾致力于理论法则的先行规划，比如新月派对新格律体的设计等，诗歌写作的这种文化实践行为的特征始终贯穿在新诗百年的发展历程之中。在特定的历史时期，这更多地属于集体行为或整体发展的趋向；而在文学和文化多元化的时期，追求个人性和风格独特性的写作者则将原创性作为诗歌写作的目标，"纯诗"写作、"元诗"写作等是这种追求的极致体现。在这种情形下，现代性大语境中的"追新求变"作为一种内置在诗歌意识中的批评力量，成为一代代新诗人写作的驱动力。

当代诗歌写作的内驱力之一，是它不断地经受着创新意识的考验。简而言之，批评意识内化于总体的写作状态之中。从批评的角度看，一方面需要根据经典诗歌、传统的诗歌和文学理论确立起评价标准，用以评读当代的诗歌作品；另一方面，批评理论自身也需要内在的突破和超越。当代诗歌批评与写作的共生状态体现在同一种文化更新的语境之中。围绕着诗歌写作，当代诗歌批评领域内活跃着大批以批评为志业的职业批评家和诗人批评家。尽管当代文学体制中（比如文联与作协中的诗歌工作者）有专业诗人，但总的来说，写诗越来越难以成为一种职业，然而，从事批评工作的知识分子和学院诗歌批评家一直存在。这也是诗歌批评与写作的共生形态使然。

当代诗歌批评观念的建构是在中西诗学的比较视野中进行的。新诗的实践是现代性话语的一部分，相应地，诗歌批评从批评术语、诗歌观念到新文化理想等方面的建构，也属于这一现代性话语。新文学创设之初虽然采取了激烈的反传统立场，且这一立场衍生出一种激进的文化态度并在"文化大革命"时期达到极致，极端地否定了大部分西方文化，但是这一过程也内在地包含着现代性的自我反思，在否定之否定中撞进了辩证的怪圈。在整个当代文学批评史上思想与美学观念的建构过程中，关于如何处理东西方文化的关系，在认识论与方法论的层面，一直有"体"与"用"关系的转换。在这里，"西体"指的是我们目前所使用的诗歌批评理论话语，基本是现代以来西方传入的文学批评理论本土化的结果，我们也必须依赖这一批评理论话语体系进行具体的批评操作，以获得与其他国家的文学和诗歌批评同行进行交流的可能。"中用"之意不言而喻，即我们的批评实践是在当代中国诗歌和文学领域内进行的。"西体中用"并非一条原理性的法则，而是一场能动的话语实践。在我的理解中，"中用"的目标是化"西体"为"中体"，或创造性地使这个词成为一个互文修辞表达。

  批评的观念联系着批评功能的实现。在与写作伴生的当代诗歌批评实践中，诗歌批评的功能性非常鲜明，但是批评的功能有时近于批评的功利，批评服务于鲜明的政治意图，往往等同于意图的诠释或过度诠释。一段时期内，对诗人写作意图的考察，逐步升级为粗暴的批判，演变为阶级斗争的工具、人身攻击的武器，等等。简单而言，"批评"在汉语中，本应是平等、善意、公正、理性的否定和探讨性的交流用语，而"批判"则带有鲜明的攻击性和非理性特征。在当代文学相当长的一段时期，政治运动影响之下，"批判"这个词的使用频率高出"批评"很多。批评与政治的关系，约等于文学与政治的关系，被明确地规定甚至限定了。这种规定并非完全没有其合理性，但对这种规定的进一步规约却使其合理空间越来越窄化，正常批评的功能因而被自身的实践所消解，这是我们迄今仍需警惕与反思的。

批评既对诗歌进行解读、诠释和做出审美评价，同时，它也致力于作品和作家的经典化建构，把新的经典加入到 T. S. 艾略特所谓的"经典的传统序列"① 之中，并改变和更新那个系统。批评的功能应该是鲜明而确定的，虽然在不同的历史时期，依据诗歌（文学）自身的发展形态批评的具体任务会有所侧重。如果说，对文学的意识形态功能的强调导致 20 世纪 50—70 年代的诗歌批评趋于单一和均质化，那么，之后四十年批评的丰富和多元背后也隐藏着诸多问题。丰富多样，但缺少通约的标准；价值多元化，但缺少彼此的理解和沟通，诗歌批评往往为激进自由主义、极端个人主义话语所利用，使得当代社会文化缺乏带有公信力的总体性话语指向与叙述。因此，在诗歌批评中，写作的伦理话语、诗歌文化理想形成变得格外重要和紧迫。

在当代诗歌批评的历史考察中，我们时常强烈地感受到批评环境的影响力，批评总是紧密联系着当代中国的现实政治和社会生活的变迁。有时候，批评也能触发文学和文化的内在突变。批评与时代是相互影响的，从社会学视野理解批评的场域，即考察诗歌批评话语与其他各种体系话语之间的相互错动。20 世纪 50—70 年代的中国文学场域内，文学批评首先表现为对执政党的文艺政策的阐释、监督与落实，对照文艺方针结合作家作品进行批评，指认吻合或违背文艺政策的现象和作家。迫于强大的政治压力，诗歌写作者和批评的关系显得格外紧张。诗歌甚至文艺批评一度沦为政治迫害

---

① ［英］T. S. 艾略特，卞之琳译：《传统与个人才能》，《艾略特诗学文集》，王恩衷编译，国际文化出版公司 1989 年版。

的工具，诗人的创作热情遭受重创。及至"文化大革命"十年，在公开出版物上，创作和批评的园地几近凋敝荒芜。被称为"新时期"的20世纪80年代，在政治上"拨乱反正"的语境中，特别是在当时学院内的批评家的努力下，诗歌批评环境得到了很大改善。即便对于当时的"朦胧诗"还有不少误解，诗歌写作的代际更迭也推动批评的步伐，方法论热和理论热带动了80年代中后期解诗学的兴起。诗歌批评既需理论的支撑，也有完善与建构新的理论的自觉。进入20世纪90年代，大众文化兴起，文化研究被引入文学批评并得到推广，以疏解因过分注重本体论与美学研究而日益封闭化的批评困境。受到以畅销书、流行音乐、影视作品为主体的大众文化思潮的影响，诗歌被放逐到文学艺术和文化市场的边缘地带，这引发写作者与批评者一时的惊慌。在"纯文学"范畴内，自20世纪90年代以来，诗歌已然成了文学和文化中的边缘角色，诗歌批评基本集中在诗人（或诗人群体）之间和学术界。与其他文类相比较，诗歌批评的空间环境和场域构成也有其自身的特点。在大众媒体上，成为消费热点的不是诗歌本身，而是与诗歌沾边的各种文化现象，诸如诗人形象、身份和诗人论战等话题。自20世纪末开启的互联网时代，也改变了当代诗歌的生产、传播空间与批评环境。诗歌作品发表和出版的传统模式受到冲击，在互联网上发布诗歌和批评，并不需要特别严格的筛选标准和编辑把关。批评空间开放，篇幅短小的"酷评"风行，因而也需要更加专业化的批评对"酷评"影响下的乱象加以纠偏，由此，学院内的诗歌批评家和学者持续成为推进当下诗歌批评发展的专业化的主要力量。

当代诗歌的批评与写作的共生性还体现在批评主体身份的特点上。诗歌批评家借助相关的诗歌和文学理论,对诗歌文本、诗歌现象及诗歌议题提出相应的评判,他/她除了要掌握一定的理论外,也需要有对诗歌写作活动的了解。没有理论储备和历史意识的诗歌批评,可能只是简单的、感受性的、印象式的诗歌评说。作为一种文体的"新诗"并无如同中国古典诗歌那样深且久远的传统,在当代的阅读语境中,对如何定义一首诗为新诗甚至也经常会变成问题,批评家在这个时候就需要有足够的,对诗歌之所以能称之为诗进行判断的形式意识。在当代文学初期,由于政治意识形态的影响,批评界对新诗成就的总体评价并不高,五四以来的新诗传统没有得到相对客观的评估和继承,也因此出现"新诗发展道路"等的大讨论。加之热爱古典诗词的毛泽东对新诗的一些片断式的设想,受到权威的文艺政策阐释者与批评家的积极诠释与推行,相当长的一段时间内,新诗沿着"民歌加古典"的机械组合公式进行实验,脱离了对现代汉语自身流动、积极的可能性的探索。批评迫切地试图指引创作的方向,这在当代中国文学史上,或许可以被视为一种激进的文学和文化实验。从现代性的视角理解这种实验,"民歌加古典"可以说是一种以对抗现代的现代方式进行的文化主体建构。它是激进的,带有极强的民族主义色彩,同时,它又是守成的,封闭式的,将已经开创并尝试了三十年的新诗传统和世界其他民族的诗歌文化传统屏蔽在视野之外。事实证明,在文化上,历史带给我们的既有成功的经验,也有曲折的失败教训。在"新诗发展道路问题"的讨论中,参与者既有党的文艺政策的制定者和毛泽东文艺思想的阐释者，也有诗人和学者，身份各不相同的批评者的参与，显示出"新诗发展道路问题"联系着民族文化自身的建构与前景设计，同时也平衡了当时在诗歌和文学批评中的机械、极端的思想倾向。

从批评家的身份考察，在当代文学史上，我们需要注意两种现象，一是文艺官员身份的批评家现象；二是诗人批评家现象。这两种批评主体的存在和消长，显示了当代中国文学机制的内在演变，也见证了诗歌批评专业化、学院化的过程。诚然，批评家的身份不必是单纯的，在政治和文化一体化的时代，参加过革命的诗人、文学家在新社会中活跃在文艺战线，担任文艺部门的管理者或专职文艺工作者，他们也是社会主义文艺体制的重要组织者、建构者和推动者，他们的主张和观念决定了文艺的主流动向。由于这一文艺体制带有鲜明的等级分层的特征，不同层级的管理者和工作者也拥有着相应的政治势力与权威，他们的文字往往构成了压迫性的话语威势。这一文艺体制贯穿当代文学始终，其运转的有效性则发生着变化。一体化时代权力的高度集中，使得文学和批评的话语日趋单一，终于在20世纪60年代中期出现反弹而萌生了"地下文学"思潮和被后来的批评家称为的"潜在写作"现象。高度一体化的文学体制之外，又出现了新的文学群体，犹以诗歌为首。地下文学刊物的创办，诗人群落的形成，手抄本的流传方式，自60年代中后期以来，构成了当代诗歌的重要生成空间。从"地下"到"地上"，体制之外的诗歌对文学现况产生冲击之余，也触发了有关当代文艺体制的反思。在颇受争议的调查《断裂：一份问卷和五十六份答卷》中，有关于当代文学体制和文学批评的问题："二、你认为中国当代文学批评对你的写作有无重大意义？当代文学评论家是否有权利或足够的才智对你的写作进行指导？""九、你认为中国作家协会这样的组织和机构对你的写作有切实的帮助吗？你对它作何评价？"五十六位作家的回答统计显示，"（1）98.2%的作家认为，中国当代文学批评对其写作没有重大意义。（2）100%的作家认为，当代文学评论家没有权利和足够的才智对作家的写作进行指导。""92.8%的作家没有得到过作协的帮助。96.4%作家对作协持完全否定态度。3.6%弃权或没表态。"[①] 这个调查问卷显然带有一定的偏向，但也足以说明，到了20世纪末，相当一部分活跃的作家多表现出对现存的文艺秩序和体制的不满，更对之前的当代文学批评抱持消极的态度。尽管如此，我们看到，1949年以来的国家文艺体制依然在调整中存续，并继续发挥着影响力。曾被描述为走向一体化的文学和文化体制，已在文学"新时期"之后逐步呈现为多元并存的文学和文化机制状态。国家文艺机构、商业文化机制以及松散的民间性的文学和文化圈子，都以各自鲜明的面貌存现在当下。无论是哪一方都不能完全取代另一方，这也是当代中国文学场域构成的重要特征。诗歌无法被消费，因而不能成为大众文化的一员，也经历史证明无法被统一方向，发生单一演进，故而在当下依旧保留着最强劲的创造活力。而且比较显见的是，除了学院内研究诗歌的学者批

[①] 《北京文学》1998年第10期。

评家之外，越来越多的诗人参与到批评中来。

"诗评家"是兴起于20世纪80年代文学批评语境中的一个特殊概念。字面上看是诗歌批评家或诗歌评论家的缩写。诗评家是独特的爱诗的一群人，似乎因为写诗的能力不足而转战批评。作为一个区别于其他文类的批评主体，这一概念仅指对当代诗歌进行批评的批评者，其工作一般不涉足其他的文体和艺术门类，这是批评专业化的趋势的结果。他们是只对诗歌有兴趣，还是只有评论诗歌的能力，可以说并不重要。相反，这个概念背后透露的可能是一种类似"诗歌崇拜"[①]的态度。当然，随着90年代批评专业化和学术化的深入，有相当一部分从事诗歌研究和教学的大学教师，诗评家的队伍因之扩大了，仅仅从事诗歌批评和研究也具有了合法性。此时，"诗评家"这个概念反而接近消失。

在当代文学场域内部，各种机制、力量之间的关系是此消彼长、相互错动的，这种对抗与融合的流动联系着对文学和批评内在规律的认识与遵从。诗人批评家现象也是新诗史的一个小传统。20世纪40年代，就有不少诗人如闻一多、冯至、唐湜、袁可嘉、卞之琳等，在写诗之外也从事批评工作。而半个世纪之后，又有一大批诗人批评家出现，如臧棣、萧开愚、欧阳江河、王家新、西川、西渡、姜涛、周伟驰等，都从密切关注同代人的诗歌写作开始进入批评。他们的诗歌批评中一个重要的特征，是对新诗写作前景和可能性的开掘，他们的工作并非仅停留于对诗歌作品的读、释、评三个

---

① 参见奚密《从边缘出发》第7章，广东人民出版社2000年版。

层次，而更多地指向当代诗歌应该并可能面向哪些形式、艺术和文化的向度，体现了他们建构诗学的总体努力。一定程度上看，诗人的批评工作也是承继了20世纪50—60年代的新诗发展道路问题的探索。当然，从更能被理解与接受的角度看，诗人从事批评似乎表明，写作经验带给他们对文本和技术层面的体认与了解，他们更有资格和能力对于一向受到公众误解的新诗进行研读与评判。如果细加关注就会发现，同一时期以批评和理论工作为中心的重要的诗歌批评家也写诗，如陈超、唐晓渡、耿占春、张桃洲和敬文东等，或者我们可以称之为"批评家诗人现象"，可见拥有写作经验对批评是有益的。"诗人批评家"和"批评家诗人"现象说明了当代诗歌批评与写作始终具有相伴共生的特征，虽然这种伴生性也带来了相应的问题。

除了缺少必要的距离感，一些当代诗歌批评经不起时间的考验之外，受制于一时的政治、文化和艺术趣味的影响，这些批评也因此缺乏必要的历史意识。在当代，"传统"是贯穿各个时期诗歌批评的关键词，或成为批评判断隐含的认识背景，或成为攻击对方的武器，又或者从总体上，以固化的传统为依据，否认当代诗歌乃至新诗的合法性。新诗的传统话语也带出了论争和讨论，它既与诗歌文体自身的技艺承继、形态变迁有关，也和诗歌伦理、诗歌文化及文学的公共性议题相连。无论是为了政治和文化"一体化"而否定五四的新诗传统的"文学权威"，还是指责当代诗人与西方文化接轨的20纪末的诗歌论争中的"民间写作"代表，或者祭出传统之旗，意图恢复"民国范"、怀旧风及晚唐气象的部分知识分子诗人，都以他们的立场说明传统本身的复杂性和重要性。传统话语不仅关乎对传统的理解，更关乎如何谈论传统、建构传统以及追问是谁的传统等一系列话题。

诗歌批评不仅关注诗歌文本，诗人写作的成熟、变化和一时期的诗歌现象，也要研究诗歌的历史议题。在"断裂"和"延续"的双重视野下，与诗歌本身共同体验写作环境的变化，关注写作主体身份的复杂性，同时也反思批评本身。将实践与反思结合是法国社会学家皮埃尔·布迪厄提出的理论方法，在批评实践中反思批评，意识到批评的限度以及批评作为一种交流的互动性，是对当代诗歌进程中一种批评的极端走向的反拨。批评的工作如何有效地展开，如何将批评与即将展开的学术研究工作结合，提高批评的前瞻性，如何意识到批评是一种积极、能动的对话，并因此提高批评的反思意识，也是当代诗歌批评史试图进一步延展的议题。随着当代文学的学科建制的完善，诗歌批评也真正成了从写作现场到学术现场过渡的纽带。

第三节 当代诗歌批评的历史阶段

作为一门学科，"当代文学"的建制始于20世纪50年代中后期。"当代文学"概念紧随关于新中国成立十年来文学的描述需要而出现。中国当代文学与中国现代文学的概念几乎在同一时期确立。这两个概念的区分意义在于当代文学凸显自身的需求，在于在二者之间建立起一种评价等级秩序，也在于一种历史叙述策略的建构。为什么当代文学需要区别于现代文学？根据相关研究：

> "现代文学"的概念和"当代文学"的概念之间存在着相互对应、相互限定的关系。从"当代文学"急切地寻求区别于五四至40年代的新文学进程的有效阐释机制开始，伴随着对于进入社会主义时期的文学的批评性预设，"当代文学"评价机制总是自觉不自觉地以"现代文学"的成果或对后者的重新阐释作为参照和前提。在这个过程中，或是强调当代文学与现代文学的差异，肯定社会主义文学的新质；或是重视它从现代文学史中所汲取的优异传统，并对反传统的倾向予以批评；或是表现为一种质疑，对现、当代文学之间的历史断裂和延续反复追问意图发掘二者之间的复杂关系。①

当代文学学科建制具有明确的意识形态性，这印证了阿尔都塞所说的"意识形态国家机器"的作用，作为意识形态国家机器的当代文学生产机制，包括国家内的文学和文化机构、大学等实体，以诠释与承继意识形态的方式发挥着作用。根据阿尔都塞的理论，意识形态国家机器是"政治无意识"所依附的真正的物质基础，是对个体进行体制化规训和合法化"生产"的领地，是一套看似温和却弥漫着神秘暴力的社会调控工具。文学批评在其中扮演着重要的调控角色。但随着语境的迁移，当代文学作为一门学科，其意识形态

---

① 洪子诚主编：《当代文学研究》，北京出版社2001年版，第15—16页。

功能的彰显已逐步减弱威力。

对诗歌的批评在当代文学批评中占据着极其重要的地位。20世纪50年代初，郭沫若发表《关于诗歌的一些意见》，他以文艺领导者和高层权威代言者的口吻指出诗歌发展的方向与"毛主席新文艺方向"吻合的问题，他说："写诗歌的人，首先便得要求他有严峻的阶级意识、革命意识、为人民服务的意识，为政治服务的意识。"① 接着郭沫若的"意见"之后，当时大批诗人、批评家自觉地发表文章，从诗人的立场、诗歌题材、风格等方面，配合大的文艺方针进行具体细致的阐释。与此同时，针对不吻合这些方向方针的诗歌和诗人，批评者撰文列举实例进行批评，被批评者则大多表示接受，并试图以"自我检讨"回应和终止批评。从自上而下传达和部署批评工作的方针政策，到发动群众开展讨论、批评与自我批评，构成了典型的意识形态国家机器的运行方式。在这个过程中，诗人、批评家剔除异己的立场和意见，没有求同存异的缓冲空间，没有殊途同归的多样方式，没有对文艺特殊性的保留立场，文学批评从革命工作渗透到日常生活之中并几乎占据了日常生活的全部，文学批评进而逐步演变为对文学创作者的政治迫害。

意识形态通过两种方式发挥作用："意识"与"无意识"。如果说当代文学的一段时期，占主导地位的政治意识形态采取的是意识强化式的意识形态灌输、渗透和把控，那么在那以后，特别是近二十年来，媒体文化意识形态发挥着意识形态的主导作用，其运行方

---

① 郭沫若：《关于诗歌的一些意见》，《大众诗歌》创刊号，1950年1月1日。

式是建立满足机制，诱发文化认同，并进一步在无意识层面渗透其价值观、体制、实践等。①"日常生活"作为书写题材、对象在近二十年的文学思潮中成为一种普遍被认可的风气，甚至在大众文化思潮的助攻下建立了一定的排他性。从诗歌批评的角度看，"第三代"诗歌的叛逆、20世纪末的诗歌论争以及网络口语诗歌潮流及其讨论，都是这种日常生活意识形态渗透和影响下的产物。如何反思当代文学在不同意识形态运作下的诗歌批评？如何分析"去政治化的政治"②在当代诗歌写作和批评中产生的影响？从意识形态研究的角度看当代文学的不同时段，考察诗歌批评的形态变化，是梳理其批评理论的来源及本土化和当代化的方式。

创作中出现的诗歌现象包括诗歌思潮、诗歌流派、新诗人、新诗作等，对这些现象所进行的评论，相应地，有思潮研究、诗歌流派研究、诗人诗作的研究，另外也包括对诗歌创作理论问题加以总结和梳理的诗歌问题研究。而进入"当代"的批评，与"现代"已经开创和积累的诗歌批评也确立起了彼此呼应和限定的关系。20世纪50年代初的诗歌批评对20世纪40年代中后期形成的带有现代主义色彩的体验型批评和本体批评加以清算，承继了20世纪30年代左翼文学确立起的社会历史批评形态并加以发展，在对诗歌作品的内容层面展开道德、伦理和政治批评。50年代致力于确立诗歌批评中的"民族话语"，在"新诗发展道路问题"和新诗形式问题的讨

---

① [美]道格拉斯·凯尔纳：《媒体文化：介于现代与后现代之间的文化研究、认同与政治》，丁宁译，商务印书馆2013年版。
② 参见汪晖《去政治化的政治》，生活·读书·新知三联书店2008年版。

论中，将人民性、民族性放在社会文化要素的首位，而在对具体诗人的批评中，也强调其政治立场和文学思想的鲜明、纯粹。在20世纪60—70年代激进的政治文化实验中，诗歌批评走向了观念批评的极致。对政治抒情诗的命名，毛泽东诗词的诠释，小靳庄农民诗歌的解读，以及对革命样板诗的讨论都是这种批评的结果，主流诗人写作力求达到另一意义上的"非个人化"①，除了少数诗人积极响应之外，大部分诗人处于写作的失语状态。

  然而，即便在政治极端化的年代，区别于主流特征的诗歌写作暗流仍然存在，"白洋淀诗歌"群体以民间传播的方式出现于70年代，相对而言，诗歌批评稍后才开始呼唤个人话语的诞生和回归。80年代的诗歌批评总体以社会—历史批评为主，而以回归诗歌语言本体为旨归的本体批评及审美批评兴起于80年代中期，这三种批评形态构成了80年代丰富多彩的诗歌批评风景。朦胧诗论争和新诗潮批评背后包含的是对"一代人"的关注，批评者试图理解这一代人的成长、心理和文化使命，包含着深切的文化反思性质。在大量译介西方近现代文学和文化著作的背景下，文学批评开始了内在的突破和创新，曾经轰动的"三论"（系统论、控制论、信息论）似乎是艺术本体批评的跨学科改造。诗歌批评中，出版了大量研究"意象"、语言结构、修辞手段的本体论著作以及美学鉴赏类的审美批评论著，本体批评强调诗歌与其他文类的差异，肯定诗歌的独特语言运用方式，美学批评倾向于总结诗歌所激发的接受效应。

---

  ① 与艾略特的"非个人化"理论不同，这里的"非个人化"是指写作中完全抹杀掉个人体验、个体话语和个性风格。

导论　当代中国诗歌批评史概论

社会—历史批评一直是当代诗歌批评形态的主流，虽然在不同的历史时期，其具体的内涵有所变化。这种批评形态强调诗歌写作与时代、社会的关系性，反映论又在其中占主导位置。即使在个人主义话语高扬的 20 世纪 80 年代，文学表现论也没有成为文艺研究中强调个人精神色彩的批评形态。90 年代的社会文化转型，批评的专业化、学术化带动了诗歌批评的深化，包括对诗人、诗人群体的研究，对诗歌创作与社会文化实践的关系研究等。进入 21 世纪的前十年，受新批评启发而展开的诗歌细读批评得到关注。诗歌批评的形态趋于丰富多元，通常是包含多种形态的综合性批评。从批评方法的角度看，近四十年来的当代诗歌批评也逐步走向多元。

综上所述，一方面，当代诗歌的批评和写作带有鲜明的共生性，这是当代文学的基本特征；另一方面，中国当代文学学科建制的意识形态性对其整体研究带来一定的挑战。当我们试图考察近七十年来的诗歌批评时，很难以一种总体的历史叙事对其加以归纳与概述。时代的"断裂"和"延续"，历史的偶然性与必然性，及其所呈现的批评话语的变迁是当代诗歌批评史需要思考的理论命题。

现有的当代诗歌史、文学史、理论批评史研究的历史阶段划分法中，洪子诚、刘登翰所著《中国当代新诗史》第一版始著于 1986 年，对于大陆诗坛的当代分段采取了较为简略的两个阶段划分法，"第一卷　五十年代—七十年代中期"，"第二卷　七十年代后期—八十年代"，"其间的大致分界，是 1976 年'文化大革命'的结束"。"这样的划分，表面上看来似乎主要着眼于社会政治的因素。其实，当代中国社会发展上这两个既相互衔接、又有重要区别的时期，同时也表现为当代诗歌无论在诗歌观念、诗人构成、诗潮流向和艺术方式上的显著区别。前一时期的诗歌，以社会意识和政治意识的不断强化为特征，统帅着题材的选取、主题的把握和形式的构成，决定着诗潮的发展趋向。在这一时期中，诗与政治的关系，已逐渐演化为主从的隶属关系，诗成为现实政治的或稍微精致或相当粗劣的工具，而使相当一些作品失去其独立的艺术价值。七十年代末期以来，上述的扭曲状况逐步有所改变。诗人主体意识的逐步觉醒，从社会政治的反思到艺术自身的反思，使这种觉醒由社会政治的层面深入到诗人精神个性的层次和艺术与文本的层次。在八十年代，诗坛也因此呈现出前一时期所不可能有的艺术上多元并存的复杂状况和发展态势。"① 而在2005年修订版中，虽然增加了20世纪90年代的诗歌内容，但是，"在演化的脉络上，以'文化大革命'结束为界的诗歌时期划分，应该说还是能够成立的"。有关后一阶段的诗歌状况，著者稍作补充："向往'艺术自觉'的诗歌，开始面对不同的诗歌环境，特别是经受着逐渐占据主流地位的'大众文化'的'挤压'，它的生存状况和发展前景，出现了新的难题。"② 修订版的《中国当代新诗史》大陆部分十三章的时段结构基本以自然时间的十年段落为准，淡化了以"文化大革命"为界的历史与文化"断裂"。成书于2003年的程光炜著《中国当代新诗史》将当代

---

① 洪子诚、刘登翰：《中国当代新史诗》，人民文学出版社1994年版，第2—3页。

② 洪子诚、刘登翰：《中国当代新诗史》（修订版），北京大学出版社2005年版，第2页。

诗歌演进历程分为三个段落，"50—70年代""80年代"以及"90年代"，著者虽未对这种划分法作进一步说明，但采取的态度应与洪子诚、刘登翰的著作大致相近。

这种淡化历史"断裂"，偏重"连续"的整体研究态度，在吴思敬主编的《20世纪中国新诗理论史》下编（即当代部分）也得到了体现。著者对之前新诗理论著作均为断代史表示了不满，"断代的描述与整体的描述，不单单是个写作跨度长短的问题，只有把中国新诗理论八十余年的发展过程作为一个整体，才能看出新诗出现和成长的必然性，才能发现在新诗发展过程中某些规律性的东西，从而为新诗未来的发展提供借鉴"①。可见，将20世纪新诗（及文学）视为整体加以研究，同时也强调1949年以来新诗（及文学）自身的特点，是近年文学史研究的一个趋势。本书所论当代中国诗歌批评的历史演进，也基本采取这样的分段法，特别是将进入2000年以来的新诗批评纳入考察的视野，并视其为一个时期。新千年是自然时间意义上的一个节点，并非完全客观和有效的划分角度。但是，进入新千年，互联网逐步兴盛普及，对于当代诗歌的生产与传播产生了巨大的影响。受到大众文化挤压并逐步边缘化的诗歌，在互联网时代焕发了别样的生机。诗人上网，网上论诗，当代诗歌的生产与传播空间迅速从纸媒转移至各种类型的网络平台，门户网站下设的文学论坛（BBS），文学网站、诗歌网站也在世纪初迅速崛起。文学空间的转移呼唤媒介理论介入研究视野，对于网络上

---

① 吴思敬主编：《20世纪中国新诗理论史》下，人民文学出版社2016年版，第986页。

出现的诗歌热点现象的批评，需要将作为媒体的网络传播纳入考察范围。可以说，旧有的诗歌（文学）的生产方式与传播模式在新世纪都发生了深刻的改变，那么，将其作为一个历史阶段来评述也就在情理之中。

大致划分五个时段进行论述之外，本书也试图在辨析各个阶段的批评特征的前提下，为这五个阶段寻找一条大致的流变线索，借以窥见诗歌批评的内在走向。批评总是与写作相伴随，同时，批评也有自身的理论和诗学的目标。虽然诗学理论的提炼与构想并非批评史的写作目的，但在对批评的考察和论述总结的过程中，切合当代的诗学理论要素或许也会逐步显露。特别是21世纪以来，充满生机的诗坛涌动着理论创造的冲动，也产生了一批对诗学理论颇具热情和造诣的学者和著作，这在本书的最后一章与结语部分，将提及和评说。

第四节　体例及评述方式说明

本书在体例上以时间分段，共分为五章，外加导论与结语。导语部分主要考察当代诗歌批评主体构成、批评空间的特征、批评理论的探索以及丰富的批评实绩。考虑到当代文学在已近七十年间的形态、诗歌观念和诗歌面貌的差异性，诗歌批评同样在这个漫长的阶段内，在呈现样貌、功能等方面有着较为鲜明的阶段性的差别，"当代文学"学科建制也曾经几度受到学界质疑与争议。以新中国建立这一社会政治历史时刻划分出前后两段，"当代文学"学科一直延续至今。这本身有相应的话语合法性，原因在于新中国成立以后确立起的文学体制依然存在，虽然不如"十七年"和"文化大革命"时期那样，对文学生产具有强大的影响力，但从批评的角度看，这一文学和文化体制如今更多地借助高校教育与大众传媒产生着影响。

第一章以"破与立"为总题，讨论当代文学传统中的"十七年"间的诗歌批评，本书将时间宽泛地设定为20世纪50—60年代。首先从分析第一次文代会中来自40年代不同社会空间的"文艺报告"入手，论述新中国成立初期新旧文艺队伍的分化，及其对诗歌批评主体的影响，进而考察50年代诗歌批评是如何由学术批评演变为文艺大批判的，同时探讨当时自上而下的文艺管控对诗歌（文艺）批评带来的影响。接着从郭沫若《关于诗歌的一些意见》及臧克家《五四以来新诗发展的一个轮廓》谈起，描述新、旧文艺队伍划分下的知识分子的"改造"与"自我改造"，分析20世纪50年代诗歌批评主体的构成、批评空间的特征（传播媒体以及传播方式）。在这一时期，诗歌界的理论讨论和论争不断，从新诗形式问题、传统问题，到"新民歌运动"与"新诗发展道路问题"的展开与论争相互推进，诗歌批评者们试图共同建构新诗的民族话语，这也成为当代诗歌批评史上的重要批评现象之一。这一时期对诗人展开的批评和批判不仅关涉文艺思想、诗歌观念的分歧，也联系着政治权力话语内部的激烈斗争。无论是在胡风文艺思想批判运动中牵涉到的诗人阿垅、鲁藜，还是其他一些重要诗人，如卞之琳、何其芳、艾青、郭小川、流沙河、李白凤、公刘、孙静轩、蔡其矫，都成了文艺论争政治扩大化中被攻击的靶子。

第二章以"均质化的极致与'潜在写作'的反拨"为总题，论述"文化大革命"十年间的诗歌批评。首先概述20世纪60—70年代诗歌批评话语从均质化迈向凋敝的过程。从20世纪60年代初期对"文艺修正主义"的批判谈起，一些曾经的批判者反被批判，批评主体演变为政治斗争中的帮派。虽然从诗歌批评的角度看，工农兵诗歌作者和批评者的增多，反映了文艺大众化和文化普及的当代成果，但不断简化和单一的阶级斗争话语窒息并摧毁了健康的批评空间。此外，产生了被后来的批评家称为"潜在写作"现象的民间诗歌思潮，其间，诗歌通过手抄本的流传影响了当时年轻的写作者和读者。"潜在写作"也成为当代文学批评中重要的后设批评现象。对毛主席诗词的注释、讲解与阐释成为这段时期重要的批评风景。本章最后一节将围绕《天安门诗抄》的评论，论述20世纪70年代后期的诗歌批评的"拨乱反正"。

第三章描述立体、多元的新时期的诗歌批评，以20世纪80年代为时间段展开，首先概述这一时段的总体社会文化特征，包括文学批评如何从拨乱反正走向新启蒙时代，批评空间的拓展与批评功能的修复等，以及描述为诗人平反的诗人重评现象。"朦胧诗论争""第三代诗歌"群体展示，使年轻的诗人以集体的方式亮相，立体、多元的健康批评环境对此起到了重要的作用。这一时期，诗歌批评话语寻求回归诗歌本体，出现了大量以审美批评、本体论为主题的理论批评著作，也造就了与时代精神氛围相呼应的诗歌批评家们。

第四章讨论 20 世纪 90 年代的诗歌批评，以诗歌"边缘化"及社会文化"转型"为视角，首先描述进入这一时段以来，社会文化转型期间诗歌的边缘化，批评空间的分化以及诗歌批评的学术化等总体特征。对"90 年代诗歌"作为一个概念的命名所体现出的文化焦虑，是 90 年代诗歌批评的重要现象。思潮性的概念（新诗潮、后新诗潮）、诗歌群落的概念（朦胧诗、后朦胧诗）、诗人代际划分的概念（新生代、第三代）等，在这一时期都几乎失效，代之而起的是批评者试图以年代和艺术特征进行的富有争议的命名，本章将以"女性诗歌"和"先锋诗歌"为例加以评析。发生在 20 世纪末的知识分子写作与民间写作论争标志着当代诗歌内部文化诉求与艺术趣味的分化，同时也代表着诗人文化身份的转变。诗人批评家和学院批评家成为这个时期诗歌批评的重要主体。

第五章的时间设定为 21 世纪，这一时段写作与批评空间发生了显著的迁移，互联网时代、全球化语境，消费主义文化的渗透，构成了新世纪第一个十年的重要背景。网刊、纸刊、官方刊物共存；网络作为展示平台，诗歌被当作文化消费品；诗歌批评和研究学科化，构成了这十年间的诗歌文化繁荣景观，而另一方面，大众诗歌阅读成为问题。诗歌批评主体构成与批评风格的分化，由部分诗人和"网民"参与的"酷评"，似与 20 世纪 50—60 年代遥相呼应，诗歌再度大众化，而诗歌文化成为问题。随着一些社会问题的凸显，写作与现实的关系问题再次变得严峻，"诗歌伦理"话语出现并获得探讨。十年间，出现了以出生年代划分诗人群体的大量选本和批评，而针对之前诗歌批评侧重整体思潮论和本体性研究而忽视文本分析的不足，这一时期，诗歌的细读批评得到深入展开，另一方面，诗歌批评面临着总体批评的困境与危机。

结语部分主要反思了新时期以来的诗歌批评话语，并将反思的重点落实在批评主体身上。

大致来说，本书在尽量占有丰富完备的资料基础上，在论说方式上试图做到以论带史，史论结合，夹叙夹议。从已发生的诗歌批评现象中积淀下来的诸多批评议题，择取重要者，以事实材料，串联起史实脉络；对各批评议题，细致辨析，去伪存真；注重跨时段不同批评问题间的相关性和延续性，澄清旧问题的新提法并加以剖析；尽量客观地评说各历史时段诗歌批评的实绩与难题，希冀做到直面与反思既往，以期更踏实、也充分地对待当下的诗歌与文学议题。

第一章 破与立：20世纪50—60年代的诗歌批评

1949年10月中华人民共和国的成立，标志着新的国家政体的诞生以及新的文化体制的确立。当然，文学和文化的沿革往往带有较强的延续、渐变色彩，即使新的政权积极创制文学和文化政策，落实与生长也需要一个过程，并且，文学规范化的内在进程也会出现一系列振荡与波动，而文学批评在阐释新的文艺方针政策和确立文学话语的过程中，发挥着积极而重要的作用。在新的政体与文化构想面前，批评话语似应努力处理好"破"与"立"的辩证关系。但是，由于新中国成立以来的文艺思潮往往带有鲜明的政治运动色彩，围绕诗歌展开的问题讨论和论争、诗人诗作的批评研究，常演变为文艺批判，并给诗人的身份前途和日常生活带来颇为严重的影响。1949—1976年，也即自新中国成立至"文化大革命"的结束，诗歌批评从积极配合当代政治的运行，逐步演变为以政治路线和意识形态标准对不同写作观念、诗歌风格和美学追求进行打压。

本章考察的是这种渐趋激进、政治化的诗歌批评进程的前一阶段，即20世纪50年代至60年代中期，在当代文学史上也被称为

"十七年"时期，它包括了新中国成立，新、旧文艺批评队伍的分化、调整，诗歌批评语言风格的变化，诗歌批评在历次政治运动中所涉及的批评议题、批评结果，以及政治话语直接主导下的当代诗歌现象与批评实践等。新诗形式问题、新诗传统问题、诗歌发展道路、新民歌运动及其讨论等，是这一时期内在关联而各有侧重的批评议题。

第一节 新、旧文艺队伍划分与批评主体分化

被认为是"具体划分开了'现代'和'当代'文学运动历史的界限"[①]的第一次中华全国文学艺术工作者代表大会（简称"第一次文代会"），于1949年7月2日在北平开幕，会议进行了17天，中间有若干次休会，大会于7月19日闭幕。此次文代会共发表了四份重要报告，集中代表了大会的主要精神：郭沫若题为《为建设新中国的人民文艺而奋斗》的总报告（7月3日），茅盾关于国统区革命文艺运动的报告《在反动派压迫下斗争和发展的革命文艺》（7月4日），周扬关于解放区文艺运动的报告《新的人民的文艺》（7月5日），以及周恩来《在中华全国文学艺术工作者代表大会上的政治报告》（7月6日）等。文代会按照作家在战时生活的空间而划分的"国统区"、"解放区"总结与评价文艺成就。在大会开幕式上，陆定一的讲话为评价两个地区的文学成就定了基调："若干年

---

① 朱寨主编：《中国当代文学思潮史》，人民文学出版社1987年版，第12页。

第一章 破与立：20世纪50—60年代的诗歌批评

来，解放区的文艺工作者，在毛主席的直接指导同教育之下，做了许多工作，真正以文艺为我们国家的主人翁——工人、农民、同人民解放军里的指战员们——服务，产生了不少优秀作品。这样的文艺在我们中国过去是没有的，它是同封建的文艺、帝国主义的文艺以及各种反动文艺根本不相同的，它是真正属于人民的战斗的文艺。对这样的文艺，我们应给以很高的评价。""同一时期内，在国民党统治区有很多进步文艺工作者在那里进行了反封建、反帝国主义的斗争，这种斗争对于人民解放的事业也起了重大的作用。但是国民党反动派把他们到群众中去的路堵死了。由于国民党反动派种种残暴的压制，因此妨碍了他们同工农的结合。"[1] 陆定一的讲话笼统地对来自两个不同地区和空间的文学的艺术成就作了一个等级性的判断，这个判断依据的是文学为人民大众服务以及文学发展的群众路线的观念，直接源于毛泽东1942年发表的《在延安文艺座谈会上的讲话》。

周恩来的"政治报告"和郭沫若的"总报告"也强调文艺为工农兵服务的方针，周恩来鼓励"从新区来的朋友"（指新的解放区，即原国统区）"过去限于环境，不可能深入广大的群众，但今天的情况变了，有了深入群众的机会了"，更应该"首先去熟悉工农兵"[2]。郭沫若从说明文艺运动的现状和文艺界的统一战线问题出发，"提出今后全国文艺工作的任务"，他指出当前的统一战线范围

---

[1] 中华全国文学艺术工作者代表大会宣传处编：《中华全国文学艺术工作者代表大会纪念文集》，1950年3月，新华书店发行，第11—12页。

[2] 同上书，第27页。

"除了帝国主义者、封建主义者、官僚资产阶级、国民党反动派及其帮凶而外,其余的一切人都是我们的朋友","包含了工人阶级、农民阶级、小资产阶级和民族资产阶级",而文艺工作者应该首先"在这样的范围内在政治上团结起来",而且应该以"在文艺为人民服务的立场上团结"为基础。①

强调团结,意味着之前的所有差异都需要抹除并在新的意义上获得统一。对文艺队伍进行划分,既是重要的理解和评价途径,也是管理与统驭的便捷方法。延续着战时的思维与建制逻辑,将文艺工作者的集合称为"文艺队伍",尽管队伍编制不同,也可以重新整顿并统一在执政党的领导之下。由意识形态话语统摄文艺政策的制定、文艺问题的讨论以及文学作品的评价等,是中国当代文学一个时期的重要特征。诚如后来学者所总结的,在第一次文代会上,"茅盾、周扬的报告分别从国统区和解放区这两个方面总结了历史经验,殊途同归,都论证了文艺工作者和人民大众结合、贯彻执行首先为工农兵服务的方针的必要性和重要性。这是新文艺方向的核心"②。

茅盾关于国统区文艺运动的报告,明显采取了批评的态度,侧重从新时代的要求出发,总结国统区文艺运动中存在的问题和缺点。他指出,国统区文艺创作上的主要缺点是"不能反映出当时社会中的主要矛盾与主要斗争",这也是"国统区文艺创作中产生各

---

① 中华全国文学艺术工作者代表大会宣传处编:《中华全国文学艺术工作者代表大会纪念文集》,1950年3月,新华书店发行,第39—40页。
② 朱寨主编:《中国当代文学思潮史》,第18页。

种缺点的基本根源"。分析产生这些缺点的原因，茅盾认为，除了"种种客观条件的限制外"，"主观上的原因"是"文艺作品的题材，取之于小资产阶级知识分子的占压倒的多数，而对于知识分子的短处则常常表示维护，即使批判了也还是表示爱惜和原谅"。取之于工农生活的，常常仅止于生活的方面，人物往往只是表面上穿着工农的服装，而"意识情绪，则仍然是小资产阶级知识分子"。由于新文艺的价值标准已经明确，对于国统区文学这样的批评不可谓不严厉。茅盾报告中提到的唯一一部诗歌作品是《马凡陀山歌》，认为它与戏剧《升官图》、小说《虾球传》一道，"它们在风格上一致地表现着一种新的倾向：那就是打破了五四传统形式的限制而力求向民族形式与大众化的方向发展"。茅盾对国统区的文艺理论论争存在的问题也给予了严肃的批评，并认为，毛泽东《在延安文艺座谈会上的讲话》指出的文艺界的错误倾向问题，在国统区的文艺界中也是一直存在的。[①]

相比而言，周扬的报告显得高调、肯定，且充满自信，解放区的文艺运动被他命名为"新的人民的文艺"，代表了已经获得的成就和未来努力的方向。毛泽东《在延安文艺座谈会上的讲话》中所提出的文艺为人民服务并首先为工农兵服务的方向，也即"新中国的文艺的方向"，"解放区文艺工作者自觉地坚决地实践了这个方向，并以自己的全部经验证明了这个方向的全面正确"，并且"深

[①] 中华全国文学艺术工作者代表大会宣传处编：《中华全国文学艺术工作者代表大会纪念文集》，1950年3月，新华书店发行，茅盾报告的引文分别出自第52页，第54—55页，第51页。

信除此之外，再没有第二个方向了"。周扬的报告，梳理了新文学以来的文学传统，将"五四"以来以鲁迅为代表的进步作家，以及三十年代的左翼文学运动，与1942年召开的延安文艺座谈会放在一条时间链上，将文艺与现实、广大群众结合，并以文艺为什么人服务为线索，确立了逐步成熟和完善的、进步的新文学发展史。解放区的文学成为全新的范本，周扬以"人民文艺丛书"所选入的177部包括歌剧、话剧、小说、报告、叙事诗等多种文艺形式的作品为例，说明"民族的、阶级的斗争与劳动生产成为作品中压倒一切的主题，工农兵群众在作品中如在社会中一样取得了真正主人公的地位"。解放区的文艺形式和新的内容相适应，也有许多新的创造，同民族的、特别是民间的文艺传统保持了密切的血肉关系，语言上也做到了相当的大众化。

除了强调文艺为人民服务，文艺工作者必须走群众路线之外，周扬的报告还特别强调了文艺工作者必须学习党的基本政策。这自然是总结解放区文艺成就的结果之一，同时也是周扬作为党的文艺政策的权威阐释者，对于新中国文艺方向的构想。周扬指出，所谓政策，是党"根据各阶级在一定历史阶段中所处的不同地位，规定对他们的不同待遇，适应广大人民需要，指导人民行动的东西"。他要求文艺工作者学习这些政策，并通过文艺作品对这些政策进行宣传，当然是从实际出发而非从政策教条出发进行宣传。周扬关于文艺工作者要学习党的政策的观点，对当代中国的文学批评产生了深远的影响。这不仅是从文学创作的角度对作家进行文艺理论观念的指导，也是从批评方向上引导批评家依照其政治定位对作家作品

第一章 破与立：20 世纪 50—60 年代的诗歌批评

进行理解和评判。[①]

茅盾、周扬的报告以国统区、解放区划分文艺阵营，重构新文学传统格局，并有意识地肯定、抬高解放区的文艺成就，同时，要求广大的文艺工作者在创作过程中自觉学习政党的基本政策，从批评角度看，这些都直接塑造了新时代之际的文学价值取向和文学批评风格。首先，对应于不同的文艺阵营以及对政党文艺政策的不同敏感度，形成了写作与批评主体的分化。在诗歌批评领域，来自解放区的批评家、诗人自觉地实践了新文艺的批评理念和创作方法，因而得到批评界的肯定与探讨，而曾经生活在国统区的诗人的作品及其诗歌观念更多地受到了质疑甚至否定。如何学习民歌（包括民谣、山歌、民族史诗等），如何实现诗歌语言的大众化，一直是这一时段诗歌批评热议的话题。批评家们在这个历史时段要处理的最迫切的问题，是如何在思想观念上与政党的文艺政策保持一致，或对其尽量理解、接受，并以之为理论方法，进行诗歌的解读与评价。这样，自然就形成了向新的文艺观念靠拢乃至服从的趋向。对于在四十年代已经形成了各自的文艺观念与批评理念的批评家来说，他们的转向要么是自觉的，要么是经历了一番内心挣扎的。

当然，不可忽视的是，新中国的建立也促成了新的文学体制的建立。第一次文代会之后，新的全国性的文艺界的组织——中华全国文学艺术界联合会（简称"文联"）成立，选举郭沫若为主席，

---

① 中华全国文学艺术工作者代表大会宣传处编：《中华全国文学艺术工作者代表大会纪念文集》，1950 年 3 月，新华书店发行，周扬报告的引文分别出自第 70 页，第 71 页，第 91 页。

茅盾、周扬为副主席。稍后又产生了全国文联下属的各个协会，例如，文联诗歌工作者成立联谊会，艾青、袁水拍、力扬、田间、臧克家、王亚平、卞之琳、李季、鲁藜等担任常务理事。① 文联和作协作为新中国的文艺机构，一直延续至今。文联和作协发挥的作用，在当代文学的各阶段有所不同，但是，在新中国成立后的相当长的一段时间内，这一全国性的文艺体制深刻地影响了当代文学和文化的走向。诚如有学者论述的，第一次文代会最后做出"'决议'，把毛泽东同志提出的文艺为人民服务并首先为工农兵服务的方向，作为发展新中国的人民文艺的基本方针，号召中国文学艺术工作者以最大努力来贯彻执行。自此，开导了新中国人民文艺的主潮"②。正是因为一整套文艺体制的有效运行，这种自上而下统一落实的文艺政策才可能实现。

事实上，文艺体制也强化了批评的权威性。在相当长的一段时间内，当代诗歌批评界的文学官员扮演着举足轻重的作用。他们担任着体制内文化机构和刊物的要职，或扮演着主流诗歌观念的阐释者；或指点新诗道路，发表各种意见；或熟悉政治、政策动向，在诗歌批评中及时调整批评立场，特别是在政治运动频繁、诗人与文学官员均难避之的年代。总体而言，诗歌批评者们多由有诗歌写作经验的诗人、文学批评家构成，而在文学（包括诗歌）提倡大众化、政治化的时代，一些不具备相关的专业知识的普通读者也加入到批评中来。在新的文学体制中，像郭沫若、艾青、臧克家等在新中国成立前即已成

---

① 《人民日报》1949年8月3日。
② 朱寨主编：《中国当代文学思潮史》，第24—25页。

名、写出了成熟诗歌作品的诗人,已然担负起文学权威及新文艺政策贯彻者的责任,他们既调整自己的写作以适应新时代的文艺方向的要求,同时又参与到诗歌批评活动中,讨论各种诗歌话题。此外,身为文学批评家兼文化高级官员的周扬、邵荃麟等,也参与着文艺政策的制定、阐释和执行落实,施行了广义上的诗歌批评工作。

《文艺报》是当代文学史上重要的批评报刊之一。创刊于1949年5月4日,《文艺报》最初为周刊,至7月出版了13期后停刊,1949年9月复刊,为半月刊。新中国成立初期的《文艺报》针对新诗的形式、新诗传统等话题发表过多篇讨论文章,涉及对新诗成就的评价和新诗现状问题的探讨。在20世纪50—60年代的文学批评场域中,《文艺报》不仅是贯彻执政党的文艺政策,刊发批评文章、表达批评观点的阵地,也是文艺界内部派系分化、争夺话语权的文化空间,同时,它也见证了这一时期政治运动对文艺界的冲击与影响。诚如后来的学者的观察,"事实上,意识形态控制与人事纠葛这两种层面的'斗争',始终交织、重叠于《文艺报》1950年代的办刊历程中"。[①] 从诗歌批评方面看,这一时期《文艺报》刊载的诗歌批评、诗人检讨和相关诗歌话题,都与这种"斗争"相关。

第二节 新诗形式问题、传统问题的讨论

新的文艺机制在创建中,文学批评阵地也会显得特别活跃,文

---

① 张均:《"有力"人物的"争夺战"——1950年代〈文艺报〉人事纠葛及编辑理念之演变》,《扬子江评论》2015年第6期。

艺新刊创办，新作品、新话题纷至沓来。具体到各类文学体裁中，有针对性的批评议题也就被提到日程中来。整个20世纪50年代在新诗批评领域内受到广泛关注和深入讨论的议题是关于新诗形式与新诗发展道路的问题，围绕相关议题的讨论一度呈现为争鸣之势。当然，自以白话写新诗以来，有关新诗的形式问题的就在不同时期以不尽相同的面目被提出和探讨过。由于与中国古典诗歌差别显著，在格律的使用、语言的运用、句子长短和体式规则等方面，新诗的写作者与批评者们不断尝试、协商和探讨，也因此形成了特定的诗歌流派与体式，比如新月派的新格律诗和林庚试验的"九言诗"等。50年代有关新诗形式问题的讨论总是跟古典诗歌传统、民族形式、诗歌如何表现当代生活以及新诗的发展道路等问题交织在一起，讨论中的主导观点也总是受到相应具体的政治环境的制约。

一 新诗形式问题讨论

有关新诗形式问题的讨论，集中发生在20世纪50年代初期至中期，大致可以分为两个段落。1950年1月，《大众诗歌》在北京创刊，刊发了郭沫若《关于诗歌的一些意见》，同月，《人民诗歌》在上海创刊，两种刊物的发刊词都强调诗歌与时代的关系，诗歌必须表现新生活和新现实以及诗歌的政治宣传功能。2月出版的《大众诗歌》第2期刊登俞平伯《诗的民族的形式》、艾青《关于诗的一封信》，同月《文艺报》第1卷第11期刊发力牧《学习民间形式

第一章 破与立：20 世纪 50—60 年代的诗歌批评

的一个偏向》等文，而 3 月 10 日出版的《文艺报》推出一组笔谈，在"新诗歌的一些问题"的总题下，刊发萧三、田间、冯至、马凡陀、邹荻帆、贾芝、林庚、彭燕郊、王亚平、力扬、沙鸥等人的文章，集中开启了新中国初期第一次有关诗歌形式问题的大讨论。5月 10 日《文艺报》第 2 卷第 4 期刊发的何其芳《话说新诗》，1951 年 3 月，复刊的《人民诗歌》刊出的雪峰（冯雪峰）《对于新诗的意见》，也是新诗形式问题讨论的成果之一。

首先，是有关理论、观念层面的辨析与反思。郭沫若强调，新诗的"形式可以有相对的自由，歌谣体、自由体，甚至旧体诗都可以写，总要意识正确，人民大众能懂。但如所谓商籁体、豆腐干式的方块体，不遵守中国的语言习惯分行分节，则根本是脱离大众的东西，是应该摒弃的"[①]。力牧批评了学习民间诗歌形式时生吞活剥的现象，"我们看到许多两行一段顺天游式的内容贫乏的'诗'，也看到许多千篇一律几乎成了滥调的'豆腐干式'的'诗'，而更有些初学者，'为了猎奇，为着装饰自己的作品，甚至为着追求其中落后的东西'，钻了牛角尖，把一些平平仄仄声调铿锵的古董与寺庙里有求必应的签词连同他们的封建残余的内容也拿了出来"。力牧认为，这些现象是"诗歌大众化"的"歪路"。[②] 萧三批评："现在我们的新诗和中国千年以来的诗的形式（或者说习惯）太脱节了。所谓'自由诗'也'自由'到完全不像诗了。和中国古典的诗脱节，和民间的诗歌也脱节，因此，新诗直到现在还没有能在这块

[①] 郭沫若：《关于诗歌的一些意见》，《大众诗歌》创刊号，1950 年第 1 期。
[②] 力牧：《学习民间形式的一个偏向》，《文艺报》1950 年第 1 卷第 11 期。

土壤里生根。"① 田间提议："我们写新诗的人，也要注意格律，创造格律。""至于什么样的格律，""还得看它是由什么思想感情语言炼成的，""依我想，人民诗歌新格律的形式，主要要靠诗人的生活、思想来解决。"② 此外，田间认为，还要解决两个问题，第一是如何继承过去数千年的好传统，第二是能否正确地运用群众语言。冯至总结发现，"目前的诗歌有两种不同的诗体在并行发展：自由体和歌谣体"，他论述并构想了这两种诗体将渐渐接近，互相影响，并认为田间的写作预示了这种可能。③

何其芳④的长文《话说新诗》，从内容、形式和新诗的传统三方面加入《文艺报》的笔谈。他认为"新诗的内容实在还是太狭窄、太浮面"，呼吁大家首先关注新诗的内容问题，但内容因素中，必须思考"到底生活是第一位"，"还是生活态度和热情是第一位"，必须避免诗中"既缺少具体的生动的社会生活，又缺少强烈的诗的情绪"，必须知道，"社会生活也好，时代精神也好，诗的情绪也好，都是变动着的。在阶级社会里，都是有阶级的区别的"。关于新诗的形式，何其芳指出应该防止两种偏向，"一种是根本否认新诗还有这样一个问题存在"，"另一种是离开了内容和实际情况来孤

---

① 萧三：《谈谈新诗》，《文艺报》1950年第1卷第12期。
② 田间：《写给自己和战友》，《文艺报》1950年第1卷第12期。
③ 冯至：《自由体与歌谣体》，《文艺报》1950年第1卷第12期。
④ 何其芳（1912—1977），原名何永芳，生于重庆万州，1949年新中国成立之前主要以诗闻名，50年代以后主要从事文艺批评和理论研究，1955年被聘为中国科学院（哲学社会科学学部）学部委员，1958年担任中国社会科学院文学研究所所长，直至去世。出版的批评著作主要有《关于现实主义》《西苑集》《关于写诗和读诗》《文学艺术的春天》《诗歌欣赏》等，2000年河北人民出版社出版《何其芳全集》共8卷。

立地主观地考虑形式问题,因为某些新诗的形式方面的缺点而就全部抹杀'五四'以来的新诗,或者企图简单地规定一种形式来统一全部新诗的形式。"对于传统,何其芳认为我们既要重视旧诗的传统,也不要忘记"五四"以来的新诗这个传统,同时"还有一个民间韵文的传统。中国的民间韵文形式是相当多的,民歌还不过是其中的一种"。最后,他提醒这个问题的思考者们,"应该以作品来建立新诗的形式",鼓励各种有益的尝试。

其次,是结合具体的形式试验,包括新诗建行、格律体与自由体的形式问题的论争。1950年7月12日的《光明日报》发表了林庚的《九言诗的"五四体"》,提倡五四体的九言诗形式,引发争鸣。1953年12月至1954年1月,中国作家协会创作委员会诗歌组主持召开了三次讨论会,主要讨论格律诗、自由诗等形式问题。三次讨论会上的发言公开发表的文章只有艾青的《诗的形式问题》及卞之琳的《哼唱型节奏(吟调)和说话型节奏(诵调)》。何其芳这一阶段发表的《关于写诗和读诗》《关于现代格律诗》虽不是这次讨论会的产物,却也是这个时期有关诗歌问题讨论的重要论文。

林庚[①]这一时期发表的两篇文章《新诗的"建行"问题》和《九言诗的"五四体"》,从具体的实践方面讨论新诗形式的建设。林庚首先指出,五七言是中国民族诗歌传统的形式,也是秦汉以来以至唐代最适合的语言文字形式,但是,由于我们今天使用的是白话

---

① 林庚(1910—2006),原籍福建闽侯,生于北京,诗人、学者、文学史家。主要从事中国古代文学、古典诗歌的研究,有关新诗理论方面的论文结集为《新诗格律与语言的诗化》于2000年由经济日报出版社出版。

或口语的语言文字，所以"我们要接受这一个民族形式就得把五七言的传统同今天语言文字（也即口语或白话）的发展统一起来"。由此，林庚提出新诗的"建行"问题，认为诗的"建行"较之于格律、韵律更基本，进而提出九言诗的"五四体"的构想。"九言诗的'五四体'是指一种九言诗行，而在一行之中它的节奏是分为上'五'下'四'的。"林庚详细地论证了这种九言诗的"五四体"如何接近于"民族传统"形式，并期待实践和时间的检验。林庚的设想引发了争议。另一位致力于新诗形式建构的诗人、批评家是卞之琳①，他从语言的音节谈起，区别于英语等表音文字的音素特点，并在考察旧诗的句子特点时，他发明了"顿"以代替"音节"的说法。经他观察，旧体诗和近体诗的每一句中都有一定的顿数，而各顿的平仄也有一定的安排。卞之琳建议沿着新月派诗人开创的新格律诗传统，以"顿"作为新诗格律的基础，这样就可以发现新诗诗句显示的两种基调。"一首诗以两字顿收尾占统治地位或者占优势地位的，调子就倾向于说话式（相当于旧说'诵调'），说下去；一首诗以三字顿收尾占统治地位或占优势地位的，调子就倾向于歌唱式（相当于旧说的'吟调'），'溜下去'或者'哼下去'。但是两者同样可以有音乐性，语言内在的音乐性。"② 从"顿"的角度出发，卞之琳认

---

① 卞之琳（1910—2000），生于江苏海门，诗人、批评家、翻译家，1953年任中国社会科学院文学研究所研究员，1964年任中国社会科学院外国文学研究所研究员，长期从事外国文学、诗歌的翻译与研究，除诗集、译著外，出版有诗歌批评文集《人与诗：忆旧说新》，2002年安徽教育出版社出版《卞之琳文集》共3卷，2003年出版《卞之琳译文集》（上中下）。

② 卞之琳：《哼唱型节奏（吟调）和说话型节奏（诵调）》，参见《卞之琳文集》中卷，安徽教育出版社2002年版，第429页。

第一章 破与立：20世纪50—60年代的诗歌批评

为格律诗可以变化多端。遗憾的是，在当时，林庚与卞之琳这些结合汉语特征的、具体而细致的理论设想并没有引发深入的回应与探讨。

批评家冯雪峰[1]因此在《人民诗歌》上发表了《对于新诗的意见》[2]。他主张研究新诗的"失败与错误地方"，"指出所有现在存在的问题"。冯雪峰不满于那些极端的意见，认为还是应保留新诗的自由体形式，但是无论内容上还是形式本身都需要改进。"'五四'以来，以'白话诗'或'自由诗'的名义而提出的反对规律的束缚，注重自然和自由的原则和精神，这在原则上是我们应该坚持的，因为这在消极方面是叫我们从旧诗的规律里脱离出来，在积极方面是给予诗人以极大的创造的自由；可是，我们的新诗，却在积极方面还没有把这创造的自由充分地实现，我们创造的努力还不够。""'五四'以来的新诗的主流，无论叫'白话诗'叫'自由诗'，基本上都是散文诗，不管分行不分行"，但是，"我们很多写新诗的人，误认为分行的散文就是新诗。"冯雪峰认为，"我们新诗的形式，在语言的朴素和没有韵脚以及音节上没有定数等等上面虽然像散文或接近散文，但必须和一般散文有分别，就是它必须都是更精炼的诗句，而结构和气氛上也不同"。另外，"三十多年来的新诗，单从内容上说也还是单薄的，新诗的问题决不只是形式问题"。"为了新诗向前跃进一步，内容上向广阔深厚的人民大众的思想感情

---

[1] 冯雪峰（1903—1976），原名冯福春，浙江义乌人，诗人，文艺理论家。1951年出任人民文学出版社社长兼总编辑，1952年兼任《文艺报》主编。1955年被卷入"胡风事件"，在党内受到批判。1958年在反右扩大化中受到冲击和批判，被开除党籍。1979年获得平反。2016年人民文学出版社出版《冯雪峰全集》共12卷。

[2] 《人民诗歌》1951年3月第2卷第1期。

突进，并且必须找那有诗意的东西来写，而写出来的东西必须是是，这还是最根本的。""根据关心新诗问题的大多数人的意见，可以得出一个结论，就是：现在新诗的各式各样的形式是都还不能满意的，而那最中心的问题是语言问题。""新诗形式要完全解决，我觉得只有在真正人民大众的同意的语言完全确立的时候。因此，现在一切新诗工作者努力于研究、掌握、锻炼人民大众的语言，就是一方面在促进新诗形式的解决，一方面有在促进新诗的同意的民族语言的确立。""和研究人民语言一起，民间文学，特别是民歌，更必须研究，从民歌可以得出关于新诗形式创造上的许多启发。"虽然是针对《文艺报》当时的新诗批评所引发的意见，但冯雪峰的见解似乎于冥冥中影响了稍后有关新诗道路问题的讨论以及"新民歌运动"的基本观念。冯雪峰是20世纪20年代的"湖畔诗人"之一，而他在新中国成立之后主要从事文学理论与批评工作，出任人民文学出版社社长，并兼任《文艺报》主编之职，并未专门致力于诗歌批评。

如果说，周扬在第一次文代会上有关解放区的报告为新文学发展史梳理了一条不断进步的线索，那么，臧克家[①]写于1954年年底的《"五四"以来新诗发展的一个轮廓》[②]，则代表了对新诗三十年的历史化，以及新诗传统建构的重要努力。该文认为新诗以白话文为工具，表现和普及反帝反封建的新民主主义革命，并以这一论点

[①] 臧克家（1905—2004），诗人，山东潍坊人，1957—1965年任《诗刊》主编，1976年《诗刊》复刊后任顾问兼编委，2002年时代文艺出版社出版《臧克家全集》共12卷。

[②] 载《文艺学习》1955年第2、3期。

第一章 破与立：20世纪50—60年代的诗歌批评

为依据，归纳、梳理了自五四以来诗歌发展的左右翼分界问题。依照臧克家的标准，自五四以来，中国的新诗发展中一直存在两条相互斗争的道路：其一以1921年郭沫若的《女神》为起点，下经大革命时期热情宣传无产阶级革命世界观的蒋光慈，30年代左翼作家联盟中的殷夫、臧克家，中国诗歌会中的蒲风，抗日战争时期的艾青、田间、柯仲平，以及解放战争时期蒋管区的袁水拍、解放区的李季等，这是发扬反帝反封建革命精神、以现实主义为方向，坚持探索新诗的民族形式的一条道路；另一条新诗的发展道路始自胡适，继之以徐志摩、朱湘等为代表的提倡新格律诗的新月派，受法国象征派影响的李金发，现代派诗人戴望舒等，被称为投合了资产阶级、小资产阶级的落后的、颓废情绪的右翼。臧克家的归纳和选择，其主要目的是进一步引导和规范新中国成立之后新诗发展的方向。在这一点上，臧克家的批评思路其实是周扬的解放区文艺运动报告在当代诗歌批评领域的具体化和延伸。

如果说冯雪峰写作《对于新诗的意见》，缘起于1950年3月《文艺报》开辟的"新诗歌的一些问题"的专栏，可算是持续整个50年代有关新诗形式问题讨论较早的批评成果，也是针对具体问题进行的探讨，那么，臧克家的长文《"五四"以来新诗发展的一个轮廓》，则显示了对新诗传统的建构与新诗发展方向的引导，其批评话语带有了鲜明的政治色彩。

总体来看，新诗形式问题讨论中的主要观点显示了对新诗自身传统的激烈否定，这一否定是与当时的政治倾向及主导意识形态话语密切相关的。正如前文所述，文代会所显示的是对于20世纪40

年代解放区新文艺实践的强调和重视，同时抑制诞生于民国时代并在曾经的国统区艰难生长的新文学传统。

二 新诗的民族传统问题讨论

如何处理与中国古典诗歌传统的关系，是新诗自诞生以来一直困扰诗人、批评家的问题之一。在当代文学史的一些特定时期，这一问题经常会被拿来检视新诗的实绩，并成为号令新诗前行时的助力依据。每当新诗被赋予了更为重大的社会与政治责任时，它与传统的关系就会变得更加重要与紧张。20世纪50年代的几乎每一次诗歌论争、讨论都会涉及这一问题。而发生在1956年8月至1957年1月的，以《光明日报》等报刊为中心展开的论争，是相对集中而具体的，内容以如何看待与继承中国诗歌的民族传统为主。

在1956年中国作家协会上海分会创作委员会诗歌组召开的中国诗歌座谈会上，吴越就中国诗的民族传统问题总结了八个方面的内容：1. 现实主义传统；2. 人民性；3. 中国诗的风格是明朗的；4. 意境的创造给人以深刻的感染；5. 语言上达到高度的精炼；6. 诗语汇丰富美丽；7. 韵律优美、和谐；8. "总在言外"的含蓄艺术效果。这八个方面的基本概括代表了当时对此问题讨论的主要观点。[①] 高加索在1956年9月15日的《新华日报》上发表《诗与传统及其他》一文，谈到诗与传统的关系时强调："我认为更能标

[①] 杜祥：《新诗与传统问题的讨论·概述》，参见郭金山、郭国昌、季成家、张明廉主编《中国诗歌研究》下卷，敦煌文艺出版社2008年版，第1031页。

第一章　破与立：20世纪50—60年代的诗歌批评

志诗歌及其民族的传统特色的东西，不能不是其形式。这个形式是包括体裁、格式、结构、手法、风格、韵律等等。""如果我们要学习和继承民族传统的话，就要把民族形式作为当代的重要课题之一。"吴越和高加索的概括代表了当时大部分讨论者对于中国诗歌的民族传统的理解与认识。

1956年11月24日的《光明日报》刊发了朱光潜[①]的诗论《新诗能从旧诗学习得些什么》，文章先从他的阅读印象出发，得出了新诗不如旧诗的判断，然后从诗歌表现现实生活与诗的语言形式两个方面展开论述："我们的新诗跟我们这个时代很不适应，没有能很好地把这个伟大的时代的现实生活表现出来。"至于如何表现现实生活，"关键在于对现实生活的体验，而体验是要凭诗人的整个的人生观与世界观，整系统的思想感情，整个的人格的。在这种客观世界与主观世界的统一中，诗才见出它的深度与广度，也才见出它的真实性"。朱光潜认为，流传下来的中国旧诗总是经得起这个深广度的标准来衡量，考察原因，是中国旧诗人对自身修养的重视："诗人的修养首先是人的修养，人的修养没有到家，修辞便不能'立其诚'。"另一个方面是诗歌运用语言的问题，而"这并不完全是形式技巧的问题，它基本上是思想感情具体化或形象化的问题"。"许多新诗之不能引人入胜，正因为我们的新诗人在运用语言

----

① 朱光潜（1897—1986），安徽桐城人，美学家、文艺理论家、翻译家和教育家。代表著作有《悲剧心理学》《文艺心理学》《西方美学史》《谈美》《诗论》《美学书简》等。1987—1997年安徽教育出版社出版《朱光潜全集》共20卷，2017年中华书局出版《朱光潜全集》（新编增订本）共30卷。

的形式技巧方面，向我们的丰富悠远的传统里学习的太少。"音律是偏于形式的一个成分，"我们的新诗在'五四'时代基本上是从外国诗（特别是英国诗）借来音律形式的，这种形式在我们人们中间就没有'根'。从'五四'以来，新诗人也感觉到形式的重要，但是各自摸索，人言人殊，至今我们的新诗还没有找到一些公认的合理的形式，诗坛上仍然存在着无政府的状态"。为此，朱光潜提议，"我们建立新格律，一定要借助于对五七言和词曲等传统格律的周密的研究，看看在运用现代汉语的大前提下，旧诗的格律有哪些因素还可以吸收利用"。总的来说，朱光潜并不认为传统仅是形式问题，相反，他更侧重诗人的修养与体验，但他贬抑新诗成就的判断引发了争议。

沙鸥[1]以《新诗不容抹杀》为题，对朱光潜的文章进行反击。他列举新诗中的佳作片段，论证新诗在表现现实生活与时代情绪方面的优异，因此指出"如果说'五四'以来，新诗的形式一开始就是外国货，或者说，诗坛现在是'无政府'要'找''公认的合理的形式'，这只表明了朱光潜自己看不见诗歌的民族传统，这只表明了朱光潜自己在新诗形式问题上的教条主义和复古主义"[2]。在《光明日报》记者以"对新诗问题的意见"为题走访一些诗人和作家的谈话汇总中，臧克家表示新诗向传统学习，"更重要的是学习古典诗人如何表现生活"，李长之认为旧诗形式中有三个原则值得

---

[1] 沙鸥（1922—1994），原名王世达，重庆人，诗人、评论家，50年代出版诗歌批评著作《谈诗》（1956）、《谈诗第二集》（1957）、《谈诗第三集》（1958）等。

[2] 沙鸥：《新诗不容抹杀》，《光明日报》1956年12月22日。

研究和学习,"(1)以四句为最小单位;(2)每句音节大半不超过四个;(3)押韵的形式采取 aaba 式。向旧诗学习,就是要把旧诗的技术提高到理论原则上来加以分析,而不是仅靠印象或感想"。冯至肯定了新诗的成就,但认为"目前的许多诗创作思想平庸,感情贫乏语言拖沓而不凝练"。游国恩则认为,新诗应该有韵,至少要有一些"规矩"。林庚指出,虽然五四运动以来,诗歌的基本方向不是在继承传统方面,但新诗的成就是相当巨大的。他反思自己一代的诗人在学习传统方面的不足,造成了"新诗人的创造生命的短促"。而今天的诗创作不够繁荣,林庚认为主要是由于"不重视抒情诗",因为"抒情诗主要的依靠是语言,它不是其他的文学形式所能替代的。然而现在我们却有强调写长篇叙事诗,轻视写短小的抒情诗的倾向。而许多叙事诗在要求上既没有艺术的情节,也缺少诗的语言,结果是在这两方面都逃避了责任"。林庚基于新诗文体的角度形成的看法颇为独特,至于新诗人如何学习民族传统,林庚认为"首先必须学习古代的诗人们表现思想感情的语言能力,学习他们认识生活和理解生活时所下的那种艰苦的功夫"。[①]

第三节　新民歌运动和新诗发展道路问题论争

　　新诗的形式问题、传统问题、民族化和大众化问题,以及新诗发展道路问题等,是相互关联、交叉的,贯穿了新诗自创制以来的

[①] 臧克家、李长之等:《对新诗问题的意见》,《光明日报》1956 年 12 月 22 日。

整个历史进程，只是在不同的阶段侧重点不一样，对应的政治话语也有所不同。20世纪50年代发生的新诗发展道路问题讨论包括了实践层面的新民歌运动和学术专题下的"新诗发展道路问题"论争。这两个方面几乎同时进行，形成了20世纪50—60年代的当代中国独特的诗歌文化。

一 新民歌运动及"诗歌下放"论争

20世纪50年代初期有关"新诗形式问题"讨论中的相关内容已经涉及"新诗发展道路"，而1958年"新诗发展道路"问题被重提，并引发了前所未有的大规模论争。这一年春天兴起的社会主义"大跃进"运动中，产生了许多抒发劳动热情的新民歌。在3月22日的成都会议上，毛泽东讲话指出，要注意搜集新民歌，并称"中国诗歌的出路，第一条民歌，第二条古典，在这个基础上产生出新诗来，形式是民歌的，内容是现实主义和浪漫主义的对立的统一。太现实了就不能写诗了"。在此后的郑州会议和八届二次会议上，毛泽东再次提议搜集民歌。4月14日《人民日报》刊发了题为《大规模地收集全国民歌》的社论，不仅强调了民歌对劳动生产有促进作用，而且也对我国的文学艺术的发展（首先是诗歌和歌曲的发展）有重大意义。社论预言："这是一个出诗的时代，使民歌、山歌、民间叙事诗等像原油一样喷射出来。"在这样的运动背景下，诗歌批评界以毛泽东讲话为指导思想，进行了有关"开一代诗风"的讨论。

第一章 破与立：20世纪50—60年代的诗歌批评

1958年6月1日出版的《红旗》创刊号发表了周扬的《新民歌开拓了诗歌的道路》一文，文章传达了毛泽东关于"革命现实主义和革命浪漫主义相结合"的提法，并进行了理论上的阐释和论证。这样，与新民歌创作运动相应和，新诗的批评讨论话题也由诗歌的形式、风格、创作方法等问题逐步转向了对于新发展道路问题的论争。论争持续了两年之久，论争的主要文章后由作家出版社出版的《新诗歌的发展问题》。根据该书的"编辑说明"称，1958年关于新诗发展问题的讨论，大致的进展状况和论争的话题是："《红旗》创刊号上发表了周扬同志的《新民歌开拓了诗歌的道路》一文，对于新民歌和五四以来的新诗做了重要的阐发。《诗刊》曾提出'开一代诗风'的问题，紧接着《星星》展开了'诗歌下放'的讨论，《处女地》展开了'新诗发展问题'的讨论，《诗刊》也开辟了'新民歌笔谈'。此外，《文艺报》、《人民文学》、《蜜蜂》、《火花》、《红岩》、《人民日报》等报刊也都发表了文章。"[①]

50年代的这一论争涉及许多话题：如"开一代诗风"、"诗歌下放"、对五四以来的新诗的再认识、对于"新民歌"的评价、"新民歌"与新诗发展的关系，以及新诗发展的艺术基础等。其核心是在"新民歌运动"的背景下，质疑新诗的出路，而提出新诗发展需要重新确立的"基础"的问题。此即当时提出的"开一代诗风"的出发点。

关于"诗风"的含义，在《门外谈诗》中，邵荃麟解释为"指

---

① 《诗刊》编辑部编：《新诗歌的发展问题》第1集，作家出版社1959年版。

一定时期中诗歌创作的倾向,因而也就包括决定风格和形式发展的思想内容"。他继续臧克家的分析方法,将新诗运动史区分为"主流"和"逆流"两种诗风;前者指的是"属于人民大众的进步的诗风",而后者则指的是"属于资产阶级的反动的诗风"。他肯定了以郭沫若为代表的创造社诗歌运动,认为"郭沫若初期的诗歌,一般被称为浪漫主义的,但应该说是和现实主义相结合的浪漫主义"。这种类似于臧克家的,对于五四以来的两种诗风的重构,实际上是对毛泽东在成都会议讲话中提出的"革命现实主义和浪漫主义"两种创作方法对立统一观念的一种呼应。邵荃麟批评了"前两三年的某些诗歌中间"出现的一股"空虚、颓废",形式上"晦涩的、矫作的"歪风,而肯定了"大跃进"中诗歌界的新气象。他指出:开一代诗风的关键问题,"是诗歌与劳动群众如何更好地结合:一方面要使诗歌更普及化,真正成为劳动人民自己的艺术,更重要的,则是诗人们深入生活、改造自己",因为,"我们的诗歌中要求有一种更激起我们充满夸耀的、欢喜的激情的精神,这就是社会主义大跃进时代的精神"①。

"开一代诗风"讨论的参与者们延续了邵荃麟文章的总体思路,并将议题集中在几乎不加分析地肯定新民歌价值的基础上。讨论者大量引证新民歌的例子,来证明这种民歌风格具有"自然""朴实""多样"等优越性。一些肯定性的意见常常是相当夸张的,比如田间称它们比希腊的许多短诗"更精巧,思想又比它站得高"②,还强

---

① 邵荃麟:《门外谈诗》,《诗刊》1958年4月号。
② 田间:《谈诗风——在河北诗歌座谈会上的发言》,《蜜蜂》1958年第7期。

第一章 破与立：20 世纪 50—60 年代的诗歌批评

调，古今中外一切伟大的诗歌都和民歌有关系。贺敬之则称新民歌为今日的"新'诗经'"①。对新民歌风格的基本评价包括：使用的语言是口语，诗歌的节奏鲜明，以及采取了大量反映劳动群众乐观精神和劳动热情的比喻、夸张等修辞技巧。

由于对新民歌的充分肯定，几乎所有的讨论者对新诗的历史和现状都有不同程度的批评，他们号召知识分子诗人向大跃进中的劳动群众学习，吸取新民歌的技巧和风格。将新民歌与知识分子诗人的创作对立起来，是这一时期普遍的论述方式。闻山认为，"知识分子诗歌"的"知识分子腔调愈来愈重，也愈来愈洋气，长达二三千字的散文，佶屈聱牙的语法，在诗里也愈来愈多"②。郭小川认为新民歌向新诗发起了一次极其严重的挑战，他还把新民歌看成是"诗歌发展的一个最重要的基础"③。袁水拍从是否有劳动人民的思想感情和群众观念的角度来要求知识分子诗人，建议他们"要彻底革掉自己的非无产阶级思想感情，使自己的作品里充满群众的、时代的声音"④。

周扬的《新民歌开拓了诗歌的新道路》是这一时期讨论中的重要文章，它更加明确地将"新民歌"与新诗发展联系起来。⑤ 这篇长文首先为新民歌在当时的价值和意义作了不容置疑的肯定，"大跃进民歌反映了劳动群众不断高涨的革命干劲和生产热情，反过来

---

① 贺敬之：《关于"新民歌"和"开一代诗风"》，《处女地》1958 年第 7 期。
② 闻山：《漫谈诗风》，《诗刊》1958 年 4 月号。
③ 郭小川：《诗向何处去?》，《处女地》1958 年 7 月号。
④ 袁水拍：《写中国作风、中国气派的诗》，《人民文学》1958 年 5 月号。
⑤ 周扬：《新民歌开拓了诗歌的新道路》，《红旗》创刊号，1958 年 6 月 1 日。

又大大的鼓舞了这种干劲和热情，促进了生产力的发展。新民歌成了工人、农民在车间或田头的政治鼓动诗，它们是生产斗争的武器，又是劳动群众自我创作、自我欣赏的艺术品。社会主义的精神渗透在这些民歌中。这是一种新的社会主义的民歌；它开拓了民歌发展的新纪元，同时也开拓了我国诗歌的新道路"。周扬坚定地认为，"一面鼓励群众的新创作，一面大规模地有计划地搜集、整理和出版全国各个地方、各民族的新旧诗歌，这对于我们现在的文化进一步民族化、群众化将发生决定的影响，它将开一代的诗风，是我国诗歌的面貌根本改变"。以新民歌为参照，周扬还指出新诗的根本缺点在于"还没有和劳动群众很好地结合。群众感觉许多新诗并没有真实地反映他们的生活、思想和感情，在这些诗中感觉不出劳动群众自己的声音笑貌，更不要说表现劳动群众的风格和气魄了。群众不满意，诗读起来不上口，特别不满意那些故意雕琢、晦涩难懂、读起来头痛的诗句，总之，群众厌恶洋八股。有些诗人却偏偏醉心于模仿西洋诗的格调，而不去正确的继承民族传统，发挥新的创造，这就成为新诗脱离群众的重要原因"。周扬预言：新民歌将使新诗的面貌改观，群众诗歌创作将日益发达，未来的民间歌手和诗人，将会源源不断地出现，他们中间的杰出者将会成为诗坛的重镇，民间歌手和知识分子诗人之间的界线将会泯灭。

不难看出，周扬的长文是对毛泽东成都讲话（当时没有发表）的阐释，其政治和文化立场，有一个经久不衰的历史前提，即对知识分子新诗传统的批判，这也是对知识分子思想改造的文化政策在当时文学领域内的延续。而在"劳动群众"和"知识分子"这一对

第一章　破与立：20世纪50—60年代的诗歌批评

立的设置背后，也包含了将五四以来中国现代知识分子所接受的文化资源，等同于实际上经过选择和阐释的西方文化资源的立场。这一立场也是当时有关如何继承文化遗产的讨论在文学研究中的具体体现。它显示了50年代中国在整个世界文化格局中的文化处境和世界地位，以及由此带来的国家内部政治状况和文化取向的动荡和波折。在这种文化境遇和政策举措的背景下，我们也许不难理解，在当时的文学创作和文学研究中，为什么会高度重视政治立场与文学观念的绝对一致性。问题的另一端也显露无遗，即在文学领域里展开的讨论和论争中，真正关乎文学自主性方面的问题，总会遭到遗忘或刻意的遮蔽。这正是当时新诗发展道路讨论的显著特征之一。

如此，我们就不奇怪，为什么当时一些知识分子表现出对于五四以来的新诗发展的虚无主义态度。欧外鸥认为，"五四以来的新诗革命，就是越革越没有民族风格，越写越加脱离（不仅是脱离而且是远离）群众。多少年以来，大多数的新诗不仅在形式上，就是它的构思与想象的表现也全部仿照西洋格调，是跟群众远离，没有广大群众基础的。只有很少数的诗人敝帚自珍，很少数的知识分子读之无味、弃之可惜得念它一下，甚至有些知识分子也不喜欢它"。① 自然，欧外鸥这种极端化的论点受到许多人的批评，并没有获得普遍性赞同，然而这反映了在这个问题上"知识分子诗人"的复杂心理和态度，不过它的出现仍基于当时特定的政治文化背景，因此有其必然性。

---

① 欧外鸥：《也谈诗风问题》，《诗刊》1958年10月号。

在诗歌发展道路的讨论中，对于文学历史的重评，是一种基于现时代政治需要的文化政治策略，其目的并非出于创造自由的、丰富多样的文化前景。邵荃麟在完成其阐释目标时，对于当时的社会生活和创作现状做过一种想象性的描述："目前我国是在技术革命和文化革命的高潮中，人民在创造奇迹。许多奇迹都是世界上、历史上所没有过的。为什么有这样的创造呢？我看着就是共产主义思想解放的结果。"① 邵荃麟通过对诗歌问题的讨论，进而发展成对于整个文艺发展道路和方向的阐释，重新明确了毛泽东在成都讲话中对于诗歌发展道路问题的意见。在分析新民歌的创作方法时，他还将其体现的浪漫主义称为"高度的乐观主义"，并将这种革命浪漫主义和革命现实主义相结合的创作方法，推演为整个文学艺术的创作方法，且视革命浪漫主义风格与风格上的共产主义为一体，呼吁将基本精神上的共产主义风格与创造民族风格的努力结合起来，创作我们时代最丰富最多样的风格。

在50年代后期关于新诗发展道路问题的讨论中，另一主要论题是以《星星》诗刊为阵地的"诗歌下放"的争鸣。其中有代表性的意见分成两派：一方面以雁翼、余冀洲、红百灵等为代表，他们在肯定诗歌面向工农兵的前提下，保护新诗的成就，并有限度地维护新诗创作的多样性，而拒绝以"新民歌"来规范、统一新诗。雁翼认为，诗歌下放主要是指"诗歌的思想内容，至于形式，它只是表现思想内容的一种手段"②。因而，他建议形式多样的诗歌下放。有

---

① 邵荃麟：《民歌的浪漫主义、共产主义风格》，《文艺报》1958年第18期。
② 雁翼：《对诗歌下放的一点看法》，《星星》1958年6月号。

第一章 破与立：20世纪50—60年代的诗歌批评

的论者还进一步地指出，"我国正处在大跃进的时期，又是'百花齐放'的时代，中外的形式应当同时并举……如果把中外的形式溶为一体，创造出更好、更新、更有独特风格的形式，那就更会受到欢迎了。不能偏重哪一种形式，更没有理由排斥哪一种形式"。① 当时还是学生的红百灵表现了更为坚决的态度，在《让多种风格的诗去受检验》《我对诗歌下放的补充意见》两篇文章中，红百灵同意"诗人应该大步地加入人民的合唱队"，但他也忧虑，"是不是叫诗人们千口一致地唱一个调子的民歌呢？是不是叫诗人们的原来跳动着时代脉搏的各种风格都不要了呢"？他认为，"诗歌下放，除了多用民歌体唱给人民外，还必需诗人们带着自己风格的诗去受大众的检验"。② 红百灵热烈地为在诗歌讨论中遭受批评的诗人如蔡其矫、朱子奇等人辩护。与雁翼等人不同的是，红百灵指出民歌也有缺点，需要"在诗人的帮助下加工提高——改造"。③

雁翼等人对新诗发展的忧虑态度和意见，立即遭到强烈的批评。批评所据的立场表现了与既往新诗"断裂"的姿态，而主张新诗在内容、形式上的"彻底的革新"。这场有关"诗歌下放"的讨论，最后以李亚群的文章为"总结"。他在《我对诗歌道路问题的意见》④一文中，批评雁翼的有关观点是"形式无关论"，"实质上是掩饰自己不愿放弃自己熟悉的那种形式的挡箭牌，也即是不愿向

---

① 小晓：《我的看法》，《星星》1958年10月号。
② 红百灵：《让多种风格的诗去受检验》，《星星》1958年8月号。
③ 红百灵：《我对诗歌下放的补充意见》，《星星》1958年9月号。
④ 李亚群：《我对诗歌道路问题的意见》，《星星》1958年11月号，《红岩》1958年12月号转载，作者是当时中共四川省委宣传部长。

· 63 ·

民歌学习的挡箭牌",这个问题也被李亚群看成是"有关文艺方针的问题,亦即愿不愿意为工农兵服务的问题,也是谁跟谁走的问题"。雁翼等对民歌局限性的论述,被批判为是"知识分子要在诗歌战线上争正统、争领导权的问题"。李亚群否认民歌的"局限性"的说法,认为"像红百灵这样的知识分子,首先还应当是考虑如何自我改造,不应当是考虑如何'改造'新民歌"。李亚群的主张看来激烈而生硬,并非完全没有道理,因为当时关于是否学习民歌"形式"问题的争论,确实并不仅是"形式"问题,而是牵扯到对五四以来新诗评价,以及"知识分子"诗人写作的独立性、创造性的问题。当时何其芳、卞之琳等对民族形式"局限性"的指出和引发的争辩,也应从这一层面去理解。这可以看作是"知识分子"诗人在维护其心灵和表达空间时所做的,尽管很有限的努力。

二 新诗发展道路问题学术论争

新诗发展道路问题讨论中的一些观点和论述可以明确地归入关于新诗形式发展的探讨一脉当中,这样,这些讨论就与20世纪50年代初期有关新诗形式问题论争中几位诗人与学者的相关思考与构想相接续。

1958年7月号的《处女地》发表了何其芳与卞之琳关于新诗发展问题的两篇文章。在《关于新诗的"百花齐放"问题》一文中,何其芳针对同年5月号《人民文学》上公木与他商榷的文章论点,阐发了自己对于"民歌体的限制""建立新的格律体"等问题的具

第一章　破与立：20 世纪 50—60 年代的诗歌批评

体意见。他认为民歌体的句法与现代口语存在矛盾：民歌体"基本上是采用了文言的五七言诗的句法，常常要以一个字收尾，或者再用两个字的词收尾的时候必须在上面加一个字，写起来容易感到别扭，不自然，对于表现今天的复杂的社会生活不能不有所束缚"。同时，何其芳还认为，民歌体远没有他主张的现代格律诗变化多，样式丰富。他从五四以来诗人们创建格律体而没有成功的历史教训中，总结出建立"符合我们的现代口语的规律，表现能力强，样式和变化也更多"的新格律体诗的必要性。他还从格律体和自由体的比较中，努力证明新诗发展在诗体创造中存在问题。而且，更为可贵的是，何其芳的这些意见是从主张多样化的民族形式的立场出发的，明显的是为抵制当时"民歌体"一统天下的狂热。卞之琳在《对于新诗发展问题的几点看法》中还明确提出，将五四以来受外国诗歌影响下的新诗创作看成是新的民族传统，而照这种新传统写出来的新诗形式也就不能说不是我国的民族形式。他谈到"语言不够精炼"是新诗存在的主要缺点，并认为创造新格律诗应解决这一语言问题。

何其芳和卞之琳关于新诗发展方向的意见，都建立在五四以来的新诗作为新诗发展的基础之一的认识之上。显然，这表现了对于毛泽东所说的新诗发展的"基础观"的怀疑。持相近看法的，还有诗人力扬，他在《生气蓬勃的工人诗歌创作》一文的最后一节中，明确提出新诗发展基础的多样性"是只能从一个'基础'上建立呢？还是可以从几个'基础'上建立呢？是只能从民歌的'基础'上建立呢？还是同时也可以从新诗的'基础'上建立呢……民歌，自然应该作为一种重要的民族形式的诗歌,并作为新诗发展的基础之一。但是,为什么有将近40年之久的历史,并为很多读者所接受了的新诗,就不能成为诗歌的新的民族形式之一?不能成为诗歌发展的基础之一呢?"① 这可以说是直接质疑了毛泽东的提法,但因为这是一篇热情赞扬工人诗歌创作的文章,因而也就没有遭到更为激烈的批评。

何其芳和卞之琳的两篇文章发表后,引发了一系列发表在《处女地》《诗刊》《萌芽》等刊物上的商榷和批评文章。对何其芳等的批判争论,集中在"民歌体"的局限性、民歌是否是新诗发展的基础和现代格律诗是否可行等问题上。在论证民歌体具有无比的优越性,或者所谓格律体的建立只是空中楼阁的幻想时,批评者紧接着就把学术讨论引向一种政治批判立场。卞之琳曾有这样的期待,"根据实际情况、创作实践,经过大家的讨论,来回答这样的问题:作为共产主义文学萌芽的新民歌怎样发展下去?怎样和旧诗传统以及'五四'以来的新传统(如果不完全否定它的话)互相结合而产生一种更新的共产主义诗歌?"② 显然,在当时的政治文化背景下,这样的期待只能落空。

1959年1月29日的《人民日报》上发表的张光年《在新事物面前》一文,批评何其芳、卞之琳对于新民歌评价的时代意义估计不足,"他们头脑里预先有一个比新诗和新民歌都要好得多的'现代格律诗'或'新格律',相比之下,新民歌的艺术上的光彩不免

---

① 力扬:《生气蓬勃的工人诗歌创作》,《文学研究》1958年第3期。
② 卞之琳:《分歧在哪里?》,《诗刊》1958年11月号。

第一章　破与立：20 世纪 50—60 年代的诗歌批评

因此而减色"。这是"用老眼光看待新事物的结果"，"他们把他们所主张的'新格律'或'现代格律诗'强调到不适当的程度了"。张光年声明说，"我们并不反对何其芳同志或别的同志通过其他途径建立现代格律诗的尝试；但是如果把不应当截然对立的事物对立起来，因而在实际上贬低了从民歌和古典诗歌基础上发展新诗，包括从旧形式推陈出新发展新形势、新格律的创造性的努力，那是不能同意的"。到了 1959 年，由于当时文艺界主持者对文艺"大跃进"的后果的某些忧虑，也由于何其芳主持的文学研究所和《文学评论》杂志的立场，使有关诗歌形式问题，能在一定程度上从"学术"层面得以继续展开。该年《文学评论》杂志开辟了"讨论"专栏，发表了一些诗人和学者就建立格律体和新诗发展问题的研究性文章。这些文章包括何其芳《关于诗歌形式问题的争论》，徐迟《谈民歌体》，力扬《诗国上的百花开放》，冯至《关于新诗的形式问题》（以上文章见 1959 年第 1 期）；何其芳《再谈诗歌形式问题》，林庚《五七言和它的三字尾》，卞之琳《谈诗歌的格律问题》（以上文章见 1959 年第 2 期）；1959 年第 3 期《文学评论》开辟"关于诗歌格律问题讨论专辑"，发表论文包括：王力《中国格律诗的传统和现代格律诗的问题》，朱光潜《谈新格律诗》，罗念生《诗的节奏》，周煦良《论民歌、自由诗和格律诗》，唐弢《从"民歌体"到格律诗》，金克木《诗歌琐谈》，季羡林《对于新诗的一些看法》，金戈《试谈现代格律诗问题》，陈业劭《论"自由格律诗"》等。

值得注意的是，《文学评论》刊发的关于"诗歌格律问题"的讨论，立论的前提是承认了五四以来的新诗的某些部分也是新诗发展的基础之一。何其芳在回应了一些批评者对他的观点的"歪曲和武断"之后，提出他的想法："民歌体是会在今后相当长以至很长的时期内还要存在的；新诗是一定会走向格律化，但不一定都是民歌体的格律，还会有一种新的格律；格律体的新诗而外，自由体的新诗也还会长期存在。最远的前景比较难说。但民歌和新诗在形式上的特点都相当突出，不大容易混合起来。……文艺形式有它的稳定性。而且样式多一些是好事，不是坏事。"①

由于相关的讨论缺乏具体的新诗实践成果，关于新诗格律的问题基本上是在理论层面进行的；而对于新民歌的研究，也由于对象本身无法生成更复杂的理论命题，关于民歌体和格律体的关系，以及民歌体如何成为今后诗歌发展的主要形式等的问题，也没有在讨论中产生令人信服的阐释。新诗发展问题的讨论的另一延伸话题，是新诗的民族化、群众化问题，但这一话题也没有在讨论中得以深入展开。

新诗形式问题的讨论一直持续到60年代初期，但基本上没有突破50年代的讨论框架。70年代末在尹旭《新诗要革命》的文章所引起的讨论中，新诗形式问题也成为反思的对象之一。有的论者针对尹旭关于新诗"是欧化的一统天下"的指责，从欧洲格律诗、自由诗的形式特点出发，指出目前我国的新诗和欧洲诗歌在形式上的差异，指出"欧洲诗歌和中国新诗，在形式上并不是'源'和

---

① 何其芳：《关于诗歌形式问题的论争》，《文学评论》1959年第1期。

'流'的关系。如果说新诗在形式上确实存在很大的问题，那也并非是什么'欧化'带来和造成的"，① 其主要问题是脱离了音乐性。不过，音乐性到底是怎样的？它对新诗是否那么重要？这些问题没有得到进一步探讨，讨论中只是又重申了何其芳关于新诗的顿与格律的某些观点。当七八十年代之交，朦胧诗讨论刚刚开始时，卞之琳曾经撰文提出他对当时新诗发展面临的艺术问题的看法，澄清了当时他认为普遍存在的对新诗的一些误解。"新诗是散文化的"，"创新就是难懂的"，以及"新诗不适用于格律"等看法，在卞之琳看来都需要进一步质疑。针对造成这些判断与纷争的根源，他提出了需要汲取的教训："第一，要真正理解本国的或传统的事物，必须对外国事物有起码的知识，反之亦然"；"第二，五四以来的新诗也多少形成了一个传统。"② 卞之琳所提出的观察新诗问题的前提和立场，不仅仅对新诗形式问题有效，只是它不可能被更多的人所认同，因此，此后有关新诗的论争，仍会继续陷入"混乱"之中。

第四节 诗歌批评演变为文艺批判

在新时代开启的诗歌批评话语中，"运动""意见"和"检讨""自我批评"等是一系列常见的题名关键词，前者是对新时代诗歌写作新面貌的呼唤之音，后者则是一些受到新时代政治思潮冲击之

---

① 治芳：《新诗是"欧化的一统天下"吗？——对〈新诗要革命〉一文的辨证》，载《新诗的现状与展望》，全国当代诗歌讨论会编，广西人民出版社1981年版。
② 卞之琳：《今日新诗面临的艺术问题》，《诗探索》1981年第3期。

后，部分诗人或真诚或忐忑的表态。比如，常读到这样的评论文章标题，"开展工人的诗歌运动"①，"我们的诗歌朗诵运动"②，"进一步发展新民歌运动"③ 等，是烙有鲜明的时代印迹的批评话语模式。自上而下、全民总动员的文艺方针，造就了这种分贝偏高、祈使式的批评语调和句法，显示了新时代人们高涨的政治热情。诗歌创作方面，已成名的诗人和刚刚登上诗坛的青年诗人纷纷以高昂、激越的语调歌颂新时代、新政权及其政治领袖。相应地，评论界也对这种运动式的诗歌潮流和宣叙调的诗歌文本展开讨论。其他题名中的常见词如"批判""毒草"等，虽为政治批判运动的话语产物，但在批评语境中，则是升级了的人身攻击和政治迫害。

　　文学批评，简而言之，应该是批评者从文学文本（诗歌）出发，对于写作者（诗人）处理语言材料的能力，在创作中所体现的思想的深邃广博程度的一种观察与评说。为什么在特殊的年代，本应在理解的前提下进行的善意的文学与文化讨论会升级为人身攻击与迫害呢？换言之，文学批评的功能为何发生了异变？单单强调时代与政治环境的特殊性，也不可能说明更深层的原因，以达到吸取历史教训的效果。从诗歌批评的角度反思当代文学史一度出现的批评功能的异变，纠正以政治标准为唯一的批评标准的认识，不是在政治立场和道德层面上评价批评对象，而是能够以文学与现实政治的关系，文学的独立性以及批评的限度等为标准加以探讨，或许是

---

① 张曼：《开展工人的诗歌运动》，《解放日报》1949 年 12 月 6 日。
② 张虹：《我们的诗歌朗诵运动》，《文艺报》1949 年第 7 期。
③ 陆学斌：《进一步发展新民歌运动》，《人民日报》1958 年 12 月 10 日。

第一章　破与立：20 世纪 50—60 年代的诗歌批评

当代诗歌批评希求进一步解答的问题。

批评功能的异变当然与批评者的人格修养有关，在那个特殊的年代，被裹挟在时代的浪潮中，部分批评者可能是因为盲从或认识不足，另一些批评者则是出于真诚地相信新的文学观念与文学理想的本意，那些同时兼事写作与批评的诗人，在调整自己的文学观念方面付出了巨大的努力。这一时期，出现了检讨式、声讨式的批评，但总体来看，批评话语往往处于是非对错的两极，缺乏具体深入的探究。

首先，检讨式的批评多来自在新的文学话语中受到冲击的诗人，体现了知识分子诗人普遍的精神焦虑与失语状态。新中国成立之初，为使新的文艺观念深入人心，《文艺报》率先展开批评与自我批评，并组织对诗歌话题及诗人近作的讨论，沙鸥、王亚平、卞之琳等诗人因为受到严厉的批评而主动作了自我检讨。1950 年《文艺报》第 2 卷第 4 期刊出该刊编辑部《〈文艺报〉编辑工作初步检讨》，文中有这样的话："四月二十一日，各报纸刊载了中国共产党中央委员会的《关于在报纸刊物上展开批评和自我批评的决定》。""为了响应中国共产党中央委员会的正确号召，在最近，我们将十五期的《文艺报》做了一个初步的检讨。"《文艺报》"最主要的缺点，是没有通过文学艺术的各种形式与政治更密切地结合，广泛地接触目前政治上各方面的运动"，"我们虽然懂得对一篇作品首先要求它的政治性，但还不很懂得要配合当前的政治任务如何主动地去组织适合于迅速反映当前政治任务的稿件"。接着，针对具体作品的批评与检讨式的自我批评也出现了。沙鸥的诗作《驴大夫》发表在1950年9月出版的《大众诗歌》第2卷第3期,诗人本人也是《大众诗歌》的主编之一,同一期《大众诗歌》编委会发文称其明确了刊物的对象,"我们的刊物是给工农兵干部及知识分子看的,就主动地选刊了反映工农兵生活的作品,以及工人自己的作品"。《驴大夫》是一首批评当时某医院因存在官僚主义作风而致使一个孩子不治身亡的诗,发表后不久,针对《驴大夫》的批评出现了,批评者认为沙鸥"没有正确地掌握批评与自我批评的精神,而采取了不严肃的不正确的态度,使人读了他的这首诗之后,感到他不是在热情地严肃地批评,而是在发牢骚,泄愤气,在无情地讽刺"①。被批评者沙鸥于次年2月的《文艺报》发表了《关于〈驴大夫〉的检讨》,他指出,写作这首诗的动机源于一个真实的事例,本意"用那一较典型的事实来揭露官僚主义作风对革命工作的危害",但诗作存在着两个主要缺点,"即是政策观念错乱与立场不稳。在诗中被我批评的是自己人,我在创作的时候是明确的,但对自己人用了尖锐的嘲笑与辛辣的讽刺,以致敌友不分,却没有自觉到"。"错误的根源在什么的地方呢?我看了我近年来的习作,也仔细地读了一遍解放前写的东西,我看出我自己:除了政治水平低与粗枝大叶之外,还有两个重要的思想上的病根,一个是骄傲自满,一个是为艺术而艺术的思想的残余。"②

王亚平的诗作《愤怒的火箭》发表于《大众诗歌》1950年第2

---

① 段星灿:《评〈驴大夫〉》,《文艺报》1951年1月10日第3卷第6期。
② 沙鸥:《关于〈驴大夫〉的检讨》,《文艺报》1951年2月25日第3卷第9期。

第一章　破与立：20世纪50—60年代的诗歌批评

卷第 6 期刊出的"抗美援朝特辑",稍后,《文艺报》上刊出立云、启祥、魏巍的文章《评王亚平同志的〈愤怒的火箭〉》,认为王亚平"没有把握住自己所确定的主题予以正确的阐明,从而给读者以深刻的教育;相反,在诗篇中,作者对于中国人民抗美援朝的志愿行动却作了显然错误的宣传和不正确的描写,从而使主题受到了破坏","作者在这篇诗歌中,对于中央人民政府颁布的土地改革政策,除奸政策,还有我们对待敌军俘虏的政策,同样作了不正确的处理。""从以上两个问题可以看出:作者的创作态度是很不严肃的,因之,其生产品呈现出严重的粗制滥造现象"①。针对这严厉的批评,王亚平发文表示"衷心的感激",检讨自己"对政治缺乏具体的了解,又凭空想象歪曲了现实"②。《文艺报》组稿展开的"批评与自我批评"是一种主动配合党中央的文艺批评政策的行动,通过发表的检讨文本很难了解被批评者的接受态度是出于真诚接受还是被迫表态,而从《文艺报》采取的自上而下的组织批评举措所产生的影响来看,被批评的诗人很难为自己的写作辩护或不做出回应。

在刊发王亚平自我批评文章的同一期,《文艺报》还以《欢迎这样的文艺批评》为总题刊出一组读者来信来稿,配发了"编辑部的话":"本报的三卷六期发表了几篇评论诗歌的文章后,接到了许多读者的来信和来稿。他们一致认为对于文艺创作上粗制滥造的现象的批评,是及时的必要的,他们希望这种同志的原则性的批评,

---

①《文艺报》1951 年 1 月 10 日第 3 卷第 6 期。
② 王亚平:《对于"愤怒的火箭"的自我批评》,《文艺报》1951 年 2 月 10 日第 3 卷第 8 期。

能够继续展开，并且要求在创作态度上不够严肃的作者能严格检视自己的作品，在今后的工作中有所改进。"接下来一期的《文艺报》"编辑部的话"提到了这些批评来稿，"有的是各种工作岗位上的读者的来稿，有的是专业的文艺工作者执笔的，而后者，也大都是参考了或集中了若干通讯员和读者的意见，加以较深入的研究后写成的。这可以看到，群众是如何与日俱增地关心、爱护着我们的文艺工作。几乎每一篇评论的文章发表后，编辑部就会收到大批读者的意见，如对于王亚平的诗《愤怒的火箭》、沙鸥的诗《驴大夫》……，以及对于文艺刊物的处理来稿的工作的批评，读者的反应是广泛而热烈的。这正是推动我们文艺评论工作的重要力量"。可以发现，这个时期文艺界致力于发动广大的群众读者，使其参与到新文艺的话语建构之中。即使作为一种对语言有较高要求的文学样式，在文艺大众化时代，诗歌仍激发着普通读者的参与热情。

在《文艺报》组织的"批评与自我批评"栏目中，另一位受到冲击的诗人是来自国统区，于新中国成立前即已成名的现代派诗人卞之琳。卞之琳的新作《天安门四重奏》发表在《新观察》1951年1月10日第2卷第3期上，2月10日第2卷第8期的《文艺报》就刊发了对这首诗的批评文章，而卞之琳的《关于"天安门四重奏"的检讨》刊发在《文艺报》同年4月10日第3卷第12期上。短时期内出现的批评与检讨，是为配合上级文艺部门的号召而开展，放在新文艺自我建构的总体语境以及解放初期对知识分子思想改造的语境下考察，这种批评行动很容易损伤诗人和作家对文学艺术探索的积极性。特别是像卞之琳这样的学者型诗人，他已经具备

第一章　破与立：20世纪50—60年代的诗歌批评

了相当成熟的诗歌写作技巧，同时也一直积极、严肃地探索与新文艺理念的结合方式。在稍早的一篇文章里，他写道："……直到延安文艺座谈会以后，知识分子写诗的才大多数全心地去接受民间文学的影响，与未受西洋影响、纯从民间文学中成长的新诗歌工作者会合了。每一个写诗的人现在在普及基础上提高的原则下，都面对着一些问题，首先是：受过西洋资产阶级诗影响而在本国有写诗训练的是否要完全抛弃过去个阶段发展下来的技巧采取为工农兵服务，纯从民间文学史长成的是否完全不要学会一点过去知识分子不断发展下来的技术？"① 卞之琳的问题在当时是无解的，从理论上讲，对诗歌技巧的吸取可以是没有绝对限制的，自古以来，文学语言技巧就是各阶层之间相互刺激、融会的过程中丰富和提升的。但在政治意识统驭一切的时代，这种思路是需要被阻断的，而当时的诗人似乎并没有意识到这些。卞之琳的《天安门四重奏》吸收了T. S. 艾略特《四个四重奏》中的一些现代技法，试图实现他在诗歌技巧方面的新旧（"民间"与"现代"）结合，却遭到严厉的批评。

批评者称《天安门四重奏》"难懂的地方很多，其所以难懂，恐怕是由于作者过多地在形式上追求，而没有更好地考虑这样的形式能否恰当地传达诗的内容"。"譬如说，作者为了讲求节奏的和谐，排列的整齐，结构的严密，将一些字句轻易省略、倒置，使得诗的意义不明白，使人不易读懂。""作者创造了一些不明不白的意

---

① 卞之琳：《开讲英国诗想到的一些体验》，《文艺报》1949年11月10日第1卷第4期。

象，使得他的诗不但没有加深人民的印象，没有给人一种活泼生动的感觉，反而使人如堕五里雾中。""作者还没有很好地区体会新的生活中人民大众的情绪，去捕捉那些生活中真实的诗的意象，也没有很好地去学习、提炼群众的语言，而只是较多地在形式上用功夫，想用硬造的语言和形式来补救生活、感情、思想的贫乏。"① 承伟等认为："这首诗的主题是歌颂天安门歌颂新中国，但是整个诗篇所给予读者的，只是一些支离破碎的印象，以及一种迷离恍惚的感觉，这首先就表现在这首诗的语言方面。"② 面对这些批评，卞之琳也做了检讨："这些诗（诗人谈的是他的近作，包括《天安门四重奏》——作者注）写的是一个主题，可是从各个角度写，用各种方式写，想就各方面'挖得深'，结果各方面读者都会感觉到有些地方亲切，有些地方不亲切——我写到后来自己看出来了。这是我'深入浅出'的思想修养和艺术修养不够的表现。"③

这一回合的批评与检讨似乎并没有挫伤诗人卞之琳执着、真诚的探索之心。他继续响应上级号召，配合政治形势，实验他自己的"念白式格律诗"。1958年《诗刊》3月号刊发了卞之琳的《十三陵水库工地杂诗》，这是他参观并参与了北京郊区十三陵水库建设后写下的诗作。两个月后的《诗刊》以《对卞之琳"十三陵水库工

---

① 李赐：《不要把诗变成难懂的谜语》，《文艺报》1951年2月10日第3卷第8期。
② 承伟、忠爽、启宇：《我们首先要求看得懂》，《文艺报》1951年2月10日第3卷第8期。
③ 卞之琳：《关于"天安门四重奏"的检讨》，《文艺报》1951年4月10日第3卷第12期。

第一章 破与立：20世纪50—60年代的诗歌批评

地杂诗"的意见》为总题刊发了刘浪和徐桑榆的批评文章两篇。刘浪认为："'十三陵水库工地杂诗'的最后一首'十三陵远景'是不够健康的。十三陵水库是封建帝王死后葬身之地，陵园中的任何一花一草，一土一石，都凝结了多少劳动人民的血泪，兴建陵园时又有多少劳动人民付出了生命！应该说十三陵是封建帝王留下来的罪证。'十三陵远景'全诗共四节，诗人并没有对封建帝王的罪行予以尖锐有力的谴责和鞭打，反而用了十行来描绘封建帝王的情趣和威风……这种笔调，很难看出诗人是抒人民之情。相反，在诗中的其余六行中，除了'人民翻身了'和'人民的大花园'以外，也看不出诗人对于翻了身的劳动人民的劳动和英雄气概给予应得的歌颂和礼赞。这就很难令人理解诗人在面对'十三件小古董'时，是一种什么样的思想感情！"① 徐桑榆认为，"这组诗在思想感情，语言逻辑、表现手法方面，都有一些使人摸不透的奥秘。我以为，这种奥秘越少越好；因为它妨碍正确、生动的表达思想感情，破坏艺术画面，损害甚至歪曲艺术形象"。批评者还重提旧账，联系卞之琳之前的诗歌，"五一年，诗人发表了'天安门四重奏'，因晦涩难懂，受过批评；诗人接受了批评，保证以后的作品能让大家懂得。五四年诗人又发表了一组农村诗歌（五首），但又是奇句充篇，难读难讲，读者又向诗人提出过意见。现在是五八年了，而这组诗又具有以往那些诗歌的缺点。看来，要不是诗人喜爱这种特殊的语言和风格，就是诗人难于改变自己的习惯"②。批评至此，作为诗人的

---

① 刘浪：《我们不喜欢这种诗风》，《诗刊》1958年5月号。
② 徐桑榆：《奥秘越少越好》，《诗刊》1958年5月号。

卞之琳大概连检讨的话都没法展开说了。他的互相借鉴技法的设想最终因过于天真、机械而告失败。多年以后，诗人以自己这一时期创作没有艺术性而"全部作废"，不再希望留存在自己编选的选集中。①

纵观以上几位诗人所受到的批评，可以发现，因为确定了政治正确性的条条框框之后，批评变得简单易行，可以放弃艺术的复杂性，更不用去追求艺术形式和风格的多样性。同时，将对作品主题和风格的期许转变为对诗人的要求，期待批评可以指导写作的做法，使这一种批评无法与其对象产生真正的理解，进行有效的对话。再者，诗歌阅读本身就众口难调，批评者不努力试图解读诗歌，却将读懂变成衡量诗歌好坏的尺度，也是批评的一种懒惰。可惜，在当代诗歌批评史的不同时期，这类批评话语不时出现。

声讨式的批评，是批评者对批评对象，尤其是诗人进行政治打压的一种形式。新中国成立之初，在以新的文艺观念要求和指导诗人创作的批评一度盛行过后，随着一个接一个的政治运动，被裹挟进运动中的诗人成了诗歌批评打击的对象。当诗人被打成反党反革命分子、右派的时候，批评者通过分析作为一种言论方式的诗歌作品，寻找其反党反革命的证据。在胡风反革命集团案、反右运动中，不少诗人受到冲击，也有不少兼事批评的诗人蜕变为声讨式批评的写作者，成为政治运动中的棍子手。

新中国成立后至"文化大革命"前，文艺界被迫卷入并使作家

---

① 卞之琳：《难忘的尘缘》，《新文学史料》1991年第4期。

第一章　破与立：20世纪50—60年代的诗歌批评

艺术家深受影响的政治运动包括1955年的胡风反革命集团案、1957—1959年的反右扩大化、1958年的"大跃进"等。当然，这些政治运动的展开有着一系列因果过程，有时也和其他领域开展的政治运动相关。胡风（1902—1985）是诗人、作家，七月派的重要理论家、批评家。对胡风文艺思想的批判始于1952年的整风运动。1952年2月，《人民文学》编辑部以"文艺整风学习和我们的编辑工作"为题发文批评了当时任《人民文学》副主编的诗人艾青的自由主义领导态度，3月，中华全国文学艺术界联合会发出通知，要求各地文联组织文艺工作者参加"三反"运动和"五反"运动，并组织动员文艺工作者深入斗争，搜集材料，进行写作，以配合运动宣传。在这场配合政治运动宣传和文艺整风行动中，最先受到较大冲击的是诗人王采[①]。在《长江文艺》4月号的《更进一步地展开文艺战线上反资产阶级思想的斗争》标题下，《武汉市文联批判王采的文艺思想》中提到，"前武汉市文联秘书主任王采，个人品质恶劣，公开敌视毛主席文艺方向。"[②] 稍后，《人民日报》延续了《长江文艺》对王采的批判，指出他的文艺思想中所谓的"文艺，是人底感情的高度升华""诗，是诗人底感情的高度升华，是诗人底感情发展到忘我的、类乎疯人的境地时的产物"等是"彻头彻尾的唯心论的说教，这种错误的资产阶级思想观点的荒谬性、反动性是尽人皆知的"。[③]

[①] 王采（生卒年不详），诗人，20世纪40年代开始写作，被认为是七月派诗人，著有诗集《你在那儿》《给魔鬼》《他们来的时候》《开花的土地》等。
[②] 《长江文艺》1952年4月号。
[③] 《前武汉市文联秘书主任王采在组织原则和文艺思想上都有严重错误》，《人民日报》1952年4月27日。

王采在新中国成立前与胡风有通信来往，虽通信都是关于稿约的，他也被认为是七月派诗人，不久，他被打成了胡风反革命集团的一分子。1952年6月8日，在周扬的指示下，《人民日报》转载了亦属于七月派的批评家舒芜①的检讨文章《从头学习〈在延安文艺座谈会上的讲话〉》②，文章的编者按中指出，胡风的文艺思想实际上属于"资产阶级、小资产阶级的个人主义的文艺思想"。胡风对此表示异议，并上书周恩来，要求对其文艺思想进行讨论。根据周恩来的指示，周扬召集在京的部分文艺界人士与胡风进行了座谈。胡风不承认自己的文艺思想有什么错误，但中共中央认为他坚持的错误文艺理论，在一些文艺工作者中产生了不良影响，决定对其公开批判。1953年年初，《文艺报》陆续发表了林默涵、何其芳等批评胡风的文章，《人民日报》也做了转载。胡风仍然不服，1954年7月，他写下30万字的反驳书，分析陈述几年来的文艺实践状况，递交中共中央政治局。至此，理论辩论还相对克制，并未发展为残酷的政治斗争。1955年年初，中共中央宣传部向中共中央提出开展批判胡风思想的报告，1月26日，中共中央批发了中宣部的报告。自1955年2月起，全国各地纷纷组织文艺界人士、高校师生座谈会与讨论会，开展对胡风思想的批判。1955年5月13日，《人民日报》发表《关于胡风反党集体的一些材料》，正式公开将胡风文艺思想

---

① 舒芜（1922—2009），中国现当代作家、文学批评家，1945年年初在胡风主编的《七月》上发表《论主观》一文，成为稍后文艺论争的焦点之一，也是50年代初期对胡风文艺思想批判的关键文本。

② 该文原刊于《长江日报》1952年5月25日。

第一章 破与立：20世纪50—60年代的诗歌批评

的论争定性为"反党集团"问题，全国上下迅速掀起批判声讨"胡风反党集团"的运动。

从关于胡风文艺思想的讨论，到将胡风等人作为文学流派的"七月派"定性为"反党集团"，自上而下组织批判，不仅致使胡风本人受逮捕，而且牵连全国上下2100余人，其中92人被捕，62人被隔离审查，73人被停职反省。在胡风案中，有诗人、批评家受牵连，他们的诗歌和诗学观念遭受批判，如七月派的阿垅、绿原、鲁藜、冀汸、芦甸等，而"七月派"诗人中被捕的除了胡风之外，还有牛汉、徐放、绿原、杜谷、阿垅、鲁藜、芦甸、罗洛、化铁、冀汸、方然、彭燕郊、曾卓、郑思等；另一些知名诗人、批评家则积极响应，成为声讨式批评的书写者，如臧克家、袁水拍、沙鸥、田间等。很难匆忙得出结论，认定这些在政治运动中批判他人，客观上对被批判者造成人身伤害的批评家们的行为是一种精神或道德品质的堕落，毕竟，在政治风浪中，人人都自顾不暇，或许他们中的部分人是真心相信那些罗织的罪名与作为批评出发点的主流意识形态。然而，若诗歌批评的标题中出现"反动""特务""毒箭""毒蛇"等指称批评对象诗人时，诗歌批评已然沦为政治斗争的工具，而文章之中也就自然不可能找到丝毫可信、有效的艺术见解。

胡风案之后，是1956年"双百方针"的推行，文艺界呈现了复兴趋向，但仅过了一年，又开始了一次让全中国上下，特别是知识分子卷入其中的政治运动，那就是1957年的反右运动。反右运动也缘起于党内整风，并迅速扩大化而波及党内外。1957年也是《星星》和《诗刊》这两种对当代诗歌发展影响深远的诗歌刊物的创刊之年①，然而，创刊不久，这两个诗歌阵地也迅速卷入了反右运动中。反右斗争中全国被划为右派分子的人数达 55 万人。

1957 年 1 月 1 日，《星星》诗刊在成都创刊，创刊时编辑部只有四个编辑，白航为编辑部主任，石天河为执行主编，流沙河、白峡为编辑。《星星》创刊号出刊不久，即因白航接受记者的访问内容及刊发的一首短诗《吻》（作者曰白）而遭到批评。1 月 8 日，《成都日报》在报道《星星》创刊的新闻里引用了白航对记者所说的一段话：要是没有党中央提出的"百花齐放，百家争鸣"的方针，刊物是办不起来的。诗歌的春天来到了！不单是诗，整个文学也一样，正在解冻。正是"解冻"一词惹来了麻烦。1 月 14 日，《四川日报》刊载了署名春生（实为当时四川省委宣传部分管文艺的李亚群副部长）的文章《百花齐放与死鼠乱抛》，指责《星星》并非响应百花齐放，而是乱抛死鼠，并批评短诗《吻》为色情之作。1 月 17 日，《四川日报》刊发曦波仿拟《草木篇》的文章《"白杨"的抗辩（外一章）》，拉开了批判《草木篇》的序幕。"仅仅一个多月，《四川日报》、《成都日报》和《草地》月刊上共发表了批判《草木篇》的文章 24 篇。批判者的一致意见是，在今天写这样的诗是宣传了一种不良的思想倾向。"② 石天河、流沙河等写文章反批评，却遭到《四川日报》压住不发，石天河还遭到"停职反省"的处分。接着，《红岩》3 月号刊发洪钟、杨甦、萧薇、罗泗

---

① 两种刊物都创刊于 1957 年 1 月。
② 胡尚元、蔡灵芝：《流沙河与〈草木篇〉冤案》，《文史精华》2005 年第 1 期。

第一章 破与立：20世纪50—60年代的诗歌批评

等人的文章，依然围绕"解冻""吻"和"草木篇"继续针对《星星》创刊号发起批判。在压倒性的批判声浪中，孟凡在《文艺学习》第4期撰文对这种批评现象进行反思，认为"对'草木篇'和'吻'，短短一个多月的时间里，在一个报纸（四川日报）上，集中发表了几十篇批评，篇篇声色俱厉，令人感到像一次'运动'"。"对被批评的人扣上不适当的大帽子，加以辱骂、人身攻击、甚至在文艺批评中讲那些不在文艺批评范围内的事，穿凿附会故入人罪，进行'围剿'以势压人，实在说这些办法即使搞出效果来，那也是只能封人之口，不能服人之心的。"①毛泽东也注意到了当时四川文艺界对《草木篇》等的批判，并在3月8日同文艺界代表的谈话中提及，在传达了毛泽东的讲话之后，四川文联宣布撤销对石天河的处分。但是在随后掀起的"反右运动"中，《星星》编委和批判创刊号过程中为《星星》辩护的批评家等，均遭受批斗，并被定性为"四川文艺界反革命右派集团"，石天河、储一天、陈谦、万家骏、晓枫等被捕判刑，"酿成了建国以来最大的一场诗祸"②。1960年10月，《星星》停刊，十八年后复刊。

以上列举的批评案例，从一个诗人，到一个诗歌流派，再到一家诗刊，均因诗成祸，遭受严厉的批判，涉及诗歌批评造成的两种后果，均与文学及批评的政治化有关。在诗歌受到批评之后，诗人

---

① 孟凡：《由对"草木篇"和"吻"的批评想到的》，《文艺学习》1957年第4期。
② 石天河：《回首何堪说逝川——从反胡风到〈星星〉诗祸》，《新文学史料》2002年第4期。

轻则检讨，重则在声讨中丧失了为自己辩护的可能乃至人身自由。无论是个体、群体还是诗歌传播空间（作为发表作品与批评的平台的诗歌刊物），在政治运动的声浪中均无辩解和还手之力。

第五节 对诗人们的"批判"

新中国成立，新、旧社会的更迭，政治形势的要求，伴随着知识分子的思想改造。在20世纪50年代初期的新旧社会政治生活的变更中，来自国统区的大部分诗人和来自解放区但艺术观念中保留着五四精神痕迹的诗人们，都自觉不自觉地选择进行思想改造，以积极参与政治的态度，加入新的时代。在这一愿望之下，诗人对现实的感受与体认往往受到各种政治观念及相应的文化理念的干扰，使他们在写作中，无法从对具体现实的观察与感受出发，也不能沿着已形成的风格和诗歌传统技巧的积累进一步探索，因而造成了一种深刻的内在分裂与矛盾。这种内在的分裂与矛盾是一种自觉的自我批评的结果，表现为思想意识上不断追求"进步"，而作品的艺术性趋于停滞甚至倒退。这些诗人都具有理论思考能力，在写诗之余亦致力于批评。他们来自国统区，自认没有接受解放区文学思潮的熏染，因自己曾经身处的政治和文化环境怀有一定的自卑感，于是在进入新时代之后，尤其希望能够跟上时代的步伐。而另一些赶赴解放区参加革命的诗人，则期待更彻底地摆脱原有的文学观念，以新面貌的创作与时代合拍，但政治风云的变幻把他们卷入其中，他们中的一些人或亦步亦趋地紧跟宣传需要，订制出的作品逐步失

第一章 破与立：20世纪50—60年代的诗歌批评

却艺术水准，或努力突破，但终因有限的艺术探索而沦陷在政治斗争的思潮中。

一 对《回答》的批评及"何其芳现象"

针对特定的诗人（作家）作品进行分析讨论，指出作品思想和艺术上的成败，本是文学批评工作的常态。但在一个政治权力、利益与文学生活密切贴合的时代，敏感的诗人迫于日常政治氛围的压抑，在创作和思考两方面都会遭遇困境。何其芳（1912—1977）在进入新中国之初，创作了《我们最伟大的节日》（载《人民文学》创刊号，1949年10月），几年之后，诗人反思自己的写作状态，"这首诗我自己是不满意的。它情绪不饱满，形象性不强，有些片段又写得不精练。但产生这些缺点的原因我想并不在于我事先有意识地企图写点什么，而是在于我长久地停止了写诗。我的家乡有一句谚语：'三天不做手艺生'。就是写诗这种精细的特殊的劳动，这句话也是适用的"①。诗人的自我批评显示了他对于当时生活状态的些许焦虑，繁忙的行政工作与政治生活显然影响了诗人的"特殊的劳动"。这位18岁开始学写新诗，19岁即写出成名作《预言》，1949年新中国成立之前即出版过《预言》（34首，1945年）、《夜歌》（1945年）两种诗歌专集，进入新时代且正值创作盛年的诗人，仅在1952年出版了一本《夜歌和白天的歌》（27首）诗集，

---

① 何其芳：《写诗的经过》，载《何其芳文集》第5卷，人民文学出版社1983年版，第152页。

之后几乎完全停止了诗歌写作。他似乎是将精力大部分用在了理论批评上，同时积极参与新中国成立后文艺界的政治运动。特别是1953年2月，他从中央马列学院调到北京大学文学研究所任副所长。自此，他的主要写作及研究活动多集中在文艺批评及古典文学和中国文学史方面。他曾这样对读者交代自己的写作状态："整风运动以后我对于自己过去的诗作了批判，认识到无论在内容上还是在形式上都不能照那样写下去了。我认为首先应该改造自己的思想感情，然后是改造自己的诗的形式。"而对于形式问题，当时的何其芳自信已经得到解决，他的方案是推崇"中国现代的格律诗"①。

与上文提及的在新中国成立之后努力沿着新的文艺创作规范写作新诗的卞之琳等几位诗人不同，何其芳似乎是预感到自己的写作与新的规范之间存在着龃龉，因而处于一种近乎失语的状态。虽然写得不多，但何其芳之前建立的诗名，使得他在青年读者中很受欢迎，他们期待他能继续为新中国歌唱。1952年1月至1954年5月两年间完成的长诗《回答》（共9节，发表于《人民文学》1954年10月号），是他对于这些殷切期待的回答，既反映了他对这种失语状态的焦灼，也温和地表达了自己要为新时代歌唱的坚定。然而，这首诗发表后却招致严厉的批评，批评者认为，"诗人应该感激人民的关怀，努力用歌颂祖国、人民和人民美丽理想的诗篇来回答这种关怀。我们希望的也正是这种回答，而不是别的什么抒发个人不健康感情的回答！""可是何其芳同志的《回答》

---

① 何其芳：《关于写诗和读诗——1953年11月1日在北京图书馆主办的讲演会上的讲演》，载《关于写诗和读诗》，作家出版社1956年版，第49页。

第一章　破与立：20 世纪 50—60 年代的诗歌批评

使我们失望。我们不得不说：何其芳同志的感情和群众的感情有着一段距离。"① "从结构上来看，从韵律上来看，'回答'是相当严谨，也是比较富有音乐美的。然而，因为这首诗在情绪上不够健康，和时代精神不够协调，因为晦涩，使人难以捉摸，这样，结构的严谨之美和语言的韵调之美的优点，也就只能退居次要地位了。"② 无论是指责"情绪""感情"的"不健康"，还是诗作总体上的"晦涩"，都很有代表性地反映了当时诗歌批评的主导倾向。这样的批评令人惋惜，但何其芳在诗歌写作方面的封笔反倒变得比较容易理解了。

从客观上讲，对于何其芳没有写下更杰出的诗歌作品的遗憾或许只是读者和旁观者的一厢情愿，而他本人对于成为诗人还是批评家、理论家自有他的选择。他1938年赴延安参加革命，延安文艺座谈会期间即反思和批评过小资产阶级知识分子的思想倾向，并积极从事新的文艺思想和理论探索。何其芳既是兼具才情、敏感的艺术眼光的诗人、散文家，同时又是极其认真、诚实的批评者和理论探索者。因之，有批评家总结何其芳一生的文学事业，称其存在着"二元理论品格"，"在那个政治与艺术极难合一的年代里，他必然要面临一种痛苦的内在矛盾和人格分裂。他所尊崇的时代政治观念与他现实中的切实感受常常是恰好互相对立的，但它们却又被矛盾

---

① 曹阳：《不健康的感情——何其芳同志的诗〈回答〉读后感》，《文艺报》1955年3月第6号。
② 盛荃生：《要以不朽的诗篇来讴歌我们的时代——读何其芳〈回答〉》，《人民文学》1955年4月号。

地统一在他的人格世界中。这正是他的二元性,正是他将局限性与进步性合为一体的矛盾性"。"一方面他是一个宣传、批判的理论家,宣传《讲话》、宣传党的文艺理论政策,批判胡风、俞平伯、胡适、冯雪峰、夏衍等人的'资产阶级唯心主义文艺思想'。另一方面,他又是探索的理论家,在现代格律诗、典型共名、《红楼梦》研究、继承遗产等问题上作出了贡献,表现出作为宣传、批判的理论家所没有的创造性。"这种理论品格上的二元性,也在他后期不成功的文学写作中体现出来,论者应雄认为,"他建国后写的诗过多地被政治性所左右了,以致失去了真实感人的艺术魅力,而在'艺术规律'上似乎只留下了真正纯形式的、只具外壳意义的对自己现代格律诗主张的实践(诸如'顿',双音词结尾、不规则押韵等等,这也表明现代格律诗并不能挽救新诗的命运)"。应雄将这种"思想进步、创作退步"的现象称为"何其芳现象",它"是发生在跨现、当两代文学史的老作家身上的一个普遍现象"[①]。应雄这一发表于80年代末的论点在当时的批评界引起了热烈回应与反批评。

二 对胡风案中七月派诗人的"揭批"

1955年在全国清查"胡风反革命集团"运动中,"一共触及了2100余人,其中被捕的92人,被隔离审查的62人,被停职反省的73人。""在这些人员中,被正式定为'胡风分子'的78人,其中

[①] 应雄:《二元理论,双重遗产:何其芳现象》,《文学评论》1988年第6期。

第一章 破与立：20世纪50—60年代的诗歌批评

定位骨干分子的23人。在这78名'胡风分子'中，给予撤销职务、劳动教养、下放劳动等处理的61人。"① 回顾胡风案的始末并非本书的重点，1949年之后，胡风及其七月派的成员都活跃在文艺工作的不同部门，参与新中国的文艺建设。胡风本人更是积极地投入到讴歌新社会的潮流当中。胡风的长诗《时间开始了！》自1949年11月开始在《人民日报》上发表，1950年1月及3月第一、二乐章和第四、五乐章分别由海燕书店和天下图书公司分乐章结集出版，第三乐章未能完成。这首长达4600行的长诗，气势磅礴，构思宏伟，是胡风呕心沥血的巅峰之作，可惜因为当时激进、严厉的批评及紧接着的政治运动而未能最终完成。批评者认为："因为作者自己缺乏他所要歌颂的英雄们的素质，因此在歌颂革命，歌颂领袖，歌颂人民的时候，他并不能够把握到真实。"② "依然用革命小资产阶级的眼光、情感、手法，去看，去表现眼前这个伟大的、意义完全不同了的现实。"③ 1955年，"胡风反革命集团案"发生及胡风被捕后，对于胡风的批判已经完全脱离的诗歌与文学理论的探索，变成了思想路线和政治斗争。

胡风案牵连了不少诗人、作家，其中包括的七月派成员有诗人阿垅、绿原、鲁藜、芦甸、冀汸、曾卓等。事实上，对胡风及七月派文艺主张的批评自20世纪40年代后期就已开始。而在第

---

① 王正文口述，沈国凡采写：《我所亲历的胡风案》（全新修订本），当代中国出版社2015年版，第4页。
② 黄药眠：《评〈时间开始了！〉》，《大众诗歌》1950年6月1日。
③ 臧克家：《为什么"开端就是顶点"》，《人民文学》1950年9月第2卷第5期。

一次文代会上，茅盾所做的关于国统区文艺的主题发言，以"关于文艺中的'主观'问题，实际上就是关于作家的立场、观点与态度的问题"为依据，对胡风及七月派的文艺思想进行了专节批评。1950年3月12日，《人民日报》第五版发表了陈涌的文章《论文艺与政治的关系——评阿垅的"论倾向性"》，拉开了对阿垅文艺思想批评的序幕。1950年，阿垅自编已发表和未发表的诗论近八十万字，以《诗和现实》书名，分三卷于1951年由五十年代出版社出版，不久即受批判而遭禁。[①] 1954年，阿垅署名亦门的《诗是什么》由上海新文艺出版社出版。1955年，在胡风案中，《文艺报》《人民文学》《文学月报》等发表文章对阿垅诗歌理论进行批判。阿垅的诗论成果基本延续的是40年代写作与思考的脉络，相关观念上自然与新时代的要求有差异。七月派的另几位成员绿原、鲁藜、冀汸、芦甸、曾卓、徐放、化铁等一度活跃在诗歌创作领域，出版诗集吟诵新时代，也在50年代前期受到批评，因诗得祸。

1951年，"七月诗丛"由泥土出版社出版，收入丛书的七月诗人包括化铁、冀汸、绿原、牛汉、孙钿等，如果说这一丛书里的诗多还是新中国成立前的作品的话，那么稍后牛汉的《祖国》（1950）、《在祖国的面前》（1951年）、《爱与歌》（1954年）、鲁藜的《毛泽东颂》《我们不会沉默》（1950）、《时间的歌》（1953年）、《星的歌》《红旗手》（1954年）、绿原的《从一九四九年算起》（1953

---

① 参见耿庸、罗洛编写，绿原、陈沛修订《阿垅年表简编》，收入《阿垅诗文集》，人民文学出版社2007年3月版，第575页。阿垅出版《诗和现实》时署名亦门。

第一章 破与立：20世纪50—60年代的诗歌批评

年）、冀汸的《喜日》（长诗，1950）、《桥和墙》（1953年）、芦甸的《我们是幸福的》（1950）等诗集中的诗歌，则基本反映了作为诗歌群体的七月派诗人在新中国成立之初活跃的创作面貌。但由于七月派与当时主流的文学观念的差异，这些诗人在新中国成立之初的诗歌界基本属于被质疑与被批评的一群。1955年胡风案起后，七月派成员以及在文艺观念上与七月派走得较近的诗人（如曾卓）等多受牵连，他们的诗歌也受到了不公正的批评。1955年5月13日，《人民日报》公布了胡风集团的第一批材料，14日开始批捕"胡风反党集团"分子，6月，《人民日报》编辑部编的《关于胡风反革命集团的材料》由人民出版社出版。自此始，各大文学媒体开始了对胡风案中牵涉的诗人作家的大批判。如果说之前的诗歌批评尚停留在大家耳熟能详的一些话语上，比如"个人主义思想"或"小资产阶级的情感"之类，那么，此刻的话语已然脱离了对诗歌的基本内容和形式的分析，升级为阴谋论和人身攻击。《文艺报》《长江文艺》《文艺学习》《人民文学》等刊物集中火力，刊发批判"胡风集团分子"的文章。仅从这些文章的标题看，其语气已然出离了文学批评的界限。在全面展开的批判运动中，一些文章也结合了胡风集团分子的创作进行，作家出版社就出版了以《胡风集团反革命"作品"批判》[1]的论文集。文章标题如"胡风反革命集团'诗'的实质"，"'安魂曲'——反革命的毒箭"，"绿原在'作品'中所表现的法西斯思想"，"鲁藜的'诗'——毒害青年心灵的鸦片"

---

[1] 作家出版社编辑部编选《胡风集团反革命"作品"批判》，作家出版社1955年版。

等，诸如此类，诗歌批评已然沦为政治批斗，受胡风案牵连、身陷囹圄的诗人、作家从此失去了为自己申辩和发声的自由。

由于胡风案被定性为"反党集团"，原本的文学观念的差异、文坛内部的问题论争，演变为因言获罪和意识形态领域的斗争。自上而下的政治号令迫使众多诗人、作家站队和表态。在5月25日中国文联、作协主席团召集的扩大会议上，郭沫若在中国文联主席团和中国作家协会主席团联席会议上的发言，标题乃是"严厉镇压胡风反革命集团"，七百多人参会，26人发言表态，会议最后做出"决议"，开除胡风作家协会会籍并撤销他在文艺界的一切职务。在发言环节中，只有一个人主动走上台要求发言，说"胡风是文艺思想问题，文艺问题应该同政治问题区别开来"，这个人就是美学家吕荧，当然，吕荧随后即被打成了胡风分子。在大时代高度集中的主导权力的压制下，大部分知识分子可能是被迫做出了违心的政治表态，这是可以理解的。但是也不排除，同在一种文学体制之内持不同观念和主张的知识分子之间存在着权力和利益之争。更有一部分人，真诚并热诚地相信当时的政治话语，因此参与到对持不同观念的同行的批判之中。正是这以上种种原因，导致了正常的诗歌及文学批评氛围的崩坏。

三　反右运动中因诗罹祸的诗人：流沙河、李白凤、艾青等

胡风案发生之后的1956年，诗歌创作有所回暖，诗坛呼唤新人出现，但在规定好的文学观念的束缚下，青年诗人们神经紧绷，整

第一章　破与立：20 世纪 50—60 年代的诗歌批评

体面貌还相对单一，并尚待批评的归纳和引导。5 月 30 日，《文艺报》第 10 号刊出社论《百花齐放，百家争鸣》，社论中有关诗歌的部分提到："在诗歌的花园里，情况是多么单调而贫乏啊！有些著名诗人革命热情的低落，是首先使人发愁的。另一方面，诗人们对应当用几个字一句写诗，以及应不应当写抒情诗之类的问题，却花费了不少的心力。有人愿意用五言、七言体来写诗，是可以欢迎的；有人愿意采取自由体，也完全有他的自由；但是用某种格式来统一诗坛的任何尝试，都是荒谬的。"针对同一时期有关诗歌形式的论争所发出的这些动议，从批评的角度看似乎略显空泛，因为对于诗歌内容、诗歌功能的不断固化、规范化的现实，只能让诗歌批评者在形式的讨论中施展拳脚。但当时的诗人、批评家似乎都并未充分地意识到诗歌形式与内容的辩证关系，只在对立或分立的二者之间摇摆。双百方针的颁布，的确激发了一部分诗人和批评家的热情，1956 下半年至 1957 年上半年，诗歌创作和批评呈现出繁荣的气象，当代文学史上的两本重要诗歌刊物《星星》与《诗刊》均在 1957 年年初创刊。可惜的是，新一轮的文艺整风和反右扩大化运动，又一次打击了创作者与批评者的热情，并迫使另一些当代活跃的诗人中止了写作。

前文已提及的对于《星星》创刊号上刊登的几首诗的批评，包括曰白的短诗《吻》和流沙河的组诗《草木篇》等，是 1957 年年初发生的一起诗歌批评事件。在"大鸣大放"造成的宽松环境中，自然也出现了为流沙河等人辩护的期刊与作者。上海《文汇报》刊出该刊记者范埮对流沙河的采访。流沙河在接受采访中作了自我批评和一定程度上的辩解,"像我这样的一个小资产阶级知识分子,又未好好改造,从思想到作风,处世为人,都保留着一种骄气,自以为傲骨嶙峋。有时候,也发觉这是很坏的毛病,但总不忍割爱。觉得这是一个人的个性,割不得,割了就完了。对坏毛病爱得太深了,它就不自觉地(即自然而然地)在作品中体现出来。于是,草木篇来了"①。其后,应读者要求,《文汇报》还转载了《草木篇》。《文艺学习》《蜜蜂》等期刊也发文为《草木篇》和流沙河辩护。"对被批评的人扣上不适当的大帽子,加以辱骂、人身攻击、甚至在文艺批评中讲那些不在文艺批评范围内的事,穿凿附会故入人罪,进行'围剿'以势压人,实在说这些办法即使搞出效果来,那也是只能封人之口,不能服人之心的。"②亦有针对批评的批评:"这股教条主义、宗派主义的'寒流'造成一种极其可怕的气氛:凡是批评生活中阴暗的、不健康的、甚至是畸形的东西的文章,凡是描写人民群众的困难和疾苦的作品,不管其动机如何,效果如何,大都被不公正地指责为'歪曲现实,诋毁生活,诽谤社会主义制度',有时甚至给作者加上一条莫须有的罪名,硬说他们是在有意识地进行'反党反人民'的勾当。""四川批评'草木篇'时,也有人联系到作者的政治、历史和家庭情况,甚至说作者是'站在已被消灭的阶级的立场,与人民为敌',迫得作者几乎想去自杀。""在这种可怕的气氛底下,有为数不少的作家会在精神上感到极度

---

① 《流沙河谈"草木篇"》,《文汇报》1957年5月16日。
② 孟凡:《由对"草木篇"和"吻"的批评想到的》,《文艺学习》1957年第4期。

第一章 破与立：20世纪50—60年代的诗歌批评

的不安。他们不愿意昧着良心去粉饰现实，可是又不能真实地去描写生活；他们不忍在人民的困难和疾苦面前闭上眼睛，可是又不得不对震动自己良心的事件保持缄默。"①像这样中肯、严肃的正视与反思批评的文字即便是现在读来也并不过时，但是处在1957年被认为是"引蛇出洞"的"大鸣大放"期间，发表这样言论的作者已然身处危险之中。

这起批评事件不断发酵，到1957年6月全国掀起的反击右派斗争运动之后，流沙河的《草木篇》被《人民日报》重刊，并配有编者按。编者按针对流沙河在《草木篇》被批评之后的激烈反应，介绍了批评事件的持续过程，并表示"详细情况，以后另作报道"。《星星》诗刊是在双百方针背景下创刊的，青年诗人流沙河的创作生涯亦自此始，年轻的刊物和刚步入文坛的诗人，遭逢风云难测的政治运动，处于意识形态斗争的风口浪尖。反右运动伊始，为流沙河及《草木篇》辩护的期刊和作者即遭围攻和反扑。7月4日，《文汇报》刊出社论《从"草木篇"的错误报道中吸取教训》，要求作者及辩护者"立即着手进行彻底的检查和自我批判，向人民交待、请罪"。《文艺报》刊发的《文艺界右派的反动言行》②中点名揭发施蛰存为"草木篇"的辩护之举，并继续发文重批《草木篇》。8月4日，新华社成都电，"在四川省文学艺术工作者联合会工作人员的检举揭发下，右派分子流沙河交代了他和省文联的另一右派分子石天河结成反党联盟，有计划地篡夺'星星'诗刊领导权，向共

---

① 秋耘：《刺在哪里?》，《文艺学习》1957年第6期。
② 《文艺报》1957年第16号。

· 95 ·

产党进攻的罪恶活动"①。自此，流沙河被打成右派。对他和《草木篇》的批判延续在反右运动中，显然成了文艺界反右运动的典型靶子。在9、10月间，反右运动扩大化，波及曾参与流沙河及《草木篇》论争的期刊和诗人、批评家。因主持《蜜蜂》编辑工作，刊发为《草木篇》辩护文章的刘艺亭被打成右派，曾在《文艺学习》刊发《刺在哪里？》反思批评错误的黄秋耘被迫写下《批判我自己》②的文章。流沙河本人更不必说，以后的20余年皆在被监督劳动、劳改改造、批斗中度过。

诗人李白凤（1914—1978）新中国成立前即已出版有诗集《南行小草》（1939）、《北风辞》（1949）等，新中国成立后兼事批评，出版过研究著作《苏联文学研究》（1954）。他在双百方针的鼓舞下，发表了《写给诗人们的公开信》，刊发于1957年的《人民文学》7月号，旋即被打成右派，遭到严厉批判。李白凤在《公开信》中，针对当时的诗歌状况，指出当时的"诗歌创作被限制在如此狭窄的领域里，诗人们替自己规定了写作范围，就在这样的小天地里回旋着"。"根据中共中央提出的'百花齐放，百家争鸣'的政策来看，我们还不习惯于容许不同风格的诗歌有充分发表的可能性。""在我们的诗歌中，有着不同签名而内容变化不多的歌颂太阳的诗。我不是说对于太阳不应该歌颂，不是那样的；我也不是说不应该用太阳来象征新时代的光明，不是那样的；我是说，我们底诗

---

① 《流沙河怎样把持"星星"培植毒草——在四川文联的围攻下开始交代他的罪恶活动》，《人民日报》1957年8月5日。

② 黄秋耘：《批判我自己》，《文艺学习》1957年第9期。

第一章 破与立:20世纪50—60年代的诗歌批评

人在表现自己和人民对新时代的光明感方面,缺乏更多的形容词。"李白凤的观点无非是响应当时的双百方针,期待诗歌有更多样的面貌与风格。7月号《人民文学》作为"革新特大号",篇幅增加了二分之一,"编后记"也表达对双百方针热情洋溢的响应,然而仅一个月后,8月号的《人民文学》即发文批评李白凤,"编后记"也以否定口吻,表示"七月号的'作家论坛'中发表诗人李白凤'写给诗人们底公开信'一文,其中某些观点是我们不同意的,特别对于诗坛所作的基本估计,问题尤其明显"。而在大部分针对李白凤的批判中,他的诗与诗论则被指认为"毒草"。更有甚者,从李白凤的文章推断,"李白凤暗示我国的诗歌创作不自由,灰色是'唯一钦定的色彩'"[1]。"李白凤的'致诗人们底公开信'是一篇诬蔑党的文艺领导、充满着反党的右派思想的文章。这篇文章的许多错误论点,都是从作者的阴暗的思想情绪述说出来的。"[2] 反右运动是一场在政治思想领域内进行的清算运动,当时在国家各机关、党政部门和高等学校里面,都"需要"揪出右派分子进行公开批斗,以至于一时间风声鹤唳,人人自危。波及文学和文化领域,反右中的诗歌批评并非严格意义上的思想和观点的交锋,而更像是从诗人的作品、作家的言论中寻找罪证的莫须有的裁定。对诗人李白凤的批判即是如此。

---

[1] 孙秉富:《批判"人民文学"七月号上的几株毒草》,《中国青年报》1957年9月6日。
[2] 李宝靖:《李白凤要歌颂的是写什么?——评李白凤的诗和〈给诗人们底公开信〉》,《文艺报》1957年第23号。

"双百方针"颁布之后的"大鸣大放",也即1956—1957年的政治氛围宽松阶段,被称为"引蛇出洞"或"阳谋"。无论史家对毛泽东的执政理念和方式有何论断,但客观上看,在文学领域里的确激发了许多诗人和作家的表达热情。张贤亮(1936—2014)当时还是一名刚刚步入文坛的青年诗人,在"双百方针"落实的1956年感受到"新时代的来临",创作了诗歌《大风歌》,刊发在1957年7月号的《延河》杂志,旋即被打成右派并遭到批判,致使作者那以后度过了"长达22年的劳改生涯"①。此外,反右运动中受到冲击的诗人还包括艾青、穆木天、唐祈(以及《中国新诗》派的诗人们)、公刘等,而由于艾青在现当代诗坛的名声较大,他可能是反右运动中受到批评范围最广,时间也最长的一位。

新中国成立以来,艾青一直活跃在诗歌创作与批评的舞台,作为诗人,他在新中国成立后曾担任《人民文学》副主编,后在1952年的文艺整风运动中因受批评而被撤职,留任编委,后又担任过《诗刊》《收获》的编委。1956年2月4日,中国作家协会创作委员会诗歌组举行座谈会,讨论诗歌创作问题。力扬、臧克家、严辰、吕剑、公木、艾青、邵燕祥、郭小川等在会上作了发言,发言记录获整理发表。同年2月27日,中国作家协会第二次理事会会议(扩大)在北京召开,至3月6日结束,出席会议的理事和代表200多人。茅盾致开幕词,周扬、茅盾、老舍、刘白羽等分别作了主题报告。正是在这先后一个月内的两次会议上,部分发言者批评了艾

---

① 张贤亮:《今日再说〈大风歌〉》,《诗刊》2002年6月号上半月刊。

第一章 破与立：20世纪50—60年代的诗歌批评

青新中国成立后的诗歌。两个会议上的批评看起来像是文艺界内部同行间的善意的督促、提醒，但也透出了些许严厉的声色。臧克家对于艾青的《藏枪记》《黑鳗》和《双尖山》等表示不满足，认为："艾青目前在创作上所存在的问题，主要还是思想感情的问题。"郭小川进一步指出，是由于艾青的"政治热情不高"，"近年来艾青不够振作，思想感情不够健康，这是他的一个基本问题"[①]。艾青则在两次会议上都做了自我批评并感到了一种急迫性："现在我的面前已提出了一个严重的问题：'能不能为社会主义歌唱？'"[②]

延续着善意、客观的批评思路，当艾青在《诗刊》创刊号发表《在智利的海岬上》后，批评界给予了积极的肯定。"几年来，艾青写出了许多出色的作品。他在南美洲的旅行中写的二十首诗是他的重要的作品。""从他陆续发表的作品中，我感到诗人与我们的时代有着比较紧密的联系。艾青是在思考着，表现着我们这个时代的许多重大的问题。反殖民主义的主题，反种族歧视的主题，保卫和平的主题，爱国主义的主题，人类未来命运的主题，……贯串在他近年来的主要作品中。""要紧之处不仅仅在于选择了重大主题，还在于诗人倾注了饱满的政治热情。""艾青还极力在追求表达他的思想感情的新的手法，新的风格。像'在智利的海岬上'就是诗人创造新风格的一个例子。""像'办签证的故事'则是写讽刺诗的一个成功的尝试。""艾青还善于挑选那些准确的、极有概括力的、生机勃

---

① 《沸腾的生活和诗》，《文艺报》1956年2月15日第3号。
② 参阅《文艺报》1956年3月25日第5—6号。

勃的形象，来体现他深刻的思想。"① 1957 年反右运动开始时，与其他文艺刊物一样，《诗刊》也积极刊发反右题材的作品。诗人们写作讽刺诗批判右派分子及其作品，包括当时已被定性的《草木篇》和李白凤等一时成为讽刺的对象。时任《诗刊》编委的艾青在参加反右运动之中受到批判，被迫检讨。1957 年 9 月 4 日，《人民日报》刊出有关中国作家协会党组扩大会议召开的报道，会议议题是批判"丁玲、陈企霞反党集团"，但也连带批判了李又然、艾青、罗峰和白朗等的反党言行。"会上指出：艾青的反党思想的根，是扎在他那极端腐朽的资产阶级个人主义的泥坑里。""艾青近年来的创作越来越缺少革命和生活的气息；他在民主主义革命阶段，曾经写过一些好诗，但由于他严重的个人主义长期没有得到改造，到了社会主义革命阶段，他就不能为社会主义歌唱了。他只有革面洗心，痛改前非，才能在政治上和创作上有前途。"② 9 月 24 日出版的《人民日报》和 9 月 25 日发行的《诗刊》，均刊出集中批判艾青的文章，批判者是诗人徐迟和田间。徐迟批判艾青："情绪是非常阴暗的"，"非常骄傲"，"对整个文艺界抱着虚无主义的态度"，"抗拒着党对文艺工作的领导"。至于艾青的近几年的作品，徐迟认为大体说来分为两类，"一类是暴露了他的不满情绪的。一类是偷运资产阶级的颓废派、现代派诗风的"。《在智利的海岬上》"这首诗真真是现代派诗风的走私了"，"非但没有热情明朗地描绘一个政

---

① 沙鸥：《艾青近年来的几首诗》，《诗刊》1957 年 4 月号。
② 《效忠丁陈集团　鼓励右派进攻　宣扬托派理论　李又然是反党丑类的帮凶》，《人民日报》1957 年 9 月 4 日。

第一章　破与立：20 世纪 50—60 年代的诗歌批评

治斗争，却反而写得晦涩难懂"，"这种晦涩和朦胧正是资产阶级的颓废派诗歌的特点，它们和资产阶级的世界主义有着血缘的亲族关系"。"艾青这两年生活得很不正常，很腐化，很堕落，骄傲已极，和一些反党分子来往到了亲密无间的程度。"① 田间批判艾青："在艾青的身上，原有的腐朽的资产阶级的思想作风，没有经过多少改造，而他又很怕改造；进城以后，尤其是这几年，发展到令人不能容忍的地步。他经常埋怨党，讲怪话，从不老老实实检查自己的错误，反而污蔑党内有些同志打压他、压制他，和党对立；他对党的工农兵文艺方针，也是不感兴趣的。终于走上了反党的道路。"②

反右运动主要是针对所谓的右派言论进行的，但也会联系并集中地批判诗人的创作，臧克家批判艾青："近一年来，艾青在各种报刊上发表了不少的作品。这里边，有诗，也有寓言。如果单从数量上着眼，艾青的创作热情是很旺盛的，事实上呢，在他的这些作品里，表现社会主义伟大建设的、富于现实意义和时代精神的东西，是很少的；正相反，一年来他所写的，多半是讽刺新社会，反映他个人不满情绪的篇什，以及毫无新意的风景画片。"③

对艾青的近作展开集中批评的是半年前撰文充分肯定和赞美艾青的沙鸥。在《艾青近作批判》一文中，沙鸥带着对先前肯定艾青诗歌的反思，展开对艾青的批判。"在反右斗争以前，我对艾青的

---

① 徐迟：《艾青能不能为社会主义歌唱？》，《人民日报》1957 年 9 月 24 日，《诗刊》1957 年 9 月号。
② 田间：《艾青，回过头来吧！》，《诗刊》1957 年 9 月号。
③ 臧克家：《艾青的近作表现了些什么？》，《文艺学习》1957 年第 10 期。

若干近作，作过一些不切实际的评价与过分的赞扬。那时，是想鼓励他能写出好诗。没有从政治上、阶级立场上去研究他的作品。"沙鸥统计了艾青在开国以来写过的诗，"有六、七千行，大约一百首。这些诗中，歌颂我们社会主义新生活的、表现了新人物或新事迹的，勉强说来，只有五首，还不到二百行"。从这五首中，沙鸥举一首《女司机》为例，认为从中看出，"艾青对于这样的新人物，是显得毫无办法；对于这样的新人物，是这样的陌生，这样的无话可说，这样的冷淡"。沙鸥从艾青与党的关系，艾青的情绪与人民的情绪的关系，以及艾青的主观世界与客观世界的关系等三个关系方面，结合具体作品的分析，着力批判艾青近作表现出的思想和情绪问题。沙鸥之前还在文章中赞扬了艾青的《在智利的海岬上》是开创了诗歌的新手法和新风格，而到了这篇批判文章中，不让人读懂的同一首诗就成了一首坏诗了。"艾青用阴暗的眼睛来看一些事物，这样，事物在艾青的眼睛中就失去了它的本来面目。本来是能够和容易被人理解的，就成为不能或难于被人理解了。"[1] 这种在诗歌批评中，同一位批评家前后观点的不一致的现象，不仅是源于政治运动中的整人行为所产生的压迫，而且也体现了诗歌批评和文学批评观念的根本变化。诗歌（或文学）的题材、主题以及呈现的情绪、格调，无不直接对应于主流意识形态规定的方向。虽然，古人有云，诗无达诂，但这一对一首诗进行完全相反的解读的例子极为鲜见。诗歌批评受政治所左右，这是相当突出的一例。多年后，诗

---

[1] 沙鸥：《艾青近作批判》，《诗刊》1957年10月号，收入沙鸥《谈诗第三集》，新文艺出版社1958年4月。

歌批评家谢冕对此批评案例深有感触并评价道："半年之前，某刊某人对艾青近作大加赞赏；半年之后，同刊同人对艾青近作大加抨击，这位评论家的处境以及是否系他由衷之言，我们不得而知，但应看到，这绝不是一个人的个别现象（因而也不应过于追究个人的责任），整个的政治气氛，迫使人们向它屈服。"①

1957年12月，艾青被开除党籍。1958年4月，他被划为右派分子，撤销美术家协会理事、文联全国委员会委员和《诗刊》《收获》编委职务。直到20年后，艾青作为一名诗人才得以复出，迎来诗歌创作的新生。

四 对郭小川《望星空》的批判

郭小川在20世纪50年代中期以《投入火热的斗争》《向困难进军》《致青年公民》等"政治抒情诗"的创作而得到读者和批评界的赞誉，与贺敬之一起成为当时著名的政治抒情诗人的代表。而郭小川本人对自己的诗歌颇为严格，并不满足于已有的成就，甚至认为自己的这些成名作品只是"以一个宣传鼓动员的身份"所写下的"一行行政治性句子"。为了做一个"自觉的诗人"，作家应当"有他自己观察生活的方法，有他自己独到的见解"②。以这样的思

---

① 谢冕：《和新中国一起歌唱——建国三十年诗歌创作的简单回顾》，《文学评论》1979年第4期。
② 郭小川：《〈月下集〉权当序言》，载《郭小川全集》第5卷，广西师范大学出版社2000年版，第396页。

考为起点，郭小川开始了广泛的思想艺术探索，创作了《致大海》等抒情诗和《白雪的赞歌》《深深的山谷》《将军三部曲》《一个和八个》等叙事长诗。在反右运动中，郭小川被打成右派，这些作品受到批评。1959年11月号的《人民文学》刊发了郭小川的抒情诗《望星空》，这首诗引发了对他的严厉批评。

《望星空》是一首篇幅不长，句子短促，节奏明快、口吻直白的自由体抒情诗，共分4章11节，诗歌的第1、2章抒写了"我"面对浩瀚星空时所引发的有关人生短暂的怅惘之情，诗人感叹"在伟大的宇宙的空间，／人生不过是流星般的闪光。／在无限的时间的河流里，／人生仅仅是微小又微小的波浪"；第3、4章诗人目光转向壮丽的天安门广场，认识到"人间的辉煌"，时代的伟大以及自己肩负的革命使命，于是重新找回了力量。诗歌的内部有一个断裂性的转折，说明了诗人由迷惘、沉思、感触到获得升华的过程。

《文艺报》1959年12月11日发表了华夫（张光年）的文章，开篇即称："郭小川同志写过一些朝气蓬勃的诗篇，在青年中间发生了鼓舞的作用。可是最近发表在《人民文学》11月号的《望星空》一诗，却唱出了完全不同的调子，那调子是多么低沉，多么悲观绝望啊，突出地反映了这位诗人灵魂深处的不健康的东西。"认为《望星空》中的诗句比如"啊，星空，／只有你，／称得起万寿无疆""……比起你来，／人间远不辉煌"是犯了"政治性的错误"。第3、4章的转折，在华夫看来并不可信，"所以，这首诗里的主导的东西，是个人主义，虚无主义的东西，它腐蚀了诗人自己的头

第一章 破与立：20世纪50—60年代的诗歌批评

脑，又在读者中间散发了腐蚀性的影响"①。萧三肯定了郭小川的才华和受到青年读者欢迎的情况，称赞他近年多产，在诗歌的表现形式方面做了探索，技巧日趋成熟，但是"他的不少的诗句还有些别扭、不自然的痕迹或者欠锤炼，而诗中表达的感情也有不健康的成分"。"郭小川同志的这种不健康的倾向在几年前露了端倪，还不很显著；在近来的诗作中，趋向愈来愈明显了。自我扩张必然走向个人幻灭。最近他在《人民文学》（1959年11月号）上的《望星空》就是一个例证"。萧三认为，《望星空》宣扬了"一种资产阶级、小资产阶级的虚无主义"的宇宙观。对于第3、4章的"情绪转换"，在萧三读来，是"上气不接下气，因而三、四两段成了僵硬的、干喊的部分。从一个悲观失望的调子，从一个低调陡然变成乐观高昂的音调，在一首诗里怎么可能呢？"②

在《1959年的若干问题》中，郭小川"检讨"了自己写《望星空》前后的思想状况。"这株毒草的问题是显而易见的。1959年末、1960年初的不少报刊发表过批评文章，1959年反右倾斗争中批判我时又着重批判了这株毒草。问题是：我到底是为什么会写出这样的东西来呢？""我的意思确实是批判虚无主义思想，突出所谓的大写的'人'的。但是，恰恰在前半部暴露了我自己的虚无主义思想。这种虚无主义思想，在我的少年时代就有。那时候，我的家庭生活十分困难，我的身体又不好，曾有过自杀的念头。当然，更主要的是我在写初稿之前，因为与邵荃麟等人闹了一阵，情绪极

---

① 华夫《评郭小川的〈望星空〉》，《文艺报》1959年12月11日第23期。
② 萧三：《谈〈望星空〉》，《人民文学》1960年第1期。

坏。所以，自然而然地就反映到'作品'中了。"① 在那个年代，诗歌写作的危险性在于，任何所谓"不健康"的、悲观的情绪都不能在诗中，尤其是抒情诗中流露，因为批评在诗歌观念上并没有将抒情主人公与诗人本人区分开来，诗中的"我"被完全等同于现实中的诗人本人。这在政治斗争激烈的年代，选择写诗，似乎是冒着生命危险的。

五 对青年诗人群体创作的批评

新中国成立后的四、五年间，青年诗人作为群体开始受到批评舆论的关注。在1956年中国作家协会编选"青年文学创作选集"中的诗集《我们爱我们的土地》②里，未央、邵燕祥、雁翼、严阵、张永枚、石方禹等青年诗人的代表诗作入选。书前的"编辑说明"介绍说，"近年来，由于党、团的领导和帮助，由于各地文艺团体和报刊编辑部的指导和培养，由于社会上各方面的关怀，全国各地涌现出人数众多的青年文学创作者"。"这一支朝气蓬勃的新军，已成为发展和繁荣我国文学事业的强大的后备力量。""在内容上，我们着重选取能够反映新生活、新人物，而又具有一定艺术水平和教育作用的作品。""作者大多为三十岁以下的青年，也选取了一部分三十岁至三十五岁而从事创作时间较短或工农业余作者的作品。作

---

① 郭小川：《一九五九年的若干问题》，载郭晓惠等编《检讨书》，中国工人出版社2001年版，第176页。
② 中国青年出版社1956年版。

第一章　破与立：20世纪50—60年代的诗歌批评

者的成员包括工人、农民、战士、学生、机关干部、教育工作者、新闻工作者和一部分青年创作干部。"从这些说明可知，培养和发现诗歌新人是当时新中国文学界的重要任务，尤其是在历次政治运动中，知识分子诗人或职业诗人群体受到冲击，不再具有写作和表达话语的充分的合法性。青年诗人的身份也更为多样，他们不再是传统意义上的文人知识分子，而是来自社会主义建设的各条战线，具有各自职业身份的知识分子和文艺骨干。他们在诗歌创作上没有包袱，只是努力地表达新生活、新感受和新发现。《人民日报》1956年3月1日刊出新华社消息：一年来我国作家创作许多新作品，其中"诗歌创作更加活跃。读者们看到了不少优秀的抒情诗、叙事诗和政治讽刺诗。除了许多老一辈的诗人不断发表作品以外，新出现的诗人有闻捷、顾工、邵燕祥、张永枚、未央等人"。

发表、出版推出青年诗人之外，诗歌批评与研讨活动紧随其间。力扬、沙鸥、公木等批评家撰文讨论青年诗人们的写作。1956年3月15—30日，全国青年文学创作者会议在北京召开，来自全国25个省、市、自治区及部队的480多位青年文学创作者参加会议。其中30岁以下的占80%，最年轻的只有17岁。会议期间进行了分组讨论。诗歌共分三个组，其中一、二组共有出席代表60人，列席代表26人。分组讨论进行了三天，讨论的问题有："诗人的思想修养和深入生活问题""诗歌的特性及抒情诗中的典型形象问题""为什么诗里会产生公式化概念化""关于诗的形式问题""关于诗的表现技巧""抒情诗中是否可以描写风景和爱情""新诗为什么不容易背熟""诗的题材、结构和语言"及"关于讽刺诗"

· 107 ·

等。《人民日报》《文艺学习》等媒体对这次会议进行了报道和刊文介绍。《人民日报》社论《前进，文学战线上的新军》，明确将"大力地培养青年作者、扩大作家队伍"指认为"摆在我们面前的重要任务"①。

　　批评家沙鸥表现出对青年诗人群体的热切关注，在《略谈青年诗人创作中的几个问题》中，他从"概念化""构思"和"语言"三个方面讨论青年诗人们的诗歌。这篇文章以写得不够成功的作品为例，剖析青年诗人写作中存在的问题，包括因缺乏生动形象而出现的概念化，因缺乏新鲜感受而流于公式化，这都是由于"作者脱离了生活，或者在生活中的感受很不深，浮光掠影地把表面的零碎的生活现象用美丽的语言装饰起来"。"没有完整的构思"也是一些青年诗人的作品表现的问题。沙鸥认为，"只有明确的思想，才会有明确的、严密的构思"，"构思的不明确、不完整，就直接影响对于材料的处理，使这首诗的结构显得十分松散，露出了破绽"。当然，诗的构思也离不开生活，"必须以在生活中遇见的，而且经过深思熟虑的图景、感触为基础"。青年诗人的语言问题基本表现为"缺少锤炼"，"混乱或拖泥带水""导致形象的破碎或模糊"，另外，"有些青年诗人在生活体验上是比较丰富的，但在语言上却相当贫乏"②。在严肃而中肯的批评中，沙鸥以当时比较出名的青年诗人如张永枚、邵燕祥、周良沛、顾工等的作品为例，细致、具体地

---

　　① 《前进，文学战线上的新军》，《人民日报》1956年3月31日。
　　② 沙鸥：《略谈青年诗人创作中的几个问题》，载沙鸥《谈诗》，作家出版社1956年版。

第一章　破与立：20世纪50—60年代的诗歌批评

评析青年诗人在诗歌写作中存在的理论问题，在他的批评话语中，诗歌形式与风格是与写作者的思想联系在一起的。此外，沙鸥还撰文评论《我们爱我们的土地》一书，其中的"许多好诗""既不是公式化概念化的作品，也不是自然主义的作品，这些诗是以鲜明的生动的形象反映了生活的真实，表达了人民的情感，并以此来教育、鼓舞了读者"，而"饱满的对生活的热情，是这本诗选的另一个特点"。这本诗选让诗人"强烈地感觉到青年诗人们对祖国、对党、对先进人物及新鲜事物的浓烈的热情。这种热情正是表现了我们这个时代的青年的特征"①。

20世纪50年代中期，沙鸥还写作了有关当时活跃的青年诗人邵燕祥、梁上泉、顾工等人的评论，这些文章均收入沙鸥的诗歌批评集《谈诗》②之中。在谈到邵燕祥的新诗集《到远方去》时，沙鸥高度肯定了青年诗人的成绩，"诗人不是从概念上去表现社会主义建设的主题，而是从生活的实在的感受中去把握，去挖掘，去表现的，诗人的优点又在于能很好地去选择题材，处理题材"。"这些诗都是通过有特征的事情而表现了我们时代的本质的方面，概括了巨大的内容"，"诗中出现了美丽的语言和生动的形象。民歌的优美的调子成了他的许多诗的基调"。沙鸥盛赞青年诗人的进步是"深入了生活"的结果，并且，"他（邵燕祥）的经验证明，加强学习马克思列宁主义理论，深入生活，锻炼艺术技巧，对诗歌写作者是

---

① 沙鸥：《谈诗选"我们爱我们的土地"》，载沙鸥《谈诗第二集》，中国青年出版社1957年版。

② 沙鸥：《谈诗》，作家出版社1956年版。

多么重要，三者是缺一不可的"①。对于青年诗人，批评家能热烈地肯定其写作的进步，坦率地指出存在的问题，体现了一种平等、严肃的诗歌批评风气。不过，这种批评风气几乎很快就被频繁的政治运动下的斗争思维冲垮、更替。强调学习文艺政治理论，深入生活，关注重大主题和题材，坚持学习和锤炼诗歌传统技艺等，这些批评观念和主张虽带有很强的时代政治色彩，但都延续了新文学传统中的左翼文艺理论和批评话语脉络。

  青年诗人作为创作群体现象而受到批评的关注和激励，这在50年代中期形成了一股清新的诗歌潮流。然而与此同时，频繁而不断升级的政治运动也必然影响了年轻一代诗人的写作和个人命运。如上文所述，反右运动首当其冲，遭受冲击的是青年诗人流沙河等人。而在反右扩大化的过程中，不少青年诗人被打成了右派，青年诗人群体也随之分化。张贤亮当时还是一个刚刚步入文坛的小青年，1957年因处女作《大风歌》而被划为右派，遭到批判。即将出版第一本诗集，刚满21岁的昌耀（1936—2000）因为两首16行小诗《林中试笛》（《车轮》《野羊》二首）被定为右派分子。公刘（1927—2003）因两首歌颂永恒的爱情的诗而被打成右派。邵燕祥也曾以讽刺诗《大人先生们的心事》（载《人民日报》1957年6月11日）和《相信的是什么》（载《文艺报》1957年19号）参与到反右斗争中，而1958年年初他也未能幸免，因讽刺官僚主义的长诗《贾桂香》被指认为"毒草"而被划为右派分子。

---

① 沙鸥：《谈邵燕祥的诗》，收入《谈诗》，作家出版社1956年版，第52、53、55页。

第二章 均质化的极致与"潜在写作"的反拨：20世纪60—70年代的诗歌批评

诗歌批评肩负着对诗歌现象进行归纳、评说的使命，一般而言，先有诗歌作品和诗人，接着批评才会出现，而如果创作滑坡，诗坛沉寂，批评要么是为新诗歌与诗人的出现而呼吁，要么也同创作者一样，遁入失语和沉默。在20世纪60年代中期至70年代中期的十年间，也即历史上称之为"文化大革命"的时期，中国当代诗歌的创作与批评均陷入了停滞与困顿中。分析造成这种局面的原因，除了国家政治意识形态对于文学的过度管控之外，批评主体也难辞其咎。一些诗歌批评者们在频繁的政治运动中，扮演着棍子和打手的角色，对诗歌乃至文学生发的氛围进行了严重的压抑。

一般认为，1966年5月至1976年10月是"文化大革命"的十年，本章考察诗歌批评则不拘于社会历史分期的具体时段，而大致将20世纪60年代中期至70年代的近十年作为一个周期。

第一节 滑向批评凋敝的年代

"文化大革命"全称"无产阶级文化大革命",从其与文艺界的关系的角度考察,其发动可以追溯到1963年年底和1964年中毛泽东关于文艺问题的两次"批示"。如果我们把最高政治权威的这些"批示"也读作一种文艺批评的话(事实上,"文化大革命"这段时间内,政治权威的文艺观经常左右着批评的方向),那么,就不难想象自上而下的"批示"会如何直接影响文艺及批评的发展。1963年12月12日,毛泽东在中宣部文艺处编印的一份关于上海举行故事会活动的材料上作了批示:"各种艺术形式——戏剧、曲艺、音乐、美术、舞蹈、电影、诗和文学等等,问题不少,人数很多,社会主义改造在许多部门中,至今收效甚微。""社会经济基础已经改变了,为这个基础服务的上层建筑之一的艺术部门,至今还是大问题。这需要从调查研究着手,认真地抓起来。许多共产党人热心提倡封建主义和资本主义的艺术,却不热心提倡社会主义的艺术,岂非咄咄怪事。"1964年1月3日,刘少奇主持召开了有中宣部和文艺界有关人士30人参加的座谈会,传达了毛泽东的批示。1964年6月27日,毛泽东在《中央宣传部关于全国文联和所属各协会整风情况的报告》的草稿上批示:"这些协会和他们所掌握的刊物的大多数(据说有少数几个好的),十五年来,基本上(不是一切人)不执行党的政策,做官当老爷,不去接近工农兵,不去反映社会主义的革命和建设,竟然跌到了修正主义的边缘。如不认真改造,势

第二章 均质化的极致与"潜在写作"的反拨：20世纪60—70年代的诗歌批评

必在将来的某一天，要变成匈牙利裴多菲俱乐部那样的团体。"这个批示于7月11日作为正式文件下发。

作为具有主导力量的文艺批评话语，毛泽东的批示对当时的文艺界产生了极大的影响。毛泽东的"批示"话语直接、简洁，体现了当时国内外政治形势下的一种应对策略，而他对具体文类和文艺组织的评价直接带动了相关部门的批评与自我批评，也开始了新一轮的文艺整风运动。两个批示以"封建主义""资本主义"和"修正主义"等政治语汇，对新中国成立以来十五年的文艺给予了否定性的评价，同时，提倡"社会主义"文艺。"这些判断不是一般性的意见，而是反映了最高政治权威对文艺发展与现状的看法。在更深的层次上，它是准备彻底清理'封建主义'和'资产阶级'文艺'糟粕'之后、重新以工农兵占领无产阶级文艺舞台的总体策略的一个前奏。在'清理'和'占领'双重的历史工作中，全国及各省的文艺刊物相继停刊，文艺作品的出版基本绝迹，几乎所有的文艺作品被视为'毒草'，大批作家遭到残酷批判。""新诗自然难以幸免。1966年至1972年之间，不光当代新诗，甚至整个当代文学都基本没有作品发表。"[①] 当代诗歌的批评也因之陷入一片沉寂，此前活跃于文坛，已经具有一定成就的当代诗人和批评家要么遭受批斗，失去了发言权甚至人身自由，要么迫于形势的压力而选择沉默。

当然，这段时期也不是完全没有新诗人新诗作及相关批评活

---

① 程光炜：《中国当代诗歌史》，中国人民大学出版社2003年版，第152页。

动，只是写作者的身份、对诗歌的要求，都需要相应的标准，只有在各方面达标了，诗作才可能发表或出版。贺敬之、李瑛、张永枚、李学鳌等诗人出版过诗歌作品。"作家的'身份'和作品的内容都经过了政治标准严格的审查，除贺敬之一人外，其余的作家都有军人或工人的'背景'，这两种职业在'文化大革命'当中被视为政治上最可靠的职业。"① 围绕这些诗人的创作有相应的批评，特别是张永枚的长诗《西沙之战》，成为一段时期热议的文本。此外，还有毛泽东诗词、红卫兵诗歌、小靳庄诗歌等，作为当时的诗歌热点，得到批评的关注与讨论。

  这个时期值得注意的诗歌现象有二。其一是大规模的"群众性业余诗歌创作活动"：上自1958年的新民歌运动，到这一阶段的红卫兵诗歌、小靳庄诗歌，直至1976年的天安门诗歌运动，对于这些现象，当时的批评只是集中在当时的政治需求和社会效果方面。批评话语单一，仅视之为政治积极性和文化自主性的体现，而缺少文本分析与诗人研究。其二，是自发性的"潜在写作"现象，这一现象下的写作者既有在胡风案、反右等政治运动中和高压批评中被迫边缘化、禁言、放逐的诗人，也有在知识青年上山下乡运动中敏感地疏离时代话语，并带有反思、叛逆特征的年轻一代诗人。对于这一写作现象的整体挖掘和批评是若干年之后的事情。但在当时，部分文本得到广泛的地下传播。若我们将传播也视为广义的批评的一部分，那么，"文化大革命"中的"地下文学"以手抄本的方式流

---

  ① 程光炜：《中国当代诗歌史》，中国人民大学出版社2003年版，第152页注2。

第二章　均质化的极致与"潜在写作"的反拨：20世纪60—70年代的诗歌批评

传，也可以理解为一种阅读接受视角下的批评现象。"潜在写作"这个批评概念是多年后批评家提出来，用以归纳这一时期的地下文学现象，属于一种对潜在写作文本的解读与研究的后设性的批评。

以"均质化"来描述这一时期的诗歌批评状况，可以从以下几个方面来理解。首先，由于一波接一波的政治运动，知识阶层受到巨大的冲击，知识分子诗人和作家纷纷噤声，或被迫选择了沉默。在这种情况下，文学出版媒体迅速萎缩，诗歌和文学期刊停刊者甚众。"文化大革命"期间停刊的重要文学期刊有《诗刊》《人民文学》《北京文艺》《奔流》《长江文艺》《广西文艺》《河北文学》《江西文艺》《边疆文艺》《火花》《鸭绿江》《延河》《青海湖》《山东文艺》《萌芽》《解放军文艺》等。文艺期刊停办，文学工作者失去了文学作品和批评的交流阵地，检索当时的报纸期刊，尤其是"文化大革命"的前六年间，原有的文艺期刊几乎全军覆没。1972年起，部分期刊复刊，但刊登的作品与批评已缺乏多样的声音，只能刊发与其他媒介上的政治话语高度一致的文字。其次，"文化大革命"期间，诗歌创作上提倡向"革命样板戏"学习，由此诞生了新诗学习样板戏的成果范本《西沙之战》及作为群众性业余创作现象的"小靳庄诗歌"。相应地，诗歌批评的话语也依照了当时契合样板戏创作特征的革命浪漫主义风格，因而趋于同质，具有诗歌自身特质的形式批评语汇几近消亡。再次，纵观新诗和新文艺的历史，"文化大革命"时期诗歌和文艺的功能从未如此激进而明确。在公开出版物和主流媒体上，高度政治化的要求深刻地左右着文艺话语，从创作到批评，稍微溢出文艺政治化之外的观念都会

· 115 ·

遭到打压、遮蔽。翻开这一时期的文艺报刊，无论是诗歌创作的题材、主题，还是诗歌批评的角度、方法，其口径皆高度趋同，诗歌已经完全丧失了其作为文艺之一种的内在丰富性和独立性。虽然集体性、群众性的诗歌创作现象的确有利于调动广大普通民众参与文艺的热情与文化创造的自信，但是这种政治意图鲜明的全民总动员式的文艺运动，对于文艺自身的发展却也带来了不得不面对的误区和戕害。强调文艺政治功能的唯一性和急迫性往往只在一些特殊的时期，针对那些紧急的状态与时刻，比如战争时期的政治宣传需要；而在和平时期极端重视诗歌的政治宣传，不仅有悖于文艺生态的多样繁荣的要求，也暴露了利用文艺宣传达到攫取政治和权力目的的少数野心家的面目。此外，这一时期出现的"潜在写作"现象虽如星星之火，在少数觉醒者之间传递着，但是，这种隐秘的地下状态的写作缺少批评的介入，因而始终处于孕育生长之中，并未能真正改变这一时期总体上的"均质化"状态。总之，这是一个批评凋敝的年代，批评话语雷同，批评功能因高度明确而失效，更缺少能留下来的，值得借鉴的诗歌批评家。

当然，批评的凋敝，话语的均质化，皆是历史过程中的一部分。否极泰来，陈陈相因，历史地看待这一时期的文化形态，它既特殊又不特殊，有形成这一局面的原因也可以想见即将到来的变革。回顾这一时期的诗歌批评，我们既要吸取历史的教训，也应有信心在反思中寻求思想和观念的突破。"文化大革命"时期的中国诗歌和文艺，理应成为我们民族记忆中值得正视、直面的那一部分。

第二章　均质化的极致与"潜在写作"的反拨：20世纪60—70年代的诗歌批评

第二节　激进的诗歌实验与"上纲上线"的批评

　　1966年1月2日至22日，江青受林彪委托，"在上海邀请部队的一些同志，就部队文艺工作的若干问题进行了座谈"，"会议纪要"经毛泽东修改后名为《林彪同志委托江青同志召开的部队文艺工作座谈会纪要》（以下简称《纪要》），4月10日以中共中央名义批发全党，4月18日《解放军报》以《高举毛泽东思想伟大红旗，积极参加社会主义文化大革命》为题的社论，发表了《纪要》的部分内容，1967年5月29日《人民日报》全文刊出《纪要》。此次"座谈"被称为"文化大革命"文学的"前奏曲"[①]。《纪要》的出台同时也表明江青在文艺界领导地位的确立。

　　虽然《纪要》全文第二年才全部刊出，但实际上在4月10日批发全党及《解放军报》社论发布之时，即发挥其自上而下的实施与推广的功能。《纪要》的突出论断是所谓的"文艺黑线专政"论。"建国以来的十几年来，文艺界存在着一条与毛泽东思想相对立的反党反社会主义的黑线。这条黑线就是资产阶级的文艺思想、现代修正主义的文艺思想和所谓三十年代文艺的结合。""在这股资产阶级、现代修正主义文艺思想逆流的影响或控制下，十几年来，真正歌颂工农兵的英雄人物，为工农兵服务的好的或者基本上好的作品也有，但是不多；不少是中间状态的作品；还有一批是反党反社会

[①] 程光炜所撰词条"文艺黑线专政"，参见洪子诚、孟繁华主编《当代文学关键词》，广西师范大学出版社2002年版。

· 117 ·

主义的毒草。我们一定要根据党中央的指示，坚决进行一场文化战线上的社会主义大革命，彻底搞掉这条黑线。""近三年来，社会主义的文化大革命已经出现了新的形势，革命现代京剧的兴起就是最突出的代表。从事京剧革命的文艺工作者，在以毛主席为首的党中央的领导下，以马克思列宁主义和毛泽东思想为武器，向封建阶级、资产阶级和现代修正主义文艺展开了英勇顽强的进攻，锋芒所向，使京剧这个最顽固的堡垒，从思想到形式，都发生了极大的革命，并且带动文艺界发生着革命性的变化。""近三年来，社会主义文化革命的另一个突出表现，就是工农兵在思想、文艺战线上的广泛的群众活动。从工农兵群众中，不断地出现了许多优秀的、善于从实际出发表达毛泽东思想的哲学文章；同时，还不断地出现了许多优秀的、歌颂我国社会主义革命的伟大胜利，歌颂社会主义建设各个战线上的大跃进，歌颂我们的新英雄人物，歌颂我们伟大的党，伟大的领袖英明领导的文艺作品，特别是工农兵发表在墙报、黑板报上的大量诗歌，无论内容和形式都划出了一个完整崭新的时代。"

《纪要》提到的所谓的"文艺黑线专政"当然剑指文艺界内部的一些理论权威，主要指周扬等人，不可避免地体现了自20世纪30年代以来的左翼文艺群体的内部矛盾，但是，更引人注意的是《纪要》对新文学传统的全盘否定，在全球冷战的文化背景之下，不难想象，这种否定也波及西方现代以来的文化传统。笼统而言，中国新文化传统和西方现代文化传统都被冠以"资产阶级的文艺思想"与"现代修正主义的文艺思想"，而"三十年代文艺"即指早期的中国左翼文学传统。否定一切之后，极端民族主义和反现代的

第二章　均质化的极致与"潜在写作"的反拨：20世纪60—70年代的诗歌批评

情绪催生了激进的文艺思想。有论者指出，"自60年代初期以后，江青在文艺领域地位的提高是一个突出现象，这也表明中国的文化和文艺格局的新变动。因为50年代初对胡适派文人的批判否定了'五四'一代知识分子的自由主义传统，使知识分子基本上失去了基于'五四'自由主义立场批判现实的能力和权利；1955年对胡风集团的批判又将来自30年代左翼文艺阵营内部的反对派清除出文坛；1957年的'反右'运动又剥夺了一大批在50年代成长起来的知识分子对现实的批判权利；直到这时为止，周扬一直是以解放区以来的毛泽东文艺思想传统的阐释者和捍卫者自居，如今周扬地位的被替代，使文艺界割断了自'五四'到1949年的所有传统，在这一连串的批判运动之后，新中国的文艺传统成了一片空白"。①

以江青创立的革命现代京剧为样板，普及并衡量其他文艺样式的变革，同时，大规模开展群众文艺活动，调动全社会参与文化建设的热情，这就是"无产阶级文化大革命"中的基本现象。在诗歌领域里，一方面是明确强调诗歌创作必须向革命样板戏学习，因此诞生了颇具代表性的革命样板诗《西沙之战》；另一方面，诗歌文体的短小与灵活特点，也使之便于成为群众活动，这一时期的各种诗选、诗合集，均以群众性的集体参与创作为特征。红卫兵诗歌，工农兵诗选等，强调诗人身份的业余，创作热情的自发性等等。"小靳庄诗歌"是这一时期群众性诗歌创作的代表现象。

这些诗歌现象背后，批评是重要的助推力量，可以说，《纪要》

---

① 陈思和主编：《中国当代文学史教程》，复旦大学出版社1999年版，第163页。

是"文化大革命"时期激进文艺思潮的思想纲领，它不仅为文艺界的内部论争树立了靶子，虽然这种论争从根本上并不能形成对等的讨论，往往是使其中一方堕入沉默的政治打压，而且也构想了新的文艺形态的形式元素和风格手法。其次，大的政治运动中伴随着针对具体的诗人及其作品的批评。然而，这种观念性极强的文艺主张落实到具体的诗歌写作中，不仅忽视了诗歌自身的艺术传统的积累与规律性的特质，而且也在思想上形成了一种极大的束缚力。连年的政治运动在诗人和作家心头留下沉重的阴影，他们中的部分人被迫卷入政治漩涡，失去人身自由，而另一部分人则噤若寒蝉，巨大的沉默是他们在时代风云面前做出的应激反应。"文化大革命"爆发后的前五六年（1966—1971），期刊停办，诗坛沉寂，批评缺席，当代中国文艺呈现出前所未有的衰落景象。文化艺术荒芜的百草园内唯余八部革命样板戏，作为《纪要》推崇的文艺"榜样"与"示范"。在新诗写作上自觉地向样板戏汲取经验的是部队诗人张永枚（1932— ），他曾撰文《新诗也要学习革命样板戏——工农兵诗集〈凤展红旗〉、〈阳光灿烂照征途〉》，认为"革命样板戏的创作经验，对繁荣社会主义文艺具有普遍的意义。在新诗的创作中，既可运用这些经验于抒情，也可运用于叙事。我们应通过斗争实践和艺术实践，努力掌握马克思主义、列宁主义、毛泽东思想的世界观和艺术观，努力肃清反革命的修正主义文艺路线的种种流毒。学习革命样板戏成功地运用革命现实主义和革命浪漫主义相结合的创作方法；学习革命样板戏正确地贯彻执行'百花齐放，推陈出新'、'古为今用，洋为中用'的方针；学习革命样板戏调动一切艺术手

第二章　均质化的极致与"潜在写作"的反拨：20世纪60—70年代的诗歌批评

段，千方百计地塑造工农兵的高大英雄形象；学习革命样板戏的精湛语言艺术；学习革命样板戏千锤百炼、一丝不苟的创作态度……等等"①。同年8月号的《四川文艺》推出评论文章，呼吁新诗向样板戏学习，作者尹在勤把新诗学习样板戏作为"一个重要课题"提了出来，并对如何学习样板戏作了具体的指导："革命样板戏是无产阶级革命文艺的样板，是贯彻执行毛主席革命文艺路线和文艺方针的样板。革命样板戏的创作原则和经验，对于一切形式的社会主义文艺都是适用的，新诗也不例外。""首先应该学习的，是'三突出'的创作原则。这个原则是江青同志在两条路线的激烈搏斗中，培育革命样板戏，总结出来的一条极其重要的原则，是无产阶级文艺必须遵循的根本原则。这个原则运用于诗歌创作，既适用于叙事诗，也适用于抒情诗。"②"三突出"作为"文化大革命"时期的文艺指导理论之一，由于会泳在纪念"样板戏"诞生一周年的文章中提出，意指文艺作品塑造人物的重要原则，即"在所有人物中突出正面人物；在正面人物中突出英雄人物；在主要英雄人物中突出最重要的即中心人物"③。后经姚文元的修改，"三突出"更显简明扼要："在所有人物中突出正面人物；在正面人物中突出英雄人物；在英雄人物中突出中心人物。"④"三突出"原则几乎成为"文化大

---

①　《人民日报》1973年3月25日。
②　尹在勤：《新诗要努力向革命样板戏学习》，《四川文艺》1973年8月号。
③　于会泳：《让文艺舞台永远成为宣传毛泽东思想的阵地》，《文汇报》1968年5月23日。
④　上海京剧团《智取威虎山》剧组：《努力塑造无产阶级英雄人物的光辉形象——对塑造杨子荣等英雄人物的一些体会》，此文经姚文元修订，刊于《红旗》1969年第11期。

革命"文艺的金科玉律，无怪乎当时的部分诗人和批评家明确提出要在新诗写作中践行这一法则。

从20世纪50年代末新民歌运动中提出"古典加民歌"这条新诗发展的道路，到"文化大革命"期间的"新诗向革命样板戏学习"，当代中国诗歌完全失去了把握自身传统和规律的自主性，而是被迫按照先行规定的理念进行创作"实验"。理念设计者和批评家们舍弃新诗这一文类已经积累的成果经验，不去考虑诗歌与语言创造的紧密关联，更无视诗歌（也是文学）对于生活广阔、复杂而深入的真切探寻，而只是从抽象的思想和单一形式的机械勾连出发，设计未来新诗的样貌。这种高度理念化的诗歌实验服务于明确的政治目标，赋予诗歌极度单一的社会功能，相应地，也限定可以入诗的题材和内容，并规划出诗歌的风格基调。在这些规定了的前提之下，诗歌创作如何进行？诗歌批评又将如何引导和阐释？1974年，这种理念下的应制之作——张永枚的诗报告、长诗《西沙之战》出版了。由于当时的文艺期刊大多停刊，《西沙之战》最初刊登在《光明日报》上，继而《人民日报》《解放日报》《文汇报》全文转载，稍后又有《北京文艺》《解放军文艺》《广东文艺》《广西文艺》《河南文艺》《辽宁文艺》《河北文艺》《云南文艺》《内蒙古文艺》等转登，同年，新疆人民出版社、广东人民出版社、吉林人民出版社、云南人民出版社等相继出版《西沙之战》单行本。《西沙之战》无疑是1974年最火、最畅销诗集，当然同时也是新诗学习样板戏的成功范例。诗歌评论在这首诗报告的出版热潮中起到了重要的助推作用。

第二章　均质化的极致与"潜在写作"的反拨：20 世纪 60—70 年代的诗歌批评

尹在勤有关新诗向样板戏学习的第一篇文章在《四川文艺》发表之后，第二年又经扩充、修订，以《新诗要向革命样板戏学习》为题在《人民日报》刊出。这篇文章中，尹在勤强调叙事诗和抒情诗都可以运用"三突出"的创作原则，对于具体的运用方式他还作了进一步说明。"叙事诗在提炼生活素材、结构故事情节、塑造人物形象等方面，应该发挥自己的艺术表现特色，但首要的问题是要像革命样板戏那样，充分地运用突出、烘托、陪衬等艺术手段，千方百计地为塑造主要英雄人物服务。""社会主义的抒情诗，必须抒无产阶级之情，抒革命人民之情。只有运用'三突出'的创作原则，才能抒写出伟大阶级、伟大人民、伟大时代的最强音，才能把无产阶级的愿望、理想、情操，最凝练、最鲜明、最响亮地抒写出来，才能以昂扬的基调，高亢的主调，表现出奔腾澎湃的革命气势。""一般来说，抒情诗虽然不具体地描绘人物行动，不可能完整地安排故事情节；但是，却可以通过抒发主人公的革命激情，突出反映伟大阶级、伟大人民、伟大的党、伟大领袖的光辉形象。""抒情短诗，并不因为它篇幅的短小而不能突出抒发无产阶级之情，突出抒发伟大时代、伟大人民之情。一个英雄人物可以通过一次长篇报告展示他的思想境界，也可以通过几句豪言壮语迸发出他内心深处的火花。短小的抒情诗，可以在有限的篇幅中，以精炼的语言反映时代精神，反映无产阶级的心声。"[①] 文章发表之时，《西沙之战》也已出版，同时，尹在勤发表论文评论《西沙之战》，认为

---

① 尹在勤：《新诗要向革命样板戏学习》，《人民日报》1974 年 5 月 5 日。

"诗报告《西沙之战》，成功地学习运用了'三突出'的创作原则。这首长诗，源于生活，又高于生活，在西沙之战现实的战斗生活的基础上，从众多的英雄人物中，突出地塑造了阿沙、钟海、阿春三个英雄典型，把他们的英雄创举有机地交融于议题，从而体现了'兵民是胜利之本'这一人民战争思想"。三个英雄人物中，钟海是被突出的"主要英雄人物"，诗人在塑造英雄人物的时候，总是以南越伪军作为"反面陪衬"，"充分描写了敌人的阴险、狡诈，从而反衬出英雄人物的机智、勇敢"。对于张永枚创造的"诗报告"这一"崭新的形式"，尹在勤认为是体现了"新诗创作中一种敢于反潮流的革命精神"①。

当时评论《西沙之战》的其他文章，主要内容还包括：认为作者"运用革命的现实主义和革命的浪漫主义相结合的创作方法"，"他（张永枚）跋涉南海前线，深入战斗前沿阵地，对英雄的西沙军民进行了深入的访问和学习，所以能用这样火热的诗句典型地反映出西沙之战这一斗争过程"②。作者"遵循'百花齐放，推陈出新'的方针，从内容到形式对新诗作了成功的改革，并适应内容的需要，从结构到语言都有了不少创新，使之既具有鲜明的民族特色，又富于强烈的时代精神"③。在诗歌的思想性上，大多数批评将

---

① 尹在勤：《新诗学习革命样板戏的成功范例——评诗报告〈西沙之战〉》，《四川大学学报》1974年第1期。
② 任犊：《来自南海前线的战歌——读张永枚同志的诗报告〈西沙之战〉》，《人民日报》1974年4月17日。
③ 王一桃：《西沙自卫反击战的凯歌——喜读诗报告〈西沙之战〉》，《广西文艺》1974年第4期。

第二章　均质化的极致与"潜在写作"的反拨：20世纪60—70年代的诗歌批评

诗人的政治觉悟放在重中之重，"它（《西沙之战》）的发表，有力地证明：新诗创作必须坚持毛泽东革命文艺路线指引的方向，必须学习和运用革命样板戏的创作经验，只有这样，才能在诗歌创作上作出新的贡献"[1]。张永枚的诗作《西沙之战》不仅被视为对当时发生在西沙群岛的中国对南越的自卫反击战的报告记录，而且也被当作与国内政治运动紧密相关的思想觉悟提高的结果，因此这部作品成为一时之"典范"。1976年，以江青为首的"四人帮"集团倒台之后，针对《西沙之战》的批评声调便发生了逆转，变成了声讨江青授意炮制的"利用文艺反党"的阴谋之作。"诗报告《西沙之战》的出笼，不是孤立的现象，是'四人帮'在一九七四年春，妄图转移批林批孔大方向，大搞篡党夺权活动的一个重要组成部分。"江青"用个人名义给西沙军民写'贺信'。只字不提毛主席、党中央和中央军委对西沙之战的领导和关怀，却把自己吹嘘成唯一关怀西沙军民的领导人，把自己装扮成批林批孔运动的发动者和主持者。写信还嫌不够，江青又派专人'代表'她到西沙'看望'前线军民。《西沙之战》的作者就是她派去的一个'代表'"[2]。这依然是上纲上线的政治批判口吻，诗歌批评依然没有建构起自身的语言和批评范式。

与《西沙之战》同时期备受关注的诗歌现象，还有天津市宝坻

---

[1] 鲁枫、肖采：《革命诗歌创作的新成就——喜读诗报告〈西沙之战〉》，《光明日报》1974年5月22日。
[2] 海南军区大批判组、广州部队理论组：《利用文艺反党的又一"发明"——揭露江青授意炮制诗报告〈西沙之战〉的罪恶阴谋》，《解放军报》1977年1月31日。

县小靳庄大队的民众诗歌创作热。新中国成立以来，诗歌（及文学）创作者队伍的扩大，是毛泽东文艺思想落实的成果和传统之一，50年代后期的新民歌运动更是调动了广大普通民众的诗歌热情，各行各业都涌现出诗歌写作的积极参与者。由于历次政治运动极大地打击了知识分子诗人的写作，甚至完全剥夺了部分诗人的写作权利，60年代以来工农兵诗歌作者成为诗坛的主要构成力量，同时，赛诗会和诗歌朗诵会，以及大大小小的业余集体创作组成了群众文艺活动中最常见的形式。除了以政治题材和主题为选题，编选出版诗选之外，以工人、解放军、农民等职业身份为群体出版诗集也是这一时期的重要出版现象。1974年4月22日《光明日报》通讯员报道了小靳庄大队政治夜校的诗会活动，7月，《北京文艺》和《河北文艺》刊登了小靳庄社员的诗选，8月4日的《人民日报》刊出新华社通讯员、新华社记者的文章《小靳庄十件新事》。文章回顾了小靳庄社员自1958年新民歌运动以来就曾出现过的民歌创作热潮，提到写诗对于社员们参与政治运动的鼓动作用，高度肯定"劳动人民登上诗坛，一扫旧诗坛的沉闷空气和靡靡之音，开了一代新诗风"。此后，《人民日报》《文汇报》《光明日报》《天津日报》《解放军报》等多家报刊纷纷报道和赞扬"小靳庄诗歌"活动，结合当时的"文化大革命""学大寨""批林批孔"等政治运动，强调"小靳庄诗歌"的群众性与政治性，并将之与1958年的新民歌运动联系比较，指出两者在风格上的异同。"如果说，一九五八年的民歌的大部分，是表现革命人民同大自然作斗争的，是表现敢想敢干的共产主义风格的。那么，小靳庄社员的诗歌的大部

第二章　均质化的极致与"潜在写作"的反拨：20 世纪 60—70 年代的诗歌批评

分，就题材和主题来说，转向了一个新的领域：表现阶级斗争和路线斗争，直接表现上层建筑领域里的社会主义革命。有些诗歌，本身就是投枪、匕首，是掷向敌人的手榴弹。"①《小靳庄诗歌选》1974 年 12 月由天津人民出版社编辑出版。"小靳庄诗歌"热潮带动了当时的群众性诗歌创作活动，不仅限于河北省内的其他区县，而且也作为文艺创作经验在全国各地区和其他身份阶层的创作者中间得到推广。

对小靳庄诗歌热潮的批评基本集中在以诗歌配合政治运动，鼓励群众的劳动积极性的方面，至于艺术上的成就与价值，大多的评论文章都不涉及或甚少谈及。小靳庄诗歌现象也如《西沙之战》一样，在"文化大革命"结束后，被揭开了历史的另一重面纱。小靳庄诗歌热被认为是江青及其"四人帮"同伙炮制出来的政治阴谋。"一九七四年六月二十二日，江青以'去农村看看'为借口，以抓上层建筑领域的革命为幌子，第一次窜到小靳庄。她抄了几首吹捧她的诗，非常得意，亲自作了修改，强令在《天津日报》上发表。"天津人民出版社"接到'四人帮'在天津资产阶级帮派体系中的那个骨干分子、市文教组前主要负责人，大卖力气，煞费苦心。他亲自出马，飞车赶到小靳庄，亲自主持召开了第一部小靳庄出版物——《小靳庄诗歌选》的编选定稿工作会议，并由他一手确定方案，圈定选目；对选入的诗歌，字斟句酌，逐篇修改，直到夜阑更深，才掩卷收场"。"一九七四年到'四人帮'彻底垮台以前，由江

---

① 马联玉：《时代的战鼓　斗争的颂歌——赞〈小靳庄诗歌选〉》，《光明日报》1975 年 1 月 13 日。

青授意，经'四人帮'在天津的那个死党和'四人帮'在天津的帮派体系中那个骨干分子、市文教组前主要负责人的直接指挥，先后出版了《小靳庄诗歌选》一、二两集，小靳庄诗歌谱曲选——《天地新春我们开》，以及用那个骨干分子自鸣得意的那篇所谓'诗评'作书名的小靳庄诗歌评论集——《新型的农民　崭新的诗篇》等六本专集，总印数达一百七十万册，发行全国，流毒各地，影响极坏，危害极大。在他们的指令下，《小靳庄诗歌选》第一集，还分平装、半精装、精装、特精装，版本之繁多，装帧之讲究，都大大超过了同时出版的其他读物。尤有甚者，江青还授意'四人帮'在天津的那个死党，指令他把《小靳庄诗歌选》（第一集）印成大字线装本，耗资费时，造价昂贵。一函大字线装本的《小靳庄诗歌选》的成本费，相当该书平装本价格的四十五、六倍。"① 这篇揭批文章所透露的真相进一步说明了文学生产的政治性和意识形态性。作为大规模群众性文艺创作现象的小靳庄诗歌随着"文化大革命"的结束，迅速淡出了阅读与批评的视野。

从《西沙之战》到小靳庄诗歌现象，激进的诗歌实验告诉我们，"文化大革命"十年间的诗歌理念强调的是诗歌（文学）的政治宣传功能，甚至将这种宣传功能前置为一种手段。本来，诗歌的教育（教化）功能古已有之，可谓中国传统文学的基本功能之一，但将这种目标预设为手段，完全不顾诗歌的艺术规律，在纯化诗歌内容的同时，亦简化诗歌形式的探索，最终导致诗歌创作完全背离

---

① 钟贤、钟华：《"四人帮"阴谋篡党夺权的铁证——批判叛徒江青授意炮制的〈小靳庄诗歌选〉》，《学习通讯》1978 年第 3 期。

第二章　均质化的极致与"潜在写作"的反拨：20 世纪 60—70 年代的诗歌批评

语言艺术的基本要素，变成了刻板、干瘪的政治教条与口号。这是历史的教训，也是现实的警戒。

第三节　毛泽东诗词的传播与阐释

日本汉学家木山英雄提起他研究毛泽东旧体诗词时说过，他是将"毛泽东作为直接参与了一时代之诗史的当事者来看待"[①]的，笔者赞同木山英雄的看法。作为一本考察当代诗歌批评历史进程的书，毛泽东及其旧体诗词得到关注的重要原因即是毛泽东作为当代诗史当事者的意义。一方面，毛泽东的诗歌主张和观念直接催发了"新民歌诗歌"运动，另一方面，他的旧体诗词写作也以其当代性和影响力而得到关注。

1957 年 1 月 12 日，毛泽东致臧克家信，随信附旧体诗词 18 首，稍后毛泽东《旧体诗词十八首》和《关于诗的一封信》刊发于 1 月 25 日出版的《诗刊》创刊号上。在《关于诗的一封信》中，除了祝贺《诗刊》创刊外，关于他自己的诗，毛泽东这样说："诗当然应以新诗为主体，旧诗可以写一些，但是不宜在青年中提倡，因为这种体裁束缚思想，又不易学，这些话仅供你们参考。"[②] 毛泽东是旧体诗词出色的当代书写者，当然，因其政治身份的影响，毛泽东的旧体诗词一经发表和出版，即引发全体中国读者的关注。因

[①] ［日］木山英雄：《人歌人哭大旗前：毛泽东时代的旧体诗》，赵京华译，生活·读书·新知三联书店 2016 年版，第 153 页。

[②] 载 1957 年 1 月 25 日《诗刊》创刊号。

此，即使产量不丰，毛泽东诗词的出版与评论却在特定的时代创造着一个个奇迹，这其中不仅有正式的发表和出版，而且还存在大量的传抄与自印的传播情况。

毛泽东的旧体诗词的发表和出版情况，与一般的诗人发表和出版诗集然后获得批评界的关注不一样，由于政治身份的独特，在20世纪60—70年代（即主要是"文化大革命"期间），毛泽东的旧体诗词得到了广泛的传播，而对这些作品的评价则完全是统一的赞美和颂扬。从某种意义上讲，这并不属于正常的文学批评。直到进入80年代之后，相对客观的、学术性的批评与研究才得以实现。因此，本章的梳理属于一种后设性的批评。

关于毛泽东旧体诗词在当代的批评与接受状况，大致可以有三个方面的内容：一是发表与出版的版本考察；二是有关诗词作品的注评研究；三是对毛泽东诗词文本的重评、总评和对毛泽东诗论或诗学的研究。当然，在具体的研究中，这三个方面又有交叉重叠。

首先，关于毛泽东诗词的发表、出版版本，幸晓峰在相关的研究中考察了"迄今为止，我们所能见到的毛泽东诗词共四十八首"的情况，并按照创作和发表、出版时间的顺序进行了梳理。[①]《沁园春·雪》是毛泽东首次正式发表的一首词，刊于《新民报晚刊》副刊《西方夜谈》1945年11月14日（刊发时题为《毛词·雪》），再就是《诗刊》1957年创刊号上的《沁园春·长沙》等18

---

① 幸晓峰：《毛泽东诗词发表出版情况综述》，《毛泽东思想研究》1985年第2期。

第二章　均质化的极致与"潜在写作"的反拨：20世纪60—70年代的诗歌批评

首诗词（包括《沁园春·雪》）。1958年《蝶恋花·答李淑一》发表于《湖南师院》元旦特刊（刊发时题为《答李淑一》），后有《文汇报》《人民日报》等转载。1958年《诗刊》10月号发表《送瘟神二首》，《人民日报》10月3日转载。1962年《人民文学》5月号发表《清平乐·蒋桂战争》等6首词，《人民日报》5月28日转载。1963年12月，人民文学出版社出版《毛主席诗词》37首，1964年1月1日正式发行。1976年1月，由人民出版社出版的《毛泽东诗词》39首发行，这是《毛泽东诗词》第二次出版发行。以上只是列举了幸晓峰的研究中的一部分，呈现出毛泽东诗词发表、转载和正式出版的最初几例，并不包括地方出版社出版、印行和传抄的传播情况。在读了幸晓峰的资料汇集式的研究后，吴美潮、周彦瑜发文《也谈毛泽东诗词的研究和出版》，谈及在新的历史时期，对毛泽东诗词的研究"不应是像'文化大革命'时期那样，时时引用，处处张贴，如语录，似对联，把它庸俗化、实用化，作一些不恰当的评述"。"今天，我们对毛泽东诗词的研究，要像对毛泽东和毛泽东思想的研究一样，真正从思想上探索，从艺术上剖析。毛泽东诗词，作为毛泽东思想的一个重要组成部分，我们既不能孤立地脱离他的伟大革命实践去就诗论诗，也不能处处都去牵强附会于他的革命活动，从而低估诗人的艺术感受和造诣。我们不但要研究它的成功一面，也应指出它的不足之处，公正地、客观地评价他作为伟大诗人的艺术成就和历史作用。"作者还针对"文化大革命"期间"对毛泽东诗词的不正常的狂热过后，现在又出现一个不正常的低潮冷落时期"，在重出、重评和挖掘等方面给出了一些切实的建议。①

郭思敏发表于2000年的研究文章梳理和统计了毛泽东诗词在国内外的出版情况，最终统计毛泽东旧体诗词共创作有67首，"自50年代到90年代，都有影响较大的毛泽东诗词版本出版发行，为毛泽东诗词的研究奠定了基础"。"自50年代起，毛泽东诗词先后被译成多种文字在世界各地出版发行。目前已有英文、法文、日文、俄文、朝文、德文、越文、意文、捷克文、希腊文、荷兰文、西班牙文、匈牙利文、阿拉伯文、罗马尼亚文、世界语等近20种文本。""据不完全统计，从1957年至1999年40余年间，毛泽东诗词的版本已超过200种。这里指公开出版的中文版本和外文版本，也包括一些流传较广的内部版本。从装订形式看，更是多种多样，有平装本、精装本、线装本、套塑本等。从开本看，大概是同一内容的图书中最多的，有小8开本、12开本、16开本、25开本、28开本、32开本、大32开本、50开本、64开本等。从印刷形式上看，既精美又多样，有铅印、石印、木刻、影印等等。但是，毛泽东诗词到底出版了多少版本，特别是印刷了多少册，至今仍没有比较精确的统计。"②

其次，是毛泽东诗词赏析和评注现象。在中国古典诗词研究领域，最常见的传统方法是评注与赏析。毛泽东诗词出版后得到广泛的传播，接受群体包括了各个阶层的读者，由此，带有赏析与评注

---

① 吴美潮、周彦瑜：《也谈毛泽东诗词的研究和出版》，《毛泽东思想研究》1985年第4期。

② 郭思敏：《毛泽东诗词的出版与研究述略》，《党的文献》2000年第4期。

第二章　均质化的极致与"潜在写作"的反拨：20世纪60—70年代的诗歌批评

性质的出版物相应出现。"据粗略统计，从1957年至今，我国公开和内部出版的毛泽东诗词研究专著已有300多部，报刊上发表的文章有2200余篇。不仅如此，近几年出版的部分毛泽东诗词研究著作的印数都相当可观，多数在万册左右，甚至达到10万册，以至更多。""毛泽东诗词赏析始终是研究的重要方面。毛泽东诗词赏析作品，多侧重词句讲解、事实考证、时代背景、艺术特色、心得体会的介绍等，使读者能够比较准确地把握毛泽东诗词的思想内涵，深入了解其艺术成就。"① 毛泽东诗词的赏析之作数量多、影响大。最早出版也是影响最大的毛泽东诗词赏析之作，是臧克家、周振甫合著的《毛泽东诗词十八首讲解》，1957年由中国青年出版社出版，一经发行即掀起了"毛泽东诗词热"。二人合著的"讲解"分工是臧克家对诗词做浅近明白的讲说，周振甫做简明扼要的注释。在那以后，这本书不断增订、再版，直到20世纪90年代仍然有新的修订版本，其间也曾改名为《毛主席诗词讲解》《毛泽东诗词讲解》，总印数已超过百万册。其他重要的赏析版本还有：臧克家主编《毛泽东诗词鉴赏》（河北人民出版社1990年版），公木撰著《毛泽东诗词鉴赏》（长春出版社1994年版），易孟醇注释《毛泽东诗词笺析》（湖南大学出版社1989年版）以及王臻中、钟振振主编《毛泽东诗词鉴赏》（江苏古籍出版社1990年版）。赏析专著在毛泽东诗词的传播与普及中起到了巨大的作用。

再次，是在赏析性的研究之外，对毛泽东诗词的总体批评和毛

---

① 郭思敏：《毛泽东诗词的出版与研究述略》，《党的文献》2000年第4期。

· 133 ·

泽东诗歌观念的研究。进入20世纪90年代以来，这类批评论文与专著也不断增多。有美学角度的研究，这是赏析性研究的一种提升；有从史学角度展开的批评，强调毛泽东诗词中诗中有史，史中有诗，史与诗一体，突出了毛泽东诗词的历史价值；有将毛泽东诗词视为一种诗化哲学的研究；还有从诗词格律角度进行的研究。1994年12月，中国毛泽东诗词研究会成立，使国内外研究专家对毛泽东诗词的研究有了交流的平台。

第四节 "潜在写作"与民间传播

在我们能够观览到的文艺园地或曰公开出版界中，"文化大革命"十年间的主流文学可谓某种"遵命文学"，即遵多变的现实政治之命，而忽视了文学自身的特征与规律。一些态度偏激的批评者和研究者认为这十年间不存在真正的文学。从诗歌创作角度看，由于这一时期对知识分子的政治压迫，绝大部分知识分子诗人被剥夺了写作的权利，或被迫下放到干校劳动，或身陷囹圄，或失语封笔。那些依然可以写作的少数，则主动迎合当时流行的诗歌风潮，写出配合社会形势、政治运动且风格趋同的作品，以加入时代的大合唱中。诗歌批评亦紧贴时代话语和政治要求，从诗歌内容、政治倾向及功能效果等角度，评价诗人诗作。不过，对于"文化大革命"十年诗歌（文学）及其批评的观察，还不能遗漏另一个重要的视域，即活跃的地下文学世界里的"潜在写作"。

如同考古挖掘一样，"潜在写作"的提出者将目光投向那片荒

第二章 均质化的极致与"潜在写作"的反拨:20 世纪 60—70 年代的诗歌批评

芜的土地,探测深埋在集体记忆之中的微弱的精神火种,这精神火种里蕴藏着民族之魂与人性良知。"潜在写作"的提出者为复旦大学中文系教授陈思和[①],1998 年,在《当代作家评论》第 6 期"无名论坛"发表的《试论〈无名书〉》一文中,他提出"潜在创作"这个概念,后经友人建议改成"潜在写作"。1999 年第 6 期《当代作家评论》的"无名论坛"的"主持人语"中,陈思和正式提出"潜在写作",同期同栏下发表了刘志荣《如水的旅程——论 1968—1976 年唐湜的"潜在写作"》。根据刘志荣在论文题注"潜在写作"中介绍,提出"这个概念'是为了说明当代文学创作的复杂性,即有许多被剥夺了正常写作权力的作家,在哑声的时代里,依然保持着对文学的挚爱和创作的热情,他们写作了许多在当时客观环境下不能公开发表的文学作品。'"潜在写作"的对立概念是公开发表的文学作品,在那些公开发表的创作相当贫乏的时代里,不能否认这些潜在写作实际上标志了一个时代的真正的文学水平,潜在写作与公开发表的创作一起构成了时代的文学,使原来的当代文学史的传统观念得以改变,这也是时代的"多层次"文学的具体内涵'"。"'潜在写作'的重要内容,参阅《中国当代文学史绪论》,该文刊于《文学评论丛刊》1998 年创刊号。"

[①] 陈思和(1954—),原籍广东番禺,1982 年毕业于复旦大学中文系并留校任教,现为复旦大学人文学院副院长。主要出版有专著:《巴金论稿》(与李辉合著)、《巴金研究的回顾和瞻望》、《中国现代文学整体观》、《20 世纪中国文学论》(韩译本);学术传记《人格的发展——巴金传》;编年体文集《笔走龙蛇》《马蹄声声碎》《羊骚与猴骚》《鸡鸣风雨》《犬耕集》《写在子夜》《豕突集》《牛后文录》;选集《陈思和自选集》《还原民间》《黑水斋漫笔》《新文学传统与当代立场》;主编教材《中国当代文学史教程》等。

稍后，陈思和撰文《试论当代文学史（1949—1976）的"潜在写作"》，指出"潜在写作"是当代文学史上的特殊现象，并将他考察的时段确定在当代文学史上的"十七年"和"文化大革命"两个时期。陈思和对"潜在写作"有较细致的辨析："指那些写出来后没有及时发表的作品，如果从作家的角度来定义，也就是指作家不是为了公开发表而进行的写作活动。但这两个定义还都有补充的必要：就作品而言，潜在写作虽然当时没有发表，但在若干年以后是已经发表了的，如果是始终没有发表的东西，那就无法进入文学史的研究视野；就作家而言，是以创作的时候明知无法发表仍然写作的为限，如有些作品本来是为了发表而创作，只是因为客观环境的变故而没有发表的（如'文化大革命'的爆发迫使许多进行中的写作不得不中断），这也不属于潜在写作的范围。"陈思和为他所理解的"潜在写作"进行大致分类，"这类写作含有多种意思，第一种是属于非虚构的文类，如书信、日记、读书眉批与札记、思想随笔等私人性的文字档案"。"第二种是属于自觉的文学创作。"提出"潜在写作"的目的，是"把这些作品还原到它们的创作年代来考察，尽管没有公开发表因而也没有产生客观影响，但它们同样反映了那个时代知识分子的严肃思考，是那个时代精神现象的一个不可忽视的有机组成。重视这种已经存在的文学现象，才能真正展示时代精神的丰富性和多元性"。陈思和以20世纪70年代"文化大革命"后期的主要文学现象为例，"除当时公开发表的作品以外，郭小川在干校里创作的《团泊洼的秋天》等政治诗，属潜在写作；牛汉、曾卓、绿原等托物咏志诗，属潜在写作；民间大量流传的知识

第二章　均质化的极致与"潜在写作"的反拨：20世纪60—70年代的诗歌批评

青年创作的诗歌和小说创作潮，属潜在写作"①。

"潜在写作"概念一经提出便在当代文学批评界产生了影响与争议。1999年9月，陈思和主编的《中国当代文学史教程》由复旦大学出版社出版。这本当代文学史体现了陈思和及其研究团队的文学观念与立场，"潜在写作"视角得到了具体的体现。在前言中，"潜在写作"被视为当代文学研究中的关键词之一得到解释。

李杨撰文《当代文学史写作：原则、方法与可能性——从陈思和主编的〈中国当代文学史教程〉谈起》，对"潜在写作"观念提出质疑。"由于'潜在写作'都是在'文革'后才获得正式出版的机会，因此这些作品的真实创作时间极难辨认。《教程》按照'作品的创作时间而不是作品的发表时间'来进行认定，也就是说按照这些作品正式出版时标示的创作时间来确定其文学史意义，显然过于简略地处理了这个对文学史写作而言非常重要的问题。"李杨对被视为"潜在写作"的作品的传播方式进行分类，认为它们有因为手抄本流传广泛而能确定创作时间的；有曾在一定范围内流传，后发表时经过修改了的；还有就是"完全没有'地下'传播史，至今发表之日没有任何见证者，我们只能从这些作品正式出版时由作者本人或整理者标明的创作时间来确定其'潜在写作'的身份"。李杨指出，"'潜在写作'中的大部分作品都是这种真实性几乎无法认定的作品，而且正是因为其真实性无法辨析，此类作品至今仍被源源不断地'发现'——或者被源源不断地'创作'

---

①　陈思和：《试论当代文学史（1949—1976）的"潜在写作"》，《文学评论》1999年第6期。

出来"①。李杨还以"白洋淀诗歌"群落及多多的写作为例论述了这个现象。李润霞也从"潜在写作"视角下史料的真伪难辨入手,指出《中国当代文学史教程》中的"基本史料、史实"存在的"错讹",并将这些错讹分为三类:"一是对'潜在写作'真实的创作年代考证有误而得出错误的结论;二是基本史实的错误和文学史叙述的随意性;三是对版本不一的'潜在写作'文本未作比照、甄别和认定,致使具体作品的引用出现许多错讹。"李润霞以食指的《疯狗》一诗为例,考证了其所写作和发表的具体时间,还原原诗写作与发表的具体语境,并指出,"对于'潜在写作'而言,目前的首要任务并不是急于给它们定位、下结论,而是通过对史料、史实的继续搜集、甄别和认定,把'潜在写作'的研究引向深入"②。

围绕当代文学史写作的原则、方法与史料处理等问题的讨论,是"潜在写作"论争中最核心的议题。不过,另一方面,从批评的角度看,对"潜在写作"的关注却不应停步不前。相关研究中,值得注意的有何向阳关于曾卓1955至1976年间的"潜在写作"的研究③,杨汉云等对牛汉、胡风"潜在写作"的研究④等。2006年,武汉出版社出版了陈思和任总主编的"潜在写作"文丛10种,其

---

① 李杨:《当代文学史写作:原则、方法与可能性——从陈思和主编的〈中国当代文学史教程〉谈起》,《文学评论》2000年第3期。

② 李润霞:《"潜在写作"研究中的史料问题》,《中国现代文学研究丛刊》2001年第3期。

③ 何向阳:《曾卓的潜在写作:1955—1976》,《当代作家评论》2000年第4期。

④ 杨汉云、汪宴卿:《从虎的不屈到鹰的涅槃——论牛汉的"潜在写作"》,《理论月刊》2005年第4期。杨汉云、周利梅:《论胡风的"潜在写作"》,《理论与创作》2006年第2期。

第二章 均质化的极致与"潜在写作"的反拨:20世纪60—70年代的诗歌批评

中,李润霞编选了"潜在诗选"三种,分别是《被放逐的诗神》《青春的绝响》和《暗夜的举火者》。2007年4月,刘志荣专著《潜在写作1949—1976》由复旦大学出版社出版。

"潜在写作"是一个后设的批评概念,是当代文学的历史研究中,对文学史料的挖掘和重现研究的结果。在这种情况下,批评语境呈现出一种错位,即写作、发表、出版和相应的批评,并不具有紧凑而寻常的时间顺序。相反,诗人在没有发表和出版期待和可能的前提下写诗,待到这些作品面世,为广大读者所接受,同时得到批评的关注时,已与写作的年代隔了相当长的时间。从另一个角度看,时代变化了,这些曾经默默地、孤独地写作着的诗人在新的社会语境中获得或重新获得了关注。我们看到"文化大革命"中大量的文学专业期刊停刊,而正式发表和出版的诗作在题材与风格上被要求高度纯化,并趋于雷同时,确实在后来的部分当代诗歌史与文学史研究者眼中,这一时期的文学界呈现了一片荒芜的景象。但是随着政治环境的宽松,在历次政治运动中被迫害的知识分子和作家得到平反并恢复了写作自由,也随着社会文化空间的进一步开放,"文化大革命"十年中被迫处于地下写作状态的诗人及其作品,逐步得到了发掘、研究与肯定。这些写作者中,既包括已成名的诗人如昌耀、蔡其矫、牛汉、曾卓、唐湜、穆旦等,也包括在这一时期开始写作的诗人,如食指、灰娃、黄翔、根子、多多、芒克、北岛、舒婷等。这些诗人年龄、境遇各不相同,写作状态也相当孤立,他们的诗作或在当时经由民间传播,或者仅由作者自己保存着,对它们的批评研究因而要稍待时日。

第五节　天安门诗歌运动及其评价

当代诗歌史上的"天安门诗歌运动"指的是1976年4月5日前后，发生在北京天安门广场上的一场群众性诗歌运动。1976年1月8日，周恩来总理逝世。4月5日清明节前夕，北京的广大民众自发聚集在天安门广场悼念周总理。人们以诗词为主要抒发形式，表达对周总理的纪念和对"四人帮"的愤怒。清明节当天，上百万人聚集到天安门广场，敬献花圈、花篮，发表演讲，朗诵诗词，寄托哀思，抒发愤怒。人们把书写的诗词、挽联和文章张贴在广场的灯柱、纪念碑的护栏上，挂在松柏枝叶间。

天安门诗歌运动中的作者绝大多数是不知名的普通群众。他们自发写作，自觉聚集，自主抒发，这些众体兼备的诗词，短小精炼，言简意赅，手法多样，显示了广大普通民众的艺术创造力。1976年4月8日，当时被"四人帮"控制的《人民日报》发表了《天安门广场的反革命政治事件》的社论，正式将天安门事件定性为"反革命事件"。在广场张贴、传抄的诗词被指控为"反动诗词"，"是彻头彻尾的反革命煽动"。那以后的几个月里，写作、传抄和保存这些诗词的行为受到追查，一些人为此受到迫害，被捕、囚禁。作为一种特殊的诗歌现象，天安门诗歌运动上演了当代诗歌史上动人的一幕。

1976年10月，"四人帮"被逮捕，"文化大革命"宣告结束。1978年11月15日，中共北京市委召开常委扩大会议，为天

第二章 均质化的极致与"潜在写作"的反拨：20 世纪 60—70 年代的诗歌批评

安门事件平反，会上宣布：1976 年清明节广大群众到天安门广场沉痛悼念敬爱的周总理，愤怒声讨"四人帮"，完全是革命行动。而在天安门事件平反之前的 1977 年 1 月 8 日，在周恩来总理逝世一周年之际，以"童怀周"为笔名的北京第二外国语学院汉语教研室十六名教师，油印了《天安门革命诗抄》张贴在天安门广场，引起了社会上的广泛影响和支持。这一次的张贴和传播依然是自发的，但更明确了以诗歌作为寄托哀思和抒发悲愤情绪的手段。

对作品的传播、接受其实是一种广义的批评方式。油印版的《天安门诗抄》发行流传之后，北京第二外国语学院汉语教研室"童怀周"小组发起了"天安门诗歌"的征集行动，然后从征集到的大量作品中选出 1500 多篇，又编成《天安门革命诗抄》、《天安门革命诗文选》（正、续编）、《天安门诗词一百首》、《天安门诗词三百首》、《"四五"运动纪实》和《天安门运动画册》等书。1978 年 12 月，人民文学出版社在《天安门革命诗文选》（正、续编）的基础上，出版了《天安门诗抄》，书名由时任中共中央主席的华国锋题写。除了搜集整理编选之外，《天安门诗抄》的正式出版也经历了一番曲折，根据黎之的回忆，人民文学出版社的编辑"在当时复杂的政治形势下，怎样公开正式出版是反复考虑的。《诗抄》在九月底一切编辑、出版准备工作都已就绪，真是万事俱备，只缺东风了"。这里所说的"东风"概指当时微妙的政治气氛，不但有上海的话剧《于无声处》作为一部歌颂天安门事件的作品造势在先，而且，"'人文社'通过新华社于 11 月 15 日向全国发出题为《声讨

"四人帮"的战斗呐喊,革命文学史上的丰碑〈天安门诗抄〉即将出版》,与此同时写信给华国锋请他为该书题字"。三天过去之后,出版社收到华国锋的题字。不过,事实上,出版社是"用了先斩后奏的手法。全书已印好,前言已发表,不好再改,连在前言中加一句感谢华主席亲自题写书名的话都没有"①。

有关《天安门诗抄》和"天安门诗歌运动"的批评可以分为两个方面:对诗词作品的评价以及对其作为群众性诗歌运动的价值与意义的评说。《天安门诗抄》出版之后的一两年内有过批评的热潮。谢冕撰文讨论"天安门诗歌"的主要内容和艺术特征及给予我们的启示:"天安门诗歌,不是一般的诗歌,它是应着斗争需要而发出的呐喊和呼号。它的作者们当时的写诗以及决定张贴出来,它的读者们当时的吟诵、传抄、以及随后冒着风险收藏、保护,都不能以正常时日的诗创作视之。""这些诗,与其说它是艺术品,不如说它是来不及琢磨的武器。拿一般的艺术品去要求它,不尽合适,也未必公允。《天安门诗抄》给我们的启示,首先是,而且主要是政治内容方面的、诗歌作为武器的现实作用方面的。"②芦狄盛赞"天安门诗歌运动":"是反'四人帮'最早的一个运动,是为华主席领导的胜利的十月准备了政治和思想条件的一个运动,在世界文学史上是绝无仅有的伟大文学现象和革命现象。"

---

① 黎之:《回忆与思考——〈天安门诗抄〉出版前后》,《新文学史料》2001年第2期。
② 谢冕:《人民的心碑——论〈天安门诗抄〉》,《北京大学学报》(哲学社会科学版)1979年第1期。

第二章　均质化的极致与"潜在写作"的反拨：20 世纪 60—70 年代的诗歌批评

读了《天安门诗抄》后，芦狄认为它对"今天的诗歌创作，无疑具有很大的启发和教育意义"。他从内容与形式两个方面讨论了"天安门诗歌"的丰富多样性，论述采用短诗、旧体诗词、民歌民谣体的有效性，另一方面也有吸收五四以来新诗传统的自由体，同样抒情言志，富有感染力。① 但正如有论者总结所说，初期的"天安门诗歌"批评表现为"时间短，情感浓烈，研究关键词大体一致，但是研究不够深刻"②。

新世纪以来，对于天安门诗歌运动的批评增强了反思性与重写文学史的意识。在 2003 年出版的《中国当代诗歌史》中，程光炜结合之前学界对于天安门诗歌运动的高度一致的评价与具体的文本研究对这场运动进行了反思。他认为，天安门诗歌中的绝大部分作品采用的是"政治的"视角，带有鲜明的功利性，而"政治意识强烈，一直是中华民族价值的取向和文化心理的特点，在民族和个人生死存亡的关键时刻，这种文化心理选择就表现得愈加强烈，容易与传统的道德观发生深刻的联系"。程光炜认为，"天安门的民间诗歌运动，严格地说并不是一场自觉的'文艺复兴'"。在"文艺复兴"作为评价引用的注释中，程光炜反思道："1990 年以前，几乎所有的当代文学史或相关著作，都把天安门的民间诗歌运动视为新时期文学的序曲，不仅从政治的角度，也从文学的角度给予其很高的评价。这说明，用政治思维代替文学思维并将二者加以混淆、或

---

① 芦狄：《诗的狂飙——读〈天安门诗抄〉》，《暨南学报》（哲学社会科学版）1979 年创刊号。
② 傅宗洪：《天安门诗歌运动研究述评》，《湛江师范学院学报》2012 年第 5 期。

者抬高天安门诗歌人文价值的倾向,一直给当代文学的写作很深的影响,因此有必要予以澄清,还其本来的历史面目。"①

　　武善增的研究认为,虽然"四五"天安门诗歌以批判"四人帮"为政治指向,并且是人们真情实感的表达,但是它自觉不自觉地遵循的是"文化大革命"主流文学的创作规范,符合"文化大革命"主流文学的抒情模态,因此它并没有疏离和对抗"文化大革命"的主流文学,不能作为"新时期文学"的序幕和开端。它只是"文化大革命"主流文学寻常的一部分。②武善增进一步研究了天安门诗歌与"文化大革命"时期红卫兵诗歌的内在联系,试图通过更新对"文革文学"的整体认识来讨论二者之间的相关性。他梳理了当代文学史写作中的几种有关"文革文学"的表述以及在处理"天安门诗歌运动"时惊人的一致性,"都是将天安门诗歌归入文革时期的'地下文学'的范畴,同时对天安门诗歌的文学史地位给予了高度评价"。武善增认为,学界认定"四五"天安门诗歌批评的对象是"四人帮",就说明它是在批判"文化大革命",这个判断是偷换了概念。而且,学界对红卫兵诗歌与天安门诗歌的态度存在着矛盾,"一方面,学界普遍认为红卫兵诗歌与天安门诗歌同属于文革时期的'地下文学';另一方面,学界同时又认为,红卫兵诗歌属于文革时期的主流诗歌,与当时公开出版的诗歌无异"。通过对红卫兵诗歌与天安门诗歌作品的具体比照研究,作者得出结论:"红

---

　　① 程光炜:《中国当代诗歌史》,中国人民大学出版社2003年版,第167页。
　　② 武善增:《再论"四五"天安门诗歌在文学史中的定位》,《南京社会科学》2004年第1期。

第二章　均质化的极致与"潜在写作"的反拨：20世纪60—70年代的诗歌批评

卫兵诗歌、天安门诗歌与文革时期的公开出版诗歌在价值取向和抒情模式上是相同的，都属于文革时期主流文学的范畴。天安门诗歌只能是文革主流文学的有机组成部分，而不应该与具有反文革倾向的'地下诗歌'相提并论，更不应该不加分析地提高到新时期文学的'潮头'的地位。""确认红卫兵诗歌与天安门诗歌的内在联系，有助于我们清醒地认识新时期文学转型的艰巨性和复杂性，有助于我们更准确地把握中国当代文学发展的历史脉络。"①

龙扬志撰文讨论天安门诗歌运动与新时期划分的问题，他通过梳理学界对"文化大革命"时期"地下诗歌"的不断发掘和个人研究的变化，认为天安门诗歌在艺术上和价值上的被消解已成为必然，进而表明当代文学史是一个不断变化的话语体系，面临着持续的调整与修订。② 黄平撰文直接从"新时期"文学起源问题切入，讨论均曾被看作"新时期文学起源"的"天安门诗歌"和"伤痕文学"两大文学现象，通过对二者在文学史书写中的经典化过程的回顾，反思了两种代表性的新时期文学起源论。黄平认为，"天安门诗歌如果说展现出新的政治性，那么是其作为'四五运动'的重要组成部分，通过这种民间化的集体书写，指向着作为书写主体的'人民'的历史出场。在《天安门诗抄》的序言中童怀周谈到，'天安门革命诗歌，是人民的创作。它是人民和"四人帮"的战斗

---

① 武善增：《红卫兵诗歌与天安门诗歌的内在联系与历史地位》，《齐鲁学刊》2009年第6期。
② 龙扬志：《叙述中的天安门诗歌运动》，《江汉大学学报》（人文科学版）2007年第1期。

武器，也是人民的艺术珍品。它受到人民的衷心热爱，得到人民的高度评价。'尽管这里的'人民'依然是一个过于巨大、过于抽象的能指，其内部组成也需要更细致地辨析，但考虑到'文革政治'在权力运作上很大程度依赖于最高权威，'人民'的出场无疑给予新时期政治以支撑，天安门诗歌在某种程度上构成了'新时期'所强调的'人民性'的起点。在这个意义上，尽管天安门诗歌不能有效地支撑新时期文学的起源，但无疑是新时期文学起源阶段的重要组成部分"①。

---

① 黄平：《从"天安门诗歌"到"伤痕文学"：关于"新时期文学"起源的再讨论》，《文艺争鸣》2015年第8期。

第三章 立体、多元的"新时期"：20 世纪 80 年代的诗歌批评

随着"文化大革命"于 1976 年的结束，中国当代社会政治、经济与文化进程步入了新的历史阶段。这个新阶段的"新"体现在社会面貌、经济建设与人文环境等各个方面，而"新时期"作为一个政治文化概念，在这一阶段之初被提出并得到阐释。在文学界，1978 年 5 月下旬召开了中国文联全委会扩大会议，与会者用"社会主义革命和社会主义建设的新时期"来描述"文化大革命"之后文学进入的新时代。在文学批评领域，有论者提出关于"新时期文学"和"文学新时期"的不同理解，认为从前者到后者显示了一种"质的转换"。"新时期文学"之意即"新时期的文学"，"在这一范畴中，文学不曾从社会的意识形态规定下分离而出，它从属于、受约于社会的新时期"，而"唯有文学在新时代的精神召唤中觉醒，在主体性鼓舞下进行自主的和独立的文学自身变革和建设，这才进入了'文学的新时期'"[①]。区

[①] 谢冕、张颐武：《大转型——后新时期文化研究》，黑龙江教育出版社 1995 年版，第 33 页。

别于当代文学之前阶段,"文学新时期"确立了文艺的自主意识,并在文学现代性话语上接续了一度中断了的五四新文学传统。

"文学新时期"也意味着"批评的均质化"终止,激发了人们的历史反思与对文化空间语境修复的愿望及勇气,这种反思和修复具体到各文学层面,文学回归本体,批评以其直接而有力的方式介入其间,呈现出立体、多元的丰富性。这一时期,"朦胧诗"从地下浮出地表,引发论争。批评界,"新诗现代化"讨论和"新诗价值取向"的论争中,新旧诗歌观念发生巨大的碰撞,诗歌与时代及政治的关系、诗歌的抒情内容以及诗歌语言的晦涩等问题得到了深入的探讨,诗歌批评的功能在这一过程中得到了调整。从新时期的文艺思潮与诗歌面貌来看,对诗歌批评的认识也应置于思想史视野中,以此观照文艺与政治关系的摆荡。1984年左右的反对资产阶级自由化,使诗歌批评受到影响,政治化的氛围仍然对批评个体产生了较大的冲击,带来相应的压力与后果。1985、1986年前后,也即新时期文学发展了十年之际,当代诗歌批评话语渐次步入其功能正常、健全的轨道,而文学批评的新时期似乎才真正拉开其帷幕。

这一章标题中引用当代文学思潮概念的"新时期"来界说当代诗歌批评在20世纪80年代的总体特征,淡化了概念原本的文学思潮和意识形态含义。

第一节　批评空间的拓展与批评功能的修复

从理论上讲,批评都是有明确对象与相应任务的批评,进入20

第三章　立体、多元的"新时期"：20世纪80年代的诗歌批评

世纪80年代，新的诗歌现象、新一代诗人的涌现，期待批评的回应。20世纪60年代中期至70年代的地下诗歌与潜在写作，在这一时期渐次浮出地表。活跃于民间，旁出于主流文学界的诗歌新生力量在这一时期尤其蓬勃。从朦胧诗潮到第三代诗歌运动以及主流文学传统下的青年诗歌潮流、新边塞诗现象等，共同构成了这一时期繁茂的诗歌园地。由于长达十余年的批评话语的均质化以及批评环境的紧张，在新的诗歌思潮面前，批评者大多近乎失语，伴随着社会思想解放运动的影响，唯少数明敏之士以独到的、发现的眼光，敏锐地把握新的诗歌现象下的新美学气质，由此为诗歌批评拓展了空间，并修复了诗歌批评的基本功能。

一　诗歌批评空间的拓展

1976年1月，停刊近十年的《诗刊》复刊了，虽然编辑出版前后都经受了一些压力，但"编者的话"中谈到《诗刊》将来的办刊方向，显示了文艺环境的改善趋向。"《诗刊》要坚持党的'百花齐放，百家争鸣'和'推陈出新'的方针；坚持革命的现实主义和革命的浪漫主义相结合的创作方法；遵照毛主席关于'诗当然应以新诗为主体，旧诗可以写一些，但是不宜在青年中提倡'的指示，和新诗应在批判地继承古典诗歌和民歌的基础上发展的原则，进一步展开诗歌创作，向着'革命的政治内容和尽可能完美的艺术形式的统一'的目标前进。它还要兼登一部分歌曲、歌词（包括某些戏曲曲调的歌词）、新民歌，以促进新诗的民族形式的发展。提倡顺口、

易记、有韵、能唱的新诗，也不排斥只能看而不易记和不能唱的诗。还要刊登一些翻译外国的诗。同时也有一点诗配画和插图。刊物力求办得新鲜活泼，丰富多彩，富有战斗力。"《诗刊》作为当时诗歌创作与批评的重要阵地，也扮演着主流诗坛政治晴雨表的文化角色。

据有关人士回忆，《诗刊》是在毛泽东的支持下复刊的。"毛主席像支持《诗刊》创刊时一样支持《诗刊》复刊，同意发表他的《词两首》。""《诗刊》《编者的话》经李季、葛洛、张光年、石西民等人反复研究、斟酌，写好后又交姚文元审定。姚阅后召见石西民、李季、葛洛，提出了修改意见。""好景不长，《诗刊》刚出版，就受到当权者的指责，查问为什么印上总期号。责成身处第一线的葛洛检讨。"[①] 文中的"当权者"指姚文元等"四人帮"一伙，可见当时执政党内部的政治斗争加诸文艺界的破坏性影响仍在持续。不过，接下来的两、三年内，中国社会发生了重大改变。"天安门诗歌运动"的爆发，参与者以诗词作品抒发了对"文化大革命"与"四人帮"集团的不满，显示了人民群众的高度政治自觉。1976年10月6日，"四人帮"集团被揭批并倒台后，中国的社会政治生态渐趋稳定。1978年5月10日，在胡耀邦主持下，中共中央党校内部刊物《理论动态》第60期发表了《实践是检验真理的唯一标准》，次日《光明日报》以"特约评论员"的署名转发，12日，《人民日报》转载，自此，持续半年多的"真理标准问题"大讨论

---

① 黎之：《回忆与思考——"周扬一案"……》，《新文学史料》2000年第3期。

第三章 立体、多元的"新时期":20世纪80年代的诗歌批评

在全国开展。1978年12月18日,中国十一届三中全会上提出了"解放思想,开动脑筋,实事求是,团结一致向前看"的总方针。1979年5月7日,《人民日报》发表了周扬的《三次伟大的思想解放运动——在中国社会科学院召开的纪念五四运动六十周年学术讨论会上的报告》,将当时正在进行的"思想解放运动"称为第三次思想解放运动[①]。与此同时,摘帽与平反的"拨乱反正"工作也在进行。1978年11月6日,中共中央在全国全部摘掉"右派分子"的帽子。1978年11月15日,北京市委决定为1976年4月5日的"天安门反革命事件"平反。这一系列举措促进了文艺界的复苏。曾经停刊的文学期刊复刊,新期刊的创办,共同推动了新时期文艺的复兴。

诗歌在文学新时期是备受瞩目的文体,被称之为"新诗潮"的诗歌现象流变,民间文学期刊《今天》的创办,"朦胧诗"的崛起,20世纪70年代"地下文学"的重新挖掘,80年代中期大量民间诗歌群体的涌现,"第三代"诗歌运动的兴起等,无不显示出"文学新时期"的新面貌。在批评领域,围绕新的诗歌现象而展开的大大小小的讨论与论争贯穿了整个80年代,"新诗的现状与展望"讨论,"新诗的现代化"论争,"朦胧诗"论争,"新边塞诗"讨论,"第三代诗歌"论争,"新诗的价值取向"论争等,是这个时期颇受关注的批评现象。参与这些诗歌论争的批评家、诗人和普通读者的身份构成也较之前复杂多样,来自体制内的文艺工作

---

① 其他两次思想解放运动指的是五四运动与延安整风运动。

者、学院里的教师、各行各业的诗歌和文艺爱好者，都自觉地加入到诗歌讨论中来。体制内的文艺工作者和学院里的教师从事批评带有职业性，而文艺爱好者从事批评则带有自发的色彩，他们结社创刊，吟诗评文，加入到当时的诗歌思潮中。20世纪80年代，校园诗歌特别繁荣，恢复高考使得当时的年轻人有机会接受高等教育，而作为年轻学子，文学成了他们精神交流和思想表达的重要媒介，也正是在他们中间，产生了第三代诗人中的主力军，以及新一代的诗歌批评家。

《今天》创刊及"朦胧诗"群体，触发了实为新旧诗歌观念大论战的"朦胧诗"论争。地下文学浮出地表，地下文学群体、民间诗刊、潜在写作等民间性的诗歌传播方式，对当代诗歌的阅读与接受产生了广泛影响。批评空间因此得到拓展，新的批评力量——独立诗歌批评与学院批评出现并壮大。传统的文学期刊繁荣，批评也收复了其应有的阵地。批评空间因此而拓展为几个板块：代表国家文学体制主流价值观的文学批评话语，占据体制内文学评论期刊与媒体，形成反对或部分地同情"新诗潮"的主要声音；新兴的文学期刊以及对"新诗潮"持宽容态度的期刊，鼓励并接纳青年诗人的创作；蔚然成风的地下刊物与民间诗歌交流平台，形成诗歌与批评的新空间。

20世纪80年代中期，文艺理论界兴起了方法论热，带动了诗歌批评方法的多样化。一方面，从意象批评，到细读、本体批评、符号学和文化批评，各种方法不一而足，在批评家手中得到操练；另一方面，年轻一代的诗人们兼事诗歌创作与批评实践，他们的诗

第三章 立体、多元的"新时期"：20世纪80年代的诗歌批评

歌理想尤其高远，民间出版物《青年诗人谈诗》[①] 中的诗人自述，显示了诗歌观念的更新与多样化，思想的自由与思辨性的复杂与深入，诗歌批评的功能得以丰富、完善。

二 诗歌批评功能的修复

根据"导论"中的理论梳理，诗歌批评在具体的文化实践中所行使的功能无外乎"读、释、评"三个基本环节。当代文学的性质决定了批评与创作的共生性，换言之，批评总是跟随在诗人写下的作品之后，通过阅读行使其解释与评说的基本任务。然而，在当代文学的语境下，批评家的工作不总是那么单纯和直接，文学本身的发展和文化理想的探求受到政治环境与权力机制的双重影响，批评也不能幸免。主流文学需要新的生机，民间的或边缘的文学也需要得到激励与包容，批评在其中扮演着重要的角色。批评者的文学观念需要更新，知识谱系需要重建，批评的任务需要得到明确与拓展。在中国当代文学进程中，这些目标则需要各阶层参与者的共同努力。随着中共中央政府从政策上实行的"拨乱反正"，宽松了政治氛围，体制内的文学期刊也相应启动了重评和发现的工作。

1979年11月1日第四次文代会的召开，标志着主流文学界对于文艺政策的自我修正与主流意识形态的全面调整。全会根据新的历史条件，取消了"文艺为政治服务"的口号，代之以"文艺为人

---

① 《青年诗人谈诗》，老木编，北京大学五四文学社1985年印行。

民服务"的方针，即"继续坚持毛泽东同志提出的文艺为最广大的人民群众、首先是为工农兵服务的方向，坚持百花齐放、推陈出新、洋为中用、古为今用的方针，在艺术创作上提倡不同形式和风格的自由发展，在艺术理论上提倡不同观点和学派的自由讨论"。关于文艺批评，提出"在文艺队伍内部，在各种类、各流派的文艺工作者之间，在从事创作与从事文艺批评的同志之间，在文艺家与广大读者之间，都要提倡同志式的、友好的讨论，提倡摆事实、讲道理。允许批评，允许反批评；要坚持真理，修正错误"。关于党对文艺工作的领导，"衙门作风必须抛弃，在文艺创作、文艺批评领域的行政命令必须废止。如果把这类东西看作是坚持党的领导，其结果，只能走向事情的反面"。"文艺这种复杂的精神劳动，非常需要文艺家发挥个人的创造精神。写什么和怎样写，只能由文艺家在艺术实践中去探索和逐步求得解决。在这方面，不要横加干涉。"[①] 文艺政策的这种调整显然为长期以来文艺与政治的紧密关系松了绑，确立了文艺批评的宽松包容、平等对话的基本形态。

从诗歌批评的角度看，文学新时期在以下几个方面恢复了批评的基本功能。

首先，是对诗歌思潮的积极追踪和评论。整个80年代，诗歌批评努力追踪新现象、新动向、新诗人或新群体，出现了各式各样的概念和命名。"新诗潮""朦胧诗""新生代""第三代""后新诗潮""新边塞诗""女性诗歌""先锋诗歌""实验诗"等，都是在

[①] 邓小平：《在中国文学艺术工作者第四次代表大会上的祝辞（1979年10月30日）》，《文艺研究》1979年第4期。

第三章 立体、多元的"新时期":20世纪80年代的诗歌批评

20世纪80年代当代诗歌进程中出现的概念,命名行为也是批评行为,意味着一种评价的开始,命名当然也可能会变成标签,被指认为一个诗人所属的群体与风格倾向等。这些命名反映了出现在诗歌领域里的新的艺术旨趣,大致体现了潮流的特征。对于诗歌现象的追踪构成了思潮批评的总体趋向。追踪现象,描述思潮,作为批评的基础性工作,建立在对共同和差异考察的前提下,或是概括一群人的诗歌方向,或是描摹一种类型的诗歌艺术倾向,它与流派批评有一定的区别。流派的形成大多以诗人为主体,他们的写作与艺术主张相契合,并形成一定的写作实绩的积累。从这个意义上看,20世纪80年代,围绕《今天》《他们》《非非》等刊物的诗人及其写作带有一定的流派特征,而群体的写作实践并未能自觉、彻底贯彻相应的艺术主张。

其次,是对当代以来在政治运动受到批判甚至迫害的诗人及其作品的重评与挖掘,包括对历次运动中受到迫害,写作受到冲击,作品受到不公正评价的诗人进行平反、重评,对在政治运动中失语,沉寂的诗人进行挖掘和发现。诗歌群体、流派的挖掘、重评,接通了五四新文学传统。当代新诗史的研究中,有"复出"或"归来"的诗人一说,伴随着诗人的"复出"与"归来"的,是批评的重塑与再解读。这部分中,有对过去错误评价的纠正,也有对前几代诗人新作的追踪研究。根据有关研究,从政治风暴与文化浩劫中"复出"的诗人,从总体上说,"包括两种类型:一,由于政治及其相关的原因,从五十年代以来就被迫完全中止创作或根本不能公开发表作品的诗人;二,五六十年代还一直活跃在诗坛,到

'文革'期间才被迫辍笔的诗人"①。从出生和写作活跃年代考察，这又是新诗史上的两代诗人。"一代是以艾青为代表，包括'七月派'的鲁藜、冀汸、彭燕郊、罗洛、绿原、牛汉、曾卓、胡征，'九叶'的辛笛、杜运燮、陈敬容、郑敏、唐祈、唐湜、袁可嘉、穆旦以及吕剑、苏金伞、青勃等诗人。""另一代是50年代走上诗坛的诗人，他们是公刘、流沙河、邵燕祥、白桦、孙静轩、高平、周良沛、胡昭、梁南、林希、王辽生等。"② 复出的诗人们焕发了写作的新生命，同时也得到批评相应的关注。平反和重评意味着一度被迫中断的诗歌写作与艺术传统接续，而相应的，在20世纪70年代备受热捧的诗人和诗作、群众性的诗歌运动及其成果则基本再无人问津。

诗歌写作与批评都回归应有的轨道上来，书写个人真切的感受，探索个人与社会的关联，通过修辞的锤炼把握心灵的丰富与复杂性。"复出"的诗人的写作因曲折的人生经验与独特的时代政治背景，而独具历史感与精神深度。

第三，是以诗人个体为研究对象的诗人论与以作品分析为主的作品鉴赏与细读批评的逐步增多。这一时期，批评总体呈现出外国文艺理论与传统批评方法相结合，细读与鉴赏批评兴起，有关批评方法的探讨加强，比较文学学科复兴，以及世界文学视野逐步形成

---

① 洪子诚、刘登翰：《中国当代新诗史》，人民文学出版社1994年版，第267页。
② 程光炜：《中国当代新诗史》，中国人民大学出版社2003年版，第210—211页。

第三章　立体、多元的"新时期"：20世纪80年代的诗歌批评

等特点。当然，这一时期得到比较全面研究的是写作时间颇长的老一辈诗人，如艾青、何其芳、田间、郭小川、贺敬之等。

此外，新诗史研究意识也得到增强，出现了重写文学史现象、当代文学的学科化、当代作家（诗人）研究资料的出版热，以及诗歌教育加强等现象。

三　批评主体性回归与批评群体分化

批评家群体在新诗潮诗歌论争中开始分化，其中，新诗潮的肯定者大多是学者和诗人批评家，这个时期，官员身份的批评家淡出，政治体制内批评力量呈弱化趋势。诗歌批评的延伸功能——教育，使得大学校园里的诗人、批评家承担了独特的任务。20世纪80年代，诗歌批评中形成的思潮批评、本体批评，诗学理论的建构实践（延续至90年代中期），体现新诗历史研究意识的增强和观念的更新，而这一切都需要批评职业属性的养成，换言之，对于诗歌及诗歌批评理论的掌握，对于诗歌发展史的宏观认识与对诗歌文本的研究，都需要相当长时间的习练与积累，因为批评也是一种知识的实践。

在改革开放的浪潮激荡着社会变化与现实活力的80年代中期，也是文学和文艺批评理论话语的引进与更新最热烈的时期。人们试图通过寻求某种合理、切实的批评理论范式，捕捉不断涌现的新的文学现象与新的艺术观念。这一现象被称为"方法论热"，虽然持续的时间并不长，事实也证明，在文学批评领域，并不存在一劳永

逸的方法指导，而批评理论本身也是历史地演变着的，但这股理论方法热潮的确激发了当时的文学批评工作者，尤其是青年批评群体。一度呈现的多元纷呈渐渐趋于稳定，并形成了主导性的几种批评路向。

值得注意的是，由于批评空间的修复与批评话语的转型，整个80年代培养了两代诗歌批评家。朦胧诗论争中涌现出来的批评家，如谢冕、孙绍振、刘登翰、杨匡汉等，大多于50年代进入大学，虽然在60—70年代的政治运动中受到一些冲击，但由于受教育背景相对完善，在文学新时期恢复了工作之后，大多重拾批评和学术的工作。他们基本在学院就业，在从事批评的同时也培养了新一代的批评家。新一代批评家和第三代诗人差不多是同时代人，他们在新时期接受高等教育，感受了新诗潮与后新诗潮的冲击，带着青春的热情和求知欲，登上了诗歌和文学批评的舞台，渴望着有朝一日超越上一代批评家，而他们的知识构成也较前代批评家更为丰富、多层，他们的批评实践中带有现代知识分子自觉的反思精神。

1989年，年轻一代批评家中的代表陈超[①]写下一篇短论《谈诗论方法的颠倒》，反思80年代的诗歌批评。"1979年以后，新潮诗歌开始充任了整个文学形式变构的先导，将近十年的时间，诗歌为我们提供的理论负荷越来越沉重。一方面是实验诗所体现的绝对的

---

① 陈超（1958—2014），批评家、诗人，生前为河北师范大学文学院教授，博士生导师，主要从事中国当代诗学研究和诗歌创作。主要学术著作有《中国先锋诗歌论》《生命诗学论稿》《打开诗的漂流瓶——现代诗研究论集》《20世纪中国探索诗鉴赏》《当代外国诗歌佳作导读》（两卷本）、《游荡者说》《精神重力与个人词源》《诗与真新论》等，出版诗集《热爱，是的》《陈超短诗选》（英汉对照）等。

第三章 立体、多元的"新时期"：20世纪80年代的诗歌批评

文本中心态度，一方面却是诗论对文本的漠视或无力深入。"这里的"诗论"即诗歌评论之意。陈超批评了当时盛行的两大诗歌批评类型，"一是所谓宏观的对诗歌流向的概括，诸如第几次浪潮、第几代诗人的崛起之类。写这种文章的人，往往离开诗歌的个人性质，提出的问题仅仅是大人文氛围中共性的东西，'自我价值实现'、'平民意识'、'生命体验'等。这些命题一定和诗歌有关，但它是怎样通过形成性语言转化为诗歌而不是别的东西，却没能触及。人与生存之间临界点上的困境，在诗语研究中应该建立怎样的独异范畴，这个关键问题被敷衍了。第二种类型，则是沿用了传统的审美感受批评，算是所谓微观吧。这些文章相信的是直观、直觉、印象和感悟。实验诗本身的关系意向模糊、上下文的互否帮了这些文章的大忙。而我认为，诗论必须带有强烈而自觉的理论功利性，对诗歌的印象和感悟，我们未必超过一般的读者。评论对诗的意义是精密的判断，至少是尖利的阐释。或许还应该更多地带点客观主义的纯粹性。而这类欣赏性的评论，过于看重自身，在相当多的时候，诗歌倒成了某种铺垫和陪衬性因素了。诗论面对的不再是诗歌这一自足生命体的语言和结构这两个基本现实，而是像诗一样朦胧的感觉"。因而，"诗论的方法就这样被颠倒了，语言在诗歌研究中成了修辞意义上的'美文'研究，或者是消息性的、大众信息性的转述过程"[1]。写下这些文字的陈超还有些年轻气盛，但这篇文章同样也是一种自省。

---

[1] 陈超：《谈诗论方法的颠倒》，载陈超《生命诗学论稿》，河北教育出版社1994年版，第117—118页。

第二节 "朦胧诗"论争中的批评话语转向

批评家谢冕在为题为《朦胧诗论争集》的资料汇编而写的《序》中，开篇即称"朦胧诗"论争为"那场情绪激烈的论争"，可见时隔多年，作为当事人的他，对那场论争的印象与记忆依然深刻。他还将这场论争与五四新文学革命相联系，描述"刚刚过去的这场论战同样拥有一个大的对立物。这对立物与'五四'不同，它不是旧诗，而是新诗自身。新诗的严重异化引发了那一场巨大的反抗"[①]。毫不夸张地说，"朦胧诗"论争是20世纪80年代爆发的波及范围最广、影响最大、持续时间最久的一次诗歌论争。诗坛与评论界的保守势力带着50—70年代诗歌和文学发展的旧有痼疾，表面看，对于新一代诗人的出现，显示了顽固的敌对态度。不过，按照对朦胧诗的态度，批评分成了两大阵营，体现了新旧、老少观念之间的差异。无论从诗歌观念，还是批评者的位置、身份看，当代诗歌批评话语均亟待更新。

一 "朦胧诗"批评：从无名、污名到正名

1978年末《今天》文学刊物的创办，使几位年轻诗人登上了文学的竞技场。他们是北岛、舒婷、顾城、食指、杨炼、江河、芒

---

① 姚家华编：《朦胧诗论争集》，学苑出版社1989年版，第1—2页。

第三章 立体、多元的"新时期":20世纪80年代的诗歌批评

克、多多等,大多自20世纪70年代中期即开始写作,各自的风格面貌鲜明。虽然《今天》仅印行了9期,出版了《今天》丛书(含4种),《今天》文学资料(含3种),创刊两年即被查禁,但《今天》的影响却波及全国。在《今天》上刊登诗歌的这几位诗人构成了后来被称之为"朦胧诗"诗人的主体。

顾城是首先被批评家注意并受到批评的诗人,公刘在《星星》复刊号上撰文,提及他在北京西城区文化馆出版的《蒲公英》小报上读到顾城的组诗《无名的小花》,惊异于它的"奇异的光芒",提出"新一代是思索的一代","更多的青年""陷入了巨大的矛盾与痛苦之中,他们失望了,迷惘了,彷徨了,有的甚至踅进了虚无的死胡同而不自知。其中满怀激越,发而为声的,便是目前引起人们注意的某些非正式出版物上的新诗"。作为父辈的公刘,对这批青年的诗作中流露的思想感情及其表达方式"不胜骇异",并提出理解这些青年,"这是一个新课题"①。这种以长辈口吻发出的评判之声,在克制中自带威严。如果说公刘的文章侧重的是对以青年诗人为代表的"一代人"的担忧,那么,章明的文章《令人气闷的"朦胧"》②则是对这群青年诗人创作的一类诗歌的疑虑。他推测这些诗歌的作者"大概是受了'矫枉必须过正'和某些外国诗歌的影响,有意无意地把诗歌写的十分晦涩、怪僻,叫人读了几遍也得不到一个明确的印象,似懂非懂,半懂不懂,甚至完全不懂,百思不得一

---

① 公刘:《新的课题——从顾城同志的几首诗谈起》,《星星》复刊号,1979年10月。
② 章明:《令人气闷的"朦胧"》,《诗刊》1980年第8期。

解"。他称这类诗为"朦胧体","朦胧诗"之名正由此而来,显然,这不是一个值得骄傲的名字。

撰文同时回应公刘和章明之文的,是顾城的父亲、诗人顾工,从他文章的标题《两代人——从诗的'不懂'谈起》就能看出。他谈顾城的诗,谈顾城的成长,谈两代诗人之间的隔膜,他带顾城去了解革命历史,看祖国的壮丽山河,他期待顾城写下"我们青年时代爱唱的战歌",但发现顾城和他同代人的诗作却是另一番面貌,"有这样的'冰川',有这样的'擦痕',甚至'是谁在走来——死神'",他意识到"看来我在节节败退","看来和我相似的同代人在节节败退"。他认为顾城这代人的"思维、音响,对美和丑的触觉,对人的诗的外壳和内在的张力"并不是承继"'五四'以后新月派的衣钵",或"受西方现代派的冲击",而将反思的矛头指向刚刚过去的"文化大革命","顾城是在文化的沙漠,文艺的洪荒中生长起来的,他过去没看过,今天也极少看到过什么象征主义、未来主义、表现主义、意识流派、荒诞派……的作品、章句。他不是在模仿,不是在寻找昨天或外国的新月,而是真正在走自己的路"。[①] 顾工的文章直观地呈现了两代人的思想成长、精神构成与表达方式的差异。当时的中国文学界,以小说为主要载体的"伤痕文学"正被广泛地讨论与传播。这篇文章也提醒我们,从批评的角度看,"朦胧诗"与"伤痕文学"是同一种思想和文艺潮流中分流出来的不同支脉。

---

① 顾工:《两代人——从诗的"不懂"谈起》,《诗刊》1980年第10期。

第三章　立体、多元的"新时期"：20世纪80年代的诗歌批评

沿着"一代人"与"朦胧体"这两个角度，当时出现的有关批评显示出了不同的方向。如何理解与接纳作为诗界新生力量的年轻一代人？如何阐发迥异于包括1949年以来的政治抒情诗、生活抒情诗、新民歌体诗等等在内的主流诗歌的"朦胧体"诗歌的艺术追求，并为之确立审美的合法性？这成了每一个参与讨论的批评者所要回答的问题。固执、守旧，是一般人可以想象的老一辈人对于年轻一代常有的态度，而从批评的结果看，上代文人在历次政治运动中接受的精神磨砺则内化为一种反向的作用力，转而对年轻一代进行自觉阻隔与施压。更有甚者沿用了"文化大革命"中的大批判方式，对于写下"朦胧诗"的年轻诗人进行上纲上线的政治批判。

据观察，大部分反对朦胧诗及其一代人写作倾向的文章的出发点，是针对所谓"崛起论者"的，换言之，是针对批评的批评。简单地说，是不能忍受有批评家肯定与赞扬"新一代诗人"的"崛起"。关于"崛起论者"的具体观点下文会详细论及，这里先梳理一下围绕"崛起论"所展开的批评线索。

谢冕[①]发表于《光明日报》1980年5月7日的《在新的崛起面

---

① 谢冕（1932— ），福建福州人，1955年考入北京大学中文系。1958年，北大中文系55级集体编写《中国文学史》，担任编委。1959年，与孙玉石、孙绍振、刘登翰、洪子诚、殷晋培合作编写《新诗发展概况》，并在《诗刊》连载。1960年毕业留校在中文系任教。1980年任《诗探索》主编。主要批评著作有《湖畔诗评》、《北京书简》、《共和国的星光》、《论诗》、《谢冕文学评论选》、《中国现代诗人论》、《文学的绿色革命》、《诗人的创造》、《地火依然运行》、《新世纪的太阳》、《大转型——后新时期文化研究》（与张颐武合著）、《世纪留言》、《论二十世纪中国文学》等，主编与合编著作有《20世纪中国文学丛书》（十卷）、《中国百年文学经典文库》（与钱理群合编）、《百年中国文学总系》（与孟繁华合编）以及《20世纪中国新诗大系》等。2012年，《谢冕编年文集》（12卷）由北京大学出版社出版。

前》，是最早在主流媒体上发布的肯定与褒扬年轻一代诗人及诗歌的文章，该文随后刊登于《诗探索》创刊号的"新诗发展问题探讨"栏目下，同一栏中紧接着谢冕文章的是丁慨然的商榷文《"新的崛起"及其他》。紧接着1980年4月在广西南宁举行的全国当代诗歌讨论会而展开的"新诗的现状与展望"讨论，一时之间，讨论"朦胧诗"及其相关的"自我""含蓄""抒情"等问题的文章迅速增多起来。1980年8月起，《诗刊》以"问题讨论"为专栏，刊发有关"朦胧诗"的评论，章明《令人气闷的"朦胧"》即发表于这一期。1981年第3期的《诗刊》"问题讨论"栏发表孙绍振[①]《新的美学原则在崛起》，继谢冕的"崛起"文之后从艺术上肯定"朦胧诗"。此文一出，随即引发了更大规模的商榷与批评，《文汇报》同年5月12日刊发的艾青《从"朦胧诗"谈起》引起的反响尤为激烈。"崛起论者"一说也即从艾青之文中而来。

可以说，对所谓的"崛起论者"抱持明确反对态度的恰是几位诗坛老将，臧克家、丁力、艾青等，他们对谢冕和孙绍振肯定朦胧诗人的做法有着鲜明的抵触情绪。臧克家谈"朦胧诗"的文章，开头就直接给"朦胧诗"定性定论："现在出现的所谓'朦胧诗'，是诗歌创作的一股不正之风，也是我们新时期的社会主义文艺发展

---

① 孙绍振（1936— ），祖籍福建长乐，1955年考入北京大学中文系。在北京大学读书期间，参与了《新诗发展概况》的合作编写。1960年毕业，先后在北京大学、华侨大学工作，1973年调至福建师范大学中文系。主要学术著作有《论变异》《美的结构》《我的文学观》《当代中国文学的艺术探险》《怎样写小说》《幽默逻辑探秘》《当代散文的艺术探险》《审美价值结构情感逻辑》《文学创作论》《挑剔文坛》《直谏中学语文教学》《文学性讲演录》等。

第三章 立体、多元的"新时期":20世纪80年代的诗歌批评

中的一股逆流。"① 丁力认为"朦胧诗"这个提法很不准确,他以"古怪诗"来代替它,并认为"古怪诗的出现是受国内和国外的影响",国内的,丁力指的是正在被翻案的反动流派,如李金发代表的象征派诗歌,而"门户开放后,介绍进来些东西。有些青年以为是新的,便摹仿。而且自以为是在创新,实际上是拾人牙慧","对于这种东西……,有的理论家称赞它是'新的崛起',是'大潮',是'方向',是'主流'。这种提法是不行的。""现在的古怪诗,不是现实主义的,有的甚至是反现实主义的。它脱离现实,脱离生活,脱离时代,脱离人民。""古怪诗的特点,就是玩弄恍惚朦胧的形象,表达闪闪烁烁的思想,有的迷惘,有的伤感,有的哀愁,有的失去信心,感到没出路。实际上是'信念危机'在诗歌上的反映。"② 丁力的批评话语依然建基于思想内容与艺术形式相互对立,诗歌观念隶属于政治表态。

艾青散文体式的《从"朦胧诗"谈起》,虽然散漫地论及诗的艺术和审美的多样性,一定程度上肯定了艺术的创新与诗的朦胧之美,同时也对年轻一代寄予了期待与希望,但更显然,他的目的却是反对"崛起论者",即谢冕与孙绍振二人及其支持者们的相关观点。"朦胧诗作为一种文学现象,不足为奇,反对它也没有用。""奇就奇在有一些人吹捧朦胧诗,把朦胧诗说成是诗的发展方向。"他还提请年轻的诗人们"成为新的战斗的一代。只要认真探索,总会有成就。在走向成功的道路上,却要谦虚谨慎,千万不要听到几

---

① 臧克家:《关于"朦胧诗"》,《河北师院学报》1981年第1期。
② 丁力:《新诗的发展与古怪诗》,《河北师院学报》1981年第2期。

· 165 ·

个'崛起论者'信口胡说一味吹捧的话就飘飘然起来，一味写人家看不懂的诗"。①

以上针对"朦胧诗"及"崛起论者"的批评体现了诗歌话语的断裂与批评限度上的非自觉状态。这种现象在朦胧诗论争中延续了两三年，1983年，青年诗人、批评家徐敬亚②发表长文《崛起的诗群——评我国诗歌的现代倾向》③，又一次引发了反对与抨击之声。而该文因标题中亦有"崛起"一词，与谢冕、孙绍振的文章被并称为"朦胧诗"论争中的"三个崛起"。

徐敬亚的文章发表后，评论界的反对之声即开始针对"三个崛起"。1983年10月4日至9日，重庆召开诗歌讨论会。11月9日《人民日报》刊出新华社讯《三十多位诗人、诗歌评论家在重庆举行讨论会，批评诗歌界三个"崛起"的错误理论》，文中有如下定性的表述："十月上旬在重庆举行的诗歌讨论会提出：兴旺、活跃的我国诗坛上，近年出现了一股值得注意的错误思潮。这就是以《在新的崛起面前》、《新的美学原则在崛起》和《崛起的诗群》为代表的三个'崛起'论，它们的错误理论程度不同地背离了社会主义的文艺方向和道路，脱离了广大人民群众，给诗歌创作和诗歌理论带来了混乱和损害。社会主义文艺工作者应该对这股错误思潮做

---

① 艾青：《从"朦胧诗"谈起》，《文汇报》1981年5月12日。
② 徐敬亚（1949— ），生于吉林长春市，1978年考入吉林大学中文系。1985年迁居深圳。著有诗歌评论《崛起的诗群》《圭臬之死》《隐匿者之光》及散文随笔集《不原谅历史》等。曾主持"1986中国现代主义诗群大展"，并主编《中国现代主义诗群大观（1986—1988）》。90年代下海经商，多年后又重回当代诗歌批评现场。
③ 徐敬亚：《崛起的诗群——评我国诗歌的现代倾向》，《当代文艺思潮》1983年第1期。

第三章　立体、多元的"新时期"：20 世纪 80 年代的诗歌批评

出认真分析并进行必要的批评和斗争。"在反"崛起论"的阵营中，郑伯农、程代熙、柯岩的文章是极有代表性的，都发表于当时权威性的《诗刊》上。①反对"崛起论者"的具体观点将在下文进一步论述和探讨。

二　"三个崛起"：批评的三种形态

从时间上看，谢冕的《在新的崛起面前》发表于 1980 年 5 月，彼时已在北京大学留校执教多年的他，自打 1950 年代末在校期间即致力于当代诗歌批评和研究工作。他的批评既具开阔的历史视野，提倡包容的立场，同时又能关注新诗的新现象，新动向，文风活泼，充满激情。《在新的崛起面前》是一篇体现他的批评特征与风格的短论。这篇论文是作者参加 1980 年 4 月的南宁会议（即"新诗的现状与展望"讨论会）过程中，感受到当时对青年诗人不利的批评氛围的产物。1980 年 12 月出版的《诗探索》创刊号，在"新诗发展问题探讨"栏目中转载了此文。《诗探索》是当代文学史上首家新诗批评刊物，根据《星星》诗刊 1980 年第 10 期发布的消息称："《诗探索》经过编委的酝酿与民主推选，通过谢冕任《诗探索》主编，丁力、杨匡汉任副主编。""《诗探索》

---

① 郑伯农：《在"崛起"的声浪面前——对一种文艺思潮的剖析》，发表于《诗刊》1983 年第 6 期。程代熙：《给徐敬亚的公开信》，发表于《诗刊》1983 年第 11 期。柯岩：《关于诗的对话——在西南师范学院的讲话》，发表于《诗刊》1983 年第 12 期。

编委为：公木、公刘、沙鸥、唐祈、易征、丁力、尹一之、晓雪、闻山、雁翼、张炯、宋垒、孙绍振、杨匡汉、谢冕、袁可嘉等。"《诗探索》的主办方署名为"中国当代文学研究会"①。作为一个诗歌批评与研究的专门刊物，其编委的构成大多数为诗歌批评家及学者。

《在新的崛起面前》一文中，对于写出了"古怪"诗的年轻一代诗人，相对于一部分评论者的"引导"态度，谢冕提出了不同主张，即"听听、看看、想想，不要急于'采取行动'"。显然，这是对"十七年"以及"文化大革命"近三十年来"粗暴"、过度压制异己、动辄"上纲上线"的文学批评的反思，体现了"容忍"、"宽宏"的批评态度。颇受反"崛起论者"诟病的另外两个重要方面，概括来说，一是对新诗传统的梳理与批评，以及新诗的"传统观"，二是对吸收西方及外来文学和文化的看法及其对"新诗发展道路"的总体认识。谢冕以"五四"触发的新诗革命的头一个十年为参照，认为那是"新诗历史上最初一次（似乎也是仅有的一次）多流派多风格的大繁荣"，而接下来的新诗六十年则是"走着越来越狭窄的道路"。这种整体观察一直是谢冕诗歌批评的重要视角，当然这里的判断是敏感的，即使与当代文学主流意识形态的话语相

---

① 中国当代文学研究会于 1979 年 8 月在长春成立，为最早成立的全国性文学社团之一。"中国当代文学研究会的筹备建立，最早为参与《中国当代文学史稿》（人民文学出版社版）撰写的十院校从事当代文学研究与教学的教师与中国社会科学院的研究人员在 1978 年倡议，经过当时的北京师院和上海师院所主办的两次研讨会的筹备，经报中国社会科学院、中国作家协会和文化部备案，于 1979 年 8 月在长春正式成立"。参见：http://www.cssn.cn/wx/wx_xstt/201310/t20131028_739011.shtml

第三章 立体、多元的"新时期":20世纪80年代的诗歌批评

悖。不过,建立在一种总体视野之上的,谢冕的"传统观"则带有更激进的合理的成分,他认为"传统不是散发着霉气的古董,传统在活泼泼地发展着",这种主张与 T. S. 艾略特在《传统与个人才能》中的看法有相似之处,而触动传统焕发生机的动力源就是不拒斥外部的影响,换言之,"求变"恰恰应该被作为传统的动因。谢冕强调新诗需要"接受挑战",正是针对"刚刚告别的那个诗的暗夜",因为"我们的诗也和世界隔绝了"。而这一指向背后的社会历史反思机制在当时尚未建立,尚不具备意识形态合法性。

孙绍振在发表他的"崛起"文之前,撰写了系统讨论"新诗基础"的专论以及谈论新诗艺术传统的论文《我国古典诗歌节奏的历史发展及其它》与《新诗的民族传统和外国影响问题》。在前一篇中,孙绍振梳理总结了中国古典诗歌节奏的历史发展规律:五、七言诗是古典诗歌和民歌节奏的基础;双言结构和三言结构的稳定连续是五、七言诗节奏的基础;三言结构和双言结构的灵活交替是我国古典诗歌和民歌节奏发展的"基础"。在此基础上,孙绍振指出,"新诗的历史功绩正是冲破了这个有限的基础"。"五十年代以来新诗的节奏形式有了一些可喜的进展。一个普遍的倾向是,新诗散漫的诗行中的音节组合方式开始出现了走向统一的萌芽,大量的诗行由于运用对称的音节组合(而不是运用'顿')而摆脱了自由地从一种音节组合转向另一种音节组合的散文句法"。"这种音节组合之间的对称与不对称的统一的原则被广泛地多种多样地发展着"。"这种对称与不对称统一的原则,无疑是从律诗当中两联对仗、首尾两联不对仗的原则演化而来,因而这个在新'基础'上产生出来的诗

行或多或少打上了民族形式的烙印"①。

　　在第二篇"新诗基础论"中，孙绍振重释了"五四"新诗的传统依据，认为它不是简单的形式更替，而是以"重建新的艺术基础"为特点的发展方式进行的革新。"五四前后，在诗歌领域中发生的革命，既不能表面地把它当成一种诗行形式的革命，也不能简单地当成一种思想的革命，而应该主要是和这两者紧密相连的艺术革命，是想象方式和美学原则的革命。诗体的大解放如果不和认识概括心灵活动方式的大解放结合在一起是不可能不夭折的"。孙绍振认为，光凭生活不能够触发艺术革命，"艺术必须用艺术去战胜它的保守性和狭隘性，让新的生活和新的美感经验一起进入艺术。"而新诗发端之初，"唯一的现实的途径就是向外国诗歌"学习，"向它们借用反映新的社会力量和美感经验"。在梳理了新诗史上不同时期借助外国不同流派的诗歌以实现新的艺术革命的契机与特点之后，孙绍振认为到了20世纪50年代中期，新诗的艺术基础其实已经确立了，不过，那时由于过度强调新诗的"民族原创性"而走上了"全盘民族化"之路，结果就产生了"用行政的手段推行民歌，人为地维护它正统的独霸地位悲剧。同时又有在民歌与古典诗歌基础上发展的提法。这就等于说要丢弃新诗自己已经成形的血肉之躯，回到母亲的胚胎里去重新用脐带吸收营养。"自50年代中后期至70年代的二十年间，"新诗在与民歌的关系上没有取得任何进展，相反，美学境界却越来越狭窄，美学趣味却越来越贫乏。"孙

---

①　孙绍振：《我国古典诗歌节奏的历史发展及其它》，《诗探索》（创刊号）1980年第1期。

第三章 立体、多元的"新时期":20世纪80年代的诗歌批评

绍振总结"新诗六十年艺术发展"得出的"真理":"第一,它不能用简单的阶级划分代替艺术本身的互相渗透和继承。它不能因为西欧北美的浪漫主义和现代主义的诗歌不是无产阶级的创造而拒绝接受它有益的成分,它不能因为民歌属于劳动人民而不看到它艺术表现力的有限。第二,它不能由于简单的民族感情拒绝向其他民族艺术虚心地学习,更不能盲目地满足于本民族艺术传统固有的一切。第三,最主要的还是它不能忘掉:不管向劳动人民还是资产阶级,不管是向本民族还是向他民族的艺术传统学习,都不能代替它自己在此基础上的创造。"[①] 孙绍振的"新诗基础论"建立在视野开阔与清晰的理论辨析基础上,具有很强的说服力。如果接受了孙绍振这两篇文章的基本观点,就不难理解他在"朦胧诗论争"中以舒婷为考察对象谈论"恢复新诗根本的艺术传统"以及他为青年诗人的艺术探索张目的"新的美学原则在崛起"的相关表述了,可以说,孙绍振的持论基于他对新诗艺术传统的考察与艺术革新的独特规律的发现。在为舒婷辩护的文章中,孙绍振从"情调的低沉和高昂","新诗中的自我形象",以及"外国诗歌影响和民族风格"三个方面,细致论述舒婷诗歌与政治意识形态话语要求下的新诗面貌的差异,而这种差异需要更细致的批评进行包容,而非武断轻率的宣判。孙绍振对舒婷诗歌的肯定依循了他对新诗艺术发展与变革的思考。

面对"朦胧诗"引发的论争,孙绍振认为:"在历次思想解放

[①] 孙绍振:《新诗的民族传统和外国影响问题——新诗基础论之二》,载《新诗的现状与展望》,广西人民出版社1981年版。

运动和艺术革新潮流中，首先遭到挑战的总是权威和传统的神圣性，受到冲击的还有群众的习惯的信念。当前在新诗乃至文艺领域中的革新潮流中，也不例外。""与其说是新人的崛起，不如说是一种新的美学原则的崛起"，孙绍振敏锐地指出，"在年轻的探索者笔下，人的价值标准发生了巨大的变化，它不完全取决于社会政治标准。""如果说传统的美学原则比较强调社会学与美学的一致，那么革新者则比较强调二者的不同。表面上是一种美学原则的分歧，实质上是人的价值标准的分歧。""他们一方面看到传统的美学境界的一些缺陷，一方面在寻找新的美学天地。在这个新的天地里衡量重大意义的标准就是在社会中提高社会地位的人的心灵是否觉醒，精神生活是否丰富"[1]。《新的美学原则在崛起》发表时，《诗刊》编辑部曾加编者按，引用了文章中的相关观点之后，编辑部认为："当前正强调文学要为人民服务，为社会主义服务，以及坚持马克思主义美学原则方向时，这篇文章却提出了一些值得探讨的问题。"延续了几十年的政治方向指导式的批评习惯，以及相对保守、滞后的文艺理论话语，对比细致、深入的专业性批评，给人以一种错位的印象。

被列入"三个崛起"论的三位批评家中，徐敬亚是最年轻的一位，事实上，他也可以算是当时青年诗人的代表者，早在大学二年级时，他就写作论文《复苏的缪斯——1976至1979中国诗坛三年回顾》，刊发于中国社会科学院文学研究所编辑的《当代文学研究丛刊》第二期（1981年8月）。"崛起的诗群"就是他为同时代青

---

[1] 孙绍振：《新的美学原则在崛起》，《诗刊》1981年第3期。

第三章 立体、多元的"新时期": 20 世纪 80 年代的诗歌批评

年诗人群体张目的命名。他的长篇论文《崛起的诗群——评我国诗歌的现代倾向》，刊登在创刊不久的《当代文艺思潮》（甘肃兰州）1983 年第 1 期上，论文开篇就把 1980 年这一年视为"中国诗很重要的探索期、艺术上的分化期。诗坛打破了建国以来单调平稳的一统局面，出现了多种风格、多种流派同时并存的趋势。在这一年，带着强烈现代主义文学特色的现代倾向正式出现在中国诗坛，促使诗在艺术上迈出了崛起性的第一步，从而标志着中国诗歌全面生长的新开始"。

与前两篇从某个侧面（或思潮或美学特征）谈论新诗歌新诗人崛起的文章不同，徐敬亚的论文颇为系统且全面地从正面肯定并论述了"中国诗的现代倾向"。文章分为六个部分："现代倾向的兴起及背景"；"新倾向的艺术主张"；"新倾向的内容特征"；"一套新的表现手法正在形成"；"新诗发展的必然道路"；"中国现代诗的前景与命运"，作者把新兴的诗歌倾向放在新诗发展的历史脉络里加以正面描述，并认为它是新诗发展的必然道路。徐敬亚的文章既着眼于新诗观念变革，在开阔的社会历史视野中描述新诗的方向，又能细致到具体的诗歌作品分析，同时对现代表现技法进行归纳。吸收了同时期新诗潮研究者的批评成果，作者将其编织在他自己的思维线索之内，并形成相应的诗歌理念。在谈到新诗人的艺术主张时，徐敬亚概括其为"对诗掌握世界方式的新理解"，即"强调诗的主观性、自我性，强调审美主体的能动作用，呼吁诗歌感受生活角度的转移，是新诗人们普遍的艺术主张"，同时"强调诗人的个人直觉与心理再加工"，以及诗的"细节清晰，整体朦胧"。这样的

"新"自然是相对于既往新诗艺术观念的"新",而至于新诗歌到底是怎样一种诗,仅以"细节清晰,整体朦胧"加以概括,或者"一首诗只要给读者一种情绪的感染,这首诗的作用就宣告完成",显然也是不够的。总结、归纳新的内容和一套新的表现手法并不等于对于新的诗歌就能有相应的认识。徐敬亚依然是在辩驳和描述的意义上谈论这种新的倾向,他对当代诗歌充满期待,希望出现多种风格和流派,不过他也提到,曾经的我们忽略了形成流派、风格的三个必要前提,即"独特的社会观点,甚至是与统一的社会主调不谐和的观点(对于诗来说,意味着多种感受方式和角度)","独特的艺术主张,甚至是敢于对抗现行流风,敢于打破永恒性答案的主张,这包括否定一切地去开拓新的艺术领域","对特殊的审美趣味和鉴赏理想的宽容。它要求在艺术、诗未能被大量理解前,给予必要的保护,给予其进一步扩展、发挥的权利和可能"等。在谈及新诗的未来前景时,徐敬亚不无预见性地推断中国诗坛将会有"两类诗、多流派的长期共存",而"中国诗的未来主流,是五四新诗的传统(主要指40年代以前的)加现代表现手法,并注重与外国现代诗歌的交流,在这个基础上建立多元化的新诗总体结构"①。

被称为"三个崛起"的三篇评论,两位批评者为学院背景,一位批评者是刚刚从大学毕业的青年。三篇文章论述的视角角度也不完全相同,却共同体现了对新诗观念与批评积习的不满、求变意识

---

① 徐敬亚:《崛起的诗群——评1980年中国诗的现代倾向》,载徐敬亚《崛起的诗群》,该文系原载《当代文艺思潮》1983年第1期的同题论文,收入作者该论著时有增改,同济大学出版社1989年版,第47—117页。

第三章　立体、多元的"新时期"：20世纪80年代的诗歌批评

以及对批评包容性的期许。

三　"新诗潮"话语及其批评

"新诗潮"概念在朦胧诗论争中开始使用，刘登翰在讨论舒婷的创作和争论的文章中称"一群年青的诗人向我们走来"，"舒婷是他们之中的一个"，"对于舒婷作品的许多争论，在某种意义上甚至可以说，也是对于包括舒婷在内的一批勇于探索的青年诗人的争论"，因此，他将这批青年诗人现象称为"一股不可遏制的新诗潮"①。与"朦胧诗"这个特指风格和流派性质的概念有所不同，"新诗潮"是现象和思潮批评用语，它泛指一种趋势、合力和能量，在20世纪80年代初期，是当代诗歌革新力量的汇聚，也是在历史中成长的年轻一代精神活力的展现。这个概念在文学新时期得到批评者的普遍接受与运用。

1985年1月，北京大学五四文学社未名湖丛书编委会印行了由老木编选的《新诗潮诗集》上、下卷和《青年诗人谈诗》。入选这两种作品的诗人包括了"今天派"与其后更年轻一代的作者，"新诗潮"即指1978年末《今天》创刊以来走上当代诗坛的青年诗人群体。在为《新诗潮诗集》所写的序言中，谢冕这样描述新诗潮的基本特征："原先的诗歌格局受到了严重的怀疑，中国开始获得和世界一致的新的观念。这就是多种选择的缪司。多元的选择对于已

---

① 刘登翰：《一股不可遏制的新诗潮——从舒婷的创作和争论谈起》，《福建文艺》1980年第12期。

经表现为充分统一的中国诗歌来说,其意义是革命性的。""人们已经不很理睬那些向着旧日的繁华寻找旧梦的人们的惆惋乃至愤怒,也不很理睬那些对诗歌的探索创新所持的偏执与攻讦。更加年青的人们已经超越了他们的前行者。"①

  谢冕是在当代诗歌批评中较早也较频繁使用"新诗潮"这一概念的批评家。较之那篇备受瞩目的《在新的崛起面前》,稍后谢冕写下的系列论文《诗美的嬗替——新诗潮的一个侧影》、《断裂与倾斜:蜕变期的投影——论新诗潮》、《极限与选择:历史沉积的导向——论新诗潮》、《冲突与期待:加入世界的争取——论新诗潮》、《错动和飘移:诗美的动态考察——论新诗潮》等,是更系统也更有效的建构"新诗潮"批评话语的论述。按谢冕的理解,"新诗潮"是"对七十年代后期正式出现的新诗变革潮流的一种概括",在谢冕的论述对象中,不仅是被称为"朦胧诗"群体的青年一代诗人,而且也包括那些老一辈和前辈的诗人,都在文学新时期酝酿并实践着艺术的变革与探索。采取与前阶段诗歌艺术相比较的视角,谢冕考察新诗潮的美学特征:"抒情主体的由显而隐,抒情方式的由热而冷,抒情效果的由动而静,""这就是现阶段诗歌由'沸泉'的热烈转向'火山湖'的深潜意识的审美变革";"当前诗歌艺术重心的倾斜,是突出表现为意象的组合造成总体象征的效果。整个的诗歌审美追求,趋向于一种重组世界的感觉和情绪的宏大结构。诗歌对自身使命有了合乎理性的醒悟。它不回避以外观上的断裂与破缺,

---

① 谢冕:《新诗潮的检阅——〈新诗潮诗集〉序》,载老木编选《新诗潮诗集》上,内部刊行,1985年1月,第Ⅱ—Ⅲ页。

第三章 立体、多元的"新时期": 20世纪80年代的诗歌批评

重建并强化心灵世界的整体意识。诗人不再如往常那样视局部世界为全部,他们摒弃了对这个表面完整实际上并不完整的世界的亦步亦趋的描绘。他们追求以富有历史的纵深感和延伸感的对于世界的综合把握。"① 其他四篇副标题同为"论新诗潮"的文章,出色地呈现了思潮批评的特征。"新诗潮",按照谢冕的描述,是经过"冷静思考之后提出的当前新诗运动的范畴","作为五四新诗运动整体的部分进入了新诗创作和新诗研究的领域。它不是以年龄划分的代表着诗的整体变革的新潮流,但它带着明显的修复新诗传统的性质"②。考察诗歌或文学的思潮所侧重的因素包括整体视野、综合思考、历史穿透性、发展大趋势,在"论新诗潮"系列论文中,谢冕都以20世纪新诗60年为观察对象,结合社会、政治的变化来理解新诗的价值功能的变更,同时也强调诗歌艺术本身的求变特征,富有历史穿透力,进而独具说服力地呈现了新诗在当前的大趋势。

从思潮现象出发观照新诗整体的状貌,谢冕将中国新诗史的"诗歌地质"构想为三大板块,"本世纪最初十年出现的新诗创世纪;三十年代至七十年代中叶获得了成功和产生了变异的革命诗歌运动;最近十年形成的以开放和变革为主要特征的新诗潮和后新诗潮。它们的联系构成了一个完整的现代诗歌发展史"③。在谢冕写下这篇题为《错动和飘移:诗美的动态考察——论新诗潮》的文章

---

① 谢冕:《诗美的嬗替——新诗潮的一个侧影》,《文艺研究》1985年第5期。
② 谢冕:《断裂与倾斜:蜕变期的投影——论新诗潮》,《文学评论》1985年第5期。
③ 谢冕:《错动和飘移:诗美的动态考察——论新诗潮》,《当代文坛》1986年第7期。

时,"第三代"诗人已经以诗歌运动的方式"浮出历史地表",文中出现的"后新诗潮"即指这批新人所带动的新的诗歌趋向。"新诗潮"与"后新诗潮"成为从发展趋向和潮流的视角考察进入20世纪80年代以来当代诗歌动向的一对重要的批评概念。

第三节 "第三代"诗歌群体展示与反思

"朦胧诗"论争中带着大批判色彩声讨"三个崛起"的风浪持续了近两年,1984年年底至1985年年初,全国第四次作家代表大会召开,有论者认为,"此次会议上,在人们心目中实际上已经成为新诗潮理论领袖的谢冕与作为新诗潮主要代表诗人之一的舒婷当选为中国作协理事,体现了整个文学界对于诗歌创新运动的关注与支持"[①]。《诗刊》1985年2月号刊出了公木、严辰、屠岸、辛笛、鲁藜、艾青、晓雪、牛汉、邹荻帆、陈敬容、方敬、绿原、流沙河、李瑛、曾卓、公刘、蔡其矫、张志民等18位诗人在中国作家协会第四次全员代表大会上的发言《为诗一呼》,就当代诗歌所经受的发表、出版与批评的轻慢与冷遇而鸣不平。1985年3月22日,在厦门文学评论方法论研讨会期间,中国作协理论室与《诗探索》编辑部联合召开与会诗歌评论家座谈会,与会者一致呼吁,要从根本上杜绝那种粗暴的,带有某种"大批判"余风的所谓批评,开展最符合诗歌艺术特征的美学的批评。自此,新诗潮现象中的朦胧诗

---

① 李黎:《中国当代文坛的奇观——近年来新诗潮运动述评》,《批评家》1986年第2期。

第三章 立体、多元的"新时期"：20世纪80年代的诗歌批评

逐步得到批评家的解读以及读者尤其是青年读者的接受。

也正是在这一渐趋开放和民主的语境中，"第三代"诗歌运动应时而起。

一 作为诗歌运动与批评话语的"第三代"

正当"朦胧诗"论争在20世纪80年代初的批评界进行得如火如荼之际，正青春年少，在大学、工厂里的新一代诗人受朦胧诗潮的鼓舞，延续了70年代中期形成的民间诗歌出版小传统，纷纷结社创刊，写诗交流，并在80年代中期集体亮相，而"第三代"这个说法也是在民刊流通中出现的。1982年，重庆、成都和南充的多所大学的诗社代表（万夏、胡冬、廖希等）10月在重庆聚会，将他们这些诗歌写作者命名为"第三代诗人"（第一代为郭小川、贺敬之等，第二代是北岛等的"今天派"）。而《现代诗内部交流资料》（四川的青年诗人社团四川省东方文化研究会、集体主义研究会主办）1985年第1期的"第三代诗会"专栏（题记）称："随共和国旗帜升起的为第一代，十年铸造了第二代，在大时代的广阔背景下，诞生了我们——第三代人。"[①] 这里的两种划分代际的角度并不一致，尤其是第二种，描述时间的范围模糊而宽泛，自我张目的意图似乎代替了写作群体代际更迭的文化阐释。事实上，"第三代"诗人群体登场时的自我意识鲜明、强烈，带着青春朝气和革新热

---

① 参阅《第三代诗新编》附录《"第三代诗"纪事》，洪子诚、程光炜编选，长江文艺出版社2006年版，第327页。

情,而当时的批评家们也充分注意到了这股涌动的新浪潮。

在《新诗潮诗集》的"后记"中,编者老木谈到入选"下卷"的诗人们时说,"更年轻的诗人们已经走得更远、更迅速,他们的歌声更加缤纷,更加清澈。他们已经对北岛们发出了挑战的呐喊。"①"第三代"诗人从民间刊物交流到亮相正式出版物,由丁玲创办的《中国》文学期刊起到了重要作用。《中国》创刊于 1985 年初,起先为双月刊,后改为月刊,1986 年第 2 期刊登了潞潞、北岛、多多等的诗作,1986 年第 3 期刊登了陈鸣华、宋琳等的诗,并发表牛汉的《诗的新生代——读稿随想》,文中称:"《中国》文学月刊的这一期的十位诗作者,年龄多半在二十岁上下,都属于新生代。在他们的眼中,比他们大十岁八岁的诗人已是上一代的人。诗歌的'代'有时只有五六年的光景。""诗的时间概念是飞速的。今天这一代新诗人,不是十个、八个、几十个(像'五四'白话诗时期和'四五'运动之后那一段时期),而成百上千地奔涌进了坑坑洼洼的诗歌领域。即使头脑迟钝的人也会承认这是我国新诗有史以来最为壮观的态势。这个新生代的诗潮,并没有大喊大叫,横冲直撞,而是默默地扎扎实实地在耕耘,平平静静、充满信心地向前奔涌着。""这里没有因袭的负担,没有伤疤的阴翳和沉重的血泪的沉淀,没有瞳孔内的恍惚和疑虑,没有自卫性的朦胧的铠甲,一切都是热的蒸腾,清莹的流动,艺术的生命,肤色红润、肌腱强旺、步伐有弹性,头颅上冒三尺光焰:这是一个年轻人体魄的形象。他们的诗内倾和

---

① 《新诗潮诗集》"后记",参见老木编选《新诗潮诗集》下,内部刊行,1985年1月,第812页。

第三章 立体、多元的"新时期":20世纪80年代的诗歌批评

外向俱有,没有他们认为的上代诗人那种对世界的不信任感和忧虑感,诗的不羁的情绪有了广阔的空间,有冲击和渗透心灵的威力,激发人去联想,去梦想,去思考,去垦拓,去献身。"本期的《编者的话》(牛汉、杨佳欣)中称,"进入新时期以来,诗歌创作的发展速度是很快的。我们感觉到,继舒婷和北岛等新诗人之后,诗歌领域又出现了更为年轻的'新生代'"。牛汉对"新生代"诗潮"默默地扎扎实实地在耕耘""平平静静、充满信心地向前奔涌"的描述,很快就被这批青年诗人强势的运动式亮相的场面所打破。

《中国》月刊继续刊登诗歌"新生代"的作品,一直持续到1986年第11期,不可否认《中国》杂志对于"新生代"(即第三代)诗歌的推动意义,有论者指出,"要谈1986年的文学大潮,绝不可不提《中国》,自从主编丁玲年初去世,这家官办刊物就成了民间文学、前卫文学的活跃之地,或幼稚或放肆的作品铺天盖地而来,中间夹着老作家们悼念丁玲的文章,使《中国》的影响力迅速提升"[①]。如果说选择和展示也是一种批评,那么无论是《中国》月刊,还是1986年10月的《诗歌报》和《深圳青年报》联合进行的"现代诗群体大展",再到1988年出版的《中国现代主义诗群大观1986—1988》,都以鲜明的态度肯定了"新生代"或"第三代诗歌"群体的合法性。

1986年9月20日,《深圳青年报·两界河》副刊刊出预告:"安徽《诗歌报》、《深圳青年报》将于10月联合隆重推出新中国现

[①] 刘纳:《诗:激情与策略——后现代主义与当代诗歌》,中国社会出版社1996年版,第21页。

代诗历史上第一次规模空前的断代宏观展示——中国诗坛 1986'现代诗群体大展。""1984—1986，中国诗歌继续流浪。'朦胧诗'高峰之后的新诗，又在酝酿和已经浮荡起又一次新的艺术诘难。诗毫无犹豫地走向民间，走向青年。""1986——在这个被称为'无法拒绝的年代'，全国 2000 多家诗社和十倍百倍于此数字的自谓诗人，以成千上万的诗集、诗报、诗刊与传统实行着断裂，将八十年代中期的新诗推向了弥漫的新空间，也将艺术探索与公众准则的反差推向了一个新的潮头。至 1986 年 7 月，全国已出的非正式打印诗集达905 种，不定期的打印诗刊 70 种，非正式发行的铅印诗刊和诗报 22种。其中，以四川'非非主义'为代表的诗歌探索群体，已向体系化、流派化方向发展。"大展预告中提及的相关数据很可能只是保守的统计，而自发性的诗歌群体的大量涌现，已经使得"第三代"诗歌展现为一种文学运动。

　　如上所述，作为一场声势浩大的诗歌运动，"第三代"诗人们的登场是一个相对曲折的过程，从结社、创办诗歌民刊进行"内部交流"，到个体诗人逐步在官方诗刊上发表诗作，引起批评的注意，再到宣告群体性的隆重出场，中间大约有四、五年时间。在这个过程中，这一群体逐步显示出鲜明的诗学态度和张扬的自我意识。自我命名，群体出击，叛逆性和挑战姿态以及多元化的诗歌追求，是第三代诗歌及文化运动的鲜明特征。

　　1986 年 10 月 21 日出版的《诗歌报》总第 51 期第二、第三版推出"中国诗坛 1986'现代诗群体大展"第 1 辑，刊有"他们""莽汉主义""海上诗群""西川体""新传统主义"等群体的宣言

第三章　立体、多元的"新时期"：20世纪 80 年代的诗歌批评

和诗作，同日，《深圳青年报》第二、第三版推出"中国诗坛 1986'现代诗群体大展"第 2 辑，刊有"非非主义""大学生诗派""日常主义""超越派""太极诗""体验诗"等群体的宣言和诗作。10 月 24 日的《深圳青年报》第二、第三、第四版推出"中国诗坛 1986'现代诗群体大展"第 3 辑，刊有"朦胧诗人""撒娇派""整体主义""现身在海外的现代诗人"等诗歌群体的宣言和诗作。两报大展的策划者、组织者徐敬亚在《编后》中谈道："对中国现代诗分蘖的现状来说，这是一次努力减少编者倾向的自然展示。自今年 7 月中至 9 月末止，我收到的自称群体已一概入选。也就是说未加批判性筛选。这并不意味着他们全部震动了我。""我开始时，没有想到与报刊隔绝已久的青年诗人们能这么快地汇集。这显然标志着一种焦躁、一种愤懑和一种敏感。""既然你自认充满力量，那么就让它展示吧。"两报大展以"第三代"诗人为绝对主体，但"朦胧诗人"群体并未被排斥在外，而是从艺术上被归入"现代诗群体"之中。在这一意义上，"新诗潮"话语与"现代诗"概念的关系基本叠合。对于"两报大展"，当时有评价称："表面上看仿佛夜空的一颗流星一闪即逝，但谁也无法否认它在中国新诗坛激起了多少灿烂的预感。""这些年青年人像一群刚出母巢的雏鹰，一发现大地就叫着要拥抱天空。他们比任何时候的中国诗人都更强烈地意识到，没有全新的不同于传统的诗歌观念，新诗的发展就只能是一句空话。他们终于对诗有了自己的认识和发现。""A. 诗的本质是对生命的体验。他们以自己的宣言把诗从'没有感情就没有诗'的无期劳役中解放了出来。B. 诗本来就是生活，诗既源于生活，必

归于生活。过去的所谓诗对生活的升华和提炼，实质是对生活的扭曲和亵渎。C. 诗的主题是随意的或者说是不确定的，它是由作者和读者共同完成的。诗只要能引起读者的审美感知，诗人的任务就算完成了。D. 如果说新是诗歌的生命，那么艺术个性就是诗的灵魂。一个没有灵魂的躯体只是一具僵尸。而'大展'鲜见诗人的艺术个性，他们中许多人往往被文化特征（唯文化和反文化）、观念特征（观念深化和淡化）、地域特征（西部、黄土、南方）和题材特征淹没了。"①

1988 年 9 月，徐敬亚、孟浪、曹长青和吕贵品等编选的《中国现代主义诗群大观 1986—1988》由同济大学出版社出版，该书以"中国诗坛 1986'现代诗群体大展"为蓝本，"根据当时出版此书于 1986 年底征集的来稿和编者当时所存的资料编选而成"，"集数十流派、近百诗人力作约万行，并收有各诗群艺术自释、群体简介等背景资料"。至此，"第三代"诗人的群体亮相总结性地奠定了此次诗歌运动的里程碑意义。

"第三代"诗歌集结亮相后，批评家谢冕发表系列论文，从诗歌运动的角度对此进行讨论，论文包括：《传统的变革与超越——诗歌运动十年（1976—1986）》②、《巨变的解释——诗歌运动十年（1976—1986）》③、《空间的跨越——诗歌运动十年（1976—1986）》④

---

① 李霞：《评〈中国诗坛 1986 现代诗群体大展〉》，《文学自由谈》1988 年第 5 期。
② 刊于《社会科学战线》1987 年第 1 期。
③ 刊于《北京社会科学》1987 年第 1 期。
④ 刊于《文艺理论研究》1987 年第 5 期。

第三章 立体、多元的"新时期":20 世纪 80 年代的诗歌批评

以及《作为运动的新诗艺术群落(1949—1986)》①等系列论文,从历史的宏观视野,以不同的角度,考察新诗进程中的诗歌运动现象。当以 1976—1986 十年为观察对象时,天安门诗歌运动,朦胧诗潮和"第三代"的兴起就是发生在十年间的诗歌运动,用谢冕的思潮研究话语概念,即体现了传统诗潮、新诗潮和后新诗潮的流变。不过,谢冕认为,"天安门诗歌运动""依然从属于政治运动,依然体现了和社会的政治生活关系极其密切的特性。"真正"体现出艺术解放的形势,并由此推出多风格、多流派的诗歌运动",当属"新生代"所掀起的第二次浪潮,即"两报大展"所"造就的艺术思想大解放的局面"②。

除新诗史视角之外,还有从"青年诗歌运动"的角度评述"第三代"诗人精神文化特质的。杨长征将当代中国青年诗歌运动的开端追溯到民刊《今天》的创办以及相关的青年诗人的艺术活动,经过了"朦胧诗论争"和"中国诗坛 1986'现代诗群体大展"两次高潮,到了 1989 年已跌入低谷。"当代青年诗歌创作活动一开始就是以群体运动的形式出现的,最后演变成一场震动了中国诗坛与外国汉学家的'青年诗歌运动'。其组织方式是众多的民间诗社,或以某一民间诗刊为中心的松散、多变的青年诗歌创作群体。其一致的目的是冲击'官方诗坛',探索中国当代诗歌发展的多种道路。"不过,作者并不认同青年诗歌运动是一场"反主流文化运动",因

---

① 刊于《社会科学战线》1988 年第 3 期。
② 谢冕:《作为运动的新诗艺术群落(1949—1986)》,《社会科学战线》1988 年第 3 期。

为它对所谓的主流文化的反抗并不彻底。"随着'官方诗坛'对青年诗歌态度的变化，到青年诗歌运动的中期，青年诗人的队伍开始分化了，表面上却像是一场无情而公正的艺术淘汰。一些'有脑子'的青年诗人很快在诗坛上站住了脚，在'主流文化'中拥有了一席之地。当代青年诗歌从此好像是'主流文化'的一种补充，一种'兴奋剂'"。在杨长征看来，当代青年诗歌运动自身存在着很明显的矛盾，"其主要原因在于作为运动主体的青年（当代中国青年知识分子的一部分）内心深处的种种困惑，如文化观念的迷惘、人格的分裂，及其世界观、人生观的混乱等等"①。这是侧重社会学分析的青年文化批评，对于诗歌来讲，属于以诗歌内容和传播方式的传统研究。

二 "第三代"诗歌批评的分化

"两报大展"是"第三代"作为"朦胧诗"之后更年轻一代诗人正式的集体亮相，在充满叛逆和狂欢色彩的展示中，一些重要的诗歌群体凸显了出来。这些群体自创诗刊，刊发鲜明的艺术宣言，表达自己的诗歌主张和文化态度，因而在写作面貌上也各有特点。其中，非非主义、"他们"诗派、莽汉主义、撒娇派等，成为备受瞩目的"第三代"代表群体。如果说诗歌宣言、艺术主张本身也带有批评理论的特性的话，那么也可以认为，第三代诗

---

① 杨长征：《迷途：当代青年诗歌运动》，《中国青年研究》1989年第2期。

第三章 立体、多元的"新时期"：20 世纪 80 年代的诗歌批评

人有着自觉的批评意识。他们有关诗歌与文化的主张直接影响了当时的思潮批评家们，第三代诗歌批评中，相当多的批评家直接从这些宣言主张中摘取观念和观点，结合诗人的具体文本加以阐释，形成了一种诗人与批评家"互文式"的批评效果。在这种批评中，批评者完全认同诗人的艺术主张，并试图弥合诗人与其作品之间的裂隙。

"第三代"中涌现的群体在创作上的变化和分野，最终也导致了批评的分化。换言之，批评家们也觉察到"第三代"内部不同的写作路向，并试图用新的概念和观念加以评析。20 世纪 80 年代中后期出现的批评概念，如先锋诗歌、实验诗、探索诗、后现代诗歌等，即是不同于"第三代"这一代际概念的批评归纳。

1. "第三代"诗

认可"第三代"这一概念，从总体上评论第三代诗歌的批评家有于慈江、唐晓渡、程光炜、周晓风、陈仲义等。于慈江从"本体"和"内涵"变延的角度探讨了第三代诗在审美方式、风格特征、文化构成以及影响来源方面与前一代诗人即朦胧诗人们的差异，并总结批评了第三代诗"目前至少存在着可忧虑的四个问题"，其一，"是理论主张与创作实际的较严重的脱节现象"；其二，"作为一种美学意义的艺术创造越来越明显地被一种外在于诗创造的所谓'诗歌运动'挤对的可怜而愤愤然"；其三，"就创作个性而言，第三代诗虽然一如我们曾指出过的远较朦胧诗驳杂，但独立、醒目、坚实的分野也还远远没有确立"；其四，"是其中相当的成分所

表现出来的庸俗化倾向"。于慈江认为，这些问题表现出中国新诗的蜕变期仍未结束。① 唐晓渡②将"第三代诗"视为"继'朦胧诗'之后又一次探索新诗变革的青年诗歌现象"，但他提议，应区分作为"运动"的"第三代诗"和作为"诗歌实体"的"第三代诗"，同时也"应该把笼统的指称和单个的诗人区别开来"。"'第三代诗'作为一个整体的形象，是经由1985年四川的《大学生诗报》、《现代诗内部参考资料》到《诗歌报》、《深圳青年报》主办的'1986中国现代诗群体大展'而逐步树立起来的，其树立方式具有明显的运动特征，即经过了组织的广泛而自发的群众性。""作为运动的'第三代诗'选择'朦胧诗'当成主要的攻击目标肯定有其策略上的考虑"，"在诸如'pass'、'打倒'一类的激烈言辞背后，显然隐藏着一个重要的心理—艺术事实，即被明确意识到的与'朦胧诗'的差异和分野"。唐晓渡总结了"第三代"诗人与朦胧诗人在"美学立场的内在一致"，即"一种立足自身，并经由自身发现，反抗、超越、重建传统的传统"，但是，在"个体状态和自我意识的问题"上，"第三代"诗人与朦胧诗人的差异显现出来了，"第三代"诗人"无论出于自觉或被迫，在远离时代中心的地方他都成了'局外人'"。而这种"局外人"处境也促成了"第三代"诗人成为

---

① 于慈江：《朦胧诗与第三代诗：蜕变期的深刻律动》，《文学评论》1988年第3期。

② 唐晓渡（1954— ），1982年毕业于南京大学中文系，现任作家出版社编审。主要论著有《不断重临的起点》，《唐晓渡诗歌评论自选集》《中外现代诗名篇细读》等；诗歌随笔集《今天是每一天》等；译著有捷克作家米兰·昆德拉的文论集《小说的艺术》。主编"当代诗歌潮流回顾丛书"6卷本、"二十世纪外国大诗人丛书"多卷本。2015年出版评论集《先行到失败中去》《镜内镜外》（作家出版社）。

第三章 立体、多元的"新时期"：20 世纪 80 年代的诗歌批评

新的精神漫游者，他们有更自觉的自由意识，更适时地将"精神漫游变成了精神冒险"，在艺术上，"'第三代诗'的实验倾向突出地表现为生命领域的开掘和语言意识的强化"的"两端"①。拨开"运动"的喧嚣加诸诗人群体形象的浮躁与焦虑，唐晓渡的批评重在挖掘诗人群体的精神处境与动力。

带有自我命名色彩的"第三代诗"，在群体亮相之后，其自释性的宣言与主张影响了当时的批评话语，这一时期的批评家们在归纳、阐释与评价之外，大多以宽容、期待的心情，对待仍在生长中的"第三代"诗人。程光炜②的《第三代诗人论纲》从"反文化"、"逃离自我"和"生命感"三个方面，论述了第三代诗人写作的总体特征，他们在诗歌艺术上，显示出"反意象和超意象"，"对规范化诗歌语言的背叛"及"拒绝预言"的趋向③。周晓风将新时期十年的诗歌分为三大诗潮：传统诗潮、新诗潮和现代主义诗潮。值得

---

① 唐晓渡：《'朦胧诗'之后：二次变构和"第三代诗"》，载唐晓渡《先行到失败中去》，作家出版社 2015 年版，作者在该文题注中提到："本文为'八十年代新潮丛书'（北京师范大学出版社 1992 年版）之诗歌卷《灯芯绒幸福的舞蹈》（唐晓渡编选）撰写的序言。由于可以理解的原因，本丛书在出版社搁置了三年多后才于 1992 年出版。"

② 程光炜（1956— ），江西婺源人，1978—1982 年就读于河南大学中文系，获文学学士学位，后任教于湖北师范学院。1992 年至武汉大学攻读现当代文学博士学位，1995 年毕业，获文学博士学位，现为中国人民大学教授。出版有《朦胧诗实验诗艺术论》《艾青传》《程光炜诗歌时评》《中国当代诗歌史》《文化的转轨》《文学想象与文学国家》《文学史研究的兴起》，主编有《文学史的多重面孔——八十年代文学事件再讨论》《重返八十年代》《都市文化与中国现当代文学》《大众媒介与中国现当代文学》《文人集团和中国现当代文学》、《朦胧诗新编》（与洪子诚合编）、《第三代诗新编》（与洪子诚合编）、《周作人评说 80 年》等。

③ 程光炜：《第三代诗人论纲》，《湖北师范学院学报》（哲学社会科学版）1989 年第 3 期。

注意的是，这个分类与谢冕的相关研究有叠合之处，谢冕所提出的"后新诗潮"与周晓风的"现代主义诗潮"所覆盖的诗歌现象应该是同一个，只是，周晓风挪用了一个西方二十世纪初出现的传统文学批评概念。这个概念又是对同济大学出版社出版的《中国现代主义诗群大观1986—1988》的参用。在《现代主义思潮与"第三代"诗》一文中，周晓风认为，"中国新时期现代主义诗潮的真正勃兴发生在1985年前后，并在1986年底《深圳青年报》、《诗歌报》举办的'现代诗群体大展'中达到一次高潮。其主要标志是出现了所谓'第三代人'具有现代主义特色的诗作，并在短时间内形成一场持续的、声势浩大的现代主义诗歌运动"。不过，周晓风对"现代主义诗歌"的艺术归纳则有些笼统，"现代主义诗歌现在艺术地把握世界的方式上已不再满足于转述某种客观的物象或现存的观念，而是要对生活进行发现和创造。所谓弃绝直白以采用象征的方法表达某种难以言说的体验、用超现实主义方法对潜意识领域的开掘以及对语言技巧的实验态度等"，在"并不曾否定诗要从生活出发"之外，"表现了对以往'本质论'的现实主义从思想精神到艺术方法的全面超越"。周晓风概括了"第三代"诗呈现的三大走向或类别，分别是"寻根诗""生活流"以及"生命体验诗"等。①

对第三代诗的总体研究，在20世纪90年代以后还出版了相关的研究专著多种，如李振声的《季节轮换》、陈仲义的《诗的哗变》、孙基林的《崛起与喧嚣》、王学东的《第三代论稿》等。

---

① 周晓风：《现代主义思潮与"第三代"诗》，《重庆师院学报》（哲学社会科学版）1989年第1期。

第三章 立体、多元的"新时期"：20 世纪 80 年代的诗歌批评

2．"探索诗""实验诗"及"先锋诗歌"

从"第三代"诗分化出的另一批评视角是"先锋诗歌"批评。在"先锋诗歌"得到批评家广泛的运用之前，也有"探索诗"、"实验诗"或"先锋诗"等说法。1986 年上海文艺出版社出版"文艺探索书系"，其中有《探索诗集》，1989 年陈超所著《中国探索诗鉴赏辞典》由河北人民出版社出版，这里的"探索诗"中的"探索"概指艺术上的突破传统和实验性，非特指第三代诗。1987 年，春风文艺出版社出版了由唐晓渡、王家新编选的《中国当代实验诗选》，收入其中的基本为"第三代"诗人。1989 年，程光炜的论文集《朦胧诗实验诗艺术论》出版，其中四篇论文题目中有"实验诗"或"实验性"的概念，可见，程光炜倾向于将朦胧诗后的第三代诗歌中的一部分纳入"实验诗"范畴。另，陈超也曾在早期批评中用过"实验诗"概念。

唐晓渡突破批评话语惯常采用的受西方诗歌影响之类的说法，强调"实验诗"在本土产生的自觉的艺术实验的产物，"'实验诗'从一开始就既不是出于对西方现代诗的摹仿，也不是出于一般借鉴意义上的'横的移植'（尽管这两种现象都不同程度地存在），其最深刻的根源始终存在于立足现实生存而寻求精神上的自我超越（或揭示）的孜孜不倦的努力之中。""实验诗""一方面，它极大地突出了个人在创作中不可替代的独特地位；另一方面，由于始终置身于上述活生生的动态存在中，个人创作的独特性将不断在诗的本体意义上受到审视和评判。""实验诗"使作为个人的诗人成为一种存

在的启示，使诗的可能性同时显示为人的可能性。"① 程光炜所指的"实验诗人"即等于"第三代诗人"，与唐晓渡强调"个人性"与"可能性"的"实验诗"观念与表述有所不同，程光炜认为"实验诗的最显著的贡献在于放弃非诗的立场，重新回归语言本体"。"一方面，语言的困境亟待他们挣脱这个魔圈，去进行假设性的语言探险；另一方面，先于诗歌存在的语言规则（包括语法、词序、语境等），又在暗中强有力地约束着他们，使一次次实验陷于困境。"程光炜细致地考察个体诗人的语言实验气质，"于坚形式与内容之间的潜在张力，韩东的诗句抽象，欧阳江河的音乐调性，以及海子不可企及的麦子命名，与其被看作诗人的创造，毋宁说它们其实是一种现代文本的自我重视。这种种范型所达到的时代高度，即是文本显现自身所已经上升到的阶梯——而诗人，不过是语言在瞬间选定的诚笃谦恭的使用者"②。

"第三代诗"和"实验诗"被批评广泛使用的同时，"先锋诗"的概念也在一部分诗人与批评家中间开始流通。"先锋诗"中的"先锋"这一批评概念大约是从当代小说批评或"先锋文学"批评话语借用而来。1989年5月号的《星星》诗刊邀请了五位先锋诗人（杨远宏、石光华、廖亦武、欧阳江河、翟永明）进行对话，对话中，大家对"先锋诗歌"概念的自如运用，说明在当时已有将此概

---

① 唐晓渡：《实验诗：生长着的可能性》，此文系作者为《中国当代实验诗选》（唐晓渡、王家新编，春风文艺出版社1987年版）所撰写的序文，收入《先行到失败中去》。

② 程光炜：《朦胧诗实验诗艺术论》"自序"，长江文艺出版社1990年版，第6、7页。

第三章 立体、多元的"新时期"：20世纪80年代的诗歌批评

念取代"第三代诗歌"之势。关于如何界定"先锋诗歌"，欧阳江河说："这不仅仅是个形式或技巧问题、理论问题、文学的划代问题，更重要的是一个意识问题。先锋诗歌所体现的意识，必须与我们这个时代——我指的是全人类所面临的意识结构相称。"而我们的时代，"从威胁人类生存的角度看，是核时代。焦虑作为核时代的普遍精神事实，对先锋诗歌的影响可以说是根本的、致命的"。"先锋诗歌表达了从群体中拯救个人尊严、个人价值的基本努力，表达了对集体物欲的蔑视和对个人神话的向往。应该从个人（融进人类的个人）的角度去理解和把握先锋诗歌基本精神。先锋诗歌并非群体运动的产物。现在有人一谈起先锋诗歌就强调这是一代人（所谓'第三代人'），一群人（他们开出铺天盖地的诗人名单），好像不存在个人，这是对先锋诗歌的一种历史误解。"在反思第三代诗歌的运动特征之后，诗人们强调先锋诗歌文本的重要性。翟永明反思了当时浮躁的诗歌批评，呼吁"应该建立一种创作与批评的新秩序：它是一个同心圆，在无限扩展的同时始终朝向纯粹的诗歌本身。评论界不要仅对诗歌的流向、诗派的确认作热门考察，更应该引导读者的审美意识对诗歌本身——作品及诗学理论作具体研究"。

20世纪80年代中后期，批评家唐晓渡、陈超等，已经在他们的评论文章中使用"先锋诗歌"这一批评概念，而随着当时被归为"第三代诗人"中的一群人在进入90年代后依然保持活跃的创作状态，以"先锋诗歌"作为批评视角对他们加以评述和研究也逐步增多，可以说，"先锋诗歌"及其批评即将迎来其丰收期。

3. "后现代"或"后现代主义"诗歌

作为生发于西方的一个文化思潮概念,"后现代主义"自1980年代中期被介绍到中国学界。美国著名文学与文化理论家弗里德里克·杰姆逊1985年来北京大学访问,他在北大开设的介绍西方文化理论的课程被整理成书,于1986年出版,这本书即《后现代主义与文化理论》,对当时中国的文学和文化理论界产生了极大影响。也是自1986年,哲学、社会学和文艺理论领域内,开始译介西方解构主义和后现代主义文化思潮,诗人、学者袁可嘉撰文介绍西方后现代主义思潮。袁可嘉的文中提及美国黑山诗派的理论家查尔斯·奥尔生(Charles Olson),说他常常谈到"后现代主义","侧重它对正统现代主义反拨的一面:不托古于神话,而写现世生活经验;不广征博引,而随意写作;不讲究格律,而泛用自由体等等"。又介绍到英国五十年代兴起的一批作家,被看作后现代主义代表作家的,其中就有诗人菲利普·拉金,这些后现代主义作家的形象,"不再是敏感的艺术家,而是'瘦削的年青人',过着平庸的生活,除了决不上当之外,毫无英雄气概。他们不再关心异化这个现代主义主题,而是关心'负责的人们的日常公众生活和事务'。""又如在美国诗歌领域,六十年代以来强调用美国口语书写实际生活经验,重视即兴创作的直露的诗风"等[①],这些描述可以让人联系起第三代诗歌群体中一些代表性群落的特征。

[①] 袁可嘉:《关于"后现代主义"思潮》,《外国文艺思潮》1986年第3期。

第三章　立体、多元的"新时期"：20 世纪 80 年代的诗歌批评

后现代理论引入之际，批评界开始出现相关诗歌批评的文章，如丁宗皓的《所谓的危机是什么？后朦胧诗的处境断论之一》[1]，巴铁的《当代诗歌中的后现代主义因素（以欧阳江河的两首小诗为例）》[2]，王干的《反思：理性与非理性共生：论朦胧诗的哲学背景》[3] 等，而从总体上将"第三代诗"与后现代主义思潮联系起来进行解读与批评，是步入 90 年代之后。

第四节　在讨论、论争中深化诗歌的诸问题

诗歌及文学批评的功能得到修复，在实践中的具体体现，可以大致作如下理解：贯穿整个 80 年代的诗歌批评和讨论基本是在平等、对话的交流气氛中进行的，即使存在着诗歌观点和文学观念的针锋相对，但从批评的意图与效果来看，并没有上纲上线或导致政治互害。20 世纪 80 年代，诗歌批评的总体气氛是活跃的，带着浓郁的理想主义、启蒙主义乃至浪漫主义色彩，新的批评群体登场时也充满着乐观和朝气。

通观整个 80 年代，重要的诗歌讨论与论争包括："新诗的现状与展望讨论"、"朦胧诗"论争、"新边塞诗"问题讨论、第三代诗歌运动、"当代诗歌价值取向"论争等。朦胧诗论争与第三代诗歌运动已在本章以专节形式介绍。而有关"女性诗歌""新诗的语言

---

[1] 载《作家生活报》1987 年 12 月 25 日第 3 版。
[2] 载《鸭绿江》1989 年第 9 期。
[3] 载《当代文坛报》1989 年第 4 期。

与传统"问题的讨论则从20世纪80年代开始一直延续至90年代，故将之置于下章梳理。

一 "新诗的现状与展望"讨论

1980年4月7日至22日，由中国社会科学院文学研究所、中国当代文学研究会、北京大学中文系、中国作家协会广西分会、广西大学中文系和广西民族学院中文系联合主办的全国当代诗歌讨论会，在广西南宁召开。来自全国各地的诗人、评论家、报刊编辑、大学教师和研究人员超过百人参加了会议。南宁会议引发了《广西日报》、《光明日报》、《人民日报》等多家媒体的报道，《星星》1980年第5期刊出该刊记者絮飞的《南宁诗会纪要》，第7期又刊发了大会会务组的《全国当代诗歌讨论会纪要》。会议部分论文结集为《新诗的现状与展望》于1981年由广西人民出版社出版，论文集中只有少量新诗史研究性的论文，绝大部分文章是对当前的诗歌创作现象的讨论，尤其反映了对青年诗歌思潮的争议。

"新诗的现状与展望"讨论会是进入新时期以来重要的全国性诗歌研讨活动，会议内容包括四个方面：首先是对"文化大革命"结束后三年多时间里诗歌创作成就的肯定；二是指出了当时诗歌创作中存在的诸多问题和弱点；三是对诗人的职责取得了较为一致的看法；四是对诗歌自身的艺术规律和特征进行了有益的探讨[1]。同

---

[1] 彭金山、郭国昌、季成家、张明廉主编：《中国诗歌研究》下，敦煌文艺出版社2008年版，第1196—1197页。

第三章 立体、多元的"新时期":20世纪80年代的诗歌批评

时,有关诗歌批评和理论工作,张炯总结了与会者提出的积极的意见:"三年来诗歌批评落后于创作。评论文章不但少,而且不及时,某些评论文章停留在对古代诗话的援引和摘引某些诗句加以解释,过于一般化,对创作中的新情况新问题缺乏深入的探讨,科学性不强。诗歌理论也不能说已经建立在科学的基础上,对诗歌创作的特性和规律,都研究得不够。会议呼吁评论工作者应更多关注新人的成长,及时向读者推荐他们的作品。"①

应该说,南宁会议召开的时间正是中国社会文化步入新时期的最初阶段,一个新旧观念交替与交战的过渡期。与会者的身份构成多样,有诗人、批评家、学者和编辑等,特别是汇聚了一批新锐批评家如谢冕、洪子诚、孙绍振、刘登翰、杨匡汉、杨匡满等,他们已经敏锐地感受到诗歌新潮的冲击,密切关注诗坛的新生力量,同时,他们也拥有重新梳理新诗史的意识。谢冕在《新诗的进步》中提到近三、四年来新诗进步的三个方面的表现:诗人的使命重新得到确认;诗的艺术获得了第二次解放;诗的队伍有一个空前的壮大。谢冕呼吁关注青年诗人的成长,"在动乱的十年中,一批青年诗人在成长。动乱的十年过后,又有更大的一批青年诗人在崛起。"青年诗人中的舒婷、北岛、江河、顾城等已经进入谢冕的批评视野,他称"他们中的一些人,正在写着一些新的诗,这些诗,显得有点'不合常规',是不免古怪的。因此,他们受到了歧视"。谢冕主张:"对待青年人,要严格,不要歧视。但目前更需要的,是宽

---

① 张炯:《有益的探讨 丰硕的收获》,全国当代诗歌讨论会编:《新诗的现状与展望》,广西人民出版社1981年版,第9—10页。

容和慈爱。"① 刘登翰在《新诗的繁荣与危机》中谈到,"三年多来的新诗,是建国三十年来新诗发展最急剧、也最富有创造精神的一个时期。随着思想解放的深入,新诗出现了两次高潮"。在详述了新诗繁荣的具体表现之后,刘登翰又指出新诗同时存在的"危机",这些危机表现在对诗与政治的关系,诗和生活的关系,以及诗与诗人的关系等方面的认识依然没有解决好,因而阻碍了新诗迅速跟上时代的脚步变革自身。

南宁会议上在有关新诗的发展道路问题总结出的意见里,依然有强调"(1)在古典诗词与民歌基础上发展新诗"的观点,但其他的主张已经突破了政治禁锢,显示了一定的开放、包容的姿态:"(2)不要闭关自守,应采取'拿来主义',开放眼界,多汲取一些外国诗歌的优点,加以运用。(3)诗应当在'五四'新诗的传统上加以发展。(4)诗歌风格可以多样化,但形式不应该多样化。形式的漫无边际,妨害了诗歌的发展。将来总应有一个统一或接近统一的形式出现。"② 这些观点体现了过渡时期诗歌观念保守与开放并存的状态。

二 "新边塞诗"讨论

在新诗史视野中,20世纪80年代初期登上诗坛的,除了以"今

---

① 谢冕:《新诗的进步》,全国当代诗歌讨论会编:《新诗的现状与展望》,广西人民出版社1981年版,第35、36页。
② 《南宁会议纪要》,《星星》诗刊1980年第5期。

第三章 立体、多元的"新时期":20 世纪 80 年代的诗歌批评

天派"为核心的"朦胧诗"青年诗人群体之外,还有一大批在诗歌风格上相对传统,但也书写了新时代新气象的青年诗人,他们往往也被批评归入"新诗潮"中。在这群青年诗人中,有一些生活在西部省份的诗人,当朦胧诗论争逐渐平息的时候,这群诗人以书写大西北地域特色为鲜明标志,以颇为强劲的势头涌上诗坛。这一诗歌现象被评论界称为"新边塞诗"或"西部诗",早期代表诗人有杨牧、周涛、章德益等生活在新疆的诗人。批评家周政保 1981 年在评价三位新疆地区的诗人的新作时,提出了"新边塞诗"的概念,得到部分诗人的赞同。1982 年 3 月,新疆大学中文系召开"新边塞诗"学术讨论会,并选编收录了不同时期作品结集而成《边塞新诗选》。

《阳关》(甘肃)杂志于 1982 第 2 期正式打出"新边塞诗"的旗号,开辟了"探索新边塞诗专辑"。此后,《人民文学》、《诗刊》、《萌芽》和《上海文学》等刊物都开辟了新边塞诗专辑,引起了有关边塞诗的全国性讨论。1983—1986 年是当代"新边塞诗"诗潮的高峰期,在新疆石河子市出版了《绿风》诗刊,1986 年开辟了"西部坐标系"栏目,集中刊发了十五位诗人的作品及相关评论。"新边塞诗"的提倡得到来自青海、宁夏、西藏等省区的一些诗人的响应,在名称上,一些批评家也以"西部诗歌"的说法替代"新边塞诗"。1987 年《绿风》诗刊编辑出版了《西部诗人十五家》。

诗人周涛在 1982 年撰文提出了关于形成"新边塞诗"的设想,响应周政保此前提及的这一批评概念。他回溯唐代"边塞诗"高峰,表达了对唐代边塞诗的风格与特殊的边陲空间风情所形成的壮美的向往,认为"新中国成立后,社会生活的巨大变化,民族关系

的崭新面貌，为创造新的'边塞诗'提供了可能的条件"，并推举长期居住在新疆的诗人闻捷为新的"边塞诗"的代表。他也提到，郭小川在60年代去过新疆，曾力主创作新的"边塞诗"，但因条件不足，未能形成一支流派。周涛感应着20世纪80年代初期新诗潮勃兴的气氛，提出"边塞诗""应该崛起，因为年轻的新诗在呼唤自己的流派，因为历史的高峰绝不会永远不可逾越"。周涛认为，文学的地域性和民族性，是历史的、社会的诸种因素之外，形成流派的重要因素，"新疆，在地域形貌上的广阔壮观，在民族组成上的丰富多彩是其他省区所不能比拟的，它是形成独特文学流派的极好温床"。周涛打出"新边塞诗"这杆大旗，并对它的面貌进行了一番宣言般的构想："'新边塞诗'不应该是题材上的狭隘河道，不应该是限制人们多方面探求、实验和发挥自己多方面感受的模式，而应该是促使人们更清醒地认识自己的位置和气质，从而更自觉地形成独特风采的星座。""'新边塞诗'并不是要固守陈旧的传统，一味去描摹边地的山水风情画。……'新边塞诗'的'新'，不仅仅在于与'边塞诗'相比它是用白话写成，它还应该有一切前人所不同的'新'的时代气息，'新'的社会节奏，'新'的思想意象，'新'的艺术手法。""'新边塞诗'应该注重现实生活对艺术的影响，它必然以广阔的边塞生活为背景，为舞台，为媒介，以诗人各自不同的自我感受为飞鹰，为奔马，为溪流，从而形成千姿百态，音响各异却共同充满了边疆气息、民族风采的一派"[①]。

---

① 周涛：《对形成"新边塞诗"的设想》，《新疆日报》1982年2月7日。

第三章　立体、多元的"新时期"：20世纪80年代的诗歌批评

周涛对于"新边塞诗"流派的设想既是一种诗人抱负的表达，也是一种批评意识的增进。周涛的倡议得到了积极回应，也引发了争议之声。高戈在《当代文艺思潮》1983年第5期发文，对于形成流派的"新边塞诗"设想提出了理论性的质疑。他辨析了当时倡导"新边塞诗"的两种主张，但在有关"新边塞诗"的概念范畴上却是相同的："都以描写'边塞'生活题材为限；都以生活在'边塞'的诗人的创作为限；都以具有'边塞风骨'和'边塞气派'的艺术风格为限"。高戈认为："边塞作为一个特定地域，能决定一个诗人的生活走向，却不能决定他的艺术走向。""边塞生活作为一种题材范围，是诗的矿床，不可能是某些诗人的领地。"因此，高戈认为"必须对我们试图'建立新边塞诗派'的初衷忍痛割爱——去掉主观愿望的'建立'和画地为牢的'派'，把我们的讨论放在'新边塞诗'的创作这个有限的范围内进行才是适当的"。回到对古代"边塞诗"的认识上，高戈将其创作主体细分为三类："其一，从外地光临边塞观光的'行吟'诗人的创作。其二，较长时间生活在边塞的'羁旅'诗人的创作。其三，世代生活在边塞的'土著'诗人的创作。"不同身份的边塞诗人写下的边塞诗歌在气质、风格、体验等方面都不同，但都是"边塞诗"的共同耕耘者，因此，在高戈看来，"新边塞诗"的"新"只是对旧有的"边塞诗"的潜在继承，而非模拟、再现，"是在吸取其各种有益营养的同时在新生活的阳光下按新的形态的生发。"由此，高戈认为应该把所谓"新边塞诗"看作一种文学现象。虽然高戈的质疑不失为一种提醒，毕竟，对诗歌现象的归纳、批评要以作品为先，观念先行的诗歌流派

创设是架空且抽象的。

伴随着质疑之声，青年诗人创作的脚步并未停下，期刊与批评家也紧步跟上，刊发与评论"新边塞诗人"的作品，"新边塞诗"或"西部诗歌"在20世纪80年代中期迎来了繁荣。余开伟、周政保、谢冕等批评家撰文，高度评价这一时期的"新边塞诗"成果。

周政保以生活在新疆的三位诗人杨牧、周涛和章德益为例，论述了"新边塞诗"的审美特色及其当代性。在风格面貌上，他对"新边塞诗"进行了描述："那是中国西部豪放派的歌唱，那是一种开发者的情思，一种历史、人生与哲理的召唤，一种当代人抒写当代边塞的诗，那是一种犷悍而悲慨、激越而雄深、传统而富有时代色彩的现实主义新艺术。它归属于崇高这一美学范畴，但又保留着自己独特的风格。"周政保同样在三位诗人的作品中感受到一种古朴却又当代的气息。"他们的诗，虽以荒僻的自然界与边远的塞外生活为抒写对象，但却鬼使神差地留下了深沉而又浓郁的当代性色彩。""对象是古朴的、偏僻的，但思情却是现代的、体现社会生活主潮的。诚然，这种当代性色彩的展呈，既不是情景的直接勾勒，也不是现实画面的简单描摹，而是一种曲折复杂的、反照性的精神飞扬，一种渗透与融化在抒写内涵中的思情显现，一种只有在鉴赏瞬间才能感应到的心绪与哲理的突然顿悟。"[①] 这种批评表述强调的是"新边塞诗"总体上的主观抒情性，一种不乏浪漫主义色彩的精神气质，这与20世纪80年代新诗潮中的精神气氛吻合。

---

① 周政保：《"新边塞诗"的审美特色与当代性——杨牧、周涛、章德益诗歌创作评断》，《文学评论》1985年第5期。

第三章 立体、多元的"新时期"：20世纪80年代的诗歌批评

三 "当代诗歌价值取向"论争

1988年第4期的《文学评论》发表了诗人公刘的《从四种角度谈诗与诗人——答中央广播电视大学中文系问》一文。该文从作者自己的创作生涯，诗歌与政治的关系，同龄和相同境遇的中年诗人特点概括，以及对当前诗界的观察或一个诗人应具备的条件等几个方面，阐述了他的一些观点与观感。其中的两个话题——诗歌与政治的关系和对当前诗界的看法，在稍后引发了论争。公刘的看法是：关于诗与政治的关系，"认真归纳起来，也不过就是两大派：一派主张'淡化'政治，一定要和政治保持距离，而且距离越远越好，用意在于保证诗的圣洁不受玷污；换句话说，世界上存在着一种纯诗，值得人们去追求。另一派则认为，纯诗之说纯属虚妄，它不过是某些心地善良的诗人头脑中的幻影，是主观世界的产物：试想，人活在社会上，尤其是活在像我们中国这样的社会上，怎么可能摆脱政治呢？你不去惹它，它却要跑来干涉你。""我个人，是无条件站在后一阵营的前列的"。当然，公刘也反对"那种高喊为无产阶级政治服务，实际上不过是为各个时期各个领导人的或者彼此承续或者互相矛盾（还有自相矛盾的）政策条文乃至言论、批语服务的诗歌"。公刘还批评了当前诗人写爱情诗泛滥等现象，并认为"诗是贞洁的，不容亵渎。我们诗人更有义务保卫她。"此外，公刘对"第三代"诗人群体登场亮相深为不满，对于一些诗人或批评家号称的诗歌流派也颇有微词，认为"流派不曾形成，宗派却已露

· 203 ·

头。"他对新诗寄予的希望是通过他所说的三方面的努力而达成新诗的健康成长。"首先是继续强调诗的真诚";其次,是克服"装腔作势"的"通病";再次,诗人要自问"你爱谁"或"你爱什么",公刘认为,"第三代"诗人患了"自恋症"①。

简略的归纳很可能简化了公刘的观点,在距离"文化大革命"并不久远的"新时期",文学与政治的关系,何为纯诗,纯诗值不值得追求,文学的真诚议题以及第三代诗人的成就等,都可以说是能够触动诗人、批评家和读者的敏感话题。

自1989年第1期开始,《文学评论》辟出"当代诗歌价值取向"笔谈专题,刊发了对公刘的观点表达不同意见的商榷之文。洪子诚肯定了公刘讨论问题"一贯的认真、坦率、直言不讳的特点",但表示了他认为公刘的诗歌观念及其诗坛现状的认识可能存在误识或偏见的看法。他认为公刘重申一些诸如"提倡真诚,反对作伪,强调诗的创作与诗人的生活和人生态度的关系"等老观点,并非"无的放矢",洪子诚担忧,"十多年来,诗人们在诗的语言和艺术形式方面进行了广泛的、有成效的试验。但是,不见得有许多人,都把这种试验看作是创造深入把握对象世界的多种可能性"。公刘的忧虑因此也是可以理解的。但是,洪子诚对公刘文章中的另一些看法存疑,并进行讨论。首先是诗与政治的关系,是贯穿着新诗运动史的持续性主题,虽然洪子诚大致同意公刘对"政治"一词理解的宽泛化,从社会发展趋势来说,"政治的渗透

---

① 公刘:《从四种角度谈诗与诗人——答中央广播电视大学中文系问》,《文学评论》1988年第4期。

第三章 立体、多元的"新时期"：20 世纪 80 年代的诗歌批评

度越来越得到了强化"，但它们并不能够成为公刘所主张的诗与政治必须保持不可分割的密切联系的依据。洪子诚宁愿站在政治"淡化"一边，他理解的"淡化"："其实就是维护诗的自主性，就是摆脱政治的束缚而实行的分裂，而建立与政治传统脱离、对立的诗的独立传统。"在这一主张下，洪子诚重新界定了诗的功能："人们对诗表示敬意，给诗人以荣誉，是因为诗所关注，所寻求的，是与物质的社会活动不同的精神领域，是人的内心世界，是穿过种种有限性的、暂时性的因素（包括政治等因素）的掩盖、束缚，去寻找人的灵魂的归属和位置，去用诗的语言，建构一个与现实的生存世界相对立的诗的世界，一个使人的灵性得到发挥、人的心灵自由得到确立，使生存个体从暂时性的生存体制中得到解脱的世界。"也因此，洪子诚对 80 年代以来诗坛的现状的描述和评价跟公刘有所不同。一方面洪子诚认为 80 年代"归来"和"复出"的诗人的"重要弱点之一，是难以拓展的社会—政治视角和政治理想主义的世界观，以及由此制约的社会—政治感受方式和思维方式。这限制了他们的诗的'触角'伸向更广阔的领域，也妨碍了他们开启'内视世界'，达到透视精神、心灵世界的深度"。另一方面，"实际上，八十年代当代诗歌探索、革新的任务，在更大的程度上是由青年诗人承担的"。"青年诗人在他们的实践中逐渐建立了这样的诗的观念：一方面，诗是由诗人创造出来的人类的一种精神现象，另一方面，诗又是超越诗人自我、同时也超越现实时空的特殊世界：这个世界，是审美的艺术世界，既是对人的感受力和表现力的一种发掘，又是对人类精神世界的丰富和拓

展；诗人要面对现实，面对人生，但又须从这点出发，超越现时性的现实与自我，建立起诗人对人类精神领域负有使命的自觉。这一与政治分裂的诗歌观念的确立，在有几十年历史的中国新诗史上显然是个重要转折。"①

青年诗人、批评家老木从公刘的文章中提炼出关系到"对新时期的诗歌和近年的诗坛的评价"，以及"什么是诗歌和诗人担负的责任是什么从而也就生发出"的"对中国新诗的发展方向的认识"。虽然他也赞同公刘的部分观点，但老木的意见与公刘相反。老木指出："公刘先生的文章，纵论诗坛、诗歌与诗人，但都是从诗歌之外出发来考虑来谈论诗歌与诗人，而且关系到一个重提的问题：要求青年诗人们首先要热爱人民，进入道德的国土。"但老木认为，"诗人首先面对的是诗歌，即使一定要谈到诗歌与时代、人民等等的关系，我们也与公刘先生有着完全不同的态度与看法"。"诗歌在本质上有着不可亵渎的独立性，它与政治、现实无关。艺术创造的本源，来自人的生命的神秘感受，生命力的激发与外射，对自由的渴望。""诗人所面对的，更直接更本质的，是为他的生命力寻找到一个合适的形式，也就是说他更多是一个形式的奴隶和主人。"老木比较了公刘文章中所谈到的两代诗人，指出两代诗人之间对于诗歌不同的认识："是从诗歌之外的政治、现实、人民等等出发去创造和生活，还是从诗歌出发，在缪斯面前有一种唯一的坚诚的爱恋之情。"一个真正的诗人"只是负担着个体的生命超越限制与束

---

① 洪子诚：《同意的和不同意的》，《文学评论》1989年第1期。

第三章　立体、多元的"新时期"：20世纪80年代的诗歌批评

缚——也就是现实、政治、时代、种族、传统、文化的种种限制与束缚的责任"①。

洪子诚、老木的质疑文章显示了他们在诗歌观念以及对新时期诗歌总体评价上与老诗人公刘的差异。唐晓渡的商榷文延伸了公刘的判断，即集中于"诗与政治的关系能否作为纯诗真实性的试金石"这一点上。他认为这个问题本身并不成立，"因为诗与政治的关系所涉及的是诗的社会功能，并且仅仅是一方面的功能；而纯诗作为一个诗歌美学命题，所涉及的乃是诗歌这个古老的艺术如何得以存在，并将继续存在下去的本体依据"。讨论到新时期诗歌界的变化，唐晓渡认为，"其中最重要的之一"，"就是逐步消除了政治对诗的强权控制，确立起诗人的主体地位，从而初步达成了诗的独立。""当代诗歌注定要走上淡化、疏离政治的道路，以便彻底告别昔日的奴隶和附庸地位。""随着社会—文化越来越走向相对开放，诗也越来越表明自己是个充满可能性的自由王国，而不是直接受制于现实的必然领域。不是别的，正是新的可能性从不同角度、以不同方式抓住了不同的诗人，诱惑以致迫使他们做出不同的选择。经由这种选择，表面看来是消极的政治退避被转化成积极的诗歌自身的建设。"唐晓渡由此认为，当代诗歌的价值取向恰好指向纯诗。唐晓渡引用法国诗人瓦雷里和美国诗人罗伯特·潘·沃伦有关纯诗的理论，阐释了纯诗之于当前诗歌的意义，并为纯诗作为价值取向进行简要的辨析。"对纯诗的追求既不会妨碍诗人们在不同领域内

---

① 老木：《诗人及其时代》，《文学评论》1989年第1期。

对素材的占有和对不同创作方法的选择（既然它是"对语言支配下的整个感觉领域的探索"），也不应导致与现实（包括政治）无关的现象（我们的语言和感觉领域只能是现实的）；同样，它也和诸如'非诗'成分的大量渗透和'反诗'的实验倾向根本牴牾。真正的纯诗，乃是那种无论在最传统或最'反传统'、最习以为常和最出人意表的情况下，也能体现出诗的尊严和美丽的活的诗歌因素。"①

当代诗歌价值取向的论争，体现了文学新时期以来诗歌观念的推进与变化，而从批评的角度看，在尊重对方的前提下进行有学理、有逻辑的批评，也为80年代的诗歌批评树立了一个批评的典范。

纵观80年代的诗歌批评，可以用"立体"和"多元"来形容其总体的表现形态。批评家群体构成多样，批评理论话语的多元并存局面逐步形成。诚然，在这个历史时段，诗歌批评话语经历了转换、变化引发的纷争与冲突，曾受主流政治意识形态影响而异变的"大批判式"的批评模式在诗歌和批评变革的过程中一度回潮，但最终，新诗潮的积极推动者们以更具说服力和更符合时代要求的文学和文化观念，以充满理想主义的激情与胸怀，接续了五四新文学传统，回归了文学批评的本体。

---

① 唐晓渡：《纯诗：虚妄与真实之间——与公刘先生商榷兼论当代诗歌的价值取向》，《文学评论》1989年第2期。

第四章　诗歌"边缘化"及社会文化"转型"：20世纪90年代的诗歌批评

以自然时间的十年归纳一段诗歌和诗歌批评的历史状况，可以说有利有弊。对于20世纪90年代而言，身处变动中的当代社会与文化语境中的诗歌，其自身进行着全面且深刻的"转型"。社会政治动荡所带来的社会形态的转变，一种突变效应，带来了诗歌与诗歌批评话语的一度沉寂与内在的调整。于是，在关于诗歌的批评表述中，出现了"边缘化"的说法，意指当代诗歌在当代文化中的位置，不复如之前一度所表现的那样至关重要，诗歌乃至文学的社会政治功能更趋其本体。这一方面是大众文化逐步兴盛的结果，另一方面，也是"第三代"诗歌观念中回归日常生活趋向的作用使然。

20世纪90年代初，席慕蓉、汪国真两位大众流行文化意义上的诗人引发批评的反思与热议，而"诗人之死"作为一种文化现象，也成为诗歌批评中被反复探讨的议题。以大众接受效应和社会现象观察为主要批评对象的文化研究亦在此时兴起。至90年代中期，一个新的描述该时期诗歌内在特征的概念——"90年代诗歌"

出现并得到批评家的阐释。之后，深受大众传媒文化影响之下的质疑之声，将"90年代诗歌"所代表的知识分子诗人的写作，推上了论争与批评的擂台。20世纪末，中国诗坛爆发的"知识分子写作与民间写作"论争反映了当代文化的多重症候，诗歌批评主体因此进一步分化。

第一节 "转型"：诗歌批评话语的空间分化

进入20世纪90年代，中国当代社会文化与知识话语发生了全面的"转型"。这一转型话语既是对现实、现象的描述，似乎也包含了对未来的某种期许。20世纪80年代通常被称为"新时期"，而此时，"后新时期"作为与之相应相续的概念，代表了批评者对90年代之后的中国文化时段的命名方式之一。[①]"进入90年代，中国的文化状况发生了极其引人注目的转变，从70年代后期开始的'新时期'文化正在走向终结，各个文化领域都出现了转型的明确征兆。""'后新时期'是对90年代以来中国大陆文化新变化的概括，它既是一个分期的概念，又是对文化中出现的众多新现象的归纳和描述。它既意味着新时期以来的理想精神和文化热情的结束，又意味着一个社会

---

① 参阅谢冕、张颐武《大转型——后新时期文化研究》，黑龙江教育出版社1995年版，据本书"附录二"《关于"后新时期"文学的研讨》（报道，白烨撰文），"1992年9月12日，北京大学语言文学研究所与山东《作家报》在京联合召开'后新时期：走出80年代的中国文学'研讨会，就文学当前的形态、走向及其与新时期文学的关系，'后新时期'的概念、内涵及其提出的理由等问题，进行了集中的思考与热烈的讨论，在文学界引起了较大的反响"。

第四章　诗歌"边缘化"及社会文化"转型"：20 世纪 90 年代的诗歌批评

市场化进程中的第三世界民族的诸种新的可能性的开始。它是一个力图跨出'他者化'的新的时代，也是一个重审'现代性'的时代。"① 以"后新时期"描述 20 世纪 90 年代的文化语境更像是一种批评策略，因为既有的"新时期"概念中的"新"总会面临变旧的一天，而在现成的概念前加前缀"后"更像是对"后现代"概念的模仿，这模仿也像"后现代"概念本身一样暧昧难明，颇受争议。

在对 20 世纪 90 年代诗歌的总体描述中，后现代话语也确曾是活跃一时的文化批评话语，由此而拓展了当代诗歌批评的文化批评向度。1994 年，敦煌文艺出版社出版了一套名为"当代潮流：后现代主义经典丛书"的文学选本，收入诗人周伦佑编选的两种诗文选，分别是《亵渎中的第三朵语言花：后现代主义诗歌》和《打开肉体之门：非非主义：从理论到作品》，将 80 年代中期出现的"第三代"诗歌与西方后现代主义文艺思潮联系在一起。作为西方文化思潮的"后现代主义理论"早在 80 年代初就被介绍至中国。袁可嘉《关于"后现代主义"思潮》② 一文，清晰地梳理了二战后欧美"后现代主义"文化理论的不同路线及其在文学中的呈现。90 年代前后，在文艺理论的译介方面，出现过有关后现代主义文化理论热潮。③ 理论引

---

①　谢冕、张颐武：《大转型——后新时期文化研究》，黑龙江教育出版社 1995 年版，第 9—10 页。
②　袁可嘉：《关于"后现代主义"思潮》，《国外社会科学》1982 年第 11 期。
③　有代表性的译介著作有：《后现代主义与文化理论：弗·杰姆逊教授讲演录》（唐小兵译，陕西师范大学出版社 1985 年版）、《走向后现代主义》（［荷］佛克马、伯顿斯，王宁译，北京大学出版社 1991 年版）、《后现代主义文化与美学》（王岳川、尚水编，北京大学出版社 1992 年版）、《后现代主义》（中国社会科学院外国文学所《世界文学》编辑委员会编，社会科学文献出版社 1993 年版）等。

入的同时，批评也随之跟进，一种"后现代批评"以中国当代文学中的思潮现象、作家作品为例，找寻在文学观念和写作风格方面切近"后现代"色彩的元素加以比较，进而得出中国当代文学中的后现代主义表达。根据陈旭光的研究，"朦胧诗"之后的当代诗歌发生了"转型"，即转向了"后现代"[1]。陈旭光明确表示，必须将"第三代诗歌""置于'后现代主义文化'的'全球视界'中，才能得到若干可能的阐释与说明"[2]。在陈旭光看来，1986年的"两报大展"与"后现代"商品化（广义的商品化）"发生了千丝万缕的联系"，"极而言之，这种'博览会'式的'大展'方式及其表现出来的诗歌发展态势，本身就是一幅典型的'后现代'拼贴场景，表现出的正是代表着现代主义在中国的恢复和发展到顶峰的'朦胧诗·北京'中心崩溃以后零散化、平面化的'后现代'景观。他列举了"第三代诗歌"中的"非非""莽汉"和"他们"三个群体，论述其文化立场与写作风格上的"后现代性"：叛逆的行为主义色彩，语言游戏的精神，消解神圣、经典和规范的日常性，等等。以"转型"为关键词，陈旭光从诗歌文化变化的角度进一步从理论上阐释"后现代性之显现"，包括"主体的移置""象征的没落""现象还原与走向过程"和"言语的狂欢和游戏"四个方面。总之，"'第三代诗歌'以新奇独特的反文化精神和反叛姿态

---

[1] 陈旭光：《"朦胧诗后"诗歌的"后现代"转型》，《天津文学》1993年第11期。

[2] 陈旭光：《"第三代诗歌"与"后现代主义"》，《当代作家评论》1994年第1期。

第四章　诗歌"边缘化"及社会文化"转型"：20 世纪 90 年代的诗歌批评

'后崛起'于'朦胧诗'衰落以后的诗歌荒原上。它无师自通地秉承和呼应了作为当代世界性文化思潮的后现代主义，使得它又一次无愧于'先锋'或'时代敏锐导体'的称誉"①。

不仅对于当代诗歌，批评家努力寻找其"后现代性之显现"，事实上，同一时期，在后现代主义文化理论被译介的同时，文学的其他门类，甚至其他艺术和文化领域，都表现出较为鲜明的联系与建构中国后现代主义的意图。由此出现了另一种批评的忧虑之声。刘春在《诗探索》发文，质疑了当时兴盛的中国文学批评中的"后现代主义"话语。他肯定了"第三代诗歌"与"后现代主义"的近似之处，"即消解深度。现象与本质、表征与潜意识、能指与所指等等的差异被取消。写作成为无语言的写作"。但是同时，刘春不愿从后现代主义的话语直接谈论"第三代"，从批评的角度看，原因有二，"一是由于我们企图逼近个体的真实的创作，而不愿意套之以某种类型或范式的概念，并使艺术服膺于理性的阴谋；二是担心一种对文化范式的概括会被某些煽动性的理论家与追逐风头的作者们利用，并且演绎成一套写作规则（比如无叙述、拼贴等）"。因此，刘春以"第三代在精神上的后现代趋向"来理解中国当代的第三代诗人们。他借用罗兰·巴特的"零度写作"概念来描述第三代诗人的主力们，即"那些蜗居在东南城市的诗人（主要是南京、上海），比如韩东、小海、陆忆敏、王寅、吕德安、陈东东、朱文等"，并称这种"零度写作""并不标识着诗人个人立场的消失

---

① 陈旭光：《"第三代诗歌"与"后现代主义"》，《当代作家评论》1994 年第 1 期。

(绝对地呈现为整合的方式),恰恰相反,它是一次孤独进军的开始。写作成为'我'存在的证明,并作为'我'加入世界的重要方式"①。

另一种讨论当代诗歌(文学)中的后现代现象的视角是引入比较文学的方法。比较文学作为一门时兴的学科,正成为高校与学院中的显学。1992年第4期的《文学自由谈》发表了一组题为《后现代:台湾与大陆文学态势》的笔谈。笔谈是中国社会科学院文学研究所与中国比较文学学会后现代主义研究中心联合发起召开的"后现代:台湾与大陆的文学形势"研讨会成果之一,较早从比较文学的角度探讨后现代主义在非西方世界的本土文化中的状况。余禹撰文比较"两岸诗坛后现代主义倾向",他主要将20世纪80年代中后期的台湾"第六代"诗人与大陆"第三代"诗人的写作进行比较,指出他们在诗歌形态学上的相同与相异②。孙基林的《中国第三代诗歌后现代倾向观察》一文,则将中国的第三代诗歌与美国20世纪60年代反文化的后现代思潮进行比较,指出当代中国第三代诗歌具有两种基本走向,即"揭示或呈现存在的后现代倾向与文化或符号解构的后现代倾向",结合诗歌作品的分析,孙基林梳理了这两种走向的西方哲学与文化来源。③

进入20世纪90年代,批评家发明各种新概念,对区别于20世

---

① 刘春:《第三代与后现代主义是何关系?》,《诗探索》1994年第3期。
② 余禹:《文化解构与诗的重建——两岸诗坛后现代主义倾向比较》,《当代作家评论》1993年第4期。
③ 孙基林:《中国第三代诗歌后现代倾向的考察》,《文史哲》1994年第2期。

第四章　诗歌"边缘化"及社会文化"转型"：20世纪90年代的诗歌批评

纪80年代的新的文学和文化现象进行概括、归纳与命名。但无论是"后新时期"还是"后现代"，都与之前的文学与文化形态有着千丝万缕的联系。而如果以"后现代性"状摹20世纪80年代中期的第三代诗歌，那么进入20世纪90年代，第三代诗人们依然书写一种"后现代倾向"的诗歌吗？或者说，带着"后现代倾向"的"第三代"诗人们在新的时代会有怎样的发展与变化？

以"转型"作为一种策略性的描述时代的话语，背后隐含的是一种历史断裂感。诗人、批评家欧阳江河[①]写于1993年年初的长文《89'后国内诗歌写作：本土气质、中年特征与知识分子身份》[②]揭示了第三代诗人们自身面临的时代与文化的断裂感。诗人将1989年作为他那一代诗人身处的两个时代的分水岭，"对我们这一代诗人的写作来说，1989年并非从头开始，但似乎比从头开始还要困难。一个主要的结果是，在我们已经写出和正在写的作品之间产生了一种深刻的中断。诗歌写作的某个阶段已大致结束了。许多作品失效了。就像手中的望远镜被颠倒过来，以往的写作一下子变得格外遥远，几乎成为隔世之作，任何试图重新确立它们的阅读和阐释努力都有可能被引导到一个不复存在的某事某地，成为对阅读和写作的双重消除"[③]。在这段文字中，作者强调的1989年作为中断或

[①] 欧阳江河（1956— ），生于四川泸州市，诗人、批评家，主要出版有诗集《透过词语的玻璃》《事物的眼泪》《大是大非》《凤凰》《黄山谷的豹》《开耳》《长诗集》，诗文集《谁去谁留》《如此博学的饥饿：欧阳江河集1983—2012》，诗学文论集《站在虚构这边》等。

[②] 欧阳江河：《89'后国内诗歌写作：本土气质、中年特征与知识分子身份》，收入欧阳江河著《谁去谁留》，湖南文艺出版社1997年版。

[③] 同上书，第234页。

断裂的意味，显然带有强烈的象征色彩，同时，从写作者本身的体会出发，欧阳江河又描述了一种个人写作的阶段性状态，而这种阶段性意外地具有他那一代诗人的群体普遍性。在写作的不断生成和进程的意义上，他又暗暗地质疑了后现代主义批评话语的有效性。

进入90年代，正值盛年、仍然在写作中的第三代诗人不可能被"后现代倾向"或"中国的后现代主义"文化批评话语笼统归入麾下。诗人、批评家臧棣①在1994年撰文，提出与"朦胧诗"相对应的"后朦胧诗"概念，用以指称在20世纪80年代中期开始写作，进入20世纪90年代之后创造力旺盛，并相继形成独立风格的一批诗人。这篇题为《后朦胧诗：作为一种写作的诗歌》的批评文章开篇提及《后朦胧诗全集》②的出版以及对于"后朦胧诗"作为"今天派以后的中国现代诗歌"获得正式命名的确定。"这部诗全集'本身就是一篇批评，而且会引出更多的批评'。通过对诗歌现象的筛选、遗漏、排列、组合，全集的确体现出某种历史的批评眼光，它强制性地展示了一种当代诗歌写作的本文秩序，但也因此在阅读上导致了一种含混"。作为诗人批评家的臧棣，对批评的任务、功能和限度都有着清醒的认识："面对如此纷繁庞杂的、显露出尖锐的审美差异性的、但现在被全集笼统地框入'后朦胧诗'这一命名

---

① 臧棣（1964— ），生于北京，诗人、批评家，北京大学中国诗歌研究院研究员，现任教于北京大学中文系，主要出版有诗集《燕园纪事》《新鲜的荆棘》《风吹草动》《未名湖》《宇宙是扁的》《空城计》《必要的天使》《最简单的人类动作入门》《尖锐的信任丛书》《沸腾协会》《情感教育入门》等，诗文集《骑手和豆浆：臧棣集1991—2014》，诗论《诗道鳟燕》等。

② 万夏、潇潇主编：《中国现代诗编年史·后朦胧诗全集》上、下卷，四川教育出版社1993年版。

第四章　诗歌"边缘化"及社会文化"转型"：20世纪90年代的诗歌批评

建构的近十年中国现代诗歌，批评需要考虑的是：如何更敏锐地建立起一个能进行有效阐释运作的知识结构，以便透过现象表面多姿多彩的形状极不规整的文本对峙，显示出一种类似集合的当代诗歌写作的统一性；并在其中探讨既作为一种精神历险、又作为一种艺术实验的后朦胧诗，十年来对中国现代诗歌所做的独特的引人注目的贡献。"①的确，臧棣此文为作为批评概念的"后朦胧诗"进行了全面、清晰的梳理与建构。他似乎弥合了欧阳江河所认为的20世纪80和20世纪90年代之交的断裂感，从时间段上，将第三代诗歌与进入90年代之后转入相对独立的个人写作的诗歌以"后朦胧诗"这一概念连接在一起，并尤其强调后者，"进一步地说，九十年代初鲜明地转向个人写作的诗歌，在强化诗歌写作的时代意识和个人意识的关联上显露出一种浓郁的后朦胧性"②。当然，在臧棣论文中所提及的"后朦胧诗"的诗人们从另外的角度也被称为先锋诗歌的代表者。"先锋诗歌"作为一种艺术实验精神与写作持续性的代表，是第三代诗人中的佼佼者。

进入90年代，虽然欧阳江河、臧棣等诗人或从写作经验，或从梳理当代诗歌内在脉络并命名的角度，试图对社会政治和文化转型语境下诗人的心态、诗歌的特征与方向加以描述，但结合20世纪90年代知识界的思想状况与诗歌的边缘化存在状况，思考90年代诗歌特质，并自觉地建构其诗学含义的是西川、程光炜、萧开愚等

---

① 臧棣：《后朦胧诗：作为一种写作的诗歌》，闵正道主编：《中国诗选》总第1期，成都科技大学出版社1994年版。
② 同上。

诗人和批评家。1997年年初创刊的《学术思想评论》[1] 刊登题为"从创作实际提炼诗学问题"的专题，发表了西川、程光炜、萧开愚、欧阳江河、王家新、唐晓渡六位诗人和批评家对于20世纪90年代文化语境中的当代诗歌的描述和观察。西川[2]从考察世界文学视野下中国知识分子"知识人格"状况的角度，反思了当代中国文学批评的现状，"按说文学批评需要渊博的知识、广阔的视域、深刻的思想和严肃的学术道德"，"但是中国的情况极其令人失望"。对比了20世纪中叶以来西方和苏联的文艺理论的突进，西川认为"在中国，由于缺乏创造力，批评家们建立不起自己的理论；由于缺乏坐标，被拿来的新理论只能瞄准新问题，其结果是旧的问题尚未澄清，又把新的问题搞得模糊不清。我们很少看到具体的、内行的文学分析和研究。文学批评变成了分类和贴标签，变成了拉帮结伙和谋求功名利禄；文学所处理的复杂人生变成了几种简单的说法"[3]。比照20世纪80年代至90年代的诗歌批评现象，西川的质询不无合理性，他期待的诗歌批评者是拥有健全的"知识人格"的知识分子，他理想中的诗歌批评是要能深入诗人和诗歌的内部分

---

[1] 赵汀阳、贺照田主编：《学术思想评论》第一辑，辽宁大学出版社1997年版。

[2] 西川（1963— ），生于江苏徐州，本名刘军。1981年考入北京大学西语系英文专业。在校期间，结识诗人骆一禾、海子。1985年开始正式发表诗歌作品。1988年与诗人陈东东、老木等创办诗歌民刊《倾向》。主要作品有诗集《隐秘的汇合》《虚构的家谱》《西川诗选》《西川的诗》《个人好恶》《够一梦》《小主意》，诗文集《大意如此》《深浅》《我和我》，随笔集《让蒙面人说话》《水渍》《游荡与闲谈》，译著《博尔赫斯八十忆旧》《米沃什辞典》（与北塔合译）、《重新注册》，文论集《大河拐大弯》，编有《海子的诗》《海子诗全编》等。

[3] 西川：《生存处境与写作处境》，《学术思想评论》第一辑，第191页。

第四章　诗歌"边缘化"及社会文化"转型"：20世纪90年代的诗歌批评

析，且富有理论创造性的批评。

诗人、批评家肖开愚①从写作的经验出发，对当代诗人的抱负、特征与资料进行了梳理与概括，恰当地点出90年代诗人（他正是其中的代表者）所关切的问题。他也强调20世纪80年代与90年代之间诗歌写作的断裂性，"进入九十年代的诗人在八十年代末经历了一次意识和愿望的考验，一场旷日持久的自我审判，他们的文学抱负是否有所变化，在社会注意力转向之后一个迥然有别的文学气氛中，是否构成了一个趋势？答案是肯定的。"② 他从诗歌写作的"及物性"，"叙事性"，广义修辞上的"反讽"，突出经验与责任的"中年写作"等角度论述了相较于80年代，90年代成熟诗人的特征。

批评家、学者程光炜致力于在当代思想变迁的脉络下考察90年代诗歌，并对"90年代诗歌"进行了"另一意义的命名"，不是时间性的命名，而是视其为"一种观念"，一种"告别"，"更有在这一痛苦过程中属于精神、心情、姿态这些层次上的茫然难定"。这种"告别"从两个方面展开："首先，它要求诗人、诗论家与自己熟悉的强大的知识系统痛苦地分离，然后，又与他们根本无从'熟悉'的另一套知识系统相适应。""写作依赖的不再是风起云涌、变幻诡异的社会生活，而是对个人存在经验的知识考古学，是从超验

---

① 肖开愚（又名萧开愚，1960—　），生于四川中江县，任教于河南大学。主要作品有诗集《动物园的狂喜》《学习之甜》《萧开愚的诗》《联动的风景》《内地研究》，诗文集《此时此地》等。
② 肖开愚：《九十年代诗歌：抱负、特征和资料》，《学术思想评论》第一辑，第216页。

的变为经验的一种今昔综合的能力。""其次，对'诗就是诗'的本体论的重视。""从这个时代到另一个时代，正像从这个语境转向另一个语境，在所谓'转型'的、两大话语摩擦的缝隙里，这就是九十年代诗歌最真实、也最痛切的文化处境。"在"文化处境"变化了的"过渡时代"，"文本的有效性"是检验诗人写作的标尺。程光炜列举了张曙光、柏桦、西川、欧阳江河、王家新、翟永明、陈东东、孙文波、萧开愚、于坚、黄灿然等人，"作为'跨时代写作'的一批诗人，他们近年成功地完成了个人的语言转换，而没有在新的和更残酷的语言现实中被否弃。""他们越来越重视现代诗歌的技艺，并把技艺的成熟与经验的成熟作为检验一个诗人是否成熟的一个重要标准"[1]。

无论是"转型"话语，还是"后朦胧诗"、"90年代诗歌"等批评概念的相继出现，都体现了一种进入20世纪90年代批评家对新的历史进程的自我肯定与话语建构。可以说，正是到了90年代，或者换一个说法，世纪末，中国诗人才充分意识到这种新诗自我合法性建构的必要性。诗人、批评家王家新[2]意识到"中国现代文学和诗歌还必须纳入到一个更开阔的时空关系中才能得到定位和表述"，90年代诗歌不仅指进入20世纪90年代中国诗人所写下的诗歌，而且还包括这些文本背后所承载的各种观念与焦虑。其中之

---

[1] 程光炜：《九十年代诗歌：另一意义的命名》，《学术思想评论》第一辑。
[2] 王家新（1957— ），生于湖北丹江口，任教于中国人民大学。主要作品有诗集《游动悬崖》《王家新的诗》《未完成的诗》，诗论集《人与世界的相遇》《夜莺在它自己的时代》《没有英雄的诗》《坐矮板凳的天使》《取道斯德哥尔摩》及《为凤凰寻找栖所》等。

第四章　诗歌"边缘化"及社会文化"转型"：20世纪90年代的诗歌批评

一，就是新诗的合法性问题。王家新认为中国现代诗歌需要"又一次自我重构和方向性定位"①。

由此，20世纪90年代的文学场域形成并获得了新的表征，诗歌批评空间显示出与之前不同的构成形态。主要有三个特征。1. 民间形态的诗歌批评；2. 学院诗歌批评的成型；3. 媒体批评以及诗歌论争。

批评的学术化与高校文学教育领域中的学科化紧密相关。中国当代文学的学科化在90年代得到完善。学科化带来了诗歌研究的学术化，从批评理论到批评方法，从诗歌思潮和现象研究到诗人论，都体现了诗歌批评话语的逐步完善。诗歌本体研究、回归学术传统的努力和文化研究并行。"以学术为志业"（马克斯·韦伯）越来越得到中国当代知识分子的认同。

第二节　文化批评中的"诗人之死"与诗歌"边缘化"

"后新时期"提出者将中国当代文化进入后新时期的征兆之一，认定为1989年3月26日诗人海子在山海关的卧轨自杀。② 为什么一位诗人的死可以成为文化隐喻或象征？诚然，并非所有诗人之死都能成为文化话题，进入读者与大众的视野。进入20世纪90年代，

---

① 王家新：《中国现代诗歌自我建构诸问题》，《诗探索》1997年第4期。
② 谢冕、张颐武：《大转型——后新时期文化研究》，黑龙江教育出版社1995年版，第10页。

有一些诗歌现象得到批评的重视与热议，其中独具话题性的是两位带有通俗文学和大众文化色彩的诗人——席慕蓉与汪国真。以通俗诗歌、摇滚乐、流行歌曲为代表的大众文艺的兴盛，畅销书、类型小说对消费市场的占领，冲击了当时的文学和文化发展，在文学批评界，出现了呼唤纯文学的讨论。诗歌批评形态也发生了相应的变化，文化批评与文化研究逐渐成为这个时期新兴且影响甚广的批评方法。

海子、骆一禾、戈麦、顾城等，他们的非正常死亡使诗人进入大众的视野，这也显示出与20世纪80年代不同的文化特征。消费文化现象露出端倪，在这种大众文化批评中，人们是在谈论诗歌还是谈论死亡？"诗人之死"具有某种象征含义吗？

一　"海子热"及海子诗歌批评

1989年3月26日，诗人海子在山海关附近卧轨辞世，年仅25岁。海子生前并无突出的诗名，只有少数友人理解并与之有较多的交流。海子1982年左右开始写作，七、八年间完成了大约200万字的诗作、剧本、小说和文论。海子之死先是震动了与他生前较亲密的诗人、友人，然后才波及诗歌圈。海子在北京大学的同学，诗人骆一禾、西川等在整理海子遗作的过程中，也发起纪念海子的活动。1989年5月31日，海子生前好友，诗人骆一禾因病辞世。逝世前两个月中，骆一禾承担了整理海子遗作的工作。民间诗刊《倾向》1990年发表纪念海子专辑，同年，海子诗集《土地》出版。

第四章　诗歌"边缘化"及社会文化"转型"：20 世纪 90 年代的诗歌批评

1991 年，周俊、张维编选《海子、骆一禾作品集》出版。海子的诗歌在其逝世后三四年得到迅速传播，其影响从诗歌圈扩充至文学、文化界的写作者与知识分子，乃至校园、民间文艺爱好者。

在当代诗歌界中，海子的影响可以被描述为一种"海子热"。"海子热"现象有两个特征：一是海子诗歌模仿潮，二是海子崇拜。海子的诗歌，尤其是抒情短诗，意象独特，节奏鲜明，语调沉郁而有力，易于诵读。"土地"、"村庄"、"麦地"、"麦子"反复出现，带有文化原型色彩，构成了独具海子个性的诗歌风格。海子逝世后，他的诗歌得到出版、流传，并形成了一股模仿海子风格的潮流，一时之间，文学期刊上发表的诗作中，人们总是能读到吟诵"麦子""麦地"的仿写之作。大量的抒情短诗之外，海子还创作了体量庞大的长诗，并有数篇解说自己诗歌与文学理想的文论，这些文论透露了海子宏大的诗歌抱负与执着的文学激情。这也带动了 90 年代初海子读者对他的崇拜，类似于后来当代中国大众文化中的"粉丝"现象，海子的崇拜者们热爱海子的一切，个别者甚至模仿他的人生选择，走上自杀一途。这些当然不能归咎于海子及其诗歌，而应考察当代中国文化的异变与语境特征，其中既包含了八九十年代之交中国社会的动荡因素，也涉及中国传统文化与西方现代文化中对于"诗人之死"的文化阐发等的作用。

骆一禾在 1989 年 5 月 13 日撰写的《海子生涯》一文中，这样强调海子的重要性："海子不是一个事件，而是一种悲剧，正如酒和粮食的关系一样，这种悲剧性把事件造化为精华；海子不惟是一种悲剧，也是一派精神氛围，凡与他研究或争论过的人，都会记忆犹新地想起这种氛围的浓密难辨、猛烈集中、质量庞大和咄咄逼人，凡读过他作品序列的人会感到若理解这种氛围所需要的思维运转速度和时间。""海子的诗之于他的生和死，在时间峻笑着荡涤了那些次要的成分和猜度、臆造之后，定然凸露出来，他也就生了。"① 这不啻是对海子诗歌高度及其精神生命的一种定位，这种确认性的评价邀请读者进入海子的诗歌世界，阅读他也重塑他。

将海子之死的意义上升至哲学、思想史层面的，是一篇刊发于《文学评论》上的《诗人之死》②散论。文章以东西方文化的比较作为理解的背景，首先提及西方思想史中"诗人之死"的"形而上"之因与意义，"迫使人们去重新审视既成的生存秩序和生存意义，重新思索个体生命的终极价值"。"自从世界的历史进入十九世纪之后，整个人类在精神上就始终未能从一种'世纪末'的情绪中挣脱出来。""在这个充满着生存危机感的境况之下，诗人一直是一种特殊的存在。"在引用了海德格尔的哲学之问——"诗人何为"之后，作者阐述道："在整个世界陷于贫困的危机境地之际，唯有真正的诗人在思考着生存的本质，思考着生存的意义。诗人以自己超乎常人的敏锐，以自己悲天悯人的情怀，以自己对于存在的形而上感知，以自己诗的追寻蕴含着整个人类的终极关怀，并且在这个没落的时代把对终极目的的沉思与眷顾注入每一个个体生命之中，去洞见生存的意义和尺度。唯有真正的诗人才可能不计世俗的功利

---

① 骆一禾：《海子生涯：1964—1989》，《海子诗全集》，西川编，作家出版社 2009 年版，第 1、5 页。
② 吴晓东、谢凌岚：《诗人之死》，《文学评论》1989 年第 4 期。

第四章　诗歌"边缘化"及社会文化"转型"：20世纪90年代的诗歌批评

得失而把思考的意向超越现象界的纷纭表象而去思考时间，思索死亡，思索存在，思索人类的出路，而当他自身面临着生存的无法解脱的终极意义上的虚无与荒诞之时，他便以身殉道，用自己高贵的生命去证明和烛照生存的虚空。"从哲学意义上思考死亡，"死亡是诗人所无法规避的一个形而上的问题，沉思死亡即是沉思存在，即是沉思人的本性"。而由于汉民族文学和文化中缺少关于死亡的沉思与书写，诗人海子的死使得我们文化中"生存的危机感更加明朗化了"。"几乎是第一次，诗人的自杀距离我们如此切近，从而把我们所面对的死亡的惘惘的威胁明朗化了。从此死亡不再是一个暧昧不明的难以觉察的生存背景，而是转化为一种生存前景，作为一种情结，一种心绪，一种伸手可及的状态沉潜于每个人的心理深处了。"

《海子、骆一禾作品集》出版后，《读书》杂志刊发李超《形而上之死》一文，将海子与骆一禾之死放在一起谈论，找寻和比较他们共同的诗歌主题、方向与抱负。"从气质说，海子是灵感，促动他的是天性的灵光，生命现象在他孩子般的眼里，是惊诧，是颤栗。骆一禾凭借的是知识人格，他驾御的是沉思。"而他们的死都带有形而上的色彩，"海子之死，说透了是企望于刹那间达成与诗性的等一"，骆一禾"是理想主义诗人，对死亡命运的沉思，在他那里就是自觉，""既看到生命的黑暗无助，又看到生命的辉煌"。"海子甚至骆一禾的诗证明了，他们所要建立的，是诗的天国，诗的乌托邦，以此来覆盖死亡命运，普渡心灵，使人达到完满。"[①]

---

① 李超：《形而上之死》，《读书》1992年第10期。

确认诗人之死的形而上含义，这样一种批评既是对诗人的诗歌成就进行的评价，也是对诗人完整的生命与精神气质的阐释，属于文化批评。在这里，海子和骆一禾的辞世成为一种精神现象与生命氛围。自那以后的30年内，当代中国的优秀诗人中还陆续有自杀而逝者，这个现象迫使读者与批评者做出回应与解释。

　　当然，提升诗人之死的形而上意义也会带来一种负面的效应。在不少热爱海子的读者眼里，海子成了"殉诗"的"诗歌烈士"，在这些迷狂的海子诗歌爱好者中也出现了几例模仿他而自杀的诗歌作者。与此同时，以"村庄""麦地"等意象为主的仿海子诗泛滥，造成20世纪90年代初期"乡土诗歌"的虚假繁荣。90年代中期以后，中国社会经济、文化全面"转型"，市场经济催动大众文化和消费文化的兴起。仿写海子式诗歌的"海子热"逐渐退潮，对海子诗歌的批评和研究逐步展开，海子成了真正进入中国大众阅读中的当代诗人之一。

　　除海子之死带动的文化批评之外，整个90年代，随着诗歌批评领域内细读批评的深入，对于海子抒情短诗的细读以及海子诗歌总体特征的研究也逐步展开。1995年，人民文学出版社出版由西川编选的《海子的诗》，1997年上海三联书店出版由西川所编的《海子诗全编》，1999年3月，在海子逝世十周年之际，崔卫平[①]编选的

---

　　① 崔卫平（1956— ），生于江苏盐城，1982年毕业于南京大学中文系，现为北京电影学院教授，主要研究领域为文艺理论和当代中国先锋文学，亦从事思想文化评论的写作。出版有《积极生活》《正义之前》等。编著有《苹果树上的豹——当代女性主义诗歌》《不死的海子——海子评论集》等。

第四章　诗歌"边缘化"及社会文化"转型"：20 世纪 90 年代的诗歌批评

海子纪念和批评文选《不死的海子》[①] 出版。《不死的海子》包括"文化怀念"与"思想探析"两个大部分，收录了自海子去世后友人的追怀文字与批评家、学者对他的总体评价与诗作的分析，其中大部分文章曾在诗歌民间刊物和文学批评期刊上发表过。

崔卫平的《真理的献祭——读海子〈黑夜的献诗〉》[②] 与奚密的《海子〈亚洲铜〉探析》[③] 是最早从文本细读的角度阐释海子抒情短诗的文章。对短诗的解读，在此前的中国当代文学批评史上多以鉴赏式的品读为主，而随着 20 世纪 80 年代中期英美"新批评"理论的译介与引入，中国当代批评家开始尝试以新批评理论中的细读法来解读诗歌和文学文本。崔卫平认为"一篇抒情诗或一个抒情诗人，都有它们自己的一个源泉，不断溯源而上而又顺流而下，便形成了抒情诗的所有活动"。她试图通过解读《黑夜的献诗》寻找海子作为一名抒情诗人的"源泉"。几乎是逐句分析了《黑夜的献诗》之后，崔卫平发现"痛苦正是那源泉。事实上，痛苦是自一开始就在全诗中回流着的，只有痛苦才将这种裂解把握在手，才将裂解体认清楚"。奚密选择《亚洲铜》作为评论对象不仅因为这首诗是海子抒情诗中最为脍炙人口的佳作之一，而且也因为经过她的考辨，《亚洲铜》代表了海子创作生涯中"丰收期的启始，具体而微地呈现出海子日后建立的庞大复杂的象征体系"。由此，奚密确立

[①] 崔卫平编：《不死的海子》，中国文联出版社 1999 年版。
[②] 崔卫平：《真理的献祭——读海子〈黑夜的献诗〉》，《名作欣赏》1993 年第 3 期。
[③] 奚密：《海子〈亚洲铜〉探析》，《当代作家评论》1993 年第 6 期。

了她探析《亚洲铜》一诗的目标："试图阐释它和海子其他作品之间交互指涉的诠释网络，烘托勾勒海子整体诗观诗学的轮廓。最后试从历史角度将《亚洲铜》着眼于当代大陆前卫诗歌发展过程中，综论其关键过渡期的象征意义。"同样，通过逐句逐节的解析，尤其通过对《亚洲铜》里的关键意象的理解与联系，奚密实现了她的批评意图。富有启发性的是，论者在《亚洲铜》中发现了诗人之于当代前卫诗的内在转化特征："海子的《亚洲铜》一方面表现了寻根、'追求东方文化与现代意识'的'结合'，另一方面也标志着从对本土文化过渡到对诗本身的反思。"

在对海子诗歌的总体评价方面，90年代的批评家们主要联系海子诗歌中的"原型"意象如"麦子""麦地""土地"等，分析海子诗歌的"神性""神话"特征，借助海德格尔的存在哲学，探讨海子的诗歌理想。海子是当代诗歌的"天才"与"奇迹"，在当代中国文学中，他的诗和死都具有独特的象征意义。对海子诗歌的批评与研究贯穿了自他逝世后近三十年的当代文学批评界。

二 "诗人之死"与文化评论

海子与骆一禾在1989年相继辞世后两年，1991年9月24日，诗人戈麦自沉于北京西郊万泉河，未留任何遗言，并毁弃了大部分手稿。1993年10月8日，朦胧诗代表诗人顾城在新西兰激流岛杀死妻子谢烨后自杀辞世。消息传至国内，引发舆论震动。一时之间，评论与出版物相继涌现，讨论这场不幸的文化事件。至此，

第四章　诗歌"边缘化"及社会文化"转型"：20 世纪 90 年代的诗歌批评

"诗人之死"溢出了诗歌界，而成了避不开的文化现象与议题。

回望 20 世纪 90 年代初的中国内地的社会文化语境，是一种面临或正处于其间的"社会转型"状态，一个诗歌和文学不断或已然"边缘化"的"现实"，一种迫切需要思想界和知识界进行梳理并阐明其方向性的"时代"，其间出现了各种症候式的社会事件、文化热点，而"诗人之死"只是其中的一种。如果说，年轻而优秀的诗人戈麦的辞世引发的只是诗歌圈内少数人的惋惜，那么，顾城杀妻自杀事件则震动了当时整个文化界。报刊媒体纷纷发表各界人士对此的看法，议论事件的同时，出版界不甘落后，不仅国营的体制内出版社酝酿出版顾城、谢烨的作品，当时刚刚兴起的民营出版界更是摩拳擦掌，一些出版人争着策划选题，签订版权，抢占市场。1993 年 11 月，即顾城事件发生不到一个月，作家出版社出版了《墓床：顾城、谢烨海外代表作品集》和小说《英儿》（作者顾城、雷米，雷米即谢烨）。在《英儿》一书的封面上有"作者授权唯一合法全本"的字样，说明这本书在写作中就已签给了指定的出版人，同时，这也是给读者一个明确的合法性和真实性的交代。此书"不愿透露姓名的出品人"在书末说明"我决定不署名、不要钱，将我在'93 深圳文稿竞价活动中以万金购得的《英儿》，捐赠给海内外享有盛誉，为我所十分信赖的作家出版社，让这部有艺术价值的作品真正贡献于社会"①。《北京青年报》从 1993 年 12 月 14 日到 1994 年 1 月 30 日组织了有关"诗人之死与凡人之死"的讨论，收

---

① 顾城、雷米：《英儿》，作家出版社 1993 年版，第 367 页。

到群众性来稿 50 余件。顾城、谢烨（主要是顾城）的作品出版之外，当时涌现的社会各界讨论"顾城事件"的出版物构成了轰动一时的出版现象：《诗人顾城之死》（陈子善编，上海人民出版社 1993 年 12 月），《顾城弃城》（肖夏林编，团结出版社 1994 年），《利斧下的童话——顾城之死》（麦童、晓敏编，上海三联书店策划、1994 年出版），《顾城绝命之谜——〈英儿〉解密》（文昕著，华艺出版社 1994 年），《朦胧的死亡》（姜娜、朱小平编著，华艺出版社 1994 年），《朦胧诗人顾城之死》（黄黎方编著，花城出版社 1994 年），《我面对的顾城最后十四天》（顾乡著，国际文化出版公司 1994 年 10 月），这些书收录了包括顾城、谢烨的亲友在内的当时的社会各界人士对"顾城、谢烨悲剧"的思考，是 20 世纪 90 年代初期中国社会文化生态的记录与呈现。

除了试图理解和解释顾城、谢烨悲剧事件的来龙去脉之外，不少评论者有意识地将顾城作为一名诗人和知识分子的生存与精神困境作为分析的主要内容，或者说，将诗人之死稍作"形而上"的解释，就如同四年前海子之死之后引发的部分讨论一样。顾城事件的热点效应过去之后，评论者强调在八九十年代的文化语境中讨论诗人之死的形而上意味。1994 年第 4 期的《小说评论》刊发了北京大学中文系"批评家周末"围绕《英儿》展开的讨论①。虽然谈论的是小说文本，但参与者紧扣小说作者的死亡事件分析，最终落实到对顾城的心理与精神的考察上。祁述裕认为，"顾城之死是一个历

---

① 《绝笔的反思——关于顾城和他的〈英儿〉》，主持人谢冕，参与讨论者有祁述裕、尹昌龙、陈顺馨、尹国均、史成芳等，《小说评论》1994 年第 4 期。

第四章　诗歌"边缘化"及社会文化"转型"：20世纪90年代的诗歌批评

史时期的结束的沉重的回响，那个以理论家、诗人、小说家为主导的启蒙时代的终结。""启蒙时代"在中国近现代文化进程中上可追溯到19世纪末，而到了20世纪90年代之后发生了变化，原因是"市场经济理论提出之后"，"政治权威正在由经济权威所取代，思想启蒙让位给商品经济规律，精神的追求转化为致富热情。政治权威的控制力在下降，知识分子由中心退移到边缘，这个阶层的精神根基被彻底摇撼了"。"顾城之死让人们看到那些思想启蒙者背后浓重的封建意识的投影（小说中主人公对妻妾的向往也反映了这一点）。反专制者自身常常是暴力的迷恋者。"尹昌龙从对事件的"暴力性基质的把握和分析"的角度加以阐释，他认为："五四以来中国激进主义诗歌传统中都有种共同的暴力习性，而顾城因为与这种传统的联系而可以被理解为这一习性的当代传人。""激进主义诗人（包括先锋诗人甚至校院诗人）的死亡事件，并不仅仅能以自杀殉道的模式来解释，我想在他们的内心中可能有一个信念：对语言暴力及其虚伪性的不信任，对实际暴力及其真实性的渴求。这一信念往往导致一个怪异的现象，这些诗人不是用语言写作，而是用身体写作，通过对自己或他人的身体进行施暴，来造就一幅最终的暴力作品。"

在分析诗人之死的悲剧时，文化批评者们首先强调的是时代因素，又如王岳川的归纳："如果说，80年代是中国知识界'现代性'精神觉醒和反思历史、重写历史的时代，那么，90年代，在商业消费大潮兴起及其与国际主流文化接轨中，整个文化界出现了全面转型，即从现代性走向了后现代性，由西学热转向了国学热，由激进主义退回到保守主义，由理想启蒙走向了务实改良，由拷问灵魂进入到优雅怀旧。"在这转型语境中，"诗思消逝，世界沦为'散文'世界"。王岳川从形态学角度分析"90年代文化风景中最为沉重的'事件'"——诗人自杀现象，"海子的死标明中国纯诗已抵达人类精神的最前沿却又在现实中濒临灭绝"，而诗人戈麦的自沉，是"诗人死于向思维、精神、体验的极限的冲击中那直面真理后却只能无言的撕裂和绝望感。他在人类精神的边缘看到了诗大用而无用的状况，而毁掉了自己大部分诗作，以此使诗思的沉默变为大地的窒息"。而对于批评界谈论"在海外杀妻而后自杀"的顾城时，言论中透露出的因其为诗人而使他的杀人具有了无上的"豁免权"，为其杀害谢烨开脱，或谈论中无视被害者的存在，王岳川表示了深深的忧虑："似乎诗人的桂冠不再是诗本身的魅力，甚至也不是诗人自杀的鲜血所构成，而是杀人的凶残和血腥所染红。""诗人自杀的结果是诗人被遗忘和诗被遗忘。时代真是不以人的意志为转移了。诗人作为这个时代的精神求索者和追问者，却死于一个诗意匮乏的时代，一个不需要诗人、诗性、诗情的时代。诗人自杀是'诗'人独憔悴的极端形式。"① 肖鹰通过对诗歌文本的分析阐释"诗人之死"现象，"海子的死是一个对诗歌的启示，一个绝命诗人对于诗歌的绝命性启示。诗人死后，与诗人未名的生前境遇不相称的是诗歌界以必然的过激形式反映了诗人的死亡——一夜之间，诗人和他的诗被神话化了"。海子、骆一禾、戈麦"这三位诗人的死

---

① 王岳川：《90年代诗人自杀现象的透视》，《天津社会科学》1996年第2期。

第四章 诗歌"边缘化"及社会文化"转型":20世纪90年代的诗歌批评

成为这个时代诗性消亡之夜的象征——诗人之死成为最后的诗歌"。"顾城的死是一个标志,是这位朦胧诗人提供的一个最明确的标志,它标志一个向无限欲求的诗的时代已经走到了终点,在这个终点上,因为诗性的消解,诗人和诗歌本身都失去了生存的内在真实性,失去了超越的维度,坠入个人生活的纯粹有限的烦琐和计较,甚至倾轧。"①

当90年代过去,评论者可以有距离地回望与反思发生在多年前的"诗人之死"现象,刘大先认为"20世纪90年代的诗人之死是意味丰富的文化症候之一",他由谈论"诗人之死"现象中的诗人和诗,转向分析诗人身死之后的文化反应,"我们在一个个本属个体事件的诗人之死背后往往看到的是诗人所不愿见到的商业同传媒的合谋,它们借助于对这种事件的宣扬炒作达到不言而喻的利益目的"。"大众文化话语中的诗人之死,诗歌艺术本身的问题被暂时悬置,而被凸显出来的是为当代历史所赋予的、放大了的诗人身份,这实际上涉及对诗人的精神人格结构、诗人在社会文化空间中的身份定位以及诗歌在当代文化中的功能意义等问题的反思与重构。诗人之死的事件反映出90年代的诗人们在文化身份上的自我指认焦虑和自我认同危机。"而当一个具体的诗人之死,比如2000年3月,诗人昌耀坠楼而亡,不再被媒体放大时,"恰恰说明了当代精英意识的下移,大众文化、民间意识成为主流的形态"。②

---

① 肖鹰:《无限的渴望:诗人之死》,《天津社会科学》1996年第3期。
② 刘大先:《20世纪90年代诗歌事件的文化意味》,《唐山师范学院学报》2003年第1期。

· 233 ·

三 文化的"转型"与诗歌的"边缘化"

进入 20 世纪 90 年代,"转型""边缘化""大众文化""文化消费"等,成为文学批评和研究者频繁使用的批评关键词,而在当代诗歌批评话语中,诗歌的"边缘化"成为当时备受热议的话题之一。从批评的角度来看,"边缘化"是诗歌在当代社会文化中位置的变动,曾经位于文化中心,牵动意识形态话语,其创作者(诗人)有如文化英雄般地受到瞩目的当代诗歌,在新的语境下受到了冷落,而这一新的语境,通常被描述为进入 90 年代的社会"转型"的一部分。

谈论"转型",需在 80 年代和 90 年代的比较中进行,王德胜认为,"严格来说,早在 80 年代后期,中国文艺就已经初现其转型痕迹。那种诞生于 80 年代初、由人道主义的主体价值理性和现代形式的艺术实验性探索交织而形成的先锋文艺运动,在 80 年代后期不断遭遇到来自内外两个方面的强力夹击:各式各样的艺术语言实验在历经浩劫的中国文艺内部制造了文体革命的多元诱惑,但由于其始终没有摆脱孤军奋战、无人喝彩的尴尬局面,且日渐落入形式化的技巧游戏之中,因而开始失去其早年的那种探索锐气;作为艺术生成环境的整个中国文化的混乱、嬗变景观,尤其是知识分子'精英文化意识'在 80 年代末所经历的无奈和破灭,则彻底消解了'先锋'文艺运动在意识形态领域的批判企图,现实的生存苦恼逐渐取代了汪洋恣肆的政治激情,令人困窘的市场氛围抑制了理想的自由意志,由此,'先锋'文艺运动及其倡导者们在 80 年代后期的

第四章　诗歌"边缘化"及社会文化"转型"：20世纪90年代的诗歌批评

中国文化现实中倍感孤寂和落寞"。王德胜认为，在整个文艺领域，"先锋"文艺运动在"90年代"的退场（而非终结）伴随着"市民文化意识形态"的"滋长并高涨"。"这种市民文化意识形态在其现实而感性的日常生活经验方式中，一方面将那种属于知识分子文化批判理性的激进而'乌托邦'的价值判断，作为纯粹概念性的抽象存在而悬搁了起来；另一方面，它又在拒绝对现实生存境遇进行人道主义的沉重反思和精神探索之际，对主流文化意识形态权威抱着天然的冷漠态度。"①

"先锋"艺术"退场"的同时，"大众文化"和"大众传媒"主导下的"流行文化"和"消费意识形态"登场，这是"转型期"中国当代文化的另一特征。进入90年代，电视肥皂剧、畅销书、广告等"大众传媒"兴起，正如王岳川所言："大众传媒的兴起是建立在'精英文化'衰败的基础上的。当过去那种形而上的乌托邦无济于事，那种狂热的政治神话在现实中露出了非人化的面目时，意识形态开始转型，即由政治意识形态转向科技意识形态（马尔库塞），再转为金钱意识形态甚至消费的意识形态。于是，金钱和消费的政治化使人认同消费意识形态。"②

当代诗歌正是在这样的"转型"语境中"边缘化"了。而有关诗歌边缘化的说法，在20世纪90年代似乎变成了一个不言自明的

---

① 王德胜：《90年代中国文艺转型与"市民文化意识形态"的合谋》，《中国青年研究》1994年第4期。
② 王岳川：《90年代大众传媒的审美透视——由政治意识形态到消费意识形态转型》，《求是学刊》1995年第4期。

"常识"，大概因为从日常感受中就能够体会到的这种文化空间位置的变化，使得诗人与批评家乃至大批读者都接受了此种"事实"。而作为批评的议题，在历史的回望中，有学者撰文追溯并反思当代诗歌的"边缘化"。洪子诚在《诗歌的边缘化》一文中提到"90年代诗歌的边缘化的事实"表现，"一个很明显的事实就是大量读者的流失。诗歌的边缘化问题可能不仅仅表现在诗歌在整个社会文化空间中的逐渐缩小，而且在学科体系里它的位置也在逐渐缩小。"另外，"从90年代开始，诗人的形象已经发生了一些变化"，不再是"文化英雄的角色"。"由于新诗的边缘化，新诗的'合法性'问题在90年代又被很强烈地提了出来。"[1] 而面对诗歌边缘化的"事实"，也出现了几种"对策"，一是"重新呼唤诗对社会生活的介入、批判、改造社会功能的承担，呼喊那种'直线运行'的抒情模式，企图重振诗人的文化'斗士'意识"，同时，诗歌"通俗化"、"平民化"的命题再次提出，"期望虚拟的'大众'的参与，争取被影视、流行歌曲所控制着的部分眼光，改变诗歌高高在上、晦涩难懂的不良形象"。"另一个重要的应对是扩大诗歌传播、流通的手段，特别是利用'多媒体'的手段"。不过，究竟如何看待诗歌边缘化的问题呢？洪子诚总结认为，"诗歌'边缘化'并不意味着诗歌不再必要，也并非'可能性已经被耗尽了，而是被转化了'。因此，'边缘是语言艺术，也是一种意识形态策略'。它意味着与'中心话语'（政治的、流行文化的）的必要距离，探索人的生存的

---

[1] 洪子诚、张俊显：《诗歌的边缘化》，《东方丛刊》2007年第2期。

第四章　诗歌"边缘化"及社会文化"转型"：20世纪90年代的诗歌批评

一切方面，包括提供新的感受性，从人的精神处境出发，发挥诗歌的难以替代的文化批判价值。"从批评家的立场来看，"边缘"应是"有成效的诗歌实践的出发点"①。

第三节　批评的维度及反思的限度
——以"女性诗歌"和"先锋诗歌"批评为例

作为议题的"女性诗歌"与"先锋诗歌"，体现了20世纪80年代中期至90年代当代诗歌观察视角与批评的深度。相关话题包括性别意识，诗歌文化的前卫性，当代诗歌的可能性等。由此诞生了相应的批评视角、文化向度以及卓有建树的批评家。

对于诗歌话题的提炼、归纳、命名，这本身就是一种批评行为。女性诗歌、先锋诗歌都是一定的批评视角与理论观照下的批评产物。女性诗歌侧重于强调性别维度，从写作者的身份认同，到诗歌文本所显示出的女性意识、性别关怀，再到诗歌风格的独特性等。先锋诗歌也是诗歌群体意识的凸显，是与传统的、保守的诗歌观念自觉决裂，同时在诗歌语言、诗歌的文化功能等方面做出反思的写作现象。女性诗歌、先锋诗歌议题的批评与展开，其中所运用的女性主义理论，先锋派、后现代主义思潮等理论的参照与再造，也标志着当代中国诗歌在思想深度和艺术视野上已经开始了与世界文学的一种汇流。

---

①　洪子诚：《当代诗歌的"边缘化"问题》，《文艺研究》2007年第5期。

一 女性诗歌与批评的性别维度

20世纪80年代中期，伴随着翟永明的组诗《女人》的发表并获得关注，且在第三代诗歌传播中影响甚广，当代文学领域内涌现了被称为"女性诗歌"的写作与批评热潮。在这一热潮中出现的诗人包括翟永明、伊蕾、唐亚平、林雪、海男、陆忆敏、张烨、张真等，而关注"女性诗歌"的批评家则有唐晓渡、程光炜、崔卫平、陈超、耿占春等。批评者通过对"女性诗歌"进行命名和阐释，对有代表性的女诗人诗作进行解读和评论，并对由"女性诗歌"议题牵出的性别视角、女性主义文学和文化理论等进行归纳、激发和提炼，形成了贯通文学史与文化研究视野的女性批评和性别理论话语。

从女性诗歌批评话语的生成及流变的状况看，出现过三次有关女性诗歌总体批评的小热潮，时间分别是80年代后期、1995年左右以及90年代末。翟永明自1983年开始写作组诗《女人》，1984年完成，收入1985年老木编选的《新诗潮诗集》，发表于《诗刊》1986年9月号，1986年11月《诗刊》刊出"青春诗会"专辑，其中刊有翟永明的组诗《人生在世》，在同一期刊发的《青春诗话》中，翟永明说道："我一直希望首先是一个诗人，然后才是女诗人，但在生活中我却首先是一个女人，其次才是一个诗人，因此我永远无法像男人那样去获得后天的深刻，我的优势只能源于生命本身。这一点我不想否认。"这段表述呈现出诗人对女性性别处境的敏感与焦虑，以及在强势的男性话语面前的冷静与克制，而这种自相矛

第四章　诗歌"边缘化"及社会文化"转型"：20世纪90年代的诗歌批评

盾的状况或许正是女性及女性诗歌所面对的"现实"。1987年2月《诗刊》刊发了批评家唐晓渡关于《女人》组诗的评论，该文首次提出"女性诗歌"这一批评概念。"当我想就这部长达二十首的组诗说些什么的时候，我意识到我正在试图谈论所谓'女性诗歌'。""《女人》从一开始就抛开了一切有关自身和命运的美丽幻觉和谎言。这一点使得它几乎是径直切进了女性的内心深处，并且在那里寻求与命运抗争的支点。""作为一个完整的精神历程的呈现，《女人》事实上致力于创造一个现代东方女性的神话：以反抗命运始，以包容命运终。"①"女性诗歌"自此正式获得批评的命名与阐发。

如果说翟永明的组诗《女人》的发表标志着"女性诗歌"的命名，那么稍后伊蕾张扬女性欲望的诗歌则触发了批评的道德化与政治化倾向。1987年《人民文学》第1—2期刊出了伊蕾《独身女人的卧室》，这组诗以大胆而直白的口吻书写女性的欲望经验，传达对传统文明的叛逆式的冲击，同题诗集于1988年由漓江出版社出版。伊蕾的独特性表现在"由个人的隐秘世界出发，探讨了当代女性所面对的种种危机和困惑，思考了生命的本质问题"。"伊蕾是一个自白式的诗人，她的颇具规模的《独身女人的卧室》、《被围困者》都表现了前所未有的意识和眼光。她创造了一种新的写作方式，她以这种写作方式构成了一种不可替代的新话语和独特的语言'形式'。她所提出的挑战是我们所无法回避的。"②另一方面，道

---

① 唐晓渡：《女性诗歌：从黑夜到白昼——读翟永明的组诗〈女人〉》，《诗刊》1987年第2期。
② 张颐武：《伊蕾：诗的蜕变》，《诗刊》1989年第3期。

德化和政治化的批评称《独身女人的卧室》"诗歌抒发的是一个女人的很不健康的颓唐情绪。她蜗居在被称为土耳其浴室的小天地里，顾影自怜，想入非非，放浪形骸"。"诗中那种远离时代大潮，一味咀嚼着那一点小悲欢的个人至上主义者，可怜亦复可悲！有何美可言？热心发表这样诗歌的编者，把自己置于了一种什么境地了呢？"① 如此上纲上线倾向的批评给诗人的生活和精神直接造成了极大的伤害。

1989年第6期的《诗刊》刊发了"女性诗歌专号"，其中收录的女诗人们有关写作与性别议题的笔谈文章，构成了20世纪80年代"女性诗歌"繁荣局面的一次小小的批评与反思的总结。② 其中，郑敏和翟永明的文章显示了在当代诗歌的总体视野下历史地反思"女性诗歌"状况的自觉与坦率。郑敏[3]以她对英语文学，尤其是对20世纪美国诗歌的了解，在中美女性诗歌写作的比较中，阐发她对

---

① 草木：《扇动的什么翅膀？——重读〈人民文学〉1987年1—2合刊》，原载《中流》1990年第4期，载中共中央宣传部文艺局编《当代文艺思潮的若干理论问题与重大事件》，中国文联出版公司1991年版。

② 笔谈文章包括：郑敏《女性诗歌：解放的幻梦》，郑玲《诗之情结》，伊蕾《选择和语言》，翟永明《"女性诗歌"与诗歌中的女性意识》，晓钢《女士香槟："女性诗歌"浅斟》，李小雨《失却女性》，海男《那样的死》，小君《诗歌，生活的一部分》，陆忆敏《谁能理解弗吉尼亚·伍尔芙》，王小妮《随想》，刘涛《灵魂活动的方式》等。

③ 郑敏（1920—   ），福建闽侯人，出生于北京，1943年毕业于西南联大哲学系，1952年在美国布朗大学获文学硕士学位，回国后曾在中国社会科学院文学研究所工作，1960年起在北京师范大学外语系任教。主要出版有诗集《诗集1942—1947》《寻觅集》《心象》《早晨，我在雨里采花》《郑敏诗选：1979—1999》《郑敏的诗》等，论著《英美诗歌戏剧研究》《结构—解构视角：语言·文化·评论》《诗歌与哲学是近邻》《思维·文化·诗学》等，2012年，北京师范大学出版社出版《郑敏文集》3卷。

第四章　诗歌"边缘化"及社会文化"转型"：20世纪90年代的诗歌批评

于20世纪80年代中国当代"女性诗歌"存在的问题的看法。在美国，"女性诗歌"曾是女权运动的一种诗歌形式，并随着女权运动的深化而在艺术上趋于成熟。郑敏认为："女性作为独立自我的发展既是女权运动的重要课题，也是女诗人成为出色的诗人的关键。今天西方的女权主义者在文化上希望对男性中心的传统进行彻底解体，上自文字学到文学表达、文化意识，下至风俗习惯等方面都要求一次清洗，洗去无所不在的男性中心意识的暗影，这就使得女权运动和解构主义有了血缘。"在中国，情况却有所不同，"我认为我们的女权运动正处在与西方十分不同的十字路口。我曾以为自'五四'时代启蒙的中国女权运动到了建国后已经完全发展成熟；但近年来我对自己的这种看法发生了很大的动摇。原来，任何用政治手段助长的苗儿都经受不住风雨"。"她们在反对阳性中心，而我们在寻找阴性的世界，一个愿意向阳性退赔若干领土的阴性国度。中国的女性在经历双重幻灭后正面对困惑，有些不知所措。她们经历了普遍的偶像幻灭、又经历着特殊的对男性偶像的幻灭。""女性诗歌是离不开这些社会状态和意识的，今后能不能产生重要的女性诗歌，这要看女诗人们怎样在今天的世界思潮和自己的生存环境中开发出有深度的女性的自我了。"[1] 翟永明[2]从对"女性诗歌"批评的

---

[1] 郑敏：《女性诗歌：解放的幻梦》，《诗刊》1989年第6期。
[2] 翟永明（1955— ），祖籍河南，生于四川成都，毕业于成都电讯工程学院。1981年开始发表诗作，1984年《女人》组诗的发表，带动了当代中国女性诗歌的繁荣。出版有诗集《女人》《在一切玫瑰之上》《翟永明诗集》《黑夜里的素歌》《翟永明的诗》《十四首素歌》《潜水艇的悲伤》《大街上传来的歌声》，随笔集《纸上建筑》《坚韧的破碎之花》《天赋如此》《正如你所看到的》《白夜谭》等、诗文集《称之为一切》《最委婉的词》《潜水艇的悲伤》等。

· 241 ·

反思进入，认为在"女性诗歌"繁荣的状态下，"仍然存在着一种对女作者居高临下的宽宏大量和实际上的轻视态度，尽管现在有时是以对'女性诗歌'报以赞赏的形式出现。编辑和评论家对女诗人大开绿灯，于是，渐渐形成读者喜闻乐见的'女性诗歌'；然而，涉及对具体作品的分析评价，就会有许多限制性及大打折扣的方式"。来自男性的"赞赏"却透露了一种对女性创造力轻视的判断，即认为女性是基于"性别的偶然性"（独特的或是碰巧的）而获得成功。翟永明也反思了女性自身的局限给女性诗歌带来的问题，"题材的狭窄和个人的因素使得'女性诗歌'大量雷同和自我复制，而绝对个人化的因素又因题材的单调一致而转化成女性共同的寓言，使得大多数女诗人的作品成为大同小异的诗体日记，而诗歌成为传达说教目的和发泄牢骚和不满情绪的传声筒。没有经过审美处理的意识，没有使用艺术的眼光观察与现实接触的本质，更没有有节制地运用精确的诗歌语言和富于创造与诗意的形式，因而丧失了作为艺术品的最重要的因素"。翟永明对"女性诗歌"总体的反思是近乎严厉的，她觉得在当时，"女性诗歌""正在形成新的模式。固定重复的题材、歇斯底里的直白语言、生硬粗糙的词语组合，毫无道理、不讲究内在联系的意象堆砌，毫无美感、做作外在的'性意识'倡导等，已越来越形成'女性诗歌'的媚俗倾向"。[①]

进入20世纪90年代，一方面，女诗人们持续的写作掘进与自我突破，也使诗歌"女性诗歌"批评进一步深化，出现了有代表性

[①] 翟永明：《"女性诗歌"与诗歌中的女性意识》，《诗刊》1989年第6期。

第四章　诗歌"边缘化"及社会文化"转型"：20 世纪 90 年代的诗歌批评

的女诗人研究，研究对象包括翟永明、伊蕾、海男、王小妮等，另一方面，"女性诗歌"选本的出版，作为社会议题的女性生活受到关注，也带动了相应的女性批评话语，性别视角的引入在双重意义上激发了女性写作与批评。1993 年，由谢冕、唐晓渡主编的"当代诗歌潮流回顾·写作艺术借鉴丛书"中，出版有"女性诗卷"《苹果上的豹》[①]，在"编选者序"中，崔卫平将以"女性主义诗歌"代替原来通称的"女性诗歌"。1995 年 5 月 20 日，《诗探索》编辑部主办的"当代女性诗歌：态势与展望座谈会"在北京举行。1995 年 3 月出版的《诗探索》第 1 期和 9 月出版的第 3 期，都刊发了"女性诗歌"讨论专辑。两个专辑中刊发了沈奇、汪剑钊、张慧敏、荒林、刘群伟、张建建、李森、翟永明、唐亚平、海男、臧棣、李小雨、崔卫平、郑敏等诗人、批评家的文章，既有对"女性诗歌"的总体反思，也有具体女诗人的研究。

翟永明在题为《再谈"黑夜意识"与"女性诗歌"》的文章中进一步反思"女性诗歌"批评及诗歌文化氛围对女性写作者的漠视，"众多女诗人在激情和痛苦中创作出的优秀作品除了构架起和集合在'妇女论坛'周围还做了什么？我们在建立起'女性诗歌'的虚幻神话外是否建立了与之相应的理论文本和批评系统？"接着，她否认自己是"女权主义者"，但又认为正是"因此才谈到一种可能的'女性'文学"，她反对批评家只关注她写下的"讨论女性问题的作品"，并认为从总体上来说："'过于关注内心'的女性文学

[①] 崔卫平选编：《苹果上的豹》，北京师范大学出版社 1993 年版。

一直被限定在文学的边缘地带,这也使'女性诗歌'冲破自身束缚而陷入的新的束缚。什么时候我们才能摆脱'女性诗歌'即'女权宣言'的简单粗暴的和带政治涵义的批评模式,而真正进入一种严肃公正的文本含义上的批评呢?"①郑敏在参加了女性诗歌研讨会之后总结了她想到的六个方面的问题,透露了研讨会期间存在争议和并未厘清的一些问题,比如对"女性意识"的理解并不清晰,"女性主义诗歌"与"女性诗歌"是何关系?虽然在第一个问题中,郑敏引用了谢冕对"女性诗歌"的负面评价,即"女性诗歌在80年代后进入自我发现与'自我抚摸'(谢冕语)阶段",但她还是在第六个问题中表达了对"自我抚摸"的质疑:"能否说女性诗歌当它关注自身的生活,其'自我抚摸'中必然会带有人类的共性因素,与社会因素、时代因素这些它与其他人共享的?女性能将自己完全与社会脱钩吗?她是否也必须首先是人类的一员,社会的一员,家庭的一员?在几千年的人类文明史中,男人与女人在思想、事业、感情、肉体上是否总是交织的?"虽然以疑问的方式出现,但是不难想象,郑敏的回答应该是肯定的。

臧棣总结了80年代以来女性诗歌写作的"一种类似规则的现象","即女性意识的诞生和扩充实际上成为女性写作的根本动力,最优秀的女诗人差不多都把发掘女性意识看成最本质的写作动机。所以,当代中国最好的女性诗歌都是自白诗"。而诗歌中的"自白话语",在臧棣看来"基本上属于青春写作的范畴。在中年写作中,

---

① 翟永明:《再谈"黑夜意识"与女性诗歌》,《诗探索》1995年第1期。

第四章　诗歌"边缘化"及社会文化"转型"：20世纪90年代的诗歌批评

一个女诗人如果能抵抗住自白话语（并非要全然放弃）的诱惑，那么，显示这种抵抗，才会被认为是最终成熟的标记"。臧棣批评"女性诗歌"中"自白话语"的运作方式，"被看成是日常经验在艺术中的一种自然的延伸，是日常经验的不加润饰的整合，甚至连艺术变形都很少"。他认可能够保持住艺术品位的除了翟永明之外，"其他女诗人的表现都不稳定，很少能臻及这一写作深度。大多数情形下，自白话语并不反映女性生活的日常经验，相反，它们远离日常经验，而仅仅是一种想象力的体现"。换言之，这种自白话语缺乏的是"真实的经验"。这即是臧棣所说女性诗歌陷入的"自白的误区"①。

20世纪90年代先后共有三种重要的"女性诗歌"出版物，一是1992年沈阳出版社出版的"中国当代女诗人抒情诗丛"②、1993年由谢冕、唐晓渡主编的"当代诗歌潮流回顾·写作艺术借鉴丛书"中的"女性诗卷"《苹果上的豹》，以及1997年春风文艺出版社出版的"中国女性诗歌文库"③。这三种出版物充分显示了当代女

---

①　臧棣：《自白的误区》，《诗探索》1995年第3期。
②　该诗丛由未凡主编，入选诗人诗集包括：林子《诗心不了情》、申爱萍《失恋的少女——系列情诗90首》、张烨《绿色皇冠》、傅天琳《另外的预言》、李小雨《玫瑰谷》、翟永明《在一切玫瑰之上》、李琦《守在你梦的边缘》、陆新瑾《纯情爱如梦》、海男《风琴与女人》、林雪《蓝色的钟情》、唐亚平《月亮的表情》、林珂《K型感觉》。
③　收入该文库的诗人诗集包括：王小妮《我的纸里包着我的火》、翟永明《称之为一切》、蓝蓝《内心生活》、杜涯《风用它明亮的翅膀》、虹影《白色海岸》、海男《是什么在背后》、唐亚平《黑色沙漠》、阎月君《忧伤与造句》、张真《梦中楼阁》、林雪《在诗歌那边》、林珂《在夜的眼皮上独舞》、李琦《最初的天空》、颜艾琳《黑暗温泉》、张烨《生命路上的歌》、傅天琳《结束与诞生》、蓉子《水流花放》、叶红《红蝴蝶》、张香华《燃烧的星》、涂静怡《缱绻过后》、李小雨《声音的雕像》。

· 245 ·

性诗歌的创作实绩，崔卫平为《苹果上的豹》所写的"编选者序"以及"中国女性诗歌文库"中每一本诗集的"代序"评论，又都是"女性诗歌"重要的批评文本。

二 先锋诗歌与形式批评的自觉

先锋诗歌是从"第三代"诗人群体分化出来的一支，是批评话语试图以形式和艺术革新为参照，考察"第三代"以来当代诗歌活跃力量的结果。伴随着"第三代"诗群内部的分化、成长，一群年轻的诗歌批评家也逐步成熟，并为建构"先锋诗歌"批评话语做出了积极的努力。他们中以陈超、唐晓渡、张清华等为代表，不仅紧密关注先锋诗人的创作动向并做出批评回应，而且还从历史的视角，试图将先锋诗歌历史化、经典化。可以说，在20世纪90年代以来的"先锋诗歌"批评现象中，诗人与批评家之间的互动与交流，是最为积极、能动，也最见成效的，正是这种交流催发了世纪末爆发的"盘峰论争"（"知识分子写作与民间写作"论争）。

"先锋诗歌"作为一个批评概念，在被运用之初是毁誉参半的，或者说，当部分第三代诗人与批评家自觉地将这个概念建构为少数优秀诗人的积极持续的艺术探索，也有误解者认为所谓"先锋诗歌"，"主要是指以'生命体验'为最终实现，以追踪潜意识或无意识（在具体创作中又较多地表现为性意识）为达到'生命体验'的必由途径，以试图重建诗歌语言来完成这种'生命体验'的过程，并企望以此创造出'没有过的'诗的本体的那样一些作品或创作意

第四章　诗歌"边缘化"及社会文化"转型"：20 世纪 90 年代的诗歌批评

图及诗歌观念。由于其奉行所谓'新的诗歌原则'，必然地导致反传统，反意义，反语言，非理性，非崇高，非文化，重视直觉，追求超验，等等"①。这是在对"第三代"诗歌群体部分宣言断章取义式的理解和颠倒逻辑的判断基础上的批评，因为一方面，他所谈论的这些诗人依然在写作进程之中，写作观念和面貌依然变化着，另一方面，社会现实环境也触发这批青年诗人进行更深刻的思想与艺术的探索。承接着上章提及的 20 世纪 80 年代中后期诗歌批评话语中有关"实验诗"或"先锋诗歌"章节的理解，第三代诗人中的一部分诗人积极探索着诗的可能性也即人的可能性（唐晓渡），同时回归语言本体（程光炜），这二者，可以说是"先锋诗歌"概念的基本含义和诗学出发点。也是在这一意义上，进入90 年代，陈超以一篇题为《深入当代》的短文，揭开了新的语境下"先锋诗歌"的处境。

在写作于 1992 年 6 月的这篇短文中，陈超谈道："在近年来的先锋诗歌写作中，诗人面临着许多彼此纠葛的情势。其中最为显豁的困境是：如何在自觉于诗歌的本体依据、保持个人乌托邦自由幻想的同时，完成诗歌对当代题材的处理，对当代噬心主题的介入和揭示。""汉语先锋诗歌存在的最基本模式之首项，我认为应是对当代经验的命名和理解。这种命名和理解，是在现实生存——个人——语言构成的关系中体现的。""它的重要性不是单向的挑衅、叛离所达成，而是整体包容的去创造新的精神历史，并以对人类伟

---

① 曹纪祖：《"先锋诗歌"的历史疑问》，《当代文坛》1990 年第 6 期。

大精神共时体的衔接而标志的。从形式上说，这也是先锋诗歌得以先驱身份出现的缘由。"① 可以看出，在文化"转型"和诗歌"边缘化"的语境中，挖掘时代经验与具有建构精神史的意识，是批评家陈超对"先锋诗歌"在20世纪90年代初期的期待。这种期待和关注显示了20世纪90年代"先锋诗歌"批评家和诗人之间的密切互动关系。20世纪90年代一些有关当代先锋诗歌写作的概念，诸如"个人写作""中年写作""知识分子写作""民间写作"等，即是诗人与批评家密切互释的结果。或由诗人提出，经批评家阐发，或由批评家总结，得到诗人认可，由这些概念所伸展出的新触角，切实地把握住90年代先锋诗歌经验与形式的方方面面。

也是在这一意义上，作为批评概念的"先锋诗歌"也已突破了以代际划分诗人群体的方式，而成为当代诗歌发展中，对诗歌坚持艺术形式革新，持续阶段性的自我突破的现象的归纳描述。胡彦认为："中国当代先锋诗歌的创作经历了三个阶段。第一个阶段是70年代末至80年代中期的'朦胧诗'的创作；第二阶段是80年代中后期的'第三代'诗歌运动；第三阶段则是指90年代以来越来越趋向个人化的诗歌写作。"因此，90年代后期的批评家们对"先锋诗歌"的研究，"不是基于一种历时性的描述，而是把它们视为一个艺术整体来进行共时性的考察"②。在为"九十年代文学精览丛书"的"先锋诗卷"撰写的序言中，唐晓渡提到："如果按照八十

---

① 陈超：《深入当代》，收入陈超著《生命诗学论稿》，河北教育出版社1994年版。

② 胡彦：《中国当代先锋诗歌艺术经验类型导论》，《当代文坛》1999年第3期。

第四章　诗歌"边缘化"及社会文化"转型"：20世纪90年代的诗歌批评

年代某些人们热衷的'划代法'，这本诗选可以说包括了三代人的作品：所谓'朦胧诗'一代，所谓'后朦胧'或'第三代'一代，再就是继起的新一代了。""尽管如此，把他们同归于'先锋诗'的名下并没有让我觉得十分不妥：一方面，当代先锋诗的写作确实涵盖了这三代人（姑且这么说）；另一方面，真正倾心于诗的谁也不会把这类命名游戏当真。""用不了多久，'先锋'与否也将变得毫无意义。"①

的确，若要书写新语境中的生存状态，几代诗人必然要面对自我革新的境遇，从共时性的空间构成的角度，"先锋诗歌"即在艺术形式与生命经验上不断寻求出路与新路的一个集体。当然，在这一意义上，对"先锋诗歌"进行总体考察，也是批评家们的重要职责之一。胡彦归纳"先锋诗歌"的四种经验类型，即意识经验、世俗经验、想象经验和女性经验，并认为，"任何一种诗歌的表达，都承诺了一种审美经验"。从先锋诗歌的经验类型入手，胡彦探讨了每一类经验的诞生方式与特点。② 李震从原型批评的角度，将先锋诗歌写作划分为两大类型：神话写作与反神话写作。在李震看来，"在汉语诗歌中，个人写作意识是从1989年后在各种内外因素的压迫下，才开始萌发的。外在因素且不必说，内在因素中最主要的便是神话写作的衰落和反神话写作的逐渐壮大。""神话写作和反神话写作是目前汉语先锋诗歌的两个基本的倾向，这两个倾向已构

---

① 唐晓渡：《九十年代先锋诗的若干问题》，收入唐晓渡《先行到失败中去》，作家出版社2015年版。
② 胡彦：《中国当代先锋诗歌艺术经验类型导论》，《当代文坛》1999年第3期。

成先锋诗的明显分野。这是一种综合的、全面的分化,以至于构成诗歌观念的革命性裂变。""神话写作的延续目前仅仅凭借着一种惯性,和诗人们自我完善的需要。而反神话写作势必成为我们这个时代诗歌写作的主要形态。"① 崔卫平从"个人写作"的命题入手,讨论先锋诗歌中写作的"个人化和私人化"的不同。"个人化"强调的是写作者的责任,"私人化"写作则是"对现有的社会秩序、总体话语的""认同和衍生",作者列举了"私人化"写作的种种表现,提请先锋诗歌写作者警惕使"个人写作"沦为"私人化"的写作②。南野总结了国内先锋诗歌对于艺术形式探索的姿态,并在80年代"先锋文学"思潮的视野下,打量先锋诗歌的新走向,认为批评对于90年代先锋诗人们自觉的个人写作重视不够。通过梳理西方现代文学以来对"唯美"的形式主义诗学的强调,南野认为,"国内先锋诗歌在本质上对唯美或形式主义诗学的认同是显而易见的,从'诗回归自身'的流向中,从对传统诗歌工具性质的消除中,我们同样应该能够感觉到其对精神自由作出维护的努力。""先锋诗的意义与内容,就在于如何最大程度地在此自由状态中建设自身,从而在诗形式的不断创新、探索中走向更高的台阶,这才是诗本身的课题。""诗歌先锋别无他意,它的简朴和纯粹性质只意味着进行以诗为目的,诗艺术形式的创新与变化。先锋,就是形式的自觉者,也因此恰是诗歌嵌进的事实推动者。"③ 此外,陈旭光、谭五

---

① 李震:《神话写作和反神话写作》,《诗探索》1994年第2期。
② 崔卫平:《个人化与私人化》,《诗探索》1994年第2期。
③ 南野:《形式——先锋诗歌的实质性话语》,《南方文坛》1996年第5期。

第四章 诗歌"边缘化"及社会文化"转型"：20世纪90年代的诗歌批评

昌合作撰写系列论文，侧重从文化现象和诗歌思潮的意义上，探讨90年代先锋诗歌总体的抒情形态与艺术流变，他们笔下的先锋诗歌，当指第三代诗歌运动中的一支。崔卫平、陈仲义分别以"日常性"为观察视角，讨论90年代先锋诗歌的走向。张清华理解的"先锋诗歌"是指20世纪80年代的先锋文学思潮中的诗歌现象，"朦胧诗潮"是"先锋的诞生"，"第三代诗歌"则是"诗歌现代主义运动"，而从思想流向看，先锋文学（包括诗歌）经历了从"启蒙主义"到"存在主义"的思想演变轨迹。①

以清晰的写作立场与形式意识对"先锋诗歌"进行命名，而后以密切关注先锋诗人的创作并保持对话姿态以展开建构与批评的，当数批评家陈超、唐晓渡、程光炜等。"先锋诗歌"的拥趸与批评者与他们批评的对象共同成长，这三位批评家除了试图从总体上梳理90年代"先锋诗歌"的特征之外，还特别注意具体的诗人研究，这些先锋诗人研究成果在进入2000年之后逐步显露出来。

唐晓渡的《九十年代先锋诗的若干问题》从20世纪八九十年代之交先锋诗人感受到的"深刻的中断"谈起，认为这种中断感是两种冲突的混合表达，一种是"追求'现代性'的冲动"，而另一种则来自"致力于去蔽破障，使那些沉默（或被迫沉默）的事物从幽昧的黑暗中站出来，发出声音和光亮的诗本身的冲动，"而"这种冲动决定了先锋诗的写作从一开始就具有的自省和自否维度，因为'现代性'意义上的先锋和'诗本身'意义上的先锋毕竟不完全

---

① 张清华：《中国当代先锋文学思潮论》，江苏文艺出版社1997年版。

是一码事。"进入90年代,"个人写作"的观念即来自"那些持有更坚定的'诗本身'立场、在写作方向上和方式上更自主、更具个体色彩的诗人及其作品。"唐晓渡提出"个人诗歌知识谱系"和"个体诗学"的概念,用以理解使"个人写作"成为可能的前提。所谓"个人诗歌知识谱系"是指"与具体诗人的写作有着密切的精神血缘关系、包含着种种可能的差异和冲突,又堪可自足的知识系统",其"主要的价值""在于构成了使这一个诗人的写作有别于另一个独特的上下文:一个仅供其出入的语言时空,一套沟通外部现实和文本现实的独一无二的转换机制"。回到八九十年代之交产生的"历史转变"话题上,唐晓渡认为:"其确切指谓应该是相当一部分诗人的'个人诗歌知识谱系'和'个体诗学'的成熟。它适时满足并体现了由'青春期写作'向'个人写作'的过渡,同时又提供了对此作出评估的尺度。"[1] 在这篇梳理先锋诗歌进入90年代而趋于成熟、深刻的文章中,唐晓渡也谈到了先锋诗歌读者渐少的接受处境,及其与"现实"的疏离关系,并为之辩护。

第四节　民间写作与知识分子写作论争

20世纪末中国诗坛爆发的"民间写作与知识分子写作"的论争是当代诗歌群体(尤其是第三代诗歌群体)内部的冲突和矛盾的结果,同时,它也显示了文化转型时期当代中国社会思想界、知识界

---

[1] 唐晓渡:《九十年代先锋诗的若干问题》,载唐晓渡《先行到失败中去》,作家出版社2015年版。

第四章　诗歌"边缘化"及社会文化"转型"：20世纪90年代的诗歌批评

的分化。在思想史的视野下考察，这场论争也体现了一种"世纪末"的文化焦虑。从当代诗歌史的角度看，这场诗歌论争既是诗人们的相互批评，也是有关他们之间相异的诗歌观念和文化理想的展示和探讨。在论争中，诗人在当代文化中的身份位置、诗歌的语言特质、传统在现代诗歌写作中的转化、新诗抒情性的自我突破等问题，得到了较为深广的开掘。一些新的批评概念，如"民间写作""知识分子写作""个人写作""叙事性""写作立场"等，得到了普遍的运用和接受，当代诗歌的批评话语也在这次论争过程中悄然发生了改变。

一　背景："人文精神"讨论与"90年代诗歌"话语

在描述20世纪八九十年代之交的中国时，"社会文化的全面转型"是经常被听到的表述之一，但是，什么是转型？转向哪里？又如何转？"转型"对现实有何冲击？这种"转型"大约持续了多长时间？社会转型期的人文状况如何？等等，这些问题在相关表述中经常是模糊的、粗略的。在这里回答以上问题也非本书的目的，不过，换一个角度，回溯一下发生于20世纪90年代中期中国人文知识界的"人文精神"讨论，或许有助于我们回到历史现场，感受一下当时中国社会的诸种思想和文化动向。

1993年第6期的《上海文学》发表了王晓明等人的《旷野上的废墟——文学和人文精神的危机》一文，提出文学和人文精神危机的问题。此后，《读书》、《东方》、《十月》、《光明日报》、《文汇报》等报刊也相继刊发文章，参与争鸣与讨论。"人文精神"讨论是基于进入90年代之后中国的社会文化现象而触发的，讨论发起者认为，当时的中国正被市场经济大潮席卷，社会世俗化、商品化渐深，物欲横流，拜金主义风行，国民道德滑坡，流行文化兴起，文学和文化出现了深刻的危机。同时，知识分子、文化人的精神状况不良，人格萎缩、批判精神缺失，艺术乃至生活趣味粗劣，思维方式简单而机械，文艺创造力和想象力匮乏。随着论争的深入，社会学者与经济学家也参与到讨论中来。人文精神讨论持续了三年之久。发生在思想界和知识界的这场大讨论，是社会转型时期，知识分子忧患意识和反思意识的集中体现。讨论者谈及的文学和文化现象虽多牵涉小说与电影等叙事文类，却也间接地触动了当代诗人和诗歌批评家对于诗歌与时代（或现实）的关系，诗人的身份，诗歌与知识的关系等问题的思考。

在文化"转型"与诗歌"边缘化"的体认中，在"人文精神"大讨论的激发中，20世纪90年代过去了一大半，诗人们依然在写作，而批评家们也试图通过阅读和交流，去理解与阐发新的时代语境下诗歌面貌的总体变化。1997年1月出版的《学术思想评论》创刊号刊发了"从创作批评实际提炼诗学问题"的专栏，编者邀请了西川、程光炜、萧开愚、欧阳江河、王家新和唐晓渡等诗人与批评家，撰文描述与讨论90年代的诗歌现状。1998年第1期的《郑州大学学报》刊发了一组"关于90年代诗歌话题"的笔谈，参与笔谈的有程光炜、臧棣、欧阳江河、西渡、耿占春、孙文波、周瓒等批评家和诗人。这两组笔谈文章体现了一批活跃的诗人与批评家对

第四章　诗歌"边缘化"及社会文化"转型"：20 世纪 90 年代的诗歌批评

于"90 年代诗歌"这一独特诗学话语的建构与阐释意识。一个特殊的时段中总体的诗歌方向和特征，这样的归纳意识与之前准风格化的"朦胧诗"和群体性的"第三代"都不同，"90 年代"的时空下，诗人与批评家对于诗歌的形态寄予了何种期待，又如何在动态的现实语境中确立诗之自我，这些都在他们的写作抱负与批评实践中体现出来。而也是在这一意义上，在反思与实践并重的"90 年代诗歌"书写者显示了与"人文精神"讨论中的知识分子相契合的忧患意识与责任感。

批评家程光炜是"90 年代诗歌"话语重要的建构与诠释者，相关论述在他的《误读的时代——90 年代诗坛的意识形态阅读之一》（1996）、《90 年代诗歌：另一意义的命名》（1997），《90 年代诗歌：叙事策略及其他》（1997）和《不知所终的旅行：90 年代诗歌综论》（1997）[①] 等系列论文中得到较为全面而细致的呈现。在《误读的时代》中，程光炜从批评的角度论述 90 年代诗歌状况，他首先论及 80 年代以来诗歌批评话语中的"崛起论的批评系统"失效的问题，进而批评"个人写作"中不彻底的意识形态性，质疑了先锋诗歌内部流行的动辄让上一代批评者"下课"的"取消"话语。程光炜推崇杰姆逊"不断历史化"的意识，呼吁在批评实践中，既要重视"文本的历史化"，也不能忘记"历史的文本化"问题。这篇文章也显示了作为一名学院批评家程光炜的理论思辨能力。在《90 年代，另一意义的命名》中，程光炜提出 90 年代区别

[①]　这四篇论文皆收入《程光炜诗歌时评》，书中标题因与发表时不同而略有区别，河南大学出版社 2002 年版。

于80年代的意义，在于它在"知识形构"上发生了整体性的变异。他重视进入90年代后仍然使个人的写作发挥着有效性的诗人们，如张曙光、柏桦、西川、欧阳江河、王家新、翟永明、陈东东、孙文波、萧开愚、于坚、黄灿然等，认为"作为'跨时代写作'的一批诗人，他们近年成功地完成了个人的语言转换，而没有在新的和更残酷的语言现实中被否弃。其次，他们越来越重视现代诗歌的技艺，并把技艺的成熟与经验的成熟作为检验一个诗人是否正在成熟的一个重要标准"。无论是写作的"有效性"，还是"技艺"的成熟与否，程光炜都在试图为一批走向写作新阶段的诗人进行整体合法性的归纳与研究。

在《不知所终的旅行：90年代诗歌综论》一文中，程光炜从20世纪80年代末创办的民间诗歌刊物《倾向》说起，将其所倡导的"知识分子写作"与"90年代"诗歌所怀抱的诗学抱负——"秩序与责任"联系起来，结合对"知识分子写作"这个概念的考辨，程光炜批评了80年代后期以来有关"纯诗"的追求，分析了以"知识分子写作"为代表的"90年代诗歌"的艺术追求和特征。首先是反对"纯诗"或反对诗歌的对峙主题，扩大各种题材和手段，尽力维护和追求复杂的诗意；其次，是对叙事能力的特殊要求，也即90年代诗歌在写作中体现一种"叙事性"。程光炜以他的批评标准选择了张曙光、欧阳江河、王家新、翟永明、萧开愚、西川、柏桦、孙文波等为例，细致阐释了这些诗人在进入90年代之后，经由"个人写作"而实现的诗歌艺术的创造性。

程光炜的《不知所终的旅行：90年代诗歌综论》也是他参与编

第四章　诗歌"边缘化"及社会文化"转型"：20世纪90年代的诗歌批评

选的"九十年代文学书系"诗歌卷《岁月的遗照》①一书的序言，入选这本书的诗人也确实合乎他对"90年代诗歌"命名的阐释和理解，而这也成为稍后引发论争的重要诱因。1998年3月，由洪子诚主编的"九十年代中国诗歌"丛书由文化艺术出版社出版，入选丛书的有诗人张枣、张曙光、臧棣、西渡、孙文波、黄灿然等。在为该丛书撰写的"序"中，洪子诚从当时批评界针对诗歌的责难，即"诗歌危机"的说法谈起，认为这种"危机说"既有新诗史的原因，也与90年代现代汉语诗歌创作的"转变"所呈现的"不确定性"相关，另外，此中"还潜隐着诗人、诗评家在诗歌观念调整、反省上的紧张关系"。作为批评家，洪子诚以反思的态度表示："不是首先从各异的诗观出发，凭一种印象，对诗界现状估出结果是四分五裂的描述和判断，而是首先细心地考察诗人们究竟做了些什么，做得怎样，并首先讨论我们据以评判、解读现代诗歌的理论、方法的合理性和有效性。""在目前，质疑和反省有一个迫切的指向，这就是调整与确实发生重要变化的九十年代诗歌的关系。"作为在年龄和知识储备上称得上是上一辈的诗歌批评家，洪子诚提出的问题虽然落实在老一代批评家对新一代诗人的不解与困惑上，但也同时表明90年代的诗歌观念和诗歌已经超前于接受者的阅读口味与诗歌观念了。

洪子诚文中提到的这种紧张关系在90年代中期的一些诗歌会议

---

①　"九十年代文学书系"丛书由洪子诚、李庆西总主编，由社会科学文献出版社1998年出版。书系有诗歌卷、主流小说卷、先锋小说卷、女性小说卷、作家散文卷、学者散文卷六个分卷，各分卷主编是程光炜、蔡翔、南帆、戴锦华、耿占春、洪子诚。

和活动中表现得尤其明显。1995年6月23—28日，由画家石虎资助，《山花》杂志等单位协办的"当代诗歌学术研讨会"在贵州红枫湖举办，来自各地的40余位批评家与会。一方面，主持会议的老一代批评家希望要总结现代诗歌15年来的成就与不足，以便把握未来的流向，而他们多对当时诗歌的状况表示不满：徐敬亚说，"正是最有叛逆精神的批评家们娇惯了一个宠儿"，"谢冕批评了那种低吟浅唱、自恋自爱、'自我抚摩'的写作"，认为"我们现在应该讲一点意义、价值、深度"①。另一方面，诗人们也对诗歌现状失望，特别是对批评的现状，诗人于坚称这个研讨会"有些自说自话"。虽然研讨会就个人写作、批评的有效性等话题展开了讨论，但"这些难以通约的争论，在'现代诗的内部'首次显示了'共识的破裂'"②。

　　社会文化在转型，人文精神需要重建以及诗歌内部共识面临破裂等，在20世纪90年代的文化语境中，这几个看似没有关联性的议题呈现出感受与思想的双重冲击。一方面，在现实层面，人们普遍感受到经济的加速发展使得消费主义兴起，道德伦理价值观念中利益关系增强，而诗歌乃至整个文学中琐碎的日常话语泛起，另一方面，在理论思辨的层面上，人们也期待能够进一步认识市场经济主导下的消费主义对于中国社会、家庭和个人的日常伦理秩序的影

---

①　祖康：《诗坛的焦灼——红枫湖现代诗学术研讨会综述》，《山花》1995年第9期。

②　《中国诗歌九十年代备忘录》，王家新、孙文波编，人民文学出版社2000年版，第375页。

第四章　诗歌"边缘化"及社会文化"转型"：20世纪90年代的诗歌批评

响。结合上一章中提及的诗歌在文化转型时代的"边缘化"问题，置身世纪末的当代诗人、作家和批评家不得不重新审视作为人类精神产品的文学（包括诗歌），在这个时刻到底能够或应该发挥怎样的作用。

二　论争的起因、过程及代表性观点

如上文所述，从批评的角度看，20世纪90年代中后期，当部分诗人与批评家试图积极地建构"90年代诗歌"这一文学和文化概念的内涵时，当诗歌界内部老一辈的批评家对"第三代"诗人在90年代的表现充满"失望"时，当诗歌在文化中不断被边缘化、遭遇消费社会冷落之际，诗坛的内部已然充满了矛盾与冲突。一部分诗人对自己没有入选新出版的当代诗歌选本中不满，对一些批评家只讨论某几位诗人的写作立场与美学观念不满，更多的诗人对当代诗歌在大众文化流行的时代日益窄化的接受处境不满，对诗歌和诗人在现时代的身份与责任产生焦虑等，在以上背景下，中国当代诗歌界爆发了一场激烈的论争。

共识破裂，不满情绪滋长，传达不同观点的声音也出现了。1998年2月出版的《诗探索》第1期刊出于坚《诗歌之舌的硬与软：关于当代诗歌的两类语言向度》，引发争议。1998年9月号《诗刊》主持的"中国新诗调查报告"，列出20世纪"最有影响的50位诗人"，引起众多质疑。1998年1月，《北京文学》第10期刊出朱文整理的《断裂：一份问卷和五十六份答卷》，引起争议和不

· 259 ·

同的反响。1998 年 11 月 6—11 日，中国作协在江苏张家港召开"全国新诗座谈会"，牛汉等一批诗人学者谢绝与会，于坚在大会发言中抨击"可耻的殖民化'知识分子写作'"。1998 年第 11 期的《星星》刊出于坚抨击"知识分子写作"的文章。

挑起论争的是第三代诗人代表于坚[①]和青年批评家谢有顺[②]，1999 年 2 月，由诗人杨克主编的《1998 中国新诗年鉴》在广州出版，其中于坚所做的长序《穿越汉语的诗歌之光》以及第七卷"诗歌理论"部分所收沈奇的《秋后算帐：1998——中国诗坛备忘录》、谢有顺《诗歌与什么相关》、于坚《诗歌之舌的硬与软》等文，直接提出当代诗歌中存在"民间立场和知识分子写作"两类不同的创作倾向，成为论争的主要论题和方向。1999 年 4 月 2 日的《南方周末》刊发谢有顺的书评《内在的诗歌真相》，该文侧重指出《1998 中国新诗年鉴》的编者旨在"对现存诗歌秩序的反省"，认为"公众之所以背叛诗歌，一方面，是许多诗人把诗歌变成了知识和玄学，无法卒读；另一方面，诗歌被其内部腐朽的秩序所窒息"。这样，诗歌论争也就不仅涉及不同诗学观念的商讨，而且也包含对诗坛秩序、诗界内部利益关系的冲突与调整，以及诗歌在 90 年代文化

[①] 于坚（1954— ），生于昆明，诗人、随笔作家，第三代诗歌代表，口语诗歌的提倡者。现任教于云南师范大学文学院。1985 年与诗人韩东等创办民刊《他们》。出版有诗集《于坚的诗》《对一只乌鸦的命名》《一枚穿过天空的钉子》《彼何人斯》《我述说你所见》，随笔集《棕皮手记》《还乡的可能性》等，诗文集《于坚集》（5 卷）、《于坚文集》（5 卷）等。

[②] 谢有顺（1972— ），生于福建，复旦大学文学博士，现为中山大学文学院教授、博士生导师。主要著作有《我们内心的冲突》《话语的德行》《先锋就是自由》《文学的路标：1985 年后中国小说的一种读法》《被忽视的精神：中国当代长篇小说的一种读法》《从密室到旷野：中国当代文学的精神转型》《诗歌的心事》等。

第四章 诗歌"边缘化"及社会文化"转型"：20 世纪 90 年代的诗歌批评

语境中的位置等。

在纸媒刊物撰文提出批评性的观点外，正面交锋发生在诗歌研讨会上，而刚刚兴起的互联网又加速并扩大了论争的传播速度和范围。1999 年 4 月 16—18 日，中国社会科学院文学研究所、北京市作协、《诗探索》《北京文学》在北京市平谷县（现为平谷区）盘峰宾馆联合召开"世纪之交：中国诗歌创作态势与理论建设研讨会"，简称"盘峰会议"。会上，上文提及的两派诗歌写作中的诗人代表发生了尖锐的论争。会后有关传媒将此次尖锐论争戏称为"盘峰论剑"。1999 年 5 月，由百晓生编写的"诗坛英雄排行榜"在网上贴出后，被《华人文化世界》《文友》等多家报刊转载，一时众议纷纭。仿效者有肖沉《化学元素与诗人之对照》（《文学自由谈》1999 年第 3 期）。1999 年 11 月 12—13 日，由中国社会科学院、《诗探索》编辑部等单位组办的"'99 龙脉诗会"在北京郊区的龙脉温泉宾馆举行。在论争中被归结为"知识分子写作"的代表诗人全部拒绝到会。

由于挑起论争者的文章中将诗坛明确划分成两条路线，参加或被迫回应讨论的诗人与评论家也就自觉或不自觉地站队，形成两大对峙的阵营。撰文参与这场论战的两派代表诗人及批评家分别有："民间立场"一方：于坚、谢有顺、沈奇、沈浩波、伊沙、徐江、韩东、杨克等；"知识分子写作"一方：王家新、西川、孙文波、唐晓渡、陈超、西渡、臧棣等；刊载论战文章的主要报刊有：《文友》《华人文化世界》《诗探索》《北京文学》《山花》《大家》《科学时报·今日生活周刊》《文论报》等等。由于 20 世纪 90 年代市

· 261 ·

场经济的高速发展带动了大众文化的兴盛，新兴的报纸副刊、刊物专栏上涌现了越来越多的文学和文化批评写作者，他们中大部分是职业批评家，受过高等教育，大部分人有文学写作经验。在世纪末的诗歌论争中，不少诗人、批评家的论战文章刊发在这类媒体专栏上，而众多诗人加入论争，一度出现了"诗人批评热潮"。

于坚的长文《穿越汉语的诗歌之光》，可谓全面发起诗歌论争的重要篇什。这篇论文通过对"民间"概念及其内涵的阐释，重新建构了近二十年诗歌的叙事脉络。于坚认为，近二十年杰出的诗人无不来自民间，他将"第三代诗歌"视为20世纪最重要的诗歌运动，其意义只有胡适们当年的白话诗运动可以相提并论，因为"第三代诗歌"将50年代以来白话文传统遭切断而普通话一统天下的形势扭转了，换言之，发轫于南方的"第三代诗歌"通过坚持转入民间的日常口语写作而接续了白话文传统。于坚重新梳理了朦胧诗以来的诗歌现象的更迭。他认为，"朦胧诗"是思想解放运动的产物，它指向的是意识形态，诗歌是诗人们用来反抗意识形态专制的暧昧工具。而"第三代诗歌"确实从普通话的独裁下恢复汉语的尊严，它是白话文运动之后的第二次汉语解放运动，是对普通话写作的整体反叛，是从意识形态的说什么向语言的如何说的转变。写作成为个人的语言史，而不是时代的风云史，个人写作是从语言的自觉开始的，"第三代诗歌"通过语言在20世纪50年代以来第一次建立了真正的个人写作。由此，于坚不仅为当代诗歌内部划分了不同的对垒阵营，即坚持"诗人写作"的"第三代诗歌"承继者与倡导"知识分子写作"的诗人及写作观念相近的同仁，而且也从批评

第四章　诗歌"边缘化"及社会文化"转型"：20世纪90年代的诗歌批评

话语上，分立出两种不同的诗歌批评态度和观念。即使使用同一个概念"个人写作"，于坚的阐释也和程光炜、唐晓渡等人的理解不尽相同。从语言本体入手，于坚倡导的"民间写作"或"诗人写作"的立足点是现代汉语，这与另一位第三代代表诗人韩东在20世纪80年代中期创办和阐释"他们"诗群时著名的主张"诗到语言为止"相衔接。

于坚虽提出了"诗人写作"，但其基本依据还是"民间"这个文化空间场所，在他看来，民间立场意味着一种"诗人写作"。在《穿越汉语的诗歌之光》一文中，他提出用"民间写作"规定诗歌的精神，以对抗他所定义的"知识分子写作"。于坚直接将矛头指向了"90年代诗歌"中的"知识分子写作"，他以线性叙事逻辑重构了"白话诗运动—（体现自由精神部分的）朦胧诗—第三代诗—民间写作"这样一个20世纪诗歌发展线索，并构造且否定了"朦胧诗—后朦胧诗—知识分子写作"这一脉络。于坚认为"在第三代诗人那里，由日常语言证实的个人生命的经验、体验、写作中的天才和原创力总是第一位的，而在'后朦胧'那里，则是'首先是知识分子，其次才是诗人'。前者是诗人，后者是'知识分子'，这即是本质的区别"。"九十年代的'知识分子写作'是对诗歌精神的彻底背叛，其要害在于使汉语诗歌成为西方'语言资源'、'知识体系'的附庸，在这里，诗歌的独立品质和创造活力被视为'非诗'。"他认为"知识分子写作"可以是从民间出发的，但最终被庞然大物所吸纳。不难看出，他批评的靶子所指是臧棣和程光炜等有关后朦胧诗和90年代诗歌中的"知识分子写作"的相关论述。于

· 263 ·

坚坚称,"民间诗歌的精神在于,它从不依附于任何庞然大物,它仅仅为诗歌本身的目的而存在",而坚持民间立场的"诗人写作","是神性的写作,而不是知识的写作","是谦卑而中庸的,它拒绝那种目空一切的狂妄,那种盛行于我们时代的坚硬的造反者、救世主、解放者的姿态",它"反对诗歌写作中的进化论倾向"[1]。

在诗歌论争中被迫应战的知识分子一方,有西川和西渡等,对民间写作的独立性提出质疑。西川在《思考比谩骂更重要》[2]中,称于坚所说的民间立场即独立写作立场,在他(西川)那里是个早已解决了的问题,而他之所以不愿使用民间这个词,因为在他看来,"'民间'并不那么可靠,因为'民间'那么容易被引诱、被鼓动、被利用,'民间'是最没有独立性的场所,民间心理就是从众心理,看热闹心理,有钱的帮个钱场没钱的帮个人场的心理,向上爬的心理"。"与其说有个什么'民间立场',还不如说有个'黑社会立场',而诗歌黑社会中的头一条原则就是利益均沾……"诗人、批评家西渡[3]指出,无论对应于"官方"或体制,还是对应于"知识分子写作",民间立场都无法独立。因为"如果对应于'官

---

[1] 于坚:《穿越汉语的诗歌之光》,收入杨克主编《1998 中国新诗年鉴》,花城出版社 1999 年版。

[2] 载《北京文学》1999 年第 7 期。

[3] 西渡(1967—),生于浙江,1985 年考入北京大学中文系,毕业后任职于北京某出版社,从事非文学编辑工作近 30 年。2018 年调入清华大学人文学院。大学期间开始写诗,20 世纪 90 年代中期以后兼事诗歌批评和史学研究。著有诗集《雪景中的柏拉图》《草之家》《鸟语林》《天使之箭》《西渡诗选》,诗论集《守望与倾听》《灵魂的未来》《读诗记》,诗歌批评专著《壮烈风景——骆一禾论、骆一禾海子比较论》。编有《太阳日记》《彗星——戈麦诗选》《戈麦诗全编》《戈麦的诗》《骆一禾的诗》《北大诗选》《先锋诗歌档案》《访问中国诗歌》《诗歌读本》《名家领读书系》等。

第四章 诗歌"边缘化"及社会文化"转型":20世纪90年代的诗歌批评

方'或体制,则在一个意识形态无孔不入、体制无处不在的国家",民间立场与意识形态的互相渗透性,造成了它的非独立性;而"如果对应于知识分子立场,则民间立场就意味着一种大众文化立场"。"与民间大众文化一拍即合的是汪国真、文爱艺、席慕蓉的诗歌。"① 值得注意的是,这里的批评已将"民间"这一认同问题的复杂性呈现出来,即一方面它显然不纯粹是一个艺术立场的问题,标榜的"独立性"很难讲是真正的独立性,"民间"更显然是个具有复杂历史蕴含的概念;另一方面,民间立场也只能是在一种一相情愿的想象关系中才能存在,换言之,民间立场持有者的自我认同,直接建立在他们所设想的"知识分子写作"立场的回应(或依附)关系之上。

韩东②的《论民间》在论争热潮过去之后发表,更多地将其立场进一步锁定在一种细致的辨析层面上。论文几乎没有直接触及或分析论争对方的立论,而旨在强化"民间"的含义。韩东认为:"民间并非出自任何人的虚构,更非出自某些人有目的的炒作或自我安慰的需要,它始终是一个基本的事实"。这里,对于"虚构"涵义(意义的虚构性和话语的虚构性)所做的巧妙置换,帮助人们获得一种印象的强化:民间确乎是一种存在,对民间的认识理应服

---

① 西渡:《写作的权利》,收入王家新、孙文波主编《中国诗歌90年代备忘录》,人民文学出版社2000年版。
② 韩东(1961—),生于南京,诗人、小说家,第三代诗人代表,1982年毕业于山东大学哲学系,1985年与诗人于坚等创办民刊《他们》。主要出版有诗集《白色的石头》《爸爸在天上看我》《重新做人》《韩东的诗》《你见过大海》,小说《西天上》《美元硬过人民币》《扎根》,随笔集《韩东散文》《夜行人》等。

从于对民间的界说。而韩东对"民间立场"的认识也是对于坚的观点的强化:"民间立场就是坚持独立精神和自由创造的品质。"韩东以大量的篇幅细致地为民间立场进行辩护,从界定民间的含义,对民间的历史回顾,论证几个民间人物,再确认民间的历史使命,90年代的民间形态,到民间与个人、边缘、非主流、民间文学等各种话语的关系,韩东对民间立场在当代文化语境中所包含的独立精神和创造自由品格的辨析,迫使人们相信这样一种超越的、独立的意识已然是一种存在。"民间的概念则是自足和本质的,是绝对的,它并不相对于官方或体制而言。"[①] 从这些观点看,韩东的持论显然是针对论争中知识分子写作一方对于坚的反驳而发,但民间存在与否和民间立场的独立性如何却是两个不同层面的问题。

从批评的角度看,于坚和韩东对"民间立场"写作的认同,与西川、欧阳江河、程光炜对于"知识分子写作"的确认,同样都反映了文化层面上的身份焦虑。在社会文化语境发生了深刻转型的时代,对于诗人的职能、诗歌的功能以及诗与现实的关系的诸种表达都传达了诗人的主体性。正如文化批评家戴锦华所指出的,"所谓'知识分子写作'与'民间写作',更接近于面对90年代的纷杂的共同创伤与焦虑,人们所作出的不同选择与应对,他们显然共同分享着某种面对权力、自我放逐的历史机遇:前者的姿态,似乎更接近于六七十年代之交,欧洲知识分子'退入书斋,以书写颠覆语言秩序'、以文本作为'胆大妄为的歹徒'的选择;而后者则选取某

[①] 韩东:《论民间》,《芙蓉》2000年第1期。

第四章　诗歌"边缘化"及社会文化"转型"：20世纪90年代的诗歌批评

种甘居边缘的态度，以文化的放纵与狂欢的姿态挑战或者说戏弄权力。从某种意义上说，'书斋'间的固守与'边缘'处的狂欢，正是90年代知识分子或曰文化人的两种最具症候性的姿态。分歧在于某种对于诗歌本体的认识，在于'诗歌的位置'"。[①] 而说到诗歌的位置，则要以写出来的文本作为批评讨论的对象。

谢友顺的《诗歌与什么相关》和《内在的诗歌真相》，是这位主要从事小说评论的批评家参与诗歌论争的两篇文章，他以旁观者的姿态讨论了诗歌与生活、诗人的文化立场等问题。"诗人和作家对他个人所面对的生活失去了敏感，对人的自身失去了想象。""让一种与自己此时此地的存在无关，只涉及自己的知识背景和阅读经验的事物支配诗歌的写作，使当代的诗歌拥有了一个不真实的起点，它完全漠视此时此地他个人所面对的生活，这种对生活的麻木与不敏感，直接导致了诗歌的衰败。"[②] 作为写作素材的"生活"和"知识"在谢友顺的文中成了一组相互对立的概念，也成了区分两种类型的诗人的标识，并在稍后发表的《内在的诗歌真相》一文中得到明确的表述，"关于两种最具有代表性的写作——一种是以于坚、韩东、吕德安等人为代表的表达中国当下日常生活经验的民间写作，一种是西川、王家新、欧阳江河、臧棣等人为代表的，所谓'首先是一个人……知识分子，其次才是一个诗人'，明显渴望

[①] 戴锦华主编：《书写文化英雄：世纪之交的文化研究》，江苏人民出版社2000年版，第93页。

[②] 谢友顺：《诗歌与什么相关》，参见杨克主编《1998中国新诗年鉴》，花城出版社1999年版。

与西方诗歌接轨的知识分子写作——之间的冲突"①，这是谢友顺认为的《1998中国新诗年鉴》所提出的尖锐话题。该文发表后，引发被称为所谓"知识分子写作"的诗人和批评家们的回应。②《内在的诗歌真相》是作者为《1998中国新诗年鉴》所撰写的书评，在《南方周末》发表时是摘录版，全文刊发于《小说评论》1999年第6期，在文后"作者附言"中，谢友顺提到他的文章引发的批评回应，称"受到了唐晓渡、王家新、臧棣、程光炜、西川、孙文波等诗人和评论家的猛烈攻击。"③ 批评和反批评应是健康的文学场域中的正常现象，谢友顺的"附言"更像是论争情境下的一种应激反应。

三 共通议题："叙事性""口语写作""个人写作"

在20世纪90年代文化语境中分析"民间写作"和"知识分子写作"的对立，可以理解为第三代诗歌群体内部的分裂，是写作差异性的表达。描述与确认差异或多样性，固然能够显现出这个时期诗坛的生机和活力，但从诗歌批评的角度，更值得一做的，是提炼出90年代诗歌的共同议题与诗人相应的文化态度。"叙事性""口

---

① 谢友顺：《内在的诗歌真相》，《南方周末》1999年4月2日。
② 主要回应文章包括：臧棣《诗歌：作为一种特殊的知识》（《文论报》1999年7月日）、唐晓渡《致谢友顺君的公开信》、西川《思考比谩骂更重要》（《北京文学》1999年第7期）、王家新《知识分子写作。或曰"献给无限的少数人"》（《大家》1999年第4期）等。
③ 谢友顺：《诗歌内部的真相》，《小说评论》1999年第6期。

第四章　诗歌"边缘化"及社会文化"转型"：20 世纪 90 年代的诗歌批评

语""个人写作"既是描述"90 年代诗歌"时出现的批评概念，也是诗歌论争中的几个关键词，本节拟选择这几个关键概念作为理解论争中差异性话语之外的共同性的切入点。

描述 20 世纪 80 年代中期以来的当代诗歌概况，批评者们经常用到诸如"第三代诗歌""后朦胧诗""先锋诗歌"等概念，对这些概念所代表的诗歌内涵进行阐释时，并没有人从"叙事"的角度来理解这一时期的诗歌特征。"90 年代诗歌"这一看起来以果断的时间线切分出的阶段概念，说服力和可信度则颇令人怀疑。很难想象，如果是同一位诗人，在他/她进入 90 年代之后在写作上的变化可以用这样的一刀切式的标准来考察。"叙事"在文学批评和理论视野中，是和"抒情"、"说理"等写作方法、技艺和风格特征并举的概念，在描述"90 年代诗歌"的时候，它又承载了怎样的含义呢？这需要回到批评对于 90 年代诗歌的问题意识中去考察。早在 1993 年，欧阳江河在《'89 后国内诗歌写作：本土气质、中年特征与知识分子身份》一文中率先提出，进入 90 年代之后，在部分当代诗人已经写出的作品和正在写的作品之间产生了"一种深刻的中断"，"诗歌写作的某个阶段已大致结束了，许多作品失效了"[①]。欧阳江河所提及的失效的许多作品，包括了 80 年代中期以来的诸种写作，包括受海子诗歌影响的"乡村知识分子写作"，"城市平民口语的写作"，"可以统称为反诗歌的种种花样翻新的波普写作"以及

[①] 欧阳江河：《'89 后国内诗歌写作：本土气质、中年特征与知识分子身份》，原载于《南方诗志》1993 年（夏季号），收入《谁去谁留》，湖南文艺出版社 1997 年版。

"被严格限制在过于狭窄的理解范围内的纯诗写作"。因之，文本或写作的有效性成为来自诗人和批评家共同关注的问题。与"文本的有效性"相关，还有"写作的及物性"，"写作的活力"等说法，从诗歌的功能表达转向写作的具体要求，宽泛地讲，提出了在新的社会语境下"写作的可能性"问题。在这一理论思考的框架内，"叙事性"问题得到臧棣、萧开愚、程光炜、孙文波等诗人和批评家的关注，并成为分析诗歌与现实关系的切入点。

程光炜从"知识气候"的角度论及90年代诗歌"文本的有效性"，把相对于"抒情"而言的"经验"引入讨论中。[①] 不难理解，这个判断背后是里尔克著名的"诗歌不是抒情，诗是经验"的论述。而程光炜此处谈论的"经验"在他另外的文章里就是"叙事"。在《叙事策略及其他》和《不知所终的旅行》这两篇发表于1997年的文章中，程光炜结合诗人诗作的分析，提出"叙事性"的要旨和功能所在。"在一定意义上，'叙事性'是对80年代浪漫主义和布尔乔亚的抒情诗风而提出的。叙事性的主要宗旨是要修正诗与现实的传统性的关系，而它的主要功能则主要有以下几个方面：一、它的目的是借此打破规定每个人命运的意识形态幻觉，使诗人不是在旧的知识——权力的框架里思想并写作，而是把自己毕生的思想激情和想象力交给真正的而非虚假的写作生涯。二、因此，在此前提下的叙事不只是一种技巧的转变，而实际上是文化态度、眼光、心情、知识的转变，或者说是人生态度的转变。换言之，它不再是

---

① 程光炜：《90年代诗歌：另一意义的命名》，《学术思想评论》1997年第1期。

第四章 诗歌"边缘化"及社会文化"转型"：20世纪90年代的诗歌批评

原先那个被'叙事'的人，不是离开了那个宏大叙事就茫然无措、不能生活的、丧失掉主体内涵的人，而第一次具有了极其强盛的'叙述'别人的能力和高度的灵魂的自觉性。三、但最终，叙事的任务需要叙事的形式和技巧来承担。它们显然包括了经验利用、角度调换、语感处理、文本间离、意图误读等等更加细屑的工作，以及在这一过程中每个人显然不同的创造力。四、最后，叙事意图的实现有赖于写作之外的高水准、对话性和创造性的阅读。叙事创造了另一批不同于80年代背景的读者。也可以说，90年代的诗歌文本是由诗人、作品、读者和圈子知识气候共同创造的。它是一种典型的处于完成之中、始终在探索着语言之可能性的展开着的诗歌文本。因此可以认为，四个方面之间不是一种由此及彼的递进的关系，而是一个不断向阅读敞开的循环往复的诗学过程。"[1] 程光炜从写作转变的针对性，"叙事"与写作视角、文本构造和阅读效果等诸方面论述了"叙事性"之于90年代诗歌的重要转向。

与程光炜的阐发相比较，诗人批评家们根据自己的写作经验，对"叙事性"有更为现实的理解。臧棣并未使用"叙事性"概念，而代之以"诗歌的日常性"一语，"诗歌的日常性，严格地说，是一个风格问题。它吸引诗人的地方就在于，它能催生风格意识的不断变化。就写作的实践形态而言，诗歌的日常性可以有多重方式来表现：它可以是描绘性的，也可以是讲述性的；它可以是一个故事或一个事件，也可以是一个场景。从诗歌史的角度看，它可以被作

---

[1] 程光炜：《序〈岁月的遗照〉》（即《不知所终的旅行》），参见《程光炜诗歌时评》，河南大学出版社2002年版，第51页。

为一种共通的群体特征或创作倾向来指认；但如果用它来辨认诗人个人的风格，它很可能只是一个指涉艺术趣味的问题"[1]。孙文波[2]认为"如果将'叙事'看作诗歌构成的重要概念，包含在这一概念下面的也是：一、对具体性的强调；二、对结构的要求；三、对主题的选择。这样，同样是'叙事'，包含在这一概念里面的，已经是对诗歌功能的重新认识，譬如对'抒情性'、'音乐性'，以及'美'这些构成诗歌的基本条件都已经有了不同于以往的认识，这些认识实际上是符合本世纪以来的人类文明的发展在理解事物的意义上观念的变化的。在这里，诗歌的确已经不再是单纯地反映人类情感或审美趣味的工具，而成为了对人类的综合经验：情感、道德、语言，甚至是人类对于诗歌本体的技术合理性的结构性落实。因此，我个人更宁愿将'叙事'看做是过程，是对一种方法，以及诗人的综合能力的强调"[3]。总的来说，批评家和诗人都倾向于将"叙事"理解为一种"策略"，即强调一种相对的立场选择。也因此，即便在论述和接受这一概念颇为广泛的时期，诗人批评家姜涛[4]

---

[1] 臧棣：《诗歌：作为一种特殊的知识》，原载《文论报》1999年7月1日，参见王家新、孙文波编《中国诗歌：九十年代备忘录》，人民文学出版社2000年版，第44页。

[2] 孙文波（1956—　），四川成都人，1985年开始诗歌写作。主要出版有诗集《地图上的旅行》《给小蓓的骊歌》《孙文波的诗》《与无关有关》《新山水诗》，文论集《写作，写作》《在相对性中写作》，主编有《当代诗》等。

[3] 孙文波：《我理解的90年代：个人写作、叙事及其他》，原载《诗探索》1999年第2期，参见《中国诗歌：九十年代备忘录》，第15页。

[4] 姜涛（1970—　），天津人，北京大学文学博士，现任教于北京大学中文系，主要出版诗集《鸟经》《我们共同的美好生活》《好消息》，诗歌论著《"新诗集"与中国新诗的发生》《公寓里的塔》《巴枯宁的手》《从被催眠的世界中不断醒来》等。

第四章　诗歌"边缘化"及社会文化"转型"：20世纪90年代的诗歌批评

对"叙事性"也有较冷静的反思，认为需要在一种"上下文关系"中看待"叙事性"。"叙事性"提出之后也引起了一些"误解"，在姜涛看来，"首先，写作对事物细节、生活过程的偏爱在不少人那里被简化为写实主义的复归；其次，叙事性方法成了'抒情性'的对手，构成了对一切非经验成分的集中扫荡，它像诗行中一只好斗的拳头热衷于回敬新诗历史对陈述句的长年冷遇。其实，叙事性首先是作为对80年代迷信的'不及物'倾向的纠偏而被提倡的，与其说它是一种手法，对写作前景的一种预设，毋宁说是一次对困境的发现。""'叙事'并不是一劳永逸的，它仅仅是一位打破僵局的不速之客，在初始的寒暄之后，它并不排斥写作原来的主人，它呼唤的实际上是一种综合能力"①。从这些论述可以看出，作为一个批评概念，"叙事性"是当代诗人以他们的写作实践而探索出的一条有针对性的技艺和诗学路径，但这也并非唯一或终极的方向。从批评的角度看，叙事性是考察"90年代诗歌"写作的重要线索。

以"口语"作为更优势的诗歌语言是"民间写作"倡导者一方提出的观点。在《诗歌之舌的硬与软——关于当代诗歌的两类语言向度》一文中，于坚从当代诗歌的语言轨迹考察，区分了两类语言向度："普通话写作的向度和受方言影响的口语写作的向度"。他将当代中国文化史上以倡导"普通话"统一全国的举措，视为"普通话写作的向度"的开始，这种语言向度的美学特征被于坚冠以"硬"论之，并论述其通过进入大众的日常生活且以其"唯一的公

---

①　姜涛：《叙述中的当代诗歌》，原载《诗探索》1998年第2期，参见《中国诗歌：九十年代备忘录》，第293—294页。

开的合法的"属性而对当代作家影响深广，于坚认为20世纪80年代的朦胧诗、90年代的知识分子写作都延续了这个写作向度。与此同时，于坚提出了一个另类的"软"的"口语写作向度"，"当普通话在汉语中巩固着它的正统地位之际，旧时代的官话方言却在口语中保持着对书面语的沉默。只是到了八十年代，它才在诗歌中开始复苏。八十年代以来的当代诗歌，在外省尤其是在南方，诗歌写作的一个重要核心是口语化"。于坚这种"口语化的写作"传统追溯到新文学开创之初胡适提出的"白话文学"，并强调在当代文学史上口语写作和普通话写作的对立特征，它是"外省的"、边缘的，在80年代至90年代这十多年间，形成了与普通话诗歌相异的种种特征，"具体的，具有在场的、第一性的、可感的、具有生命的和原创的、经验的、写作自转化、私人化趋向。诗歌开始具有细节、碎片、局部。对个人生命的存在、生命环境的基于平常心的关注。""诗歌修辞方式中回到常识的努力。""日常语言、口语、母语的运用，犹如谈话的非书面语。""诗歌只能以中性的阅读，韵律的非朗诵性。"[①] 但是，若全面考察当代诗歌，这些关于"口语写作"总体特征并非以方言口语写作就可获具，而当代诗人的风格与写作立场也不仅取决于他/她所采用的语言类型。但凡有写作经验的作者都会了解，当代写作者在调取自己的语言资源时，其实包含了他/她所有的言语储备，包括口语的、书面语的、方言的、普通话的、俚语俗语的、外来语的、网络新用语的……诸如此类，将所有这些

[①] 于坚：《诗歌之舌的硬与软——关于当代诗歌的两类语言向度》，参见杨克主编《1998中国诗歌年鉴》，花城出版社1999年版。

第四章　诗歌"边缘化"及社会文化"转型"：20世纪90年代的诗歌批评

资源糅杂成写作者的个人风格，这才是诗歌写作创造性的独特之处。在这个前提下，不排除一些诗人自觉地尝试口语和方言写作，或选择成就以口语化的言语风格的诗歌。

结合叙事性、日常性和口语化写作，概括90年代诗歌写作特征，"个人写作"则是论争双方共同运用的概念。在"知识分子写作"一方，"个人写作指在一个意识形态和商品化等诸多因素所造就的集体主义话语时代坚持'话语差异'、'个人的话语方式'以及'独立文本'的努力和实践。在90年代诗歌中，它被阐发成在特定历史语境下，个人与写作、个人与世界的复杂关系，并和'知识分子态度'相关联，体现了诗人们90年代以来对其写作立场的进一步定位"①。欧阳江河、王家新、萧开愚、孙文波、唐晓渡、王光明、程光炜等诗人和批评家对"个人写作"概念均有过阐释，根据陈均的归纳和梳理，对"个人写作"的理解可以从五个方面进行，首先，它是"建立在对特定历史语境中话语差异性的认识之上的"，而且"与集体、与意识形态的关系并非是简单的二元对立"，引用诗人王家新的论断即"意味着更为自觉地摆脱、消解意识形态对于写作的控制和干预，同时又意味着在一种给定的语境中如何处理与它的多重关系；它意味着一种既不同于对抗也有别于逃避的'承担'"②。其次，"个人写作"的提出"还是针对现实语境而言的，它在意识形态、大众文化和商业文化的'集体狂欢'的当下'体现

---

① 陈均：《90年代部分诗学词语梳理》，参阅王家新、孙文波编《中国诗歌九十年代备忘录》，人民文学出版社2000年版。

② 王家新：《"群岛上的谈话"》，《天涯》1998年第3期。

· 275 ·

为在当今时代对一种个人精神存在及想象力的坚持，也带有一种与社会主流文化持异、分离的性质'（王家新语）"。再次，"个人写作""体现了一种个体的话语方式，这是一种'以差异的而非同一的、个人的而非整体的'（王家新语）言说方式。又次，"'个人写作'不同于'自我表现'或'私人化'这些说法，它是一种'超越了个人'的写作，它'坚持把个人置于时代语境和广阔的文化视野中来处理'，'坚持以一种非个人化的、并且是富于想象力的方式来处理个人经验'（王家新语）"。最后，"'个人写作'的意义在于'它使得一些诗人在写作过程中，始终保持了以历史主义的态度，对来自各个领域的权势话语和集体意识的警惕，保持了分析辨识的独立思考态度，把'差异性'放在首位，并将之提高到诗学的高度，但又防止了将诗歌变成简单的社会学诠释品'，'为90年代提供的亦是独立的声音'"①。

  论争的另一方，倡导"民间写作"者中，谢友顺以诗人创作来源的生活为切入点论述，"个人什么时候出场，真实的人性生活、'无论如何与我相关'的事物什么时候能够得到表达，这是我们真正需要关心的问题。诗人只有带着个人的记忆、心灵、敏感和梦想进入此时此刻的生活，并学习面对它，也许才能发现真正的诗性——一种来自生活深处、结结实实、充满人性气息的诗性"。"以个人的名义，主动承担时代给予他（她）的每一个生活细节和其中

---

  ① 孙文波：《我理解的90年代：个人写作、叙事及其他》，《诗探索》1999年第2期。陈均：《90年代部分诗学词语梳理》，参阅王家新、孙文波编《中国诗歌九十年代备忘录》，人民文学出版社2000年版。

第四章　诗歌"边缘化"及社会文化"转型"：20世纪90年代的诗歌批评

的责任，是诗人真正的使命之一"①。于坚用"诗人写作"来指称与"知识分子写作"这一以身份界定的概念相对立的坚持民间写作立场的群体。他并没有讨论诗人写作中个人的存在意义，反而将这一概念抽象化，"诗人写作乃是一切写作之上的写作。诗人写作是神性的写作，而不是知识的写作。在这里，我所说的神性，并不是'比你较为神圣'的乌托邦主义，而是对人生的日常经验世界中被知识遮蔽着的诗性的澄明"。"诗歌乃是少数天才从生命和心灵中放射出来的智慧之光，它是'在途中的'、'不知道的'，其本质与'知识'是对立的。"② 在于坚看来，"诗人写作"中的诗人必须是天才的"个人"。

世纪末的诗歌论争中，也存在着第三种声音，这第三种声音的批评视角相对温和、客观。在《你到底要求诗干什么——"诗外人"说》一文中，邵建批评了上一代诗歌批评家包括谢冕、孙绍振等要求当代诗歌"代言"时代、诗人承担诗歌"衰落"之责的看法，认为"来自批评家的批评尽管很诚恳，也很严厉，但他们的立足却不在诗而在史。它是用诗以外的内容向诗人问难，或者说，是把那种古典的'划时代'的标准（即史诗标准）当作'超时代'的尺度衡量所有的诗。这样的批评不仅很难把问题说到点子上，而且它自身的理论资源也颇成问题"。邵建认为"这一代诗

---

　　① 谢友顺：《诗歌与什么相关》，参见杨克主编《1998中国新诗年鉴》，花城出版社1999年版。
　　② 于坚：《穿越汉语的诗歌之光（代序）》，参阅《1998中国新诗年鉴》，花城出版社1999年版。

· 277 ·

人的特点是创作和理论双管齐下，他们对自己的诗有非常明确的理论诉求"，他对强调诗歌的民间立场持基本肯定的态度，但同时认为在20世纪90年代仍然"高倡民间"，"有简单化之嫌"。邵建认为进入90年代后，曾经那个与体制对抗的"民间"实际已不复存在，代之以与市场经济相适应的"民间社会"，而对这种民间社会，诗反倒需要与之疏离。他提议在民间与体制的二元对立之外牵出一个新的维度："个人"。"这个'个人'从其生存的角度来讲，可以在民间，也可以在体制。但从他的诗所发出的声音来讲，则既不是体制的声音，也不是民间的声音，而是他自己的'个人'的声音。"因此，邵建推崇立场明确的诗人写作的"个人化"，并且，"诗人作为马克思意义上的'精神生产者'，其职能就是生产精神（个体的）本身"。根据邵建的观察，90年代诗歌尽管诗人很可能处于文化的边缘了，但"他们自己的心里却未必做如是想。'个人化'对他们来说，不是什么边缘策略，也不是'到个人为止'。而是一个从初级阶段到高级阶段的发展，即，从集体走向个人和从个我走向一切我"。邵建批评了在这个过程中出现的"个我中心主义"，并认为，当代诗人需要重返"个人"，"个人就是个人，精神的个体性既然诞生于'我'，又何必推己及人。个人，是从集体出走的终点，不是走向另一种集体的起点"。"'我'既非上帝，又非凯撒，仅仅是营造精神个体性的诗人。这样的诗人，亦即一个'分子化'而非'中心化'的'我'，乃是对已经异变了的'个人'一次必要的矫枉"。这是在哲学的意义上对"个人"的思辨，而落实到诗歌写作中，邵建认为"个人"意味着鲁迅意

第四章　诗歌"边缘化"及社会文化"转型"：20世纪90年代的诗歌批评

上的"独异"，而"诗学中的'独异'就是在人类精神的认同之外，寻求其新的可能。人类的精神世界始终处于一种再生的状态中，诗就是表现这种再生的艺术形式之一"①。

无论是"叙事性""口语写作"，还是"个人写作"，相关的理论概念在20世纪末的诗歌论争中得到诗人、批评家们较为深入、明晰的探讨，与20世纪80年代的诗歌批评相比，90年代诗歌批评语汇因此得到了更新与丰富。"民间写作与知识分子写作"论争造成了第三代诗歌群体内部的分化，从诗歌观念、写作的动力源，到对当代诗歌文化的认识，这些议题在论争结束后，更加迫切地需要中国诗人和诗歌读者的重新审视和反思。进入21世纪以来，由于网络新媒体的迅猛发展，像世纪末这场主要发生在纸媒上的规模甚大的集中论争与批评现象已难再有。一些小规模的诗学论争零星发生在网络上，影响力大大减弱。

第五节　诗人批评与学院批评现象

考察批评家在文化场域中的"身份"，也是了解其理论立场、文学态度和文化理想的重要途径之一。比如，20世纪50—60年代的诗歌批评家中，有不少在体制内担任文化官员，他们的批评工作的出发点是在遵循文学规律的前提下，努力阐发执政党的文艺方针和政策。在政治运动频发、政治批判扩大化的特殊时期，政治官员

---

① 邵建：《你到底要求诗干什么——"诗外人"说》，参见杨克主编《1998中国新诗年鉴》，花城出版社1999年版。

的身份影响了他们批评的客观性和视野的开阔性，从而致使一段时期的诗歌批评停滞不前。批评史的发展教训证明，批评家要不断反思自身的立场与位置，尊重和维护文学的独立自主性，同时，也应鼓励和包容多样的批评声音。

从20世纪80年代初的"朦胧诗"论争到世纪末的"民间写作"与"知识分子写作"论争，近二十年间中国诗歌的批评者的职业身份以学院和媒体供职的批评家居多。由于中国文学和文化体制中的文联和作协系统内有专职的文学批评家，他们也投身诗歌评论和研究的活动。比较而言，越来越多的诗人批评家和高等院校的教师参与了这一时期的当代诗歌批评，成为值得关注的批评现象。

一　诗人批评现象

纵观中外现代文学批评史，诗人兼事批评是一个典型的批评现象。这里的批评不是指一种零碎的、品评式的鉴赏，而是指自觉的、专业的批评。"为诗一辩"是西方文学中的一个小传统，延伸而言，也是一种诗人批评意识的强化，不仅为诗歌文体辩护，也为诗歌在文化中的位置、功能进行阐释。

写诗同时兼事批评工作，也是中国新诗写作者的自觉，这或许跟新诗独特的诞生方式有关。在白话文运动中，通过以白话写诗的尝试而产生的新诗，其文体本身就是一部分知识分子和文人创造的结果。创造过程中，伴随多样的实验和为确立其合法性而进行的批

第四章　诗歌"边缘化"及社会文化"转型"：20世纪90年代的诗歌批评

评与论争。可以说，新诗创作和新诗批评是高度同步的一种新文学实践。中国现代文学史上，从胡适开始，闻一多、冯至、穆旦、卞之琳、唐湜、袁可嘉、林庚等，都是新诗史上重要的诗人兼批评家，或称诗人批评家。这样的传统同样延续到当代，尤其到了20世纪90年代以来，欧阳江河、西川、萧开愚、臧棣、西渡、姜涛等诗人，都在诗歌写作之外，同时写作理论文章对当代诗歌进行批评。20世纪末的诗歌论争更是带动了诗人参与批评的热情，那以后，部分诗人在写作之余，积极参与诗歌作品和批评刊物的编纂与出版。诗歌年鉴、年选的持续面世，以书代刊的诗歌作品和批评文字合刊的出现，是新世纪以来重要的诗歌批评现象①，而参与编选、出版的多为当代重要诗人。

欧阳江河作为一名诗人成名于20世纪80年代中期，是第三代诗人或后朦胧诗人的代表。写诗的同时，他也写作批评文章，1984年，他写下了长篇诗学批评文章《受控的成长》，1988年，撰写诗学批评文章《对抗与对称：当代实验诗歌》，而他在当代诗歌批评界备受关注的文章，是写于1993年的《1989年后国内诗歌写作：

---

①　自诗人杨克主编的《1998中国新诗年鉴》和批评家唐晓渡主编的《现代汉诗年鉴·1998》陆续在1999年出版之后，类似的诗歌年鉴、年度诗选、诗歌排行榜选本每年都有出版。进入新世纪以来，重要的当代诗歌批评类的书刊包括："中国诗歌评论"丛刊7种：《语言：形式的命名》《从最小的可能性开始》《激情与责任》（以上由人民文学出版社出版，诗人萧开愚、张曙光、孙文波、臧棣主编）和《细察诗歌的层次与坡度》《诗在上游》《诗歌的重新命名》和《东海的现代性波动》（以上由上海文艺出版社出版，诗人萧开愚、张曙光、臧棣主编）；《当代诗》4卷，由孙文波主编；2005年，北京大学新诗研究所创办《新诗评论》，至2019年已出版23辑。2013年，由诗人于坚主编的《诗与思》出版2种。除《新诗评论》为纯批评刊物之外，其他均为诗歌作品和批评文字合为一书的出版物。

本土气质，中年特征与知识分子身份》。这篇文章是对"90年代诗歌"生存处境的辨析，指出20世纪80年代中后期至90年代初期这个阶段里，部分当代诗歌写作方式的失效，而对于写作着的中年诗人们也意味着一个阶段的"深刻的中断"。因为语境发生了变化，写作也就需要调整，成为一种"寻找活力"的"知识分子写作"，欧阳江河认为它代表了1989年来国内诗歌界最重要、最具代表性的趋势，并以"中年特征""本土气质"和"知识分子身份"为线索展开论述。这篇结合了具体的诗人诗作分析诗歌总体趋向的论文直接影响了其后一批诗人和批评家对90年代诗歌的理解。与以往讨论诗歌的语言不同，欧阳江河为进入90年代的中国诗歌批评界提供了一套新的话语方式，相应于写作者的年龄、身份和国族，欧阳江河将当代文化批评中的重要术语，如写作的时间，身份认同及跨越语言而进入国际视野中的诗歌翻译与交流，纳入了中国当代诗歌批评话语体系之中。

另一方面，在讨论具体的写作时，欧阳江河又极为重视诗歌文本细读、内在形式的变化以及总体的诗学建设。在《当代诗的升华及其限度》一文中，他从"词与义"的角度探讨了不同语境下"词与物"的关系情形，质疑个人语境的不纯，并思考其能否给写作带来活力。通过对海子后期诗歌中"词与物"的关系的批评，欧阳江河指出当代诗存在的弊端，即当词的重新编码过程被升华冲动形成的特异氛围所笼罩，就可能不知不觉地被纳入一个自动获得意义的过程。而对于严谨的个人写作而言，词的意义应该是特定语境的具体产物。由此，欧阳江河提出当代诗歌写作的及物

第四章　诗歌"边缘化"及社会文化"转型"：20 世纪 90 年代的诗歌批评

性问题。

迄今为止，欧阳江河所写下的诗歌批评文章的数量并不多，但这些篇章都有相当明确与准确的现实针对性。作为一个注重词语修辞的优秀诗人，欧阳江河的诸多诗歌批评文章其文本分析之细腻，对词语的敏感，对修辞变异的捕捉，充满了奇思妙想，他的诗歌批评略有"过度阐释"之嫌，也因此开启了诗歌意义变化的可能性。至今他对几位诗人诗作的细读文章也给人留下了深刻的印象，对同时期的诗歌批评，尤其是诗歌细读实践颇有启发。[1] 当代诗歌文本的晦涩成分经过欧阳江河的阐释和演绎，经常能获得丰富而意外的理解效果。

西川作为诗人和译者，两个身份差不多同时出现，而他近年写作的大量有关诗歌的评论文字，多以随笔形式，从大的方面把握诗歌和与之相关的文学、文化问题，这是他有别于其他诗人批评家的特点。西川思考问题的角度以及所思考的问题本身，都带有他对诗歌或文学更宏大的理想与博闻强记的色彩，并且，西川在思考诗歌问题时经常借助的也多是其他诗人和作家的经验，而非理论家的理论观点。他对诗歌现象的观察因而也切实而独到，比如他对当代诗人和批评家对社会发言的不同方式的观察，"诗人与批评家最迟到 90 年代，实现了角色互换。诗人们没有放弃社会批评，但他们走向更深层次，对于历史、现实、文化乃至经济做出内在的反应，试图从灵魂的角度来诠释时代生活与个人的存在、处境，而批评家越来

---

[1] 这些文章包括：解读张枣《悠悠》的《站在虚构这边》，解读翟永明《土拨鼠》的《词的现身：翟永明的土拨鼠》和解读商禽《鸡》的《命名的分裂》等。

越倾向于把人当成一种群体现象"①。

西川是较早提出"知识分子写作"的诗人之一，在 20 世纪末的诗歌论争中也曾遭到来自"民间写作"一方的批评和攻击，对此，西川也作了回应。然而，即使在涉及具体的诗歌写作立场、方法的论争之中，西川的思考也立足于更为开阔的文化甚至文明的空间，依据更高的视点"鸟瞰"诗歌，因而，当代诗歌的具体问题就被延伸为语言、思维方式、文明、传统等问题。西川视野开阔，但他的思考又能紧扣议题，并不散漫，即便有时得出的推断与结论显得有一些漏洞，这些漏洞大概也因其更侧重于感受（包括现实的和阅读的感受）所得而非缜密的逻辑思考的结果。

西川发表于《今天》杂志，讨论当代中国诗人观念与诗歌观念的历史落差问题的文章，曾引发诗人王敖的异议与西川的回应②。这是一场有关诗人身份与诗歌文化形象议题的小范围论争，颇有意义。西川批评 20 世纪的中国诗人在自我形象的塑造上"19 世纪化"，并持续到当代。换言之，时代变化了，中国诗人的诗歌观念却滞留于 19 世纪的西方浪漫主义文化想象里。王敖撰文与西川商榷，商榷文虽然由西川的文章触发，而论述大部分内容则是关于浪漫主义的当代复兴③。西川的回应文澄清了跨文化语境中，中国诗

---

① 西川：《写作处境与批评处境》，参阅赵汀阳、贺照田主编《学术思想评论》（第一辑），辽宁大学出版社 1997 年版，第 194 页。
② 西川：《诗人观念与诗歌观念的历史性落差》，《今天》2008 年第 1 期，春季号，参阅西川《大河拐大弯》，北京大学出版社 2012 年版。
③ 王敖：《怎样给奔跑中的诗人们对表——关于诗歌史的问题与主义》，《新诗评论》2008 年第 2 辑。

第四章　诗歌"边缘化"及社会文化"转型"：20 世纪 90 年代的诗歌批评

人对浪漫主义接受中仅仅集中于"自我"表达上的局限，强调"如果思想的变革力量被忽略了，那么浪漫主义在中国便成为诗人自我形象塑造的工具"①。遗憾论争没有更进一步展开，有关诗歌观念、诗人身份及文学变化中的"时间"话题尚待得到有效的讨论。

在致力于 20 世纪"90 年代诗歌"话语的批评建构中，王家新从国内外流亡诗人的精神传统中汲取资源，并结合当代诗歌写作加以阐释，进行一种"个人承担"的诗学实践。在写诗的同时，王家新写作了大量的诗歌随笔，论及诗歌经验与社会问题。诗歌在当代的功能、诗人的责任、诗歌在文化中的重要性等，是王家新诗歌随笔中集中涉及的话题。萧开愚是"中年写作"概念的提出者，这个提法不是指写作者的年龄、时间或权威问题，而是"既说明经验的价值，又说明突破经验的紧迫性"②，它还意味着诗人的成熟和一种综合的写作才能。萧开愚一般不做就诗论诗的诗歌批评，而总是结合诗歌史、诗歌传统和写作的现实面向的问题，思考诗歌及诗人的写作。张曙光③的诗歌风格在 90 年代中期有了较为引人注目的变化，这种变化体现在被诗人同行、批评家们称之为的"叙事性"和对日常经验场景的戏剧性处理方面，而张曙光自己也对 90 年代诗歌有清醒的认识。在回应"民间写作"和"知识分子写作"论争的文

---

①　西川：《中国现代诗人与诺斯替、喀巴拉、浪漫主义、布鲁姆》，《新诗评论》2009 年第 2 辑。

②　肖开愚：《九十年代诗歌：抱负、特征和资料》，载赵汀阳、贺照田主编《学术思想评论》第一辑，辽宁大学出版社 1997 年版，第 226 页。

③　张曙光（1956—　），生于黑龙江，主要出版有诗集《小丑的花格外衣》《闹鬼的房子》《午后的降雪》《看电影及其他》，诗论集《堂吉诃德的幽灵》等。

章中，张曙光批评了论争发起者"民间写作"一方提出的"所谓民间立场不过是一种姿态而已"，并认为挑起这场论争对当代诗歌的发展并无多大益处。他也从批评的角度反思了这场论争，并提出应"重新建构诗歌写作和批评的标准和价值尺度"。他对"90年代诗歌"的批评也相应地冷静、客观，"90年代诗歌存在着的局限性表现在经验的开掘上不够深入，表现出感情力量的不足和知识背景不够深厚，更确切地说，表现在汉语自身的局限上。每一种语言都有自身的长处和局限，至少汉语——尤其是现代汉语——还远不够成熟，至少不像一些人所标榜的那样，但因而它为诗人的写作提供了更为广阔的空间，这也正是90年代诗歌写作者们共同奋斗的方向"[1]。孙文波也在20世纪末的诗歌论争中积极回应，他全面地论述了90年代诗歌中的"个人写作""叙事"等因素，并为"知识分子写作"正名，对论争中的一些诗歌论断如"诗到语言为止""拒绝隐喻"等进行了辩驳。孙文波在写诗之外也写下了大量的写作笔记，侧重提炼自己和同代诗人关注的问题，善于层层深入、细致的剖析。

臧棣作为诗人批评家，他关于当代诗歌的观点影响了一大批年轻的诗人和追随者。他发表于1994年的论文《后朦胧诗，作为一种写作的诗歌》[2]对于"后朦胧诗"概念与朦胧诗后当代诗歌的特征的阐释富有建构性。对于在写诗的同时进行评论的工作，臧棣说

---

[1] 张曙光：《90年代诗歌及我的诗学立场》，参阅王家新、孙文波编《中国诗歌九十年代备忘录》，人民文学出版社2000年版。

[2] 载冈正道主编《中国诗选》第一辑，成都科技大学出版社1994年版。

第四章　诗歌"边缘化"及社会文化"转型"：20 世纪 90 年代的诗歌批评

过，"和很多诗人不同，我不仅对诗歌书写行为还有热情，而且喜欢对诗歌的书写过程进行多方位的观察，也不疏懒于把这些观察带入思索的领域。我喜欢一边从事诗歌写作，一边有意识地对诗歌写作本身进行考察"。"不断在诗歌写作的过程中追问诗歌是什么——这样的与诗歌打交道的方式给我带来了无穷的乐趣。"[①] 近年，臧棣通过写作大量的诗话性质的短随笔《诗道鳟燕》[②] 来阐明他的诗歌主张。概括说来，臧棣的诗歌批评包括几个方面的特点，一是反思与实践的辩驳话语；二是自觉的诗歌史建构意识；三是贯穿始终的有关新诗本体性的思考。臧棣的诗歌批评是融历史眼光于诗歌理想中的批评，同时他借助微博、微信等新媒体，以高产量的诗歌写作实践和对诗歌话题的阐发，努力更新与丰富着当下的诗歌文化生态。

西渡也是"90 年代诗歌"的积极阐释者，他在 90 年代末的论争中写下的《写作的权利》一文，从"西方资源"和民族传统与新诗的关系，什么是民间立场，诗歌到底是不是一种常识，以及新诗的语言资源（包括论争中被反复讨论的口语、普通话、方言）等角度，发表了他的回应与辩驳。而在《历史意识与 90 年代诗歌写作》一文中，他还肯定了诗人兼事批评的现象："90 年代诗人兼事批评成为风尚，这部分可以归因于批评对解读当代诗歌的无力，更加有趣的是，我发现在诗人的批评术语和批评家的术语中间存在着微妙的区别。诗人从自身写作出发的批评对写作的复杂性和辩证性有更

[①]　臧棣：《诗歌的风箱》，《青年文学》2006 年第 9 期。
[②]　这些诗话后来结集，由陕西人民教育出版社 2017 年出版。

充分的认识，而在批评家那里却常常将复杂的问题简单化了，不能辩证地认识相反的因素，而是简单地把它们对立起来。"① 西渡认为，当代诗歌读者的流失一定程度上与批评的乏力与缺席有关。西渡是一位严谨、踏实、尖锐的诗人批评家，他对同代诗人或同行的观察与批评带有强烈的精神反思特征。

姜涛可以说是结合了学院批评与诗人批评优长的批评家，既能站在新诗史的角度发现问题的延续性，亦能赋予诗歌议题以文化建设的理想。姜涛的《巴枯宁的手》②《为"天问"搭一个词的脚手架?》③《个人化历史想象力：在当代精神史的构造中》④ 等是颇具影响力的批评文章，既体现了他作为批评家对诗歌文本细读的功力，客观细致的批评态度，也展示了他善于辩证地结合个体写作与时代精神的思维特征。钟鸣⑤是当代诗人中自觉致力于随笔文体实验写作的诗人，他的长篇纪实随笔与诗合集《旁观者》三卷本通过回顾自己的成长，结合阅读、写作和思考，将批评寓于回忆性的文字中，夹叙夹议，书写了他和他同时代诗人的精神成长历程。

其他重要的诗人批评家还有韩东、于坚、陈东东、周伟驰、桑克、冷霜等。作为诗人，写作和诗歌有关的批评文字，是可信度较强的内行人说话。用艾略特的话来说，身为诗人的批评家，"他的

---

① 西渡：《历史意识与90年代诗歌写作》，《诗探索》1998年第2期。
② 载《新诗评论》2010年第1辑，北京大学出版社2010年版。
③ 载《东吴学术》2013年第3期。
④ 载《新诗评论》2016年总第二十辑，北京大学出版社2016年版。
⑤ 钟鸣（1953— ），生于四川成都，诗人、随笔作家，主要出版有诗集《中国杂技：硬椅子》、《垓下诵史》，随笔集《畜界、人界》《徒步者随录》《城堡的寓言》《窄门》《旁观者》《涂鸦手记》等。

第四章　诗歌"边缘化"及社会文化"转型"：20世纪90年代的诗歌批评

名气主要来自他的诗歌，但他的评论之所以有价值，不是因为有助于理解他本人的诗歌，而是有其自身的价值"[1]。艾略特本人就是这样的批评家。

二　学院批评现象

自20世纪90年代中后期开始，中国的高等教育领域有了一系列的改革，包括高校合并，扩大招生，高校师资队伍建设以及学科化等，学院批评的兴盛与高等教育的发展密切相关。在这个过程中，涌现出了一批批学院出身的职业批评家和学者。学院批评，或职业批评，正如蒂博代所言，其最大的特点是针对文学的准则或规律提出问题，也针对不同的文学体裁而进行的批评，同时又是为达到普及文学知识的教育的目的而存在的。因此，学院批评有明确的目标与系统性。[2] 也因此，学院批评是个容易引发争议的文化地带。90年代末爆发的"知识分子写作和民间写作"的论争中，学院知识分子批评家也成了被攻击的靶子。

出身学院的批评家可以列入类似蒂博代所说的"职业的批评"体系中。由于八九十年代以来中国高等教育的迅猛发展，当代文学学科的体制化，当代文学教育需要更多的师资力量。中国当代文学

---

[1] ［英］托·斯·艾略特：《批评批评家》，陆建德主编，李赋宁、杨自伍等译，上海译文出版社2012年版，第5页。
[2] ［法］蒂博代：《六说文学批评》，赵坚译，郭宏安校，生活·读书·新知三联书店1989年版。

的传授和研究包括文学批评和文学史研究两大板块，从诗歌这一文类看，批评的对象包括当代诗歌现象、诗歌问题和诗人的研究，文学史则涉及当代诗歌史的写作和研究。因为系统化的科研和教学需要，高等教育领域里的当代文学（包括诗歌）学术研究尤其得到有步骤的、全面的展开。人文知识分子对学术的态度也较以往有了变化，马克斯·韦伯"以学术为业"的思考深刻地影响了当代中国学院里的知识分子，当然，中国的学术传统也成为知识分子经世致用的思想资源。远的不说，自20世纪90年代以来，钱钟书、陈寅恪、钱穆等中国学术大师一直得到当代学人的挖掘和重塑。在这个背景之下，我们谈及当代诗歌批评中的"学院派"，也就有了现实的基础。

　　如果说20世纪80年代的新诗批评更多关注诗歌思潮、诗歌现象、诗歌运动的评析阶段，那么，进入90年代，诗歌批评则进入了注重诗歌问题、诗人研究和诗歌史研究的学术期。不可否认，这样不断成熟和深化的转向也带来了一些问题，甚至引发争议。"90年代诗歌"概念是由学院批评家提出并阐释的，它以起源于80年代中后期的"知识分子写作"为立论出发点，并由此确立起一代诗人走向技艺成熟、思想立场稳定的新一阶段，而这也引发了90年代末的诗歌论争，挑起论争的一方（持"民间写作"论的诗人们）明确将矛头指向学院诗歌批评，指向部分先锋诗人所代表的"知识分子写作"。诗歌批评中的学院派由老中青三代批评家学者构成，他们分别以洪子诚、程光炜、陈超、耿占春、唐晓渡、王光明、罗振亚、江弱水、张桃洲、敬文东等为代表。

第四章　诗歌"边缘化"及社会文化"转型"：20 世纪 90 年代的诗歌批评

洪子诚①从事当代诗歌研究始于 20 世纪 70 年代初，但与他的同时代学者谢冕、孙绍振等或侧重诗歌思潮或专注诗歌本体不同的是，他对当代诗歌问题和诗歌史投入了更大的兴趣。即使在提炼当代诗歌或诗人写作的问题时，他也会把这些现象放在历史的脉络之中。1958 年年底到 1959 年年初，当时还就读于北京大学中文系的洪子诚，与同学谢冕、孙绍振、孙玉石、殷晋培、刘登翰一起，在《诗刊》社和徐迟先生的建议、组织下，利用不到一个月的寒假时间，编写了《新诗发展概况》，这大概是洪子诚对新诗历史研究的起步。

1986 年出版的《当代中国文学的艺术问题》一书约有一半的篇幅涉及当代诗歌的批评和研究。在这些研究篇什中，洪子诚或者从整体上对当代诗歌艺术进程的历史把握（如"当代诗歌的艺术发展"），或者在新诗艺术传统中讨论诗歌问题（如"诗歌的'自我表现'与艺术传统"），或者从诗歌审美普遍性的角度谈论诗歌接受

---

① 洪子诚（1939—　），广东揭阳人。1956 年考入北京大学中文系，1961 年毕业留校担任公共写作课教师，教授。1977 年开始从事当代文学、中国新诗的教学、研究工作。出版有学术著作《当代中国文学概观》（与张钟、佘树森、赵祖谟、汪景寿合著），《当代中国文学的艺术问题》，《作家的姿态与自我意识》，《中国当代新诗史》（与刘登翰合著），《中国当代文学概说》，《1956：百花时代》，《中国当代文学史》，《问题与方法——中国当代文学史研究讲稿》，《文学与历史叙述》，《学习对诗说话》，《我的阅读史》，2010 年北京大学出版社出版《洪子诚学术作品集》8 种。主编有《中国当代文学作品精选（1949—1989）》（与谢冕合编），《中国当代文学史料选（1948—1975）》（与谢冕合编），《20 世纪中国小说理论资料（第 5 卷，1949—1976）》，《90 年代文学书系》（共 6 卷，与李庆西共同担任主编），《90 年代中国诗歌》（共 7 种），《中国当代文学史·作品选》（上、下册），《当代文学关键词》（与孟繁华合编），《朦胧诗新编》（与程光炜合编），《后朦胧诗新编》（与程光炜合编），《在北大课堂读诗》，《中国新诗百年大典》（30 卷，与程光炜合编）以及《百年新诗选》（上、下册，与奚密合编），另主编诗歌批评刊物《新诗评论》（自 2005 年起，已编 23 辑，与谢冕、孙玉石合编）。

· 291 ·

现象（如"'朦胧'：作为一种诗歌现象"），这些整体性的研究并不注重面面俱到，而是充分考虑到诗歌乃至文学发展的时代性和诗人的创造性突破。在对个别诗人进行的研究中，洪子诚也不像大多数的批评家那样，倾向于写作盖棺定论式的"诗人论"，而经常是从诗人的写作中提取出一个跟他的写作密切相关而具体的艺术问题进行探讨。例如，从"生活变革与作家的艺术个性"的角度讨论冯至和艾青在不同历史时期诗歌写作遇到的困境，从"对思想创见的追求"分析郭小川在20世纪50年代中后期创作道路上最富于活力的阶段，指出其相关作品的得与失、优长及缺陷的情况。在对新中国成立后田间的诗歌研究中，他也没有就其全部创作做出评价，而是选择了诗人如何在写作中处理诗歌与现实生活的关系进行分析。洪子诚以1983年诗人自己编选出版的《田间诗选》为对象，从田间对自己的诗歌的修订中发现问题。

总的来说，在提炼出诗歌的"问题"之后，并不追求论述的面面俱到，而是把诗人的写作放在历史过程之中，以比较的方法进入分析论证，这是洪子诚当代诗歌批评的方法之一。洪子诚的研究开启了当代文学史研究领域里历史叙述与艺术性分析内在结合的学术范例。他的历史材料翔实准确，艺术品评凝练精准，其严谨优良的学风对当代文学史研究领域影响深远。

由于能够在新诗传统的背景下考察诗歌现象，能够从诗人的创作历程中把握具体细致的写作问题，洪子诚逐渐形成了他独特的当代诗歌研究思路，即历史视野和艺术自主性的兼顾。当代诗歌的研究者自身脱不开对当代社会的深切感受，当代中国文学发展的不同

第四章　诗歌"边缘化"及社会文化"转型"：20世纪90年代的诗歌批评

时期出现的诗歌现象、矛盾和困境都会触动研究者的问题意识，并渐渐形塑研究者的诗歌观念与文化立场。在文学与政治关系密切的当代，诗歌也经历了各种政治运动的洗礼，诗歌与政治的关系问题也逐步转化成"诗歌的介入"命题。洪子诚的诗歌批评观念重在"反思"，而不是急于明确认定一种诗歌观或诗歌功能。在对当代诗歌批评时的这种难能可贵的反思意识，用他的话说就是"我们不仅要对诗提问，而且'对提问的人'提问；不仅质疑诗，而且质疑自身。这种质疑、反省，不是专指某一部分人的，而应是一种普遍性的自觉意识"①。正是在这样一种自觉和谦逊的反思精神引导之下，洪子诚的当代新诗史研究和写作突破了一般化的当代诗歌发展过程的概述以及突出诗人、诗潮、流派的专题研究，做到了既能以丰富、翔实的史料铺垫与展开历史的脉络、走向，又能够厘清不同时期的诗歌走向，诗歌论题的变化。1993年，他与刘登翰合著的《中国当代新诗史》出版，填补了当代新诗史写作的空白，而随着"90年代诗歌"进入研究视野，2005年他对该著又进行了大量修改增补后出版修订版。《中国当代新诗史》迄今仍是当代新诗史研究不可或缺的重要参照。

《中国当代新诗史》将20世纪后半期中国新诗写作纳入研究视野，结合社会政治背景，给不同时代的诗人划分类型，以写作面貌凸显诗人代际特征，同时，考察诗歌发表渠道，描述诗歌论争、诗歌运动的来龙去脉，将诗歌艺术的演进与诗歌文化的生发紧密结合

---

① 洪子诚：《序〈90年代诗歌〉》，载洪子诚《学习对诗说话》，北京大学出版社2010年版，第54页。

起来。洪子诚的新诗史研究尤其重视文献资料的积累、辨析,以诗人创作的道路和诗歌文本评析构成新诗史的主要内容。由于自始至终坚持反思的态度,洪子诚在处理诗歌史的时候尤其注意发现"问题",同时自觉地呈现理解和解读"问题"的"方法"。无论是诗歌思潮,还是具体的诗人研究,洪子诚的批评均体现为一种同情而复杂的理解态度,避免了对批评对象简单粗暴的道德评判,因此也就能够将诗歌或文学的沿革梳理成一种既有突破变化又有延续性的过程。

诗歌或文学的批评特别考验批评家的文学感受力,洪子诚不仅是一位低调的,甘于坐冷板凳的新诗史与当代文学史研究者,同时也是当代诗歌的积极与深入的阅读者和阐释者。《在北大课堂读诗》一书,是他组织研究生进行的当代诗歌文本细读讨论课结集的成果,课程名为"近年诗歌选读",采用的方法并非通常的诗歌鉴赏,而是吸收了英美"新批评"等理论方法的"解诗和'细读'活动"。特别是对比较晦涩的诗歌文本的细读和讨论,既破解了诗歌写作的一些技巧,又深化了对于诗人风格的了解。诗歌史研究之外,洪子诚还积极参与新诗选本的编辑,在北京大学新诗研究所主持新诗学术研究期刊和丛书,而这些工作也是诗歌批评必要的延伸。

20世纪80年代从事诗歌批评研究的年轻一代批评家中,程光炜是较早对前一代批评家(或如上文所称的"新诗潮批评家")发起挑战的一位。他所写的第一篇论文《诗的现代意识与社会功能》[①]

---

① 载《文学评论》1986年第4期。

第四章 诗歌"边缘化"及社会文化"转型":20世纪90年代的诗歌批评

是与谢冕商榷的。从1990年出版的《朦胧诗实验诗艺术论》可以看出,程光炜早期的诗歌批评多集中在诗歌艺术本体、诗人研究方面,他不仅以敏锐的批评直觉把握诗歌新现象,比如对实验诗、先锋诗或第三代诗这几个概念所指的代表诗人的新艺术指向的细致解析,而且也能够评析诸如女性诗歌群体中的不同代表诗人的风格特征。进入20世纪90年代,程光炜以对"90年代诗歌"的命名和深入分析而确立其当代诗歌批评家的重要地位。也因为他对"90年代诗歌"及其知识分子诗歌写作者的推崇与评介,触动了当代部分诗人,以致引发20世纪末著名的诗歌论争。

程光炜的学术工作不限于诗歌和现当代文学批评,他也将精力投入到文学史以及诗歌史的研究中。程光炜对当代诗歌批评的另一贡献是他的《中国当代诗歌史》写作。作为一本高校教材,这本书以当代诗歌的重大事件为线索,选择有代表性的诗人、作品进行阐发,同时兼及诗歌发展中的重要现象的归纳总结,提出问题,深入分析,这也是一本观点鲜明、文风简略而晓畅的诗歌史著。

与程光炜一样,致力于"第三代诗歌"或"先锋诗歌"批评与研究的陈超、唐晓渡、耿占春、张清华等,也可以被归入这一时期充满活力的学院批评视域。从年龄上看,这一群批评家与他们的批评对象属于同一代人,有共同的成长经验和受教育背景,对同辈诗人的诗歌观念、创作历程能产生更多的共情与理解,而他们的批评往往也更贴切和深入。

陈超的诗歌批评始于20世纪80年代中期,他关注当时活跃的青年诗人群体,从朦胧诗到第三代,从诗歌现象到诗歌本体和功能的话题,他总是以一个见证者与参与者的态度进行批评。陈超曾言,"坚持诗歌的本体依据,深入文本并进而揭示出现代人的生存与语言间的严酷关系,是我为自己设立的理想目标"①。陈超的当代诗歌批评包括两个方面,即诗人专论和结合了本体论与功能论而展开的当代诗歌的总体研究,而其中,对"先锋诗歌"的研究是他对当代诗歌的主要贡献。

陈超的先锋诗歌批评在90年代初渐渐成熟,表现为一种深入诗歌语言本体和当代经验相并重的生命诗学。自1987年开始,陈超着手进行诗歌细读的写作,并于1989年出版了63万字的《中国探索诗鉴赏辞典》,因而,陈超的当代诗歌批评具有坚实的理解和分析诗歌的感受力基础,这也使得他后来的先锋诗歌研究能够在探讨诗学问题时自如地运用诗歌文本相互检验。90年代中期,陈超提出了"历史想象力"这一概念描述和期许先锋诗歌的特点,以打通先锋诗歌写作批评的本体论与功能论,"与美术、音乐中的想象力不同,诗歌话语固有的人文语境压力决定其想象力不但要有'超验想象力',而且更要有历史想象力"。在这个短语中,"历史"和"想象力""是互为限制、互为打开的可逆关系。简单说,它要求诗人具有历史意识和有组织力的思想,对生存—文化—个体生命之间真正临界点和真正困境的语言,有足够认识;能够将自由幻想和具体生存的真实性做扭结一体的游走,处理时代生活血肉之躯上的

---

① 陈超:《写在前面》,收入陈超《生命诗学论稿》,河北教育出版社1994年版。

第四章　诗歌"边缘化"及社会文化"转型"：20世纪90年代的诗歌批评

噬心主题"[①]。对先锋诗歌持续20余年的观察和研究之后，陈超又将这一概念进一步精确为"个人化历史想象力"。

陈超也将多年的研究经验进行总结，对当代诗歌批评提出自己的方法论。在《近年诗歌批评的处境与可能前景》一文中，他提出"历史—修辞学的综合批评"的方法。这是一种试图融合功能论与本体论的研究方法，"要求批评家保持对具体历史语境和诗歌语言/文体问题的双重关注，使诗论写作兼容具体历史语境的真实性和诗学文体的专业性，从而对历史生存、文化、生命、文体、语言（包括宏观和微观的修辞技艺），进行扭结一体的处理"[②]。或许，这可以视为陈超本人的批评理想，而他本人的先锋诗歌批评基本上是围绕这个理想展开的。尤其值得一提的是，他写作的当代诗人论，其中包括西川、于坚、翟永明、海子、骆一禾、北岛等，都是他的"历史—修辞学的综合批评"实践成果。

唐晓渡的批评工作始于20世纪80年代初，也是从关注"新诗潮"、第三代诗歌现象和青年诗人群体展开。多年来，他主要致力于中国当代诗歌，尤其是先锋诗歌的研究、评论和编纂，兼及诗歌创作和翻译。作为诗歌批评家，唐晓渡有非常好的诗歌艺术感觉，渊博而有见识，敏锐却能保持平实朴素之风。一方面重视个体诗人的研究，贴近诗歌写作的感性，诗与现实的关系，诗歌

[①] 《现代诗：作为生存、历史、个体生命话语的"特殊知识"——〈学术思想评论〉"学者访谈录"》，收入陈超《打开诗的漂流瓶：陈超现代史论集》，河北教育出版社2014年版，第92页。

[②] 陈超：《近年诗歌批评的处境与可能前景——以探求"历史—修辞学"的综合批评为中心》，《文艺研究》2012年第12期。

技艺等评价诗人诗作，另一方面他努力从总体上把握中国诗歌的进程，观察描摹诗歌流向，并从文化政治和诗歌本体的角度理解先锋诗歌发展的节点与问题。也因为如此，唐晓渡的诗歌批评多少年来一直立于当代诗歌的潮头，为诗人们所信服，为同行们所首肯。

在80年代，对诗歌现象的准确定位和敏感捕捉，使得唐晓渡成为当代诗歌批评界新潮流、新动向的发现者与命名者。早在1986年，他在评论翟永明的组诗《女人》时，敏锐地发现翟永明诗歌中的女性意识并加以阐释，为当代中国女性诗歌呈现了思考的性别维度。自那时起，"女性诗歌"成为当代中国新诗史上的重要概念之一。

唐晓渡对于先锋诗歌的总体研究体现在他融汇文本解读、诗人研究和社会历史思潮的综合评析上。他善于归纳不同的文学思潮和现象中的关键特征，并联系社会进程、诗人成长和艺术探索诸种要素，准确把握先锋诗歌各阶段的发展。他的论文《不断重临的起点——关于近十年新诗的基本思考》（1988）、《时间神话的终结》（1994）、《五四新诗的现代性问题》（1995）和《九十年代先锋诗的若干问题》（1997）等，对于诗歌问题的变化和不变，个人化写作的传统挖掘，诗与现实的关系以及诗歌接受处境等的分析，都体现了一种批评的综合评析力。他对不同时代具有写作延续性的诗人的关注与评论，也贯彻了他所理解的先锋诗歌的精神性。

与陈超、唐晓渡等批评家明确运用"先锋诗歌"概念对当代诗

第四章　诗歌"边缘化"及社会文化"转型"：20世纪90年代的诗歌批评

歌进行批评不同，耿占春①的诗歌批评一开始便带有本体论色彩。他对诗歌的想象、诗与思的关系、诗歌语言的特征、诗与世界的关系等思考，综合了语言学、文学、符号学、神学、神话学与哲学的相关知识，并努力使批评语言和表达本身带有文学性或创造性。他早期的著作《隐喻》虽然也可以纳入20世纪80年代中后期文学批评中的方法论热的范畴之下理解，但是，耿占春的诗学本体批评带有更开阔的认识论气质。"人，以语言的方式拥有世界"；"诗在语言返回根源的途中"；"思，重建语言的隐喻世界"，从这些明晰的标题中，能够见出耿占春对诗与存在的关系的沉思和论证，而在行文论述中所列举的诗歌、哲学、神学文本，均贴切、准确，显示出耿占春开阔的阅读视野和综合的思辨能力。

耿占春有形而上思辨的禀赋，他的诗歌评论总是能切入到那些玄妙和高深的层面，他对异质性的思辨向度和美学要素有着特殊的敏感，对当代诗歌的精神层面的追求有着不容置疑的坚定。耿占春的研究始终贯穿着一种整体性的研究思路，耿占春的当代诗歌批评既不是追踪诗歌思潮、现象或群体的现状批评，也不是进入局部的新诗历史，进行文学史或文化批评的诗歌与文化问题研究，而是把文学、政治、历史、哲学等纳入存在哲思之中，返回基本的生活世界、经验表达的人与语言的关系中思考。在《失去的象征世界》一书中，耿占春对于诗歌在当代世界的功能、诗歌与社会文化之间的

---

① 耿占春（1957—　），生于河南柘城。1982年初毕业于河南大学中文系。现任职于海南大学人文传播学院。主要作品有《隐喻》、《话语和回顾之乡》《观察者的幻象》《叙事美学》《在道德与美学之间》《失去象征的世界——诗歌、经验与修辞》等。

关系，以及诗歌的批评等有了更加整体和复杂的理解。他选择"象征"这样一个观念角色作为叙述对象，"追溯象征古老的出身，充满异质性的各种象征形式，和作为一种社会实践的象征过程，以及它在现代社会中隐身而去的故事"①。耿占春把诗歌话语的象征功能放在失去象征的现代世界这样的社会历史语境中加以描述，在失去象征的现代世界里，诗歌话语"发现经验中潜在的隐喻，或对细节的主题化，就是一种创造个人修辞学的行为"②。

张清华③对先锋及其创新性不懈关注，在《中国当代先锋文学思潮论》④一书中，他以"先锋文学"概念从整体上对始发于"文化大革命"时期的地下文学的当代中国具有鲜明现代主义色彩的文学思潮进行归纳。自20世纪60—90年代，时跨三十余年，在张清华看来，中国先锋文学的思想路径演变轨迹和是自启蒙主义转向存在主义。这样，白洋淀诗歌群落、朦胧诗思潮、文化诗歌运动、寻根诗歌、第三代诗歌、女性主义诗歌等，都被纳入到张清华所构建的先锋文学脉络之中。对于产生于西方文化理论中诸如"启蒙主义"和"存在主义"概念的直接借用，是张清华先锋文学研究的一

---

① 耿占春：《失去象征的世界——诗歌、经验与修辞》，北京大学出版社2008年版，第2页。
② 同上书，第56页。
③ 张清华（1963— ），山东博兴县人。曾任教于山东师范大学，2005年调入北京师范大学，现为北京师范大学文学院教授。主要学术代表著作有《中国当代先锋文学思潮论》《内心的迷津》《境外谈文：中国当代文学的历史叙事》《天堂的哀歌》《文学的减法》《存在之镜与智慧之灯》《猜测上帝的诗学》《穿越尘埃与冰雪》《像一场最高虚构的雪》等，另有学术随笔集《海德堡笔记》《隐秘的狂欢》《怀念一匹羞涩的狼》等。
④ 江苏文艺出版社1997年第1版，中国人民大学出版社2014年修订版。

第四章　诗歌"边缘化"及社会文化"转型"：20世纪90年代的诗歌批评

个特征。他解释说，使用"启蒙主义"概念"并不是在简单地套用西方作为历史与哲学范畴的启蒙主义思想的概念，而是从当代中国的文化环境与80年代以来的文化实践出发的，它是一个'功能'范畴，一个'文化实践'范畴，一个背景和一种文化语境"[①]。可见，和陈超、唐晓渡等批评家相比较，张清华的"先锋诗歌"是广义的文学思潮的一部分，而非独特的诗人群体现象。张清华的诗歌批评属于建立在一个宽泛的范畴之上的诗歌现象观察与诗人个体研究。

张清华标举有理想的诗歌理念，他强调诗人以整个生命投入的诗歌写作，换言之，是语言和行动相统一的诗歌写作。也是在这一宽泛的生命本体论诗学意义上，张清华以他的诗学标准择取当下的诗歌现象和写作着的诗歌作者加以论述。从"文化大革命"时期的"非主流诗歌思潮"研究到逐年的诗歌观察，再到当代诗人的作品阅读笔记，作为一位关注当下诗歌动态和文学现状的批评家，张清华的诗歌批评秉持了中国古代诗学中知人论世的批评传统，同时也吸收了西方批评大师如勃兰兑斯式的"文学场"叙述精神。

同一时期，值得一提的学院批评家们还有王光明、罗振亚等。王光明从关注诗歌现象开始当代诗的批评，在综合研究了新诗史、海外华语诗歌写作及当代诗歌本体的研究之后，提出将20世纪的中国诗歌分为"白话诗""新诗""现代汉诗"三个阶段，"作为一种诗歌形态的命名，它（指"现代汉诗"这一概念）意味着正视中国

[①] 张清华：《中国当代先锋文学思潮论》（修订版），中国人民大学出版社2014年版，第5页。

人现代经验与现代汉语互相吸收、互相纠缠、互相生成的诗歌语境，同时隐含着偏正'新诗'沉积的愿望"①。罗振亚从现象追踪、诗人研究等方面进入当代先锋诗歌批评，及时梳理和总结先锋诗歌现象和成果。

比较而言，因为高等教育的基础条件和功能需求，学院批评的实力相对雄厚，学院自身也不断地培养批评的接班人。学院中的批评家以读书、教学、科研为日常生活，他们从事的文学批评属于一种职业批评。这种职业批评与诗人批评现象中的诗人批评家们的工作有一些区别，诗人批评现象带有自发性，强调诗歌或文学的趣味和创造性，而学院批评更着力于诗歌或文学的观念的建设性和历史演进。也因此，在教书育人的环节中，学院批评带有极强的传承性，相应地也能很快形成自身的批评传统。

进入21世纪，年轻一代的学人中，敬文东、张桃洲是活跃在学院里的诗歌批评家。敬文东②擅长对当代诗歌作文化批评，无论是诗歌文本解读或是诗人个案研究，抑或诗歌本体话题，都能在他开放的理路中获得独特的文化政治涵义。敬文东先学生物后从文，对于改学文科，从写诗到从事诗歌批评和研究，他有一个风趣的类

---

① 王光明：《现代汉诗：新诗的再体认》，收入《现代汉诗：反思与求索》，作家出版社1998年版，第36页。
② 敬文东（1968— ），生于四川省剑阁县，1999年获得文学博士学位，现为中央民族大学文学与新闻传播学院教授。著有《流氓世界的诞生》《指引与注视》《失败的偶像》《随"贝格尔号"出游》《事情总会起变化》《牲人盈天下》《皈依天下》《艺术与垃圾》《感叹诗学》《小说与神秘性》等学术专著，《被委以重任的方言》《灵魂在下边》《诗歌在解构的日子里》和《用文字抵抗现实》等学术文集，另著有随笔集、诗集数种。

第四章 诗歌"边缘化"及社会文化"转型":20世纪90年代的诗歌批评

比,称自己为"比喻意义上的左撇子",抛开了成功学意义上的大众选择,自觉做了一个"在大千世界中","以诗歌的方式发言"① 的人。敬文东早先亦着力于第三代诗歌和先锋诗人的研究,但他没有从文学现象和思潮的角度切入当代诗歌,而侧重于从诗歌的形式本体中发现与研究对象契合的因素,并善于阐释诗人写作的文化涵义。比如在研究他熟悉的四川诗人时,他敏锐地注意到四川方言、火锅文化等文化传统因素对诗歌声音的影响。在讨论一个时期热议的诗歌形式概念时,敬文东以辩驳和比较的态度进行细致的分析,比如"事境与情景""描述与阐释""独白与对话""现代性与古典性"② 等,总是两两相对的概念,通过比较它们的异同来体认与理解诗歌中的复杂技艺和艺术效应。在面对一个时期流行的有关当代诗歌的观念判断时,敬文东也体现了作为一名批评家所具备的批判性思维的强度。《诗歌:在生活与虚构之间》作于1998年,应是敬文东从事诗歌批评较早的论文,敬文东反思了当时盛行的几种诗歌论断,对"诗歌是知识"、"诗到语言为止"、强调诗歌的教化作用等观念既有批评也有再肯定。由此,他提出了他自己对当代诗歌的界说:"诗歌就是面对生活……","诗歌就是'研究'生活……","诗就是给灵魂一种形式……"等,这三个带着省略号的判断句显示了表述的意犹未尽和亟待丰富化的口吻,但同时也表明了一个学

---

① 敬文东:《左撇子自白》(代序),参见《诗歌在解构的日子里》,北京大学出版社2008年版,第1页。
② 敬文东:《追寻诗歌的内部真相》,参见《诗歌在解构的日子里》,北京大学出版社2008年版。

者的严谨与慎重。在辩驳与比较中，敬文东完成了对当代诗歌总体面貌的把握和相关艺术观念的形塑，并由此对他所欣赏的部分当代诗人进行了个案研究，包括第三代中的西川、欧阳江河、孙文波、翟永明、于坚、王家新，也包括后来被称为"中间代"的几位诗人如臧棣、西渡等。

长期而专注的研究使得敬文东积淀了更深厚、明确的批评心得，近年来，他撰写了两篇长论，《从超验语气到与诗无关——西川与新诗语气问题研究》[1]、《从唯一之词到任意一词——欧阳江河与新诗的词语问题》[2]分别从语气、词语的角度，批评了两位重要的当代诗人写作中存在的问题。敬文东对第三代诗人的代表西川、欧阳江河的深度批评，也显示了他对自己既有的诗歌研究的反思。

张桃洲[3]的新诗批评涉及方方面面，从新诗诞生以来的理论问题的思考，到当前诗歌创作的现象评析，诗歌与文学、宗教的关系，再到诗学本体论的探索等，都是他立足于当代诗歌批评所辐射的议题。新诗的理论探讨和现象评析，是张桃洲新诗的话语研究的两个向度。有关前一个向度，他结合新诗发展史所积淀的重要议题，侧重探究新诗中的形式因素，比如从新诗语言的特质之一格律入手，细究其外部音响和内在节奏，从分析新诗的人称探讨"主体

---

[1] 载《中国现代文学研究丛刊》2018年第10期。
[2] 连载于《东吴学术》2018年第3、4期。
[3] 张桃洲（1971— ），生于湖北天门，2000年在南京大学获文学博士学位，现为首都师范大学文学院教授。主要出版有《现代汉语的诗性空间——新诗话语研究》《"个人"的神话：现时代的诗、文学与宗教》《词语的探险：中国新诗的文本与现实》《声音的意味：20世纪新诗格律探索》《中国当代诗歌简史》等论著。

第四章　诗歌"边缘化"及社会文化"转型"：20 世纪 90 年代的诗歌批评

意识"等，而在后一个向度上，他打通了现当代学科分野，将 20 世纪新诗视为一个整体，评析重要诗人的写作特点。关注形式因素和新诗本体研究之外，张桃洲也从文学和文化的总体性入手，评析自现代以来，诗歌与文学审美、新诗与宗教文化的关系。张桃洲的诗歌批评建立在良好的审美品位与文本细读的基础之上，他的批评观念扎实、清晰而具有说服力。

具备了新文学的整体视野和踏实的批评基础，张桃洲新近撰写的《中国当代诗歌简史》以简洁的文字勾勒了 1968—2003 年间中国当代诗歌发展的总体脉络，对这一时段当代先锋诗歌的重要现象、话题和代表性的诗人诗作的描述与点评显示了他独到的批评眼光与见解，结合文学问题与历史视野的论述也体现了他作为学院批评家的优势。

其他值得注意的年轻一代学院批评家还包括霍俊明、张光昕、一行（王凌云）、颜炼军、余旸、王东东等，他们活跃于当前的诗歌批评场域，他们中的部分人也从事诗歌写作。从批评家的身份构成看，在学院谋职并不一定是其批评带有学院批评特征的基本条件，还要从批评家运用的批评方法，他们对诗歌批评功能的理解以及批评实践的活跃性质等具体因素加以判断。

第五章 丰富与匮乏：21世纪以来的诗歌批评

进入21世纪，互联网的全球普及可谓人类文明的重大突破和重要进展，这样的论说一点也算不上夸张。如今，互联网已经彻底改变了人类的日常生活和交往方式，也变更了当代的文学场域和诗歌传播渠道，并拓展了写作中的诗人和读者、研究者的视野。从诗歌批评的发生场、批评对象（诗人及其写作）和批评主体的构成以及批评话语的流变等方面考察，新世纪以来，当代诗歌批评呈现出既丰富又匮乏的特征。

随着互联网上各种交流平台的出现、更迭，越来越多的作者被吸引，参与到线上交流和创作更新中，网络媒介成了与图书、期刊等纸媒相互独立又相互依存的重要文学阵地，互联网成为当代中国诗歌开辟的新空间。较之于其他文类，一方面诗歌因其篇幅相对短小而有着得天独厚的网络传播条件，另一方面中国诗歌界本身存在的独立期刊、内部交流的民间传播传统也使得许多诗人乐于在互联网上集结，形成了大大小小，带有地域和群体特征的数量惊人的诗歌网站。诗歌论争、诗人交流都借助互联网进行，诗歌批评也因互

第五章　丰富与匮乏：21世纪以来的诗歌批评

联网的普及而变得更迅疾、及时和多样。

在当下，社会议题、文化热点首先在互联网上得到广大网民的热议，诗歌论争也基本发生在互联网上，然后才被纸媒转载和继续深入讨论。无论是从便捷还是环保的角度看，网络媒体都大有取代纸媒的可能与趋势，当代诗歌的接受语境因之悄然发生着变化。贯穿新世纪以来的诗歌批评议题集中在诗歌写作的伦理，诗歌与消费文化的关系，细读批评深化与总体研究的困境等方面。由于互联网对写作和传播环境的影响，诗歌文化和诗歌教育议题也得到讨论。新生代诗歌批评家多出身于学院，在知识储备、学养和诗歌写作实践经验等方面，均优越于前几代批评家。

第一节　互联网时代：诗歌写作与批评空间的迁移

20世纪末的诗歌论争硝烟尚未完全消散，当代诗歌便迅速融入了互联网时代。互联网时代最显著的特征是其虚拟性，它在陌生人之间建立起沟通的桥梁，可以让他们相互认识和了解彼此，但同时也会产生更深刻的隔膜与孤独感。它带动了御宅族文化的诞生，促进了文化消费热潮，同时也加剧了社会的原子化。对于新世纪初的中国诗人们来说，快捷、便利的互联网似乎是一个蕴藏了无限可能性的场所。

21世纪初期，诗歌交流的互联网平台主要为门户网站中的读书、文化BBS（论坛）和专门的文学网及诗歌论坛网，从刚学会使

· 307 ·

用 Email，到迅速掌握在网络论坛发帖、跟帖评论、转发文件，并不需要花多久时间，诗人们很快意识到，在互联网上发表（或发布）自己的诗作比在公开出版物上发表诗作要容易、方便和迅速得多。

21 世纪诗歌写作和批评空间的迁移变动状况，可以从三个方面概括：首先是网络媒介的技术革新，带动了写作的诗人和批评者在不断更替的媒介之间穿行、驻留，营建一方属于自己的诗歌天地，而网络媒介的变革趋向日益便捷的呈现和更有效的交流；其次，尽管网络呈兴盛之势，但终究没有真正取代其他媒介，传统的纸媒在新世纪依然扮演着刊发诗歌和批评，出版诗集和评论著作的重要角色。需要我们讨论的，恰恰是网络与纸媒之间互相依存的关系。再次，总体来说，当代诗歌的接受语境因为互联网的冲击而发生了变化。以诗歌论争和诗歌出版为例，可以看出诗歌话题往往先在网络上发酵，受到讨论，而新诗人的出现和为人所知，均有一个在网络上获得传播的前期准备阶段。

一 网络时代诗歌传播媒介的几度变革

从批评的角度看，21 世纪十九年间网络科技发展飞速，媒介更新换代非常频繁，仅从对于诗歌有影响的媒介来讲，从诗歌 BBS（即论坛）开始，接续下来，有诗歌网刊，综合诗歌网站，博客，微博，电子书，再到智能手机终端上的微信公众号、诗歌 APP 等。为什么需要突出强调当代诗歌与网络的关系？这是由当代诗歌在新

第五章　丰富与匮乏：21 世纪以来的诗歌批评

世纪发展的基本状况决定的。自 20 世纪 60 年代以来出现的中国诗歌民间刊物传统，在互联网时代焕发了新的生机。大量的民刊同仁在互联网上创办诗歌论坛，新老诗歌写作者纷纷在各类诗歌论坛间浏览、参与讨论，或以实名注册亮出身份，或以网名形式"潜水"、"冒泡"。

不过，由于互联网交流平台的迅速更新换代，同时也因网站维护、服务器租赁及域名买卖费用的提升，加之个人网络日记平台——博客（Blogger）在 2004 年间流行，BBS 迅速被个人博客取代，成为广受网民欢迎的交流网媒新宠。唯有 2000 年 2 月成立的中国第一家诗歌综合网站"诗生活网"，能够从 21 世纪以来持续受到诗人们的青睐。据介绍，诗生活网是中国"第一个拥有自己独立的域名和空间，第一家拥有专业的服务器，设计了第一个基于 WEB 页面专业的新诗论坛、翻译论坛和儿童诗论坛，第一家向诗人开放的专业的自助式专栏，建立了第一家网络诗歌通讯社、第一家网络诗歌书店等"[①] 的综合诗歌网站。诗生活网在 21 世纪以来的网络诗歌发展中起到了举足轻重的作用。作为大型诗歌专业网站，诗生活网为诗歌批评设置了"批评家专栏"、"诗歌专题"、"诗观点文库"等板块，而"诗通社消息"板块也是诗歌批评和研究的文献基础。

网络 BBS 时代，是众多诗人（网民）最兴奋的年代，因为互联网带来的交流便捷，搜索引擎的巨大力量以及各种网络功能带来的新奇感，带给人们的体验是前所未有的。在论坛上结识远方的诗

[①] 参见诗生活网（http://www.poemlife.com/about-aboutus.htm），诗生活网的创办者为：莱耳（行政总监）、小西、白玉苦瓜（总版主）和桑克（内容总监）等。

友,在公共聊天室与天南海北的诗人们畅聊诗艺,或者自建个人网站,努力向互联网输送诗歌方面的资料信息,等等,这是网络初步兴起的时代,使我们跨越时间和空间的限制,我们生活于其中的星球在全球互联网建起的那一刻,成了名副其实的地球村。

BBS 也是诗歌群体占领山头的地方,以写作趣味、诗人生活地域为界团结而成的诗歌圈子纷纷开辟论坛,除了诗生活网的几种论坛之外,当时相当活跃的诗歌 BBS 还包括北大新青年网文学大讲堂论坛、橄榄树论坛、界限论坛、诗江湖网论坛等。BBS 也是诗歌论争比较集中发生的空间,从 20 世纪末的"知识分子写作与民间写作"论争的余续到新一轮的诗歌内部论战,似乎互联网交流的便捷也促使当代诗人站队与相互抱团。网络论坛也是诗歌"酷评"的萌生之地,延续着上世纪末诗歌论争的话题。此外,口语诗写作风行网络,这一现象造成的结果就是诗歌写作的门槛变得越来越低,而参与评论的条件和判断标准也因之而下降。

2004 年左右,个人博客开始风行,诗人们纷纷移师注册博客,使之成为网络上刊发自己的诗文、日记的园地。博客时代,诗人们通过"友情链接"功能建立起自己的社交网,互相评论对方的写作,沟通信息,继续 BBS 时期的论争。与 BBS 相比,博客也便于完整地保留交流讨论。博客时期,一些引发了诗人关注的议题在网络上也形成过热潮,最为突出的是 2008 年汶川地震之后的"地震诗潮"。博客流行不久,文艺氛围浓厚的豆瓣网(2005 年上线)建立,立刻吸引了众多的文艺青年参与,豆瓣主体是博客性质的,但架构更复杂,内容方向主要为书评影评,豆瓣还设有豆瓣小组和豆瓣小站等，吸引诗人们的"粉丝"（英文 Fans 音译，本意为追星的人或人群，后演变为通常意义上的仰慕者）为他们钟爱仰慕的诗人建组、建站，年轻的写作者也可以自己申请建站。豆瓣创办迄今，仍有大量的诗人和文艺爱好者注册使用。

2009 年，新浪微博出现，并迅速替代了博客。微博因为发布内容的字数限制（140 个字）改变了人们的阅读习惯，当然，也进而触发了新的写作倾向，近年来风行的短诗写作热潮可以说是微博式阅读影响背景下产生的。微博还采用实名认证制，这样已经有一定名声的诗人注册认证之后，也增加了诗歌言论的可靠性。

随着智能手机的普及，微信开始被人们使用，大约在 2013 年，微信公众号作为手机终端传播最为迅速的网络媒体平台，被当代诗人运用。微信公众号相当于一种电子期刊，可以定期或不定期推送内容，从技术层面看，文字之外还可以嵌入音频、视频和照片等，真正使得网络时代的诗歌传播获得了最大的丰富可能。2015 年初女诗人余秀华的网上"爆红"则是微博、微信共同传播的结果。

当代诗歌及批评的发生空间、传播平台，在新世纪里已经逐步转移到了互联网上。这样的判断并不显得夸张，从长远来看，未来总有一天，网络媒体会取代传统的纸媒。不过，当下的实际情形是纸媒与网媒的相依共存。而智能移动终端（手机）的普及也使得当代诗歌的传播获得了前所未有的广泛与普及。然而，传播途径的增多并不意味着传播与接受效果的改观，尤其是在大众消费时代，诗歌作为比较晦涩的文学类型，它的受众范围其实是有限的，且是需要批评介入去培养的。自媒体传播平台的普及，或许有利于诗歌教育和诗歌文化宣传的快速开展，但是，敏锐而有深度的诗歌批评以及对当代诗歌的本体批评与历史的研究仍然依赖于沉潜的学术心态与"慢工出细活儿"的思想经营。从这个意义上看，近年的诗歌批评又有回归纸媒与传统出版的趋向。

二 从网媒和纸媒的关系看诗歌批评话语

进入网络时代，20世纪90年代日益蓬勃的大众文化逐渐在网络上找到了相应的推广与传播平台，而围绕报纸、刊物等纸质媒体的精英文化进一步瓦解。随着移动数据传输的提速、流量升级和网费的降低，互联网应用功能的不断突破与普及，也随着环境保护意识的增强，纸质媒体似乎面临着全面衰退，将来或许有一天，纸媒会彻底消失，代之而起的互联网媒体平台将完全担负起各种信息传播功能。不过，在这一天真正来临之前，还有相当长的过渡期，过渡期内，纸媒与网络媒体并存。这不仅因为网络一时尚不可能覆盖所有地区，媒体平台普及也需要相当长的时间与条件，而且也受文化传播与接受模式的惯性、持续性等的影响，存在各种传播媒体与形式并存的过渡期大概是必然的。这也正是新世纪以来的文化生产与传播的主要特征。

互联网兴起时，诗人们纷纷建立网络论坛，交流作品并互相批评，由于交流的便利，诗歌论争阵地也从报刊纸媒转移到网络，在线论争、跟帖互动、读者反馈近乎同时发生。一时之间，诗歌发表、传播与评论的资源在网络上激增。如果不是因为在网络上发布

第五章 丰富与匮乏：21世纪以来的诗歌批评

作品近乎无收益（网文稿费制一直没有真正确立），今天恐怕很难看到依然挺住的纸媒姿态了。当然，纸媒的读者群大大缩水，发行量因此受到影响，这是不争的事实。不过，在信息传播空间转移的过程中，由于纸媒拥有相应的文化资本（公信度和稿费制等），相对于网媒，其优势逐步显露，特别是印刷文化培育起来的权威和更高层面的接受度，使之在绝大多数的诗歌读者的心目中依然发挥着网媒不可替代的作用。

或许，网络媒介在使用者的好奇心、自由度和未可知的前景的刺激下，给人以它将迅速取代纸媒的错觉。当代诗歌的传播场域迄今仍然以网络为主，纸媒也主要向网媒寻找资源。在网络上，点击量、回帖和跟帖热度，成就了新人、新论，酝酿了诗歌论争、热点与深度话题的可能性。在互联网平台上发表的批评，一般以即时、感性的判断居多，立场和审美态度鲜明，通常被称之为"酷评"。酷评的短小、观点鲜明和传播快速的特征，容易催发论争，并吸引关注。21世纪以来几乎所有的诗歌论争都是先从网络开始的，延续20世纪末的"知识分子写作与民间写作"的论争，随后还有口语诗歌潮流下的诗歌界内部混战。其他有名的论争，包括臧棣与林贤治有关诗歌写作伦理的论争，臧棣对北岛言论的批评，以及后来余秀华现象及批评等。

既然当代诗歌批评的发生场域、传播空间基本迁移至网络平台，是否现在就可以下结论，从批评的角度看，网媒已经取代纸媒了呢？也许网络技术可引发灵活、庞大的发生效应，但同时，相关信息也混乱、分散、芜杂，需要辨别与甄选。网络更偏重信息的涌

· 313 ·

现与储存，而诗歌批评并非信息，它需要积淀、反思、分析与辨析，需要与传统建立关联并为新现象命名和界说。纸媒能够将提炼出来的话题集中并深化之。目前看来，网媒与纸媒各司其职，也各有优长。

另外，还需要谈一下"网络诗歌"这个颇具争议的概念，一窥当代诗歌批评在网络时代的特征。网络诗歌（有时称为"网络诗"）与网络文学一样，指的是在互联网普及的前提下，在网络上成长起来的诗人、作家和他们创作的作品（通常也是先在网络上传播并流行）。略有差异的是，网络小说特指那些仅仅通过在网络上进行内容更新并与读者互动创作的类型小说，这种文学现象称得上是网络文学的代表。而网络上的当代汉语诗歌的形态基本属于传统的文本创作，几乎不存在称得上"网络诗歌"（或赛博诗歌，cyberpoetry）的诗歌形态。

根据维基词典的定义，赛博诗歌指的是使用计算机创作并带有互动性和多媒体特征的诗歌。而这样的诗歌，目前在汉语诗歌界还是寥寥。桑克认为，当代诗歌到了互联网上，只是形态发生了变化，但界定诗歌的标准并没有改变。"现在许多'网络诗歌'运用的还是传统媒质上刊布的那种诗歌形态，这就说明这种变化还是传播方式和刊载媒质的变化，还不是本质性的。""超级链接体诗歌和多媒体诗歌将是一个时期内'网络体诗歌'发展的主要方向。"[①]然而，据桑克构想的"网络体诗歌"过去十多年了，这种超级链接

[①] 桑克：《互联网时代的中文诗歌》，《诗探索》2001年第1—2辑。

第五章　丰富与匮乏：21世纪以来的诗歌批评

体诗歌和多媒体诗歌似乎并没有发展壮大起来。不过，互联网确实给当代诗歌的传播带来了新的方向，利用音频、视频等传播诗歌，发布诗歌活动信息等，由此带动当代诗歌传播与阅读热潮，成为当前最重要的诗歌文化现象。

三　在线论争、网络诗歌现象及其文化批评

1. 口语诗潮影响下的网络论争

发生在网络平台上，来自不同地区的平台注册用户随时跟帖参与的在线论争，这种诗歌批评现象在互联网开始普及的新千年前后，使得当代诗坛焕发别样的生机。2000年2月28日"诗生活"网站[①]开通，虽然这不是国内第一家诗歌网站，却是综合性最强，人气最旺，乃至持续时间最久的中文诗歌网站。除了汇聚人气的论坛之外，它最初设计的几大板块"诗歌月刊""诗人专栏""评论家专栏"和"驻站诗人""诗观点""诗生活通讯社"栏目等迅速结集了当时创造力旺盛，并对互联网抱持热情的诗人和批评家。同年，"诗江湖"网站创办（创办者：南人），迅速成为以《下半身》诗人群体为中心的网络大本营。而20世纪末发生的诗歌论争继续发酵、延续至此时最为活跃的网络诗歌论坛（BBS）上。诗人云集网络论坛，发表诗歌，互评作品，继续热议诗歌理论，一时间成为新千年之初中国诗歌充满生机的表征。根据桑克的观察，

[①] 参见诗生活网站（http://poemlife.com/）。

· 315 ·

"2000年,'诗生活论坛'成了中文互联网最热闹、人气最旺盛的诗歌论坛之一,截止到2000年12月中旬的统计,已有300多位作者在论坛上发表了3600多首(组)诗作"①。而网络诗歌"在大量的文学网站、专门的诗歌网站的创建过程中如雨后春笋般生长起来。2001年,针对网络诗歌这一现象,'橡皮'、'唐'、'个'、'诗江湖'等网站展开了规模较大的论争,诗歌网站成为重要的新诗现场之一"②。

随着网络技术的更新换代,网站维护的成本增加以及其他一些原因,一些曾经活跃的诗歌论坛渐趋衰落、停止更新乃至关闭。线上论争也改换了阵地,转移至博客、微博和微信等新平台上。互联网的这种不稳定性影响了当代诗歌传播和批评的方式。

线上论争的话题起初十分庞杂,既有对诗人诗作的具体评论,也有各类诗歌话题的散漫探讨。延续着20世纪末诗坛的内部论争,同时结合网络诗歌思潮兴起时的特点,有关诗歌写作的口语化问题,成为当时热议的焦点话题。更值得注意的是,口语写作观念影响了互联网普及之后在网络上结集与交流的新一代诗人的写作倾向。

口语诗,诗歌的口语化,或口语写作,这是自20世纪80年代中期由第三代诗人催发,以韩东、于坚等为代表,经由90年代的伊沙、沈浩波等的实践和鼓吹,到了20世纪末诗歌论战中,"口语"就成了诗歌写作中带有优先特权的语言介质。在以"民间"为旗帜

---

① 桑克:《互联网时代的中文诗歌》,《诗探索》2001年第1—2辑。
② 同上。

的一方看来，口语入诗是新诗唯一的出路，而他们批评的"知识分子诗人"则在语言上"欧化"，其写作欲与西方文化接轨。"自1999年4月诗坛'盘峰论争'之后，2001年围绕着'网络诗歌'、'怎么写'、'写什么'，在'橡皮'、'唐'、'个'、'诗江湖'四个网站（论坛）之间，先后发生了沈浩波—韩东，伊沙—沈浩波，徐江、萧沉—韩东、杨黎、沈浩波，韩东、杨黎—于坚四次论争，卷入这场论争的除了当事双方外，还有其他许多知名的诗人、评论家。"① 实际上，这是民间派内部的论争。

2. 臧棣对林贤治、北岛言论的批评

网络技术更新速度相当快，从BBS到博客再到微博和微信，兴起的移动自媒体平台迅速取代了之前的网络论坛。论坛和博客时期，用户需要在台式机和笔记本上登录和参与讨论，这意味着用户必须待在固定空间之内上网，而移动自媒体平台借助手机、平板电脑，下载相关APP，购买并使用流量，就能够随时随地进行网上交流。不过，对于使用网络的当代诗人而言，网络平台既是交流也是展示的空间。如何利用它，不同的诗人可能有不同的方式。诗人臧棣可以说是积极探索网络空间，试图最大限度地运用这一媒介的少数人之一。

当然，即使我们断言当代诗歌的发生场已经迁移至互联网，也并不是说所有的作者和批评家都把自己的文章或有关诗歌的言论首

---

① 尹小松：《"网络"诗歌的前世今生》，《文艺理论与批评》2003年第3期。

先发布在网上。一方面，纸质媒体，如诗歌和文学批评报刊等，依然有约稿制及首发要求，另一方面，很多作者、批评家其实也没有真正养成在网络上发声的习惯。这是一个纸媒和网媒交叉并存的时期。林贤治和北岛对当代诗歌的批评言论首先就是在纸质媒体上出现的。

　　林贤治是诗人、批评家和学者，对于当代诗歌和思想文化动向一直抱持着密切的关注，他持论颇激烈，判断也相当直率。他主持策划的"忍冬花诗丛"自 2005 年起陆续出版十余种当代诗人的个人诗选集，包括多多、王寅、郑小琼、杜涯、周伦佑、邵燕祥等。2006 年，林贤治在《西湖》文学月刊第 5 和第 6 期连载了他有关 90 年代中国诗歌的批评长文《新诗：喧闹而空寂的九十年代》。稍后，林贤治还在该刊发表了《中国新诗向何处去》《非政治化：媚雅与媚俗》[①] 等文，火力集中地批评当代新诗。2006 年年底，在诗生活网的新诗论坛上，臧棣以接受友人在线采访的形式，发帖对林贤治的言论进行反批评。[②] 在访谈中，除了围绕林贤治在文章中对于臧棣有关诗歌言论的批评进行辩护性反驳之外，他还就 90 年代诗歌，70 年代出生的诗人写作以及当代诗与历史的关系等命题，进一步厘清批评界的误解和偏见。

　　2011 年 11 月中旬，诗人臧棣在"诗生活网"的"诗东西论

[①] 这些文章均收入林贤治著《中国新诗五十年》，漓江出版社 2011 年版。
[②] 臧棣、宋乾：《意淫当代诗歌，林贤治，特殊的知识，诗的快乐，诗的尊严》，访谈时间：2006 年 12 月 19—21 日，访谈文收入"诗生活网"之"诗观点文库"，参见：http://www.poemlife.com/libshow–1680.htm

坛"贴出一篇论文（节选其中四分之一），一篇访谈，发起了对北岛的批评。在《诗歌政治的风车，或曰"古老的敌意"——论当代诗歌的抵抗诗学和文学知识分子化》一文中，臧棣将北岛自20世纪90年代中后期以来在媒体采访或撰写的文章中，对当代诗歌（文学）发表的一些言论作为批评对象，侧重批评了北岛所谓的"抵抗诗学"和对作家身份的"知识分子化"理解。臧棣认为虽然北岛在国外具有一定的文化资本及话语地位，却没有客观、公正地对待国内的当代诗歌和诗歌批评，他对当代中国文学的价值和性质的判断存在偏见。在这篇文章中，臧棣逐条驳斥了北岛的言论，揭示其背后所体现的对于当代诗歌（文学）机械的反映论、整体性独断论、文学与历史的一致性论，以及将知识分子的批判性混同于文学的批判性等言论实质。

9万余字的访谈《北岛，不是我批评你》是臧棣运用QQ、Skype和MSN等网络媒介，就前面的论文以及由此引发的与当代诗歌写作、翻译、交流等一系列相关的问题和网友们的交流。可以看出，臧棣针对相关问题有深入的思考和积累，因此，貌似针对北岛一人的批评，事实上也是针对整个当代诗歌的评说。对臧棣的发难，北岛在接受媒体访问时表示不予回应。2011年年末，这篇访谈在《观典》杂志首发，编者、诗人马策在"卷首语"中评述道："臧棣跟北岛一样，都是文化象征资本的携带者，江湖地位显赫，自成符号系统。当北岛不断对大陆诗歌写作进行文化诊断时，他也在不断进行自我符号的文化再生产；当臧棣不断针对符号北岛进行尖锐批评时，他也就不断完成了自我符号的文化再生产。这里夹杂着言说、批评的权力与权利，夹杂着符号的生成与解码（当然也不免夹杂着正解与误读）。"这种各打一板子的推断究竟有没有意义，只有等待时间的检验了。

3. 余秀华现象及其批评

2015年年初，一位名叫余秀华的女诗人迅速蹿红，成为舆论热点。余秀华是来自湖北的一位农村妇女，一位脑瘫患者。

余秀华生于1976年，2009年开始正式写诗，曾活跃于一些网上诗歌论坛。2014年9月，《诗刊》纸媒发表了她的诗作，11月10日，《诗刊》微信公众号推送了文章《摇摇晃晃的人间——一位脑瘫患者的诗》，阅读数很快就到了5万。2014年12月份，《诗刊》微信在与10个微信公号的互推余秀华的诗歌中收获了1万个粉丝，增幅50%。2015年1月13日，旅美学者、诗人沈睿发表新浪博客文章《什么是诗歌？余秀华——这让我彻夜不眠的诗人》，称余秀华为"中国的艾米丽·迪肯森"，盛赞她"出奇的想象，语言的打击力量，与中国大部分女诗人相比，余秀华的诗歌是纯粹的诗歌，是生命的诗歌，而不是写出来的充满装饰的盛宴或家宴，而是语言的流星雨，灿烂得你目瞪口呆，感情的深度打中你，让你的心疼痛"。博文发布当天，即被《民谣与诗》微信公众号转载，并配上余秀华的生活照、诗歌手稿及延伸阅读材料。这篇微信公号迅速在朋友圈得到传播，阅读量有10万多。也是这篇微信文章使得余秀华爆红，读诗的不读诗的读者们纷纷在自己的朋友圈里转发。

自媒体的传播之力在余秀华身上得到验证。《诗刊》微信公众

第五章　丰富与匮乏：21世纪以来的诗歌批评

号的发布只是个开端，网络名人的荐举成为助推力量，接下来在网上进行的论战，则把余秀华和她的诗歌带进资本和媒体主导的传播机制之中。2015年1月16日，诗人沈浩波在新浪微博连发两帖，质疑余秀华的诗歌："仅就诗歌而言，余秀华写得并不好，没有艺术高度。"同时他还质疑了当代诗歌的普通读者（大众），"近期大众舆论关注的两个诗人，一个是许立志，一个是余秀华。一个是自杀的富士康打工青年，一个是脑瘫症患者。前者把苦难写成了有尊严的诗，是个好诗人，所以大众不会真喜欢他的诗。后者把苦难煲成了鸡汤，不是个好诗人，所以大众必会持续喜欢"。

诗人廖伟棠是余秀华诗歌的激赏者，随即在微博上与沈浩波商榷。同年1月19日，沈浩波发布了一篇长微博文，依然延续着之前的思路，论及诗歌与大众及媒体的关系，以及作为诗人的余秀华的限度。"再客观一点说，余秀华的诗歌已经进入了专业的诗歌写作状态，语言基础也不错，具备写出好作品的能力，但对诗歌本身的浸淫还不深，对诗歌的理解也还需要再深刻一些，很多诗歌停留在情感的表层，既没有深入进去，也缺乏表达的微妙。"他质疑吹捧余秀华诗歌的人的审美能力。该文在《诗歌是一束光》微信公众号上发布，此时，各大网站和纸媒已经开始跟进网络上有关余秀华诗歌的讨论。新华网、《新京报》、人民网、《南方都市报》等纷纷转载或撰文推出脑瘫诗人余秀华及其诗作。

2015年1月20日，诗人、批评家臧棣接受媒体访谈，提出了一些看起来不合公众口味但引人深思的观点。他认为余秀华的诗"最大的特色，就是写得比北岛好"。余秀华"之所以能引发如此更

· 321 ·

大的共鸣，倒不一定是她的诗写得有多么好，而是她的诗，向我们今天的诗歌文化提出了很多问题"。臧棣既肯定了余秀华的写作"重申了一种基于生命事实的书写权力"，同时也希望讨论者能够反思今天的诗歌文化问题。就这样，从1月13—20日，短短一周时间，余秀华红遍中国，而由广西师范大学出版社和湖南文艺出版社出版的她的诗集，已在网上同时预售。

  两家出版社早在2014年年底就开始为争取余秀华诗集的版权和预售效果而展开舆论较量。湖南文艺出版社给出了10%的高版税，并称要印1万册，哪怕没销出去也不怕，并承诺尽快出版，让余秀华的诗集成为广大读者最好的新年礼物。广西师范大学出版社则让编辑加班加点选诗并赶印诗集，以便抓住销售时机。"这本书连宣传期都没有"，广西师范大学出版社的宣传人员相当惊诧。

  余秀华的诗歌到底有多出色？其实，经过一番网上论争，结论也不难得出。余秀华的爆红，正如网上有文章分析的，得益于"社交媒介"，她的"人生故事就是一部励志片，而在微信上传播最为广泛的就是那些或真或假的'心灵鸡汤'"。[1]

  但不管诗歌圈内外争议如何，在余秀华诗歌现象中，最具奇观色彩的，不是踏破余家门槛的各路记者，也不是那些曾与余秀华有着恩恩怨怨的网络诗人们，更不是那在余秀华缺席的情况下宣布她为"作协副主席"的钟祥市作家协会，而是独具商业眼光的两家出版社。两家出版社推出的余秀华诗集都在2015年2月出版上市，到

---

[1] 魏英杰：《社交媒介成就了余秀华神话》，《新京报》2015年1月19日。

2015年年中，据报道，湖南文艺出版社出版的《摇摇晃晃的人间》卖出6万册，而广西师范大学出版社出版的《月光落在左手上》销售了十多万册，可谓预料之中的诗歌出版一大"奇迹"。也许余秀华的写作本身并不带有"把苦难煲成鸡汤"的意图，而资本的介入、媒体推手则借助了暧昧的身份话语和诗歌趣味，果断地抓住商机，获利获益。余秀华现象体现的是文化资本借助互联网平台对于当代诗歌和诗人的消费。

第二节 诗歌"写作伦理"批评话语

诗歌与现实的关系是贯穿当代新诗批评史的重要话题之一。如何从批评的角度理解"现实"？如何在诗歌中抵达"现实"？或诗歌要"介入""现实"吗？如何介入？诗歌与现实的关系是反映论的，还是表现论的？在"站在虚构这边"的观念前提下，诗歌的"现实主义"到底意味着什么？对于这些问题，在进入21世纪之后，中国当代诗歌批评家们有了哪些认识上的推进？有关诗人对现实的态度以及当代诗歌的功能等问题，21世纪的批评家将之归纳为诗歌写作的伦理命题。写作伦理命题在21世纪的不同诗歌思潮中，也存在相应的体现。

一 "地震诗"热潮及其批评

2008年5月12日发生在中国西南地区的汶川大地震震动了全

· 323 ·

中国乃至全世界。5月15日由诗人黄礼孩主编的"诗歌与人"诗刊和诗人莱耳等主办的"诗生活网"联名在互联网上发表《致全国诗人倡议书》，提出"此时诗歌何为"？并认为："在大灾大难面前，诗人不能仅满足于用笔书写心中哀思，表达悲伤。诗人必须行动起来！诗歌必须有力地介入社会生活！生活必须有重生的力量！诗歌必须发出她大爱的声音！"接着，"诗生活"网站向全国诗人征集大地震题材的诗稿，稍后在广东的广州、深圳、佛山、东莞等城市，组织诗歌朗诵会，向社会各界募捐。5月底，"诗歌与人"推出了"笔记现场""诗歌现场"和"日记现场"三个栏目的《5·12汶川地震诗歌专号》。

　　灾难发生后，互联网与电视传媒一样，为最及时地传播消息、释放人们的情绪和切实的救助等发挥了作用，地震诗潮是在互联网上率先涌动起来的。参与到写诗行动里来的许多是第一次写诗的"草根诗人"们，比如那首流传广泛，较早获得普遍关注的《孩子，快抓紧妈妈的手》的作者，据说是一名24岁的山东青年，名叫苏善生。这首诗也是他在5月13日那天，从媒体上看到地震废墟中一只垂下的孩子的手之后，受到震动，用了十分钟时间，将三年前写给绝症女友的诗《亲爱的请抓住我的手》改写成《孩子，快抓紧妈妈的手》，贴到百度"地震吧"里，迅速得到传播。很快，人们便从手机、电视上看到和听到这首和这类诗歌了。有关地震诗潮，稍后有人撰文描述道："从诗人到普通民众都拿起笔，每天都涌现出成千上万的诗歌。《诗刊》在地震后一周之内推出两期8个版的《诗刊抗震救灾诗传单》，《星星》诗刊把已经编好的6月号部分内

第五章　丰富与匮乏：21世纪以来的诗歌批评

容撤下，改成'抗震救灾特别专辑'。不少出版社正迅速地编选地震诗歌，群众出版社的《汶川诗抄》和人民文学出版社的《有爱相伴——致2008汶川》已在全国新华书店发行，并将部分诗集捐献给了灾区；四川大学出版社编选的《共赴国难，奉献爱心》丛书在近日即将出版。北京、成都等地的群众还自印大量的诗传单散发。地震诗潮洋溢着血泪和大爱的深情，在亿万民众心中涌起层层波澜。"[1] 几乎所有正式出版的文学类报刊都在地震后的一期中辟出诗歌栏，刊登相关题材的诗作，而一些日报和报纸副刊也连续刊登地震诗的自由来稿。有关地震诗潮的公开出版物除了上文提及的，还有《惊天地泣鬼神：汶川大地震诗钞》（华东师范大学出版社）、《珍藏感动：汶川·生命之诗》（上海锦绣文章出版社）等。大致而言，地震诗潮（也有媒体称之为"抗震诗"）是一次自发的全民诗歌写作热潮，那些在手机、互联网上传播的无名作者的作品，较之于诗人与作家们的写作更具政治与文化的症候性。

以大地震为题材的诗歌具体涉及的主题包括：抒发地震带来的震惊，表达哀悼逝者，关心和抚慰伤者与幸存者的感情；确认珍爱生命，重新思考商业社会中被忽略的诸如同情他人、怜悯、救困帮贫、正义感和英雄意识等价值观念；批评麻木、冷漠以及在救灾中表现其私欲和不道德的行为；赞美救援士兵、志愿者和所有给灾区民众实际帮助的人，赞扬政府与领导人的反应迅速与深入灾区救灾的行动，赞颂祖国，焕发民族自豪感。

---

[1] 干天全：《震撼灵魂的冲击波——地震诗潮的动因与启示》，《当代文坛》（双月刊）2008年第4期。

地震诗潮的出现引发了传媒与批评家的关注，有盛赞这种"民族集体悲情的仪式化表达"的，认为："诗歌，天生就是用来表达和宣泄感情的；在我国的诗歌传统中，它本源上是一种群体心理情感的自发反映，最早的是人神相和的歌，如先秦楚辞中的《九歌》等；诗歌，它本质上是来自民间，发于市井的歌谣，比如诗经中的《二南》，再比如汉代的乐府诗歌等等。而扑面而来的抗震诗歌潮流，正是用来表达和宣泄一种自发于民间的群体心理情感。"① 也有在肯定地震诗潮的积极意义之外，从文学和文化的层面对其进行反思与批评的。陈超认为："诗人们忠实于心灵和基本人性，普遍没有将'哀歌'简单地变为'战歌'，也鲜有将灾难死亡直接美化至救援的精神'升华'。虽然有个别'十三亿人共一哭，纵做鬼，也幸福'的浅薄抒发，但迅速就遭到了人们的愤怒抵制。由此我们也可以看到，改革开放30年来，中国诗歌回到了基本人性，回到真实心灵，回到五四新诗之永恒远景的'我手写我口'的事实。"②

对地震引发的诗歌潮流持质疑态度的批评家则说："我不想看到、这么快地看到令人惊愕的苦难被升华，我不想看到许多无辜生灵的死亡变成从天而降的灵感，不喜欢'家国不幸诗家幸'的无耻说法，客观上它就是置诗人于幸灾乐祸的位置。也不想看到巨大的苦难再次成为权力合法性危机的又一次转化，不稀罕以

---

① 凌宏发：《抗震诗歌：民族悲情的仪式化表达》，《新民晚报》2008年6月14日。

② 陈超：《有关"地震诗潮"的几点感想》，载黄礼孩主编《5·12汶川地震诗歌写作反思与研究》，内部刊行，2008年8月，第15页。

'多难'来'兴邦',多难意味着许多生命的创伤、痛苦与死亡,现代国家与社会的兴盛不应该奠基于他人的血泪。"① 批评家呼吁,将灾难中激发出来的同情心、对生命的尊重等扩展并提升为一种"人道主义社会伦理","苦难不应该再次被劫持,救助也不应该变成感恩戴德。苦难应该成就一种政治智慧。苦难激发的是爱、同情与怜悯。它体现了人与人之间的非利害关系的伦理必要性,无偿付出和支持他人的生命意志。自然灾难激发的社会伦理热情应该能够转化为遏制或减少人对人、制度对人的伤害、对他人尊严的维护的持久力量"。②

结合近年诗歌现状和当代文学史上的相关问题,也有评论家们将思路集中在地震诗潮所体现的文学(诗歌)与现实关系的当代处理上。谢有顺认为地震诗潮带给我们:"两点启示:一是它向我们重申了诗歌和情感之间的永恒关系;二是诗歌并未退出公共生活,只是,诗人要重新寻找诗歌介入公共生活、向公共领域说话的有效方式。国难过后,未必就会出现诗歌繁荣的景象,但这一次的诗歌勃兴,为诗歌重返现实敞开了新的可能性。"③ 程光炜认为,反思被地震激发的人们的同情心、正义感和英雄意识这些社会公德、公信力层面的价值观念,能否变成同样具有感染力的文学作品,需注意思考当代文学传统中的"表现时代最强音""火热沸腾的生活"

---

① 耿占春:《短暂的灾难,持久的苦难》,载黄礼孩主编《5·12汶川地震诗歌写作反思与研究》,内部刊行,2008年8月,第3页。
② 同上书,第8页。
③ 谢有顺:"就大地震后的诗歌写作答蒲荔子问",《写作不仅要与人肝胆相照,还要与时代肝胆相照》,《当代文坛》(双月刊)2008年第4期。

"唱响主旋律"等文学规范，并思考当下的写作与文学史上表现"重大历史事件"的优秀作品"接轨"的问题。地震当然可以写，但不能把它"再次道德化""再次概念化"。① 对地震诗歌写作热潮的反思几乎紧随着这一思潮的兴起，无论是从写作的伦理还是从诗歌的艺术性，以及文学的历史意识的角度看，都体现了批评的高度自觉。

二 "打工诗歌"现象研究及"诗歌伦理"论争

作为一种文学现象的"打工诗歌"，受到来自其最初的书写者、命名者、策动地区文学部门以及文学批评界密切、广泛而持续的关注。据称，早在1994年9月，广东佛山市的《外来工》杂志上刊登了徐非的诗《一位打工妹的征婚启事》，收到读者来信3000多封，诗作也得到全国数十家报刊的转载。1996年2月，《打工报》在广东省中山市创刊，刊发小说、诗歌、散文等"打工文学"。2001年5月31日，《打工诗人》报在广东省惠州市创刊，"打工诗歌"的命名由此形成。② 柳冬妩是较早对"打工诗歌"现象进行全面观察和研究的批评家。自2002年起他先后在《粤海风》《读书》《文艺争鸣》等刊物发表多篇有关打工诗歌的论文，引起评论界关

---

① 程光炜：《与"5.12汶川地震"诗歌写作有关的一点想法》，载黄礼孩主编《5·12汶川地震诗歌写作反思与研究》，内部刊行，2008年8月。

② 《打工诗歌档案》，参见许强、罗德远、陈忠村主编《1985—2005中国打工诗歌精选》，珠海出版社2007年版，第497页。

第五章　丰富与匮乏：21世纪以来的诗歌批评

注，2006年结集为研究论著《从乡村到城市的精神胎记——中国"打工诗歌"研究》[①]。

柳冬妩（1973— ）本名刘定富，安徽人，高中毕业之后至广东打工，工作之余写诗写评论，他对于打工诗歌与打工文学思潮倾注了大量的热情。他有关打工诗歌的评论文章起先刊登在民刊《打工诗歌》上，后在正式报刊发表。在《过渡状态：打工一族的诗歌写作》[②]一文中，他把自20世纪80年代中期开始的中国改革开放的重心由乡村转移到城市这一历史背景作为打工诗歌产生的重要语境："以现代市场经济为趋向的权力话语迅速占领了整个社会生活的主导话语空间，并带来了人们的生活方式、心理构成、思维观念、价值尺度的深刻变异"，而"都市与乡村的潜在差别或对立却始终无法消弭"。换言之，城乡冲突与对立的二元关系是打工诗歌（和文学）产生的文化土壤，因此他称打工诗人为"特殊时代的歌者"。他认为："'打工诗人'不是一个拉起来的帮派，而是一个历史现象、一个过程，由于他们大致的历史背景、个人生活经历和创作体验，形成相似的风格。他们的生活乃至诗歌创作在模式、方向、生态上有整一的轨迹。""从本质上看，'打工诗歌'是诗歌在新的时代条件下对题材领域的拓展，是过渡时期农业文明与工业文明、计划经济与市场经济、集体一份子与自由经济人、乡村与城市

[①]　柳冬妩：《从乡村到城市的精神胎记——中国"打工诗歌"研究》，花城出版社2006年版。
[②]　柳冬妩：《过渡状态：打工一族的诗歌写作》，《粤海风》（双月刊）2002年第5期。

·329·

相冲突的有中国特色的产物。"

作为一种文学思潮的"打工诗歌",在柳冬妩看来,"只是一种观察角度,不必勉强为流派解,更不必以这个概念为限,自设藩篱"。由此进入有关打工诗歌的批评与研究,柳冬妩的批评视角基本是思潮梳理和文化评说式的。《在城市里跳跃》[①] 一文,柳冬妩考察了几位打工诗人笔下的动物形象,并通过解读诗歌文本,评析打工诗歌的基本特征:"充分显露了他们写作的主导性动因,源自对自身赖以生存群体的自我阐释"。这些动物,包括老鼠、蚂蚁、青蛙、蚊子等等,无不带有打工者的自况特征,表达了他们在都市中的困厄、焦虑与无奈。在《城中村:拼命抱住最后一些土》[②] 一文里,柳冬妩以郑小琼等打工诗人笔下的"城中村"为切入点,评述了在城市化进程中打工诗人对乡土的眷恋,通过对"城中村"这一"过渡状态"的空间中不同生存者命运的审察,他强调打工诗歌作为一时代的记录、承担与见证的功能,也强调打工诗人独特的社会责任。

大约自 2005 年起,主流文学评论界掀起了一股"打工诗歌"评论潮,这可能与进入新世纪以来,文学界与知识界出现的诸如"底层写作""草根性"等概念被逐步广泛的接受与讨论相关,同时,对诗歌及文学批评中的"伦理"关注也带动了对于"打工诗歌"的评析。大部分的评论将"打工诗歌"纳入"底层写作"话语框架内讨论其现实意义,认为这种写作一改"底层"被书写的命运,"打工诗歌"显示了表达者——打工诗人们主体性的增强。《文

---

① 柳冬妩:《在城市里跳跃》,《读书》2004 年第 11 期。
② 柳冬妩:《城中村:拼命抱住最后一些土》,《读书》2005 年第 2 期。

第五章　丰富与匮乏：21世纪以来的诗歌批评

艺争鸣》2005年第3期开辟专栏"在生存中写作"，对以"打工诗歌"为代表的"底层写作"进行讨论。张未民、蒋述卓、柳冬妩、张清华等撰文阐述了他们对于"打工诗歌"的看法。从打工诗人的身份——不同于那些在"写作中生存"的职业作家出发，张未民认为打工诗歌是在生存现场打拼的"生存者"的文学，而这种"生存中的写作""使我们得以从一个更宽的角度来打量一个更大的文学或文坛的整体性存在"①。张清华从理论辨析的角度讨论了"底层生存写作"所包含的强烈的"时代的写作伦理"，无论是写作者的身份特点，在表达现实与真实方面，还是写作主体的立场与态度上，"打工诗歌"的"感人和有价值之处就在于，它们是写作者通过自己的发现和书写来实现对劳动与劳动者价值的一种伦理的捍卫，并由此完成对自己心灵的净化和提升"②。柳冬妩从城乡二元关系的角度切入，通过对打工诗歌作品的分析，展现了"走在城市与乡村的线上"的一群人的尴尬而分裂的精神处境，从而质疑中国的户籍制以及由此形成的文化隔膜。"'打工诗人'的诗歌是对生存的盘诘和对体验的穷根究底。他们超越了自身的恐惧而去关怀周围的世界，他们站在比自己更弱的弱势群体一边，关注社会更底层人们和孤弱者的命运，实际上也是在关怀在城市中的自己。"③尽管这些评论或

---

① 张未民：《关于"在生存中写作"——编读札记》，《文艺争鸣》2005年第3期。
② 张清华：《"底层生存写作"与我们时代的写作伦理》，《文艺争鸣》2005年第3期。
③ 柳冬妩：《从乡村到城市的精神胎记——关于"打工诗歌"的白皮书》，《文艺争鸣》2005年第3期。

承认或指出打工诗歌作品在艺术上尚有粗糙、不成熟之处，但是，从底层表达的需要与打工诗歌所呈现的生存景观等方面，评论者大多肯定其社会意义与文化价值。

评论界对打工诗歌的关注持续升温，从民间刊物、网络传播空间到正式出版的书刊，从写作着的诗人们到学院里的文学批评家和文化研究学者，他们纷纷开始关注底层写作者书写的底层经验。这种批评热也引发了部分评论者的警惕，诗歌"写作伦理"成为一个关键词，引发了一场有关诗歌批评的内部论争。

钱文亮撰文对盛行一时的"打工诗歌"、"草根性"等带有道德批评标准的诗歌批评话语进行了辩驳，并提出以"诗歌伦理"来"申明诗歌艺术的合法性与正当性"。不是说一位诗人身份为底层，又写下了底层经验，他/她就获得了一种立场和现实感的伦理优势，而是说，诗歌有其"自身的伦理法则"需要诗人去理解与遵守。钱文亮指出，在一些关于"打工诗歌"的评论中，"某些论述甚至以二极对立的方式，通过对诗歌'技术主义倾向'的伦理化贬抑，来伸张'打工诗歌'、'底层生存写作'的价值优越性；而对'底层生存写作'的认识和强调，又仍然受制于阶级和阶级压迫论的思维惯性，将'底层命运'局限于'原始的、经济的、肉体的、政治权利的被压迫（吴亮语），而忽视了现代压迫的形式上的多样性与复杂性'"[1]。钱文亮认为"在对普遍性的社会伦理吁求保持呼应的前提下，作为与主流精英分子相区别的诗人"，应遵循的是"诗歌自

---

[1] 钱文亮：《伦理与诗歌伦理》，《新诗评论》2005年第2期。

第五章　丰富与匮乏：21世纪以来的诗歌批评

身的伦理法则"，即"一种审美的角度，一种沉着的专业的态度，通过'技巧'对思想、意识、感性、直觉和体验的'辛勤咀嚼'，成就出经得起时间磨损的诗歌形式，和能够保持苦难的重量与质感的、具体的诗歌文本"①。

"诗歌伦理"议题引发了一系列的讨论与论争。《南方文坛》2006年第5期刊发论坛专题②，就诗歌写作的伦理、"介入"、"底层经验"等具体命题展开深入批评。王永的《"诗歌伦理"：语言与生存之间的张力》，梳理了由打工诗歌、底层写作等现象引发的有关写作伦理的批评话语的不同路向，并将"生存中写作"纳入"90年代诗歌"的"介入"议题的延续脉络中，就避开了单纯从写作者身份的角度讨论"打工诗歌"时的道德话语陷阱。王永进一步论述了诗歌能不能且如何介入现实的问题，他阐发了爱尔兰诗人西默斯·希尼有关"诗歌的纠正"功用的说法，并认为在诗歌写作艺术的核心中即包含了伦理责任，只是在诗歌写作中，这种伦理书写必须是以个人写作为前提的。另一方面，从语言之于诗歌的本体价值角度看，王永也强调诗人对语言的探索和对技艺的忠诚。"诗人既处身于无可奈何的现实世界，也置身于诗歌传统与诗歌文本所构成的内部世界。诗人只有处理好生存和语言之间的关系，使二者获得恰当的平衡，才能保证诗歌同时具有审美的快感和有效性。我认

---

① 钱文亮：《伦理与诗歌伦理》，《新诗评论》2005年第2期。
② 该刊论坛专题刊发了吴思敬《面向底层：世纪初诗歌的一种走向》、王永《"诗歌伦理"：语言与生存之间的张力》、罗梅花《"关注底层"与"拯救底层"——关于"诗歌伦理"的思辨》、冯雷《从诗歌的本体追求看"底层经验"写作》等文章。

为，这就是'诗歌伦理'的内涵——如果真存在这样一种伦理。"①

龙扬志以"什么是诗歌伦理"为标题，直接质疑钱文亮的相关论点。②他辨析了在当下语境中"在生存中写作"的宽泛意义，"是对所有诗人和作家都使用的"，而"绝大部分知识分子已被体制所收留"，在此前提下，打工诗人"属于边缘中的边缘"，且在一个诗歌也"不再可能引起大众的兴奋的时代"，谈论诗歌与社会、政治的关系不仅不切实际，更不能夸大二者的联系，因此钱文亮的立论在龙扬志看来就是可疑的。龙扬志认为钱文亮所提出的"诗歌自身的伦理法则"是"一个虚假的预设"，他援引特里·伊格尔顿的观点，认为诗歌不存在一个自身的规律或伦理本质，同时，也不应该掩盖文学理论和实践的政治性。在刊发龙扬志文章的《中国诗歌研究动态》的同一辑，还发表有霍俊明《诗歌伦理与深入当代》一文，也对钱文亮的文章和观点进行商榷，他认为"诗歌伦理"，"概言之，即要求诗人和诗歌的承担责任并使诗歌发挥出应有的效应，这既是社会学意义上的，又是诗歌自身美学层面上的"。

事实上，在对钱文亮有关诗歌伦理的质疑之声中，我们看到，有一种微妙的视角偏移，即钱文亮是针对诗歌批评而言的，他的不满在于那些将打工诗歌、底层写作拔高并道德化的批评话语，而非直接针对打工诗歌或底层写作本身。在回应文中，钱文亮重申了自

---

① 王永：《"诗歌伦理"：语言与生存之间的张力》，《南方文坛》（双月刊），2006年第5期。
② 龙扬志：《什么是诗歌伦理》，《中国诗歌研究动态》（第三辑），学苑出版社2007年版。

第五章　丰富与匮乏：21世纪以来的诗歌批评

己的立场。在《道德归罪与阶级符咒：反思近年来的诗歌批评》一文中，他肯定了"草根性""底层生存写作"等批评概念产生的思想背景与价值，同时也指出其存在的问题，对于之前肯定和拔高"打工诗歌"与"底层写作"的批评文章中针对的诗歌靶子，即如柳冬妩文中的"中国主流诗人集体走上技术主义道路"，张清华文中"我们时代写作中的中产阶级趣味"等，钱文亮进行更深入的批驳，进一步强调其对当代诗歌批评存在问题的观察："遗憾的是，在近年的诗歌批评中，以传统的题材论和时代论等集权话语，用经历、出身、阶级、性别、职业等来谈论当代诗歌，以对'实际生活'、'生命体验'、'命运'和'技术'之类的粗糙理解来否定、贬斥诗歌对生命的多种表达，简单化地贬低诗人们从诗歌的个性、特征、独特性和自主性的角度去探寻诗歌，伦理化地斥责批评家对于诗歌文本的'技术'研究的提倡，已经蔚然成风。"[1]

在这场有关"诗歌伦理"的讨论中，持论与钱文亮接近的批评家是张桃洲，虽然没有直接介入论争，在《诗歌与伦理：批判性观察》一文中，张桃洲有他独特的对当代诗歌的观察："的确，中国诗歌陷入了巨大的茫然之中。一方面，是那些光滑的、轻曼的词语制造者，不断抛出炫人眼目的'诗意'弧线，醒目地占据了主流刊物的版面；另一方面，是那些浑浊的、未经任何汰洗的辞藻泥石流大行其道，激起一片喝彩。不过，这并不意味着应该悲观地看待中国诗歌的前景。因为，如果仔细地搜寻便会发现，仍然有不少保持

---

[1] 钱文亮：《道德归罪与阶级符咒：反思近年来的诗歌批评》，《江汉大学学报》（人文科学版）2007年第6期。

'对经验和技艺的双重关注'（陈超语）的诗人，在沉潜地探索着。"由此，他认为，"中国诗歌的当下困境，依旧是'怎样写'的问题，而非'写什么'的问题"，而有关"诗歌自身的伦理"，他坚定认为"决不是强加给它（诗歌）的可疑的道德要求或外部现实"[①]。

三　"女性诗歌"新态势与批评困境

20世纪80年代中期出现的"女性诗歌"思潮，曾经激发了当时先锋诗歌批评家和研究者的理论思考。一时间，女性主义理论、性别视角、女性意识、女性经验等，成为女性诗歌批评的关键词，将女性诗歌当作一种文学现象与思潮进行的群体研究以及诗人论是女性诗歌的主要批评形态。这种状况持续至21世纪，进入网络时代，新一代女诗人的涌现、性别意识的增强和普及、性别话题的日常化、对女性物化的消费文化的影响等，使得21世纪的女性诗歌发展呈现出新的态势。女诗人们或结集在同仁刊物周围，或活跃于不同的网络空间，受益于网络平台的激发而形成新的写在群体现象，又或坚守着个人写作的独立姿态，同时并未失去与同行及其他群体的交流意识，这使得新世纪以来的女性诗歌更迫切地需要有力而贴切的批评话语进行梳理与探析。

首先需要厘清的是，作为一个批评概念的"女性诗歌"，在不

[①] 张桃洲：《诗歌伦理：批判性观察》，《南都学坛》（人文社会科学学报）2007年第1期。

第五章　丰富与匮乏：21世纪以来的诗歌批评

同的批评家及使用者或读者那里，究竟是否有着可公度的含义。考察当代诗歌批评中有关女性诗歌的论说，不难发现，绝大多数使用者（包括大部分专业的批评家学者）将"女性诗歌"等同于女诗人所写的诗歌，由此进行的诗歌现象观察和女诗人评论基本上是延续着传统的诗歌批评理路，并没有在批评中自觉纳入现代性视野中的性别视角、女性主义和性别理论，以及留意相应的女性书写经验。传统批评话语中，即便拥有了社会解放带来的社会平等与独立的现实，女性仍然被认定为家庭格局中被动、消极的一方，被建构为偏好情爱书写，或受控于个人情感抒发的性别化"他者"。即便对于较为准确地将女性诗歌理解为20世纪80年代中期以来出现并已经形成了相应的女性书写传统，有着自觉性别思考的批评者，在评论中也存在着将性别差异本质化的现象。这显示了当代中国诗歌批评乃至文学和文化批评话语中性别视角的阙如。

　　在文学商品化、大众文化兴盛的网络时代，女性从事写作、参与文学生产日益普遍，此外，女性读者还被认为软性文学读物的最大受众群体。从这一文化语境出发，我们或许不难理解为什么有批评家根据网络博客时期的诗歌现象中归纳出"新红颜写作"① 现象。但这个貌似张扬女性诗歌写作的命名本身就带有强烈的消费女性的色彩。"新红颜写作"是对新世纪女性诗歌现象的总结，但其限度和有效性是成问题的。批评者不能不加反思地将这一现象与20世纪八九十年代女性诗歌写作现象续接起来。如果从文学思潮和写作群

---

① 批评家李少君2010年左右的命名。

· 337 ·

体的角度考察，新世纪以来，有三种与女性诗歌相关的诗歌刊物值得关注，分别是民间诗刊《翼》，"女子诗报"和《诗歌风赏》。结集在三种诗刊周围的女诗人在诗歌观、女性意识、性别观念方面并不一致，但她们的存在与活跃为女性诗歌的新发展提供了相应的环境，体现了女性创造活力的总体增强。此外，广东的民间诗刊《诗歌与人》也在新千年之后做过三种与女性诗歌相关的专辑。这些都是来自民间，不可忽视的诗歌生长力。

作为传统的批评方法之一，女诗人论在新世纪的诗歌批评话语中较为突出。陈超对翟永明的研究，耿占春对王小妮的解读、周瓒对海男的评论等，引入性别视角和性别话语，可以被认为是对女性诗歌批评的传统延续。另一种诗人研究采取了比较视角，将两位或两代当代女诗人进行对照比较，见出不同诗人在处理相同的题材、主题时表现的不同立场与风格方向。

由于20世纪90年代文学批评日益的专业化、职业化，大多数当代诗歌的批评家出自学院或研究机构，另一些是诗人兼批评家，女性诗歌批评者和研究者亦然。值得一提的是几位先锋诗歌批评家陈超、唐晓渡、耿占春和程光炜，他们在20世纪80—90年代的诗歌批评中，对女性诗歌批评话语的建构做出了重要的贡献。新世纪以来，新一代学者加入了女性诗歌的研究行列，他们中有张晓红、霍俊明、董迎春、董秀丽、赵彬、池沫树等。尽管他们的一些工作是为申请研究基金而并非直接作用于批评现场，但也为新世纪的女性诗歌研究积累了基础。

由女性诗歌而带出的性别议题，不仅是当代中国文学的宝贵收获，也是当代文化丰富与多元构成的重要元素。从女性诗歌批评的视角反思当代诗歌批评，一个尤为显著的难题是，如何将性别思考纳入整个当代诗歌和文学批评与研究的话语之中，而不仅仅局限于用来研究女性写作者的作品。

地震诗潮、打工诗歌现象与女性诗歌的存在都显示了当代诗歌写作与批评伦理议题的迫切与重要。它们体现了写作者的身份、立场与诗学探索的错动与相互促进，关于诗歌如何介入现实，批评能否辩证地理解诗人的身份意识与诗歌立场，关于技艺的探寻在写作与批评中的位置等，都与这三种诗歌现象切实相关。诗人究竟是代言还是立言？对于苦难的把握与言说，诗人可能总是旁观者吗？批评如何通过形式与技艺的分析进入诗歌文本的核心？这些都是伦理议题留给当代诗人与批评家的重要课题。

第三节　诗人代际划分及其批评实践

按照诗人出生的年代来划分写作群体，是中国近三十年诗歌批评的重要现象与特征之一。20世纪80年代中期，第三代诗人涌现并获得批评的关注。从出生年代看，第三代诗人多出生于"文化大革命"之前（20世纪50年代中后期至60年代初），童年和少年时期是在"文化大革命"中度过，见证了荒诞时代的种种怪现象，怀疑和叛逆的种子在成长岁月即已埋在内心。当朦胧诗人群体在20世纪80年代初中期逐步为广大读者接受时，第三代诗人却扯起了质疑与反叛的旗帜。他们以使用平易的口语书写日常生活，对抗晦涩、高蹈的朦胧诗写作。由于其诗歌观念和风格的鲜明特征，第三代诗人是当代诗歌史上第一个以代际为标志登上诗歌舞台的思潮。自那以后，以代际划分诗人，揭示诗人的写作与时代的关系，成了诗歌界独特的现象，体现了当代文坛深刻而强烈的文化"弑父"情结。

也是自第三代登场开始，伴随着新诗人的出现，他们提出的观念与口号等批评话语也一同构成了活跃的诗歌批评现场。这些批评话语既是新诗人亮出自己与前一代诗人相异的观念，并以写作实践证明之，又是以自觉的诗歌知识建构，包装和推广新一代诗人形象的策略。自20世纪90年代以来，有代表性的代际诗人群体如中间代、70后、80后、90后等，都在诗歌选本、诗人汇聚等方面，强调了相应的诗歌理论特征。截至目前，90后诗歌群体的评论也已有人策划建构，不过，致力于代际研究的批评家对于20世纪90年代出生的诗人的整体观察尚未形成有说服力的批评话语。

一 "70后"诗歌及其批评

对"70后"诗人群体的命名始于20世纪90年代中后期，起先由生于70年代的青年诗人在民间诗歌和文学刊物上提出，进而得到正式出版的文学期刊的逐步认可与推介。步入2000年，广东诗人黄礼孩创办大型民间诗歌刊物《诗歌与人》，并在2000年和2001年分两辑推出"中国70年代出生的诗人诗歌展"。2001年，海风出版社正式出版了"中国第一部70年代出生的诗人诗歌集"《70后诗人诗选》。诗集封底写有"一个时代的诗歌演义,一个时代的诗歌出场,一个时代的诗歌浪潮"的推广语,"时代""出场"和"浪潮"等词语显示了这一群体行动渴望引起关注的紧张、焦虑与急迫。"70后"写作群体的登场适逢网络时代的兴起,2000年前后,民间诗歌刊物与网络诗歌论坛与刊物的勃兴无疑也使得"70后"诗歌的集体命名带来了相应的轰动效应。除了已提及的《诗歌与人》、诗生活网之外,这一时期活跃的民间诗歌刊物和诗歌论坛有《外遇》《下半身》《偏移》、灵石岛诗歌网等,活跃于这些网络论坛上的诗人多为70后诗人。

　　黄礼孩、刘春、沈浩波、霍俊明、阿翔等是70后诗歌运动的重要推动者与关注者,他们本身也是70后出生的诗人和批评家,通过创办诗歌民刊、撰写批评文章、发起诗坛论争等形式,他们将"70后诗歌"作为一个在写作意识、成长背景与精神追求上有着共性的群体,推向了历史舞台。黄礼孩不仅通过他主编的民间诗刊《诗歌与人》推出"70后诗人"诗歌展,还陆续举行与"70后诗歌"相关的诗歌活动,强化人们对于这一诗歌群体的印象。在《朦胧诗之后1986—2007》一书中有"70后"关键词,著者刘春梳理了"70后诗歌"出现的经过,并称"经过几年的喧哗与骚动,2003年以后,'70后'这一命名逐渐淡出文坛,取而代之的是个体的出场。70年代出生诗人中的佼佼者越来越清晰地发出了自己的声音。虽然这群诗人已经不再如几年前那么'张扬',但这并不意味着他们停止了前行的脚步,他们只不过从当年那种集体的喧哗转为个人的潜行而已。从集体到个人,从喧哗到平静,从激越到沉潜,既符合人生的规律，也更接近文学的本质"①。

　　值得注意的是，在"70后"这个标志时间性的指称出现之前，当代诗歌界并没有其他诸如50后、60后的诗人群体结集概念，用以表示一代人的诗学总体特征的相似性或一致性。若论代际分群，"第三代"是一个明确联系着诗人相近的出生年代、共同的成长环境和受教育背景，以及文化姿态上共同的叛逆性等因素的群体概念。"70后"作为一个单纯以诗人出生年代为前提的群体集合概念，如何从各方面寻求群体内部的共同性，以及如何在与之前的诗人群体概念的差异比较中获得其写作的特殊性，成了概念的提出者努力建构，同时也是批评者经常质疑的主要问题。

　　与"朦胧诗""第三代"等概念的出现颇不同，"70后"诗人群体命名带有自我命名的色彩，正是部分出生于20世纪70年代，在90年代开始写作的年轻人，带着急于获得认可的焦虑，以这样一个简单的时代指称进行的自我身份界定。而这种身份焦虑显示了这个群体的共同性，即相信一个集团的力量能够带动个体的显现，或自觉建构有别于前辈诗人的总体精神诉求与美学气质。因而，这一概念的提出也带有鲜明的批评色彩，并伴随着批评的实践。特别是当这个概念刚刚被提出的时期，70后的诗人们尚未显露出足够清晰的写作方向，也无具有代表性的突出个体，因此即便是身为70后的诗人对此也持怀疑、甚或否定的态度。胡续冬撰文戏称"70年代诗歌"为一支"概念股"，认为将身份识别简化为出生年代，是"迎合娱乐

---

① 刘春：《朦胧诗以后：1986—2007中国诗坛地图》，昆仑出版社2008年版，第248—249页。

第五章　丰富与匮乏：21世纪以来的诗歌批评

业、色情业炒作偶像的广告运作模式"，也是"利用中国现代思想史和民众心态史上浓烈的'弑父情结'积淀和毛毛躁躁的'革命后遗症'"，同时，这种"强行整合的群体，人工切削出一个统一的、集约化规模化的focus，死死堵住实际存在着的各种差异可能造成的注意力分流"，胡续冬还反思了这个概念诞生的基础，即"当代诗歌独特的生态环境"，看清了"70后诗歌"所欲求的"文化资本"，乃是"准地下的、期待资本干预以进入'地面'的流通方式，大龄诗人派系斗争所留下的场域空白'位置'，媒体炒作在批评'失范'的情况下对阅读环节的渗透"①。批评家张清华认为，"自朦胧诗以来，当代中国的新诗潮是以不断'崛起'的方式次第向前推进的，'崛起'也成了批评家和研究者们指称新诗歌流向的基本修辞。为中国人所习惯的、被屡屡证明是有效和可以'进入文学史'的运动式的诗歌事件，早已成了'推动'当代中国诗歌历史的基本叙事构架与'叙事单位'"。在这一反思批评与诗歌史写作模式的基础上，张清华认为继"盘峰论争"之后，"70后"一代诗人的出场是顺乎这一逻辑的产物，且"'民间'对'知识分子'秩序的挑战""为他们的出场制造了气氛和无暇顾及的缝隙，并为'70后'的新美学找到了一个先导和跳板"。以文学观察者与思潮描述者的口吻，张清华勾勒了"70后"群体"从肉体到精神的生存"的"江湖化"②。

---

① 胡续冬：《作为概念股的"七十年代诗歌"》，收入臧棣、肖开愚、孙文波编《激情与责任——中国诗歌评论》，人民文学出版社2002年版。
② 张清华：《"好日子就要来了么"——世纪初的诗歌观察》，《当代作家评论》2002年第2期。

· 343 ·

在对 70 后诗人群体命名的行为进行了一番观察后，批评者开始总结这一群体的写作共性，荣光启在 70 后获得命名的十年后撰文分析总结了这一诗人群体的写作状况："目前虽然在思想、经验上还不够深切，在诗艺上还欠成熟，但其从事诗歌写作的热情、对现存文学秩序的反抗意识，对新的诗歌方式的探索，借助于新的传播媒介（尤其是网络论坛和民刊），广泛而频繁地刺激阅读者的眼球，使人们在关注当代中国诗歌时不得不承认他们是关乎汉语诗歌未来的巨大存在。"[1] 荣光启强调 70 后诗人在文化转型期的身份自觉、在诗歌写作中对于日常生活的关注、感性的强化、口语甚至猥亵语言的运用等。罗振亚将朦胧诗、第三代、90 年代的个人化写作、70 后诗人群以及女性主义诗歌，放在一个以先锋诗歌为统筹概念的准时间链上，称之为"先锋诗歌的历史流程"中的"抒唱群落"，并从理论上归纳了先锋诗歌的"叛逆性、实验性和边缘性"三点特征，又认为是"下半身写作"领衔了 70 后诗歌。在这一批评理路下，罗振亚梳理并批评了 70 后诗群的总体诗学特征。[2] 而对于诗歌运动意义上的"70 后诗歌"，罗振亚认为，70 后诗歌的集体"突围表演"或崛起，"乃文化抗争、主体精神、诗学传统和网络狂欢交互作用的合力结果"。不过，作为一个群体，从总体上归纳"70 后诗歌"的美学特征的时机尚未成熟，"就目前的 70 后诗歌平

---

[1] 荣光启：《一代人的诗歌"演义"——1996—2006："70 后"诗歌写作十年》，《南方文坛》2007 年第 3 期。

[2] 罗振亚：《近二十年先锋诗歌的历史流程与艺术取向》，《诗探索》2005 年第 1 辑。

第五章　丰富与匮乏：21世纪以来的诗歌批评

庸的现状来看，只能说它是一场'失败的运动'。70后诗歌只是承继了中国现当代思想史、心态史上的'弑父情结'与'革命后遗症'，以颠覆、打倒的潜台词为诱惑，煽动文学青年对固有的文学秩序进行决裂造反的情绪，客观地说，它并没有从本质上撼动以往的诗歌"①。

霍俊明以"尴尬的一代"来指称"70后诗人"群体，在相关的研究中，他称"70后诗歌"是"建立在诗歌史焦虑意识上的自我命名。但这个命名的基础却不是一座'空山'，而是一座隐现的森林，而这座森林之下是无尽丰富又个性十足的矿藏"②。面对"70后诗歌"的尴尬处境，霍俊明指出："'70后诗歌'作为一个诗歌史概念已经被反复提及甚至引起激烈的论争，并促使、推动了人们来关注它产生的历史背景、文化语境、文本特征以及诉讼纷纭的诗学问题。而另一方面，狭隘化的诗歌话语权的争夺不休、百年新诗发展史中大量优异的诗人、诗作、社团、流派因为繁复的社会政治文化语境和褊狭的诗歌美学观念，被集体掩埋在历史地表的深处而成为化石的事实，也导致众多诗人自我命名的缺失，以及尴尬和焦虑。"③霍俊明的《尴尬的一代：中国70后先锋诗歌》从命名、诗人的生长背景、环境、诗歌中的欲望书写，对技艺的锤炼，以及女性诗人研究、长诗写作实践等多个方面，试图为"70后诗歌"保

---

① 罗振亚：《集体"突围表演"的背后与"失败的运动"——70后诗歌的发生动因与价值估衡》，《广东社会科学》2009年第3期。
② 霍俊明：《尴尬的一代：中国70后先锋诗歌》，广西师范大学出版社2009年版，第35页。
③ 同上书，第36页。

存鲜活的精神档案,并留下历史见证。在为"身份共同体·70后作家大系·诗歌"丛书所撰写的"总序"中,张清华、孟繁华称,"与前人(指第三代诗人)相比,'70后'的出现并没有以'弑兄篡位'的方式抢班夺权,而是以人多势众的'和平逼挤'显示了其存在"。作为丛书的主编,二人对从总体上概括"70后"诗歌写作的特点非常慎重,只是强调他们在写作内容与对象上的日常化,以及深受所谓评价不一的"下半身美学"的影响,此外,"网络世界的巨大、自由和'拟隐身化生存',给每一个写作者都带来了前所未有的机遇,它几乎从根本上动摇了之前的文化权力、写作秩序与制度,给写作者带来了庇护与宽容。'70后'幸运地赶上了,使他们对于个性、自由、本色和真实的追求,获得了一个足相匹配的空间"①。

二 "中间代"命名及其论争

"中间代"这个概念出现于21世纪之初,它起先由广东民间诗歌刊物《诗歌与人》2001年9月推出。② 概念被提出的同时还推出相应的理论文字,对这一诗歌批评概念进行诠释与确认,并借民间

---

① 张清华、孟繁华:《70后如何续写历史》,"身份共同体·70后作家大系·诗歌"丛书总序,丛书入选诗人包括阿翔、朵渔、胡续冬、黄礼孩、江非、姜涛、孙磊、巫昂、轩辕轼轲、宇向等,山东文艺出版社2016年版。这篇总序也以《第三代以后历史如何延续——关于70后诗歌一个粗略扫描》为题,刊发于《文艺争鸣》2016年第5期。

② 安琪、黄礼孩主编:《诗歌与人:中国大陆中间代诗人诗选》,内部刊行,2001年9月。

第五章 丰富与匮乏：21 世纪以来的诗歌批评

诗刊《第三说》为平台，以《第三说 2002：中间代诗论》专册印行。"中间代诗人"按照安琪的文章《中间代：是时候了！》所称，"大都出生于六十年代，诗歌起步于八十年代，诗成熟于九十年代，他们中的相当部分与第三代诗人几乎是并肩而行的"。安琪还将中间代诗人与 70 后诗人群体联系起来，认为"他们介于第三代和 70 后之间，承上启下，兼具两代人的诗写优势和实验意志，在文本上和行动上为推动汉语诗歌的发展做出了不懈的努力并取得了实质性的成果"。参与策划"中间代"的黄礼孩在编选后记中，不讳言他们以群体方式命名诗人的动机与策略，"我们观察判断，群体出发的力量绝对不是个人行为所能替代的。诗歌文本的整体兴起，标志着汉语诗歌以精神群体的形象登场的时代的到来"。"当下的诗歌革命都是在群体之声的努力下进行的，这样的诗歌情形，迫使持多种写作方向夹在'第三代'和'70 后'中间的 60 年代出生的诗人摒弃门户之争，放下架子，寻找出路。""'中间代'的诞生将引发一场更新的定位和认识，引起更为广泛的关联，形成一个更富杀伤力、冲击力的诗歌新格局，造出诗界异质混成的天然气势"。2004 年，由安琪、远村、黄礼孩主编的《中间代诗全集》（上下卷）正式出版，被收入的诗人有 82 名，同时收录了诗人与评论家的论文 24 篇，声势与规模相当壮大。① 此外，这些评论文章中的一部分也先后在当时的文学批评期刊上正式发表。

"中间代"命名自一开始就引发了批评的论争。肯定者有之，

---

① 安琪、远村、黄礼孩主编：《中间代全集》上、下卷，海峡文艺出版社 2004 年版。安琪的文章《中间代：是时候了！》，收入《中间代诗全集》下卷。

· 347 ·

否定者亦有之,当然也有试图辩证地阐发这一命名之价值的。在基本接受这一命名的批评家、诗人们看来,"中间代诗人"的特征或是"暧昧",这种中间性指称了这群诗人的时空位置、生存境况、情感方式和精神指向,以及他们的诗歌态度[1];或是"沉默一代","他们坚持履行个人的诗歌责任,而不是集体责任。真正使他们头脑保持健康的,是对词语经验的尊重,细心使用词语就是细心呈现事物",他们"没有在世故的意义上变得聪明,都有不被势力左右的坚持诗歌精神的基本道德,即只听命于个人美学而不是集体美学的最高要求"[2];或如诗人韦白在有论者质疑"中间代"命名之后撰文为"中间代"辩护,认为"中间代"的"出场","实际上使一个处于夹缝中被遮蔽的群体总体浮出了水面,这个群体不仅存在,而且正在我们的眼皮底下发挥着越来越重要的作用",所以他要为"中间代"寻求"命名的依据"和存在的"合法性"[3]。否定或存疑者如马策,认为被命名为"中间代"的诗人"介于第三代与70后之间。其间藏有一个不言而喻的'夹缝'隐喻","一种'中间'的局促、狭隘和逼仄","委实像是被围追堵截的一代逃亡者",其体现的"身份焦虑"使"中间代称谓很有可能萎缩了一代人的写作精神,从而把某种历时性的语境强制性压

---

[1] 马步升:《暧昧:对中间代诗群的一种界说方式》,收入《中间代诗全集》下卷,海峡文艺出版社2004年版。

[2] 黄梵:《为沉默的诗人作些注脚》,收入《中间代诗全集》下卷,海峡文艺出版社2004年版。

[3] 韦白:《为"中间代"辩护》,收入《中间代诗全集》下卷,海峡文艺出版社2004年版。

第五章　丰富与匮乏：21世纪以来的诗歌批评

缩成了共时性"①，又如杨远宏认定这一体现了命名焦虑的概念"没有丝毫有关诗人、诗歌写作意识、风格、方式、方向描述、归纳、界定的质的规定性"，命名者"以一个突发奇想的代际命名（而代际，无论命名与否都经验、客观地存在），冒充严谨的诗学或诗歌史命题而一头撞进诗歌史"，这种命名方式带着"抢滩式的'共时性诗歌手绘地图'的武断、暧昧"②。

另一些批评家则努力在批评与反思中寻找这个概念的积极面，同时对网罗其中的代表诗人加以评析，以建构起有关"中间代"具体的诗学特征。唐欣撰文认为"这一命名是适当其时又意味深长的。它中性的、宽泛的、富于弹性的外延包含和覆盖了几乎所有的60年代出生的诗人"，"这一命名至少给他们提供了一种自我指涉的可能性，一个尚待填充的想象空间，一个可以用来自怜或者自恋的修饰定语，也许，往大里说，还给他们强加了一种历史使命感"，而"中间代说法的合理性是，60年代人确实有不少共性"③。燎原先是在一篇短文中表示，安琪和黄礼孩以"中间代"为专辑的《诗歌与人：中国大陆中间代诗人诗选》"是一个重要的诗歌选本"，而"中间代""又是一个勉强的诗歌概念"，"在诗歌写作中，任何群

---

① 马策：《一代人的身份焦虑？——关于中间代》，收入《中间代诗全集》下卷，海峡文艺出版社2004年版。

② 杨远宏：《诗歌史情结焦虑的突围——我看"中间代"命名》，收入《第三说2002：中间代诗论》（民刊，2002年7月），后编入杨远宏著《涨落的诗潮》，中国三峡出版社2002年版。

③ 唐欣：《略论中间代及中间代诗人》，原载《第三说2002——中间代诗论》，发表于《兰州大学学报》2003年第6期，收入《中间代诗全集》下卷，海峡文艺出版社2004年版。

团的结集和自我命名,都不无自我彰显、自我推销的本质。而一部诗歌史的生成,除了其核心部分的作品实体外,也许的确需要一些事端和事件——一些群团流派的对撞和涡流搅动。正是这些动态元素,构成了一部诗歌史的活跃"①。燎原也接受了"中间代"这种自我命名要求的合理性,他以一篇长文充分论述了中间代结群的合理性与理由,从艺术立场和诗学指向上的共性的角度,选取具体的诗人论述了中间代中的几种风格类型。针对一些论者将中间代等同于"60年代后"的用法,他以1989年作为一个分水岭,区分了1989年前的"60年代后"——"诗人们中的先行者与精英",与1989年后的"60年代后"——"对形而上的回避,对精英意义上深刻的拒绝","诗歌的写作由此进入常规性的写作,语言形态上的口语化,词汇上的日常化成为他们符号性的标识";"与此同时出现的一个群体性的特征,就是写作姿态的降位——从知识分子或精英写作对于时尚的坚定排拒,转入亲近时尚,融入时尚,进而成为时尚的制造者,享有者。而当时尚事实上是世俗化快乐生存的代名词时,这就意味着诗歌从孤离的形而上的高处,转入世俗化生存现场的广阔和复眼观照的丰富"②。这个1989后的"60年代后"构成了燎原所理解的"中间代"。"在中间代普遍地以诗歌进入这一场景(即上文所说的世俗生活场景——作者注)之后,他们事实上是呈

---

① 燎原:《为自己的历史命名——关于"中间代"的随想》,收入《第三说2002——中间代诗论》及《中间代诗全集》下卷,海峡文艺出版社2004年版。

② 燎原:《世纪初一代诗人的联动——论中间代》,收入《中间代诗全集》下卷,海峡文艺出版社2004年版。

第五章　丰富与匮乏：21 世纪以来的诗歌批评

现了时代全景中，那一被长期摈弃而又最富活力的部分。由于世俗化生活非主体性的宽敞与自在，由于回避了精英主义技术创新旗帜的召唤，因此中间代在写作中的另外一个共同点就是——艺术上的自行其是。"① 由此，燎原打破了"知识分子写作"和"民间写作"这两个对立但不确切的概念，描述了在他的阅读中几位中间代诗人的写作特征，这些诗人包括臧棣、周瓒、西渡、马永波、李亚伟、祁国、安琪等人。

张桃洲从"中间代"被提出后引发的争议中发现，其间"隐含着一些难以绕开的诗学问题"②。他建议"一分为二地看待'中间代'命名的过程和这一命名本身"，"与'第三代'运动情结和理论先行、作品严重滞后及圈子意识过重不同，'中间代'是先有作品实绩后试图做出的命名式概括，这起码表明了一种理论的进步，因此在此不应过分渲染和指责其'策略'意味；与'70 后'一味依赖'年代'进行命名不同，'中间代'隐约指出了或者说自我认同了当前某类诗歌所处的仍显含混的'中间'位置，这个'中间'一词是可被阐释和填充的"。"我宁愿将'中间代'视作一个非群体或社团、流派的称呼，视作一'代'人突破式的自我命名"。此外，张桃洲反思与批评了"第三代"诗人在运动情结的影响下，失去了"诗学建构的信心与可能"的原因，"相对'第三代'，'中间代'

---

① 燎原：《世纪初一代诗人的联动——论中间代》，收入《中间代诗全集》下卷，海峡文艺出版社 2004 年版。
② 张桃洲：《"中间代"的"代"》，收入《中间代诗全集》下卷，后以《"中间代"的"代"——对当前青年诗人创作现象的一种观察》发表于《艺术广角》2010 年第 1 期。

的可贵之处在于：在一定程度上，它的提出符合我们对于诗歌未来建设的憧憬；它一开始就从建构（而非抵制、对抗）的一侧，在文本（实践）和理论上提供另一个较高的平台，以自身的诗学问题（而不是假想的诗歌敌人）加入到汉语诗歌的进程。""它强调的不是处于历史循环中的'主义'之争，而是一种'诗歌状态'乃至'人格状态'的'无名'感。这正是'中间代'作为'代'的首要品质。"从诗学建构意识的角度，张桃洲对他阅读中的"中间代"诗人个体进行了评析，高度肯定了臧棣、朱朱、桑克，以及南京诗人群等，认为"正是众多风格各异的诗人个体，才不仅丰富着当代汉语诗歌的写作，而且促动了'中间代'之'代'际属性的确立"。张桃洲保持了对"中间代"的个体诗人的关注，在另一篇评论中，他通过诗人个案分析讨论了"中间代"的"中间"涵义。在他看来，"中间代"的"中间"意味着一种位置，容易被遮蔽、被忽视，却极具特色和潜力，这些他所挖掘出来的诗人包括朱朱、刘立杆、刘洁岷、柳宗宣、殷龙龙、清平、林雪、海男等。张桃洲视野中的"中间代"正在不断地丰富、扩展。张桃洲表示，"作为一个生于1970年代的人，笔者一直对'中间代'所囊括的很多1960年代出生诗人充满敬意。笔者在近年的阅读中有一个强烈的感受（而不仅仅是印象），是就当前汉语诗歌写作中表现得最为沉稳、最有力度且最具潜力的，正是1960年代出生的一批诗人。可以说，他们的写作蕴含着极大的生长性和可能性"[1]。

---

[1] 张桃洲:《论"中间代"的"中间"位置——基于诗人个案的分析》，《湛江师范学院学报》2014年第1期。

第五章　丰富与匮乏：21世纪以来的诗歌批评

"中间代"这一概念自2001年推出后的几年里，有过一阵比较热烈的讨论，不过，除了张桃洲、燎原等的工作之外，从具体的诗人批评入手进行"中间代"理论建构的实践并没有得到展开，批评成果也就不甚明显。青年批评家荣光启在研究中，以"中生代"概念替代"中间代"，并进行了相应的阐释。

三　"80后"诗歌及其批评

2000年是互联网全面普及的年份，这个21世纪的起点也是20世纪80年代出生的诗人登场的年份，他们首先在互联网上亮相自然在情理之中，也不妨说，80后诗人是在互联网上成长的一代。因而，80后的登场方式与之前的任何一代诗人都不同，借助网络媒介，他们以更吸引人眼球的形态结集与亮相。目前有两种跟80后诗歌有关的出版物，由诗人诗选、理论文章与资料混编而成，比较详备地介绍了80后代表诗人和这一命名的来由。一本是《80后诗歌档案》（丁成编），另一本是《漂泊的一代：中国80后诗歌》（赵卫峰编），前一种与刘春所编《70后诗歌档案》由同一家出版社同时推出。

赵卫峰认为有三个原因触发了中国80后诗人在世纪之交的涌现，除了客观上的互联网出现和普及以及青春时期的诗歌萌动之外，还有一点，"1998年由中国7所高校联合上海《萌芽》杂志拉开'新概念作文大赛'帷幕，这个被誉为中国语文奥林匹克大赛的活动、这一貌似与诗有所距离的举措因数字化环境与传播时

· 353 ·

代强风推进而实质上成为诗歌重新燃起的主动力。这可谓来自社会面的带有改良性质的主观方面,它把'写作'这个概念有效地推送到更大的面上"①。这个听起来颇为模糊又特别的原因,或许可理解为一种氛围的影响,即对于80后的诗人而言,"写作"可以是一种想象力竞技性质的精神和文化活动。在这样的氛围中,年轻一代的诗人或抱团交流,或独自奋斗,要锻炼写诗这门古老的手艺。由于是在互联网中成长的一代,80后诗歌与网络诗歌结下了不解之缘,而从批评的角度看,80后诗歌的兴起伴随着互联网时代的喧嚷的游戏特征,这种喧嚷的游戏性在命名与论争行为中被表现出来。

根据《"80后"诗歌档案》中的《"80后"诗歌备忘录》记载:2002年3月,"受四川发星的邀请,老刀为《独立》主编一期'e时代77—83年出生诗人作品选',正式提出'80后'写作的'e时代'概念。该选本选编了众多'80后'诗人的诗文作品,也是'80后'诗人集体浮出水面的第一次尝试"②。接下来,又记载了同年发生的几场论争,都发生在80后诗人内部,论争阵地均在互联网不同的诗歌BBS(论坛)上,比如当时的扬子鳄和诗理论论坛、《弧线》论坛、《门》论坛、原诗歌论坛、春树下论坛、诗江湖论坛等,话题主要围绕着"80后命名的是与非"。在互联网论坛上的论

---

① 赵卫峰:《中国80后诗歌进行时(大事记或十年脉象)》,参见《漂泊的一代:中国80后诗歌》(赵卫峰主编),中国文联出版社2012年版,第317页。
② 《"80后"诗歌备忘录》,收入丁成编《80后诗歌档案:一代人的墓志铭与冲锋哨》,中国海洋大学出版社2008年版,第243页。

第五章　丰富与匮乏：21 世纪以来的诗歌批评

争也往往只持续数天，数天后论争的硝烟又在另一块阵地上升起。批评家刘春以"80 后"命名及论争现象为例，撰文讨论了诗坛命名现象。文中提到，2002 年 9 月在网络论坛上爆发的"80 后"诗歌论争，"规模之大、参与人数之多、论争之激烈、受关注之广，都是历次之最，其热闹的程度堪称新世纪诗坛一景"。"争论的起因是'命名'（'扎堆'）问题，潜在的对象是'文学史问题'，将这两者之间牵连起来的，则是'如果命名（扎堆）成功是否可以进入文学史'，这也是当前诗界的一个热门话题。""对命名的迫切感可能与中国的社会日渐开放和传媒业的日渐发达有关，现在的年轻人比他们的长辈更懂得宣传和自我推销的重要性，也比他们的长辈更迫切地期望独立，对命名的需求客观反映了社会的进步与人心的变迁。"刘春并不排斥命名的行为本身，但他更强调有价值的文本的重要，"如果有文本，被世人接受甚至最终被文学史接受将是水到渠成"，"没有文本，一切都是空谈"①。

除了具体诗人写下的扎实文本之外，批评家也期望能够对"80 后"命名下的群体写作进行总体上的考察和描述。这些批评家中有一部分也是 80 后。陈错撰文探析 80 后诗歌的成长背景，据他观察，整个 80 后诗歌主要由两大部分作者组成："一，在校大学生（木桦、唐不遇、王子、刘赃、金楠等）；二，承平时代的流浪或半流浪青少年（阿斐、春树、萧颂、水晶珠链、东升等）。""前者往往具有一定的'小资情调'，后者具有张力有限的流浪、反抗精神。

---

① 刘春：《文学史情结中的诗坛命名》，《北京文学》2003 年第 10 期。

· 355 ·

然而从总体上说，二者特点仍然比较接近，即都具备一种纤细的、即时的、平民的、感伤的（有时显得矫揉造作的）情绪（当然，我们还应该考虑网络之于他们的影响）。"由于这些特点，80后诗人们"很快地接受了80年代以来的口语叙事传统和平民化的身份认可"。"在诗意的发现、幽默、情感、主体在场等方面，延续了80年代以来注重事境的传统，同时也体现出自身的部分特征，具有较多的方向和较大的可能性。"① 2006年出版的《中国诗歌研究动态》刊发了"'80后'专栏"，推出金浪、枕戈、张猛有关80后诗歌的评论。② 金浪梳理了"80后"诗歌的知识谱系，进而发现"在'80后'诗人身上，诗学焦虑普遍失效，身份焦虑却成为新的'断裂'的绝对动力，并通过想象建构作为敌人的父亲，并通过阉割父亲来确认自己。可以说，身份焦虑在某种程度上实现了社会学对文学的僭越"③。枕戈探讨了"80后"的"神性写作"与"口语写作"，张猛则从"80后"诗人的书写语境亦即"网络诗歌书写"中，辨析其书写策略和可能的发展出路及突围路径。

从总体上考察80后诗歌群体的批评家还有罗小凤、刘波、冯月季等，而具体的80后诗人研究却非常少，除了对郑小琼这位出色的诗人的研究之外。

---

① 陈错：《80后诗歌：一份提纲》，收入《漂泊的一代：中国80后诗歌》，中国文联出版社2012年版，第93、100页。
② 专栏刊发了金浪的《"80后"诗歌的谱系与身份焦虑》，枕戈的《80后之"神性写作"与"口语写作"》及张猛的《论80年代后诗人的网络诗歌书写》，参见《中国诗歌研究动态》第二辑，学苑出版社2006年版。
③ 金浪：《"80后"诗歌的谱系与身份焦虑》，《中国诗歌研究动态》第二辑，学苑出版社2006年版。

第五章　丰富与匮乏：21世纪以来的诗歌批评

第四节　诗歌细读批评的深化与总体批评的困境

诗歌阅读不仅是文学接受意义上广义的诗歌文化问题，也是文学批评话语内在深化和批评理论更新的诗学议题。进入20世纪90年代，伴随着文学研究学科化的进程，当代文学尤其是当代诗歌的阅读，成为大学教育和诗歌批评实践共同关注的课题。在"重写文学史"热潮当中，以新的理论重写解读文学文本，并获得不同于过去的理解，成为重要的批评方法。

这一时期诗歌批评的特点，一方面是细读批评的深化，另一方面则是总体批评的削弱，乃至陷入困境。新世纪以来的当代诗歌批评的两极现象需要得到厘清与分析。

一　作为方法和问题的诗歌细读

自20世纪80年代朦胧诗热潮始，如何解读一首具体的诗就成为衡量诗歌批评工作有效性的重要标尺。由于朦胧诗被公认具有难懂、晦涩的所谓"朦胧"的特征，读者对于朦胧诗的接受度也受到影响。因此，诗歌批评家必须首先致力于将一首诗阐释到清楚明白，才能够既窥见诗人技艺的秘密，亦获得读者的信赖。所以80年代中期兴起的两种批评思潮，均以解读一首诗为出发点，一个是以"意象"作为当代诗的基本元素切入一首诗的解读，二是从美学（总体性）的角度进行诗歌鉴赏批评。进入20世纪90年代，这两股诗歌解读热潮逐步衰落。部分原因是，作为形式批评的意象批评在样式丰富的诗歌面前捉襟见肘，而鉴赏批评总是不能深入到文本的细部。真正意义上的细读批评是从形式批评入手，拓展诗歌内部空间的批评。诗歌的形式元素并非意象一种，而是包含了从声音到词语到语法再到风格等的构成多样的众元素的集合。

在当代诗歌批评中，细读（close reading），作为从新批评和结构主义批评借鉴而来的方法，得到了广泛的实践与推进。区别于诗歌赏析式的阅读——曾经在20世纪80年代至90年代相当风行，以"诗歌鉴赏辞典"为名目的出版物既花样繁多，也深受欢迎，细读法努力开掘诗歌形式因素，不仅将一首诗视为一个整体，而且还从文本的细部、局部出发，细致地诠释文本内部修辞的复杂性以及声音的统一性。细读批评的主要成果在新千年之后逐步显现出来。

细读批评得到重视的另一原因，出自当代诗歌普遍存在的接受难度。较之于其他文类，当代诗歌的难懂、晦涩，是当代文学各个阶段持续的问题。如果说在提倡文艺为政治服务的年代，新诗语言难懂的问题经常被联系、引申为诗人的政治意识不强，没有顾及普通读者的审美水准等创作态度或文学意图层面的问题，那么，朦胧诗及之后的新诗晦涩议题，则更多地与当代诗歌自身的文体特征、语言气质和诗人风格相联系。在此前提之下，细读批评就可能发挥其擅长的积极、细致的阐释功能。当然，20世纪80年代中期的文化热、理论热，也为细读批评在20世纪90年代的展开，准备了理论方法的武器库。进入新千年之后，网络的兴起与普及也为诗歌细读批评提供了全面、普及的平台，从学院到互联网诗歌论坛，到期刊杂志，诗歌细读批评迅速成为21世纪以来诗歌批评的热点之一。

细读批评亦非纯粹的理论引入，虽然close reading在西方新批评理论中确实很有代表性，也在大学诗歌课程里得到普及，但是在中国，这种批评方法先是由诗人批评家的实践开始。流亡美国的苏联诗人约瑟夫·布罗茨基的《从彼得堡到斯德哥尔摩》于20世纪90年代初在中国翻译出版，收入该著的几篇布罗茨基谈论其他几位诗人和诗作的随笔长文，影响并激发了90年代中国诗人对批评的理解。另外，几种译介"新批评"理论的著作也公开出版。当时尚不能在大陆公开发行的《今天》《倾向》等海外文学刊物，也重点推介了布罗茨基等外国诗人的诗与诗歌批评。20世纪90年代一度旅居海外的中国诗人欧阳江河、萧开愚、王家新等，也开始专注于诗歌批评。他们撰写的随笔与论文，对于诗人同行的写作思考有着独特的理解与阐发特征。同一时期，在北京大学的"批评家周末"和中文系开设的诗歌研究课堂上，谢冕、洪子诚、臧棣等学者、批评家也将诗歌细读实践带入课程设置中。2002年出版的《在北大课堂读诗》正是这一努力的成果之一。之后，文学期刊、互联网上也涌现出以细读为专栏的诗歌批评。21世纪以来，诗歌细读批评成为重要的批评方法和现象之一。

必须注意的是，细读批评本身在方法上的漏洞也造成了诗歌细读的泛滥与水平的参差不齐，同时，过度强调围绕诗歌文本展开的解读批评，则忽略了对诗人和一个时期诗歌总体面貌的概括，因此，进入新千年之后，当代诗歌的总体批评显示出匮乏的状态。

总体批评的困境当然不能仅仅归咎于细读批评的繁荣。自20世纪90年代开始兴起了大众文化包括畅销书、影视剧、娱乐综艺以及21世纪以来兴盛的网络文化、消费主义价值观，而曾经作为精英文化一部分而颇受重视的诗歌逐渐退居文化边缘的位置。商业化、都市化进程的加快，使得当代社会进一步原子化，"一切坚固的东西都烟消云散了"，当代诗歌不仅面临着写作向度的调整，而且也陷入读者日益减少的接受困境之中。针对新的文化现象和热点的不断涌现，诞生自英国的文化研究方法得到了引介和运用，甚至成为一时期的批评热潮。在当代诗歌领域，文化研究可以处理诗歌论争、诗坛热点等一系列诗歌文化现象问题，但在具体的诗歌批评方面，传统的文本细读、诗人论和诗歌问题研究仍然不可轻弃。从整体上把握一个时期诗歌发展的面貌，总结写作特征，指出存在的问题，这种总体研究的视野、思路和方法，在新千年之后变得日益困难。90年代一度运用的"后现代主义"研究视点，并没有体现其文化阐释的有效性，而文化研究从根本而言也不能替代诗歌批评。

二 "新诗传统"与"同时代性"：诗歌批评的总体性困境

对"新诗传统"问题的探讨可以说贯穿了当代诗歌理论批评发展进程，20世纪50年代有关于"新诗传统"问题的论争，新诗形式和新诗发展道路的问题也与传统相关。以往有关传统的讨论总是跟政治与民族立场，文化上的守成主义相连，20世纪80年代以来，新诗潮的冲击下，传统的问题变得更加复杂，自20世纪90年代以来，面对百年新诗这一漫长的"尝试"，诗人与批评家又开始了新

第五章　丰富与匮乏：21 世纪以来的诗歌批评

一轮的对于新诗传统问题的反思与建构。进入 21 世纪，当代诗人以写作实践重新激活了"诗歌传统"的议题。

接近 21 世纪，反思新诗百年历程，似乎成了世纪末文学和文化界最关心的话题。老诗人郑敏曾在 1993 年发表《世纪末回顾：汉语语言变革与中国新诗创作》，以激烈的否定态度批评了在新诗发轫初期，新诗实践者和新文化运动者们对于中国传统文学和文化的激进批判，并引发了论争。进入 21 世纪，郑敏延续她对中国古典诗歌和文化传统的认同态度，对新诗的发展与现状发言。在《中国新诗八十年反思》一文中，她从自己对诗歌语言的认识出发，梳理了新诗 80 年来的发展状况，提出应该重视目前诗歌文化普及与提升，"为了摆脱当前新诗的困境，我希望高等学府要为诗学的普及，和写作艺术的提高做些什么。如开设面向社会的诗歌讲座和写作培训班，使社会上爱好诗歌欣赏与创作的群体能在理论结合实践中丰富自身的素养。""中国新诗如果重视诗学的研究，首先应当发掘古典诗学中的精髓。在这方面我突出地感觉到可以在下列三个方面向古典诗学习。一、是古典诗的内在结构的严谨。""二、是'对仗'的艺术。""三、是古诗在炼字上特别着力。"[①] 等等。在《关于诗歌传统》一文中，郑敏提出关于新诗与其传统应有的十个问题，这十个问题以提问的方式罗列，体现了老诗人长久以来的困惑。诸如："1、你能确切地说出汉语新诗与散文、小说本质性的不同吗？""2、汉语新诗的分行在语言、内容、表述、形象与音乐性上有什么

[①] 郑敏：《中国新诗八十年反思》，《文学评论》2002 年第 5 期。

基本规律？""3、汉语新诗诗行内有关于内韵、节奏、声音的和谐、反和谐等的理论规定吗？""4、汉语新诗有关于类似建筑美学或交响乐的内在结构要求吗？""5、汉语新诗在语言上是否基本以北京口语为规范？有没有口语与诗歌语言，或文学语言之分？"……"10、你认为汉语新诗在语言和艺术上，内容和形式上如何传承中国几千年的古典诗歌传统？"[①] 这些天问式的话语显示了诗人对于中国古典诗歌与文化传统可能被抛弃的内心焦虑。

2005年第1期的《河北学刊》刊发了关于"重申新诗与民族诗歌传统关系"的一组笔谈。[②] 郑敏的《在传统中写新诗》继续强调写作新诗可以也应该从我们的古典诗词中学到很多。"虽说我们已经走出古典的规律，但字的四声仍在诗行中有它的音乐效果，需要诗人用自己对汉语音乐的敏感去选择。诗行的顿数也与汉语的词句结构有关。古典的词又叫长短句，对新诗的诗行节奏感会有很大的启发。我们如果经常朗诵宋词，在自己写作时，对如何安排诗行内的词组长短句，以及长短诗行见如何呼应、对称，形成起伏跌宕的建筑美，都会有新的想法。总之，仔细研读古典诗词及古文，在写新诗时也自然会在选字遣词及诗行的安排上形成对新诗的审美要求。经过一段潜心的追求，我们的新诗在艺术表述及形式审美方面一定会有提高。""一个全球化时代的诗人总是在世界多元传统的互

[①] 郑敏：《关于诗歌传统》，《文艺争鸣》2004年第3期。
[②] 该专题讨论文章包括：郑敏《在传统中写诗》、方长安、翟兴娥《新诗择取民族诗歌传统之启蒙逻辑反思》、刘复生《新诗发展史上的传统与现代性问题》、李润霞《新诗的"维新"与传统的"魔咒"》和邓程《新诗能向古诗学什么》等。

第五章　丰富与匮乏：21世纪以来的诗歌批评

动中，发展和丰富自己这一元传统的独特性，因此没有所谓'回归'传统。传统的昨天和今天都向明天走去，因此我们应当总是在传统中写新诗，就好像鱼儿只能游在水中，大树只能长在泥土里。所以，脱离了传统，我们还能从哪儿创新？"[1] 刘复生的《新诗发展史上的传统与现代性问题》，反思了长久以来学界与思想界总是通过将"传统与现代"对立起来的表述，在二元对立的思维中，"传统成为纯净的中国古典诗歌传统，一个自足的实体性的存在"。刘复生指出，"传统并不是实体性的，而是一种'效果史'；传统是功能性的，并不是自足的存在"。"在本体的意义上，传统总是现代的产物，传统/现代的二元对立的表述也显示了一种将二者加以分殊的现代的思维方式。所以，传统之所以成为一个问题，这本身就是一个现代现象。从本质上说，所谓传统，其实正是现代性自身内部的问题——包括这种将传统加以隔离，作为自身的对立面和他者来认识的思维、观念。""可以说，在新诗史上，每一次对传统的借重与回返都是一种理论的或艺术的策略。"[2] 从现代性的角度，刘复生引用并认同臧棣的有关论断来重新定义新诗，认为"新诗完全是另一种诗歌形态，它具有完全不同的艺术理想、审美规范、价值标准与技巧体系。它是另一种美学范式。这就是新诗的现代性"。"新诗应该去除对'传统'与西方现代性的浪漫想象，对中国古典诗歌与西方诗歌采取开放而又谨慎地保持距离的姿态，去除对两者中的某一个过分的情感依赖。新诗自'五四'以来，一直在古典诗歌与西

---

[1] 郑敏：《在传统中写诗》，《河北学刊》2005年第1期。
[2] 刘复生：《新诗发展史上的传统与现代性问题》，《河北学刊》2005年第1期。

方诗歌之间左右摇摆,来自两者的威压使新诗一再失去开拓自道路的自信。是纵的继承还是横的移植?一直是新诗史的内在焦虑。其实,作为第三种诗歌的中国新诗需要警惕的既非古典诗歌的亡魂,也非西方诗歌的幽灵,而是这种选择与影响上的焦虑症。"①

世纪之交,新诗百年之际,"传统"话题的确体现了一种普遍的焦虑,因而引发出对新诗合法性危机的讨论。人们似乎忘记了早在半个世纪以前,在20世纪50年代初的有关新诗形式问题的讨论中,诗人何其芳等人至少确认五四新诗已经是一个可以汲取的传统之一。

---

① 刘复生:《新诗发展史上的传统与现代性问题》,《河北学刊》2005年第1期。

结语　批评"批评家"

　　T. S. 艾略特曾说："批评［永远不能］对诗歌做出终极性评价，但是批评有这样两个理论界限：在一个界限中我们试图回答'何为诗歌？'这个问题，在另一个界限中我们试图回答另一个问题：'何为好诗？'"① 在梳理中国当代诗歌批评发展的过程中，艾略特的这句话尤其值得我们对照与反思。中国新诗诞生在对传统古典诗歌（文学）和文化的对抗性结构中，是以白话文（及现代汉语）所进行的另起炉灶般的创造"尝试"，自诞生之日起，它就面临着合法性的危机。

　　回顾中国新诗发展的每一个阶段，新诗是否（配）称得上诗歌，一直困扰着各个时代的诗人与批评家们。渐渐地，从与中国传统的古典诗歌辉煌成就的比照中，从新诗应否有韵律等形式问题的纠结中，有关新诗的合法性问题逐步转变，成为如何通过诗歌写作开发语言的活力，如何在不断更新的诗歌观念中锤炼汉语的诗性等命题。也许，在更开阔的历史视野中，"新诗的发展道

---

① 转引自［美］玛乔瑞·帕洛夫《激进的艺术：媒体时代的诗歌创作》，聂珍钊等译，上海外语教育出版社2013年版，第157页。

路"问题永远也不会过时，又或者变成了一个伪问题，但它也应该可以依据不同的语境而转换为适时的具体的诗学议题。打开当代诗歌批评史的视域，从批评形态、批评主体的构成以及批评格局的构想等方面，总结近七十年的批评实绩，这是"结语"要做的工作，而批评"批评家"这一说法，也是取自T. S.艾略特这位伟大的诗人兼批评家。

另一个问题"何为好诗？"，作为批评的界限之一，理应是批评者对自身工作负责的类似批评的道德要求。从理论上讲，这应该是每一次批评进行的前提，但是由于历史的原因，评判好诗的标准本身也变化着，从历史的向度检验，很难说，每一篇批评文字都能够做到有说服力地回答了这一问题。那么，诗歌批评史对具体的批评文本也只能尽力甄别和筛选。

历史性地归纳当代批评家们所做的工作，换言之，当代诗歌的批评形态，我认为可以分为三种：1.即时性的批评；2.延伸性的研究；3.追认式的重评。本书中，即时性批评材料的运用占绝大多数，因为当代文学创作与批评相伴生的特征，当代诗歌批评史也主要以与新出现的诗歌作品、诗人相伴随的批评文本为考察与筛选的对象，在这个基础上发现和总结批评话语的流变特征；而延伸性的研究即持续的批评，在以具体的时段为标准划分章节的本书中，会存在跨时段的问题，笔者会依据批评议题的重要性酌情判断并入具体的章节中；再者，追认式的重评，作为一种特殊的批评形态，发生在特殊时期，属于重新阐释和挖掘性的批评，本书中，对"文化大革命"时期的"毛泽东诗词"和"地下诗歌"的批评，基本属

结语　批评"批评家"

于这种追认式的再评价性质。

追认式的再评价和历史视野中的重评，更多地体现在对 20 世纪 50—70 年代政治运动中受到冲击和不公正评价的诗人的研究中。总体来说，这些工作也是在 80 年代之后逐步展开的，换言之，新时期以来当代诗歌和文学批评才逐步回到了正轨。公平的、客观的、善意的、独立的，用这些词语来形容一个批评家的修养应该是合适的。而由批评实践进一步发展为的诗学理论建设，在 21 世纪以来也初见成效，当然，反思当代诗歌批评史存在的理论问题也是必要的工作。

英国当代著名文学和文化批评家特里·伊格尔顿的著作《如何读诗》（原著 2007 年出版，陈太胜译）2016 年由北京大学出版社出版，这部著作的引进对中国当代诗歌批评不啻为重要的参考、对照和提醒。伊格尔顿自成系统而又灵活、开放的读诗方法，提醒中国诗歌批评家们，汉语中尚缺乏与之相称的诗歌批评理论与方法门径。换言之，需要自问，我们有没有建立起汉语自身的诗歌批评话语及批评语汇？诗歌批评话语是如何逐步形成其有效性的？近 40 年的诗歌批评究竟为当代文学批评贡献了哪些关键因素？

考察批评流变的视角可以说是多样也多重的，或依据诗歌现象概括各时段的批评话题，或从某个具体的诗歌批评命题出发，梳理其贯穿 70 年间的兴衰流变，或综合各阶段的诗歌批评热点，提炼独属于一时代的诗歌文化问题，这往往可能是带有规律性的大问题，而我将反思的侧重点落实在自 20 世纪 80 年代至今的 40 年。

一 线索：从广义的解诗热到写作伦理的论争

20世纪80年代初、中期的朦胧诗论争，促使当代诗歌批评朝着诗歌表达个人情感，以及诗歌的美学、形式本体的回归。那是诗歌精神的重振，也是文学批评功能的一次修复与重建。围绕如何对待新诗的晦涩问题，批评家们从语言学分析出发，探索了多种理解诗歌意象、结构与风格的方法。广义的解诗学，也在批评的本体回归进程中得以催生。解诗学是从诗学意义上对于批评进一步的理论化和体系化实践。经历了符号学、"三论"（系统论、信息论、控制论）等的"方法论热"的外部催化，狭义的解诗实践也曾面临困境，主要表现为脱离了诗歌内容以及缺乏与外部现实关联的纯形式批评，导致解诗的封闭性和批评的形式主义倾向。这一状况随着进入20世纪90年代后诗歌写作议题的转向而变化了。

"朦胧诗"之所以获得命名，盖源于批评者对诗之晦涩的不满，命名之初虽带贬义，但随着被称为"朦胧"的诗歌作品被逐步明晰地解读，从而被读者广泛接纳乃至效仿，这个名称的贬抑之意遂渐渐消去，而"朦胧"也成了某种审美效果与诗意呈现的方式，在"新的美学原则"的烛照下，获得了理解与接受的合法性。曾经对一代诗人造成了精神创伤的政治扩大化的批评终于随着时代的改变而退出批评语域。在影响范围甚广的朦胧诗论争过程中，诗歌批评由之前的侧重诗歌内容与风格的笼统评说，转向具体而细微的形式分析、修辞研究及诗人个性特征的评析。由于当代文学批评与创作几近同步的学科特征,以热点追踪、现象评说为主的思潮性的批评始终存在,并在各个文学时期担当着批评纵深化的基石。继朦胧诗论争之后,"第三代"诗歌运动、女性诗歌热、边塞诗群与巴蜀诗群的活跃等,使得20世纪80年代的诗坛显得繁荣而生机勃勃。批评既从归纳诗歌现象入手,致力于发现新诗人、诗歌群体和新的诗歌观念,也注重好作品的评选与阐释。20世纪80年代后期至90年代,出现了大量诗歌选本与鉴赏类的辞书,即是诗歌解读批评的成果。与此同时,经典重读、重写文学史以及当代文学的经典化等也在批评领域展开。

90年代当代诗歌在文化中位置的边缘化,促使当代诗歌努力拓展抒情的边界,而从批评的角度看,诗歌如何呈现纷纭变化的社会生活成为主要议题,有关诗歌"及物性"的讨论受到了诗人与批评家的共同关注。"及物性",是指诗歌如何应对变化了新的现实现象和存在内容而获得写作的"有效性",同时,也是指如何使诗歌成为真正意义上"当代的"诗歌或诗歌的当代性问题。概而言之,"及物性"和"有效性"作为一种修辞表达,几乎无法从传统诗歌和文学批评话语找到它们的对应项。我们习见的诗歌评价系统中,诸如抒情、想象、意象、叙事等批评概念似乎都不足以描述当时的诗歌现象与作品形态了,批评者们于是试图发明更加贴合时代特征的新诗批评语汇。从属于诗歌及物性这一批评话语,诗歌的"叙事性"、"日常性"、"戏剧性"、诗歌"介入"现实等话题则可以说是对此前局限于诗歌形式分析(从意象研究到符号分析等)的拓展与超越。作为一种"写作"的诗歌、诗歌与语言的关系，以及诗歌语言的总体特征等，成为批评者持续思考的问题。20世纪末爆发的"知识分子写作"与"民间写作"的论争虽发生在诗歌界内部，但也极大地冲击了当时的文学和文化界。① 这场内部论战除了暴露了部分批评者视诗歌（文学）工作为名利之所，因而在论争中竭力诋毁对方的粗暴行为之外，也带出了讨论当代诗歌的新的视角与观念，涉及诗人身份、现代汉语诗歌的语言资源、诗歌语言的感性与身体性、诗歌在文化生产中的作用、诗歌与外国文学和文化传统的关系等。纵观这次世纪末诗坛之争，与其说通过论争取得出相关问题的某种正确结论，不如说这些问题的提出本身就是有价值的。

20世纪末最值得一书的文化景观当是互联网的应用与普及，这对于当代诗歌及文学与文化的生产与传播方式产生了极大的影响，它也深入并强化了20世纪90年代兴起的大众文化及文学商业化的进程。互联网时代促进了信息的流通、分享和互动，当代诗歌写作和批评的主要平台逐步迁移至互联网。网络酷评的涌现，诗歌论争群体的分散化，诗歌的话题化倾向等，都是这一时期比较突出的现象。对于现实议题的介入意识以及在论争中逐步完善与明晰的当代诗歌观念、理论主张，使得新千年以来的诗歌界分化更其鲜明。新世纪以来涌现的打工诗歌热潮、地震诗潮、底层写作现象等，激发了批评界对诗歌与现实关联性的阐释欲望，不

---

① 论争的具体过程及相关观点、评述，参阅周瓒《当代文化英雄的出演与降落：中国诗歌与诗坛论争研究》，连载于《新诗评论》2005年第1、2辑，北京大学出版社2005年版。

过，在阐释放大这种关联性的同时带来了文学与现实关系的简单化理解。"诗歌伦理"或"写作伦理"的批评概念因此出现，是对这批评局面的回应与反思，同时也是对 90 年代诗歌"及物性"命题的深化和拓宽。

"写作的伦理"观不仅强调诗歌内容或诗歌与现实的贴近关系，而且也强调写作主体（或诗人）自身的伦理，即不但是他/她写了什么，而且是他/她怎样写，如何对待写作等。诗歌伦理概念的提出者旨在反思新世纪的诗歌批评局面，因而，它在批评界内部激起了强烈的反应，批评界内部产生了论争。与 20 世纪末的诗歌论争不同的是，它是发生在学院内部的一次有关诗歌批评的论争。① 这场论争看似发生在持不同意见和看法的学者之间，从更广泛的意义上看，实则是 20 世纪 90 年代在思想界发生的"人文精神大讨论"的延续，同时也波及之后的当代诗歌批评界，可以说，诗歌批评界也因此发生了内部分化。而有关诗歌伦理的相关议题在近十年来的诗歌批评界不断得到诗人和批评家们的触及和延展。

二 语境：诗歌的文化身份变迁与批评的功能转换

回溯 40 年当代诗歌批评话语之演变，不难看出，作为文化载

---

① 这次论争的主角，是批评家钱文亮和龙扬志，钱文亮有关诗歌伦理的文章最初发表在《新诗评论》（2005 年第 2 期）上，龙扬志的商榷文刊发在《中国诗歌研究动态》（2007 年第三辑）。

· 371 ·

体的诗歌与身为文化建构主体的诗人，在这 40 年间也发生了位置与功能的迁移。诗歌曾经是文化建设的急先锋，诗人也与同时代的其他知识分子一样，扮演着启蒙者的角色，而及至 20 世纪 90 年代以降，曾经的"文化英雄"降身为"写作者""匠人"，曾经位居政治文化生活中心位置的新诗，则在文化转型的过程中退居边缘，已然成为少人问津的"高雅读物"。当然，也有不少诗人与评论者认为这种边缘化其实是诗歌回到了她应有的适当的位置。进入 21 世纪以来，一方面由于新兴的大众文化对于"纯文学"的挤压，另一方面也因为网络与智能移动终端的普及应用，人与手机、电脑的连接进一步切分了人们的日常时间，时间日益碎片化，因而文学阅读不断缩减（普通大众不读书、很少读书，或仅读手机上的碎片文字），这一无疑会影响文化及文明进程的危机受到了普遍关注。

当代诗歌的文化身份与诗人的角色的变化，被明敏的批评者捕捉并加以描述，这与 90 年代中后期文化研究的兴起不无关联。文化研究不仅关注新出现的大众文化现象，而且也对传统的文学形式在新的历史时期的位置、功能的变化进行考察与分析。文化研究与文学批评二者相互激发、相互补充，成为近 20 年来当代文学与文化批评备受瞩目的批评现象。在诗歌批评领域，文化研究的进入可谓是对批评功能的再度确认与扩充。以上梳理的一条内在于 40 年诗歌研究的批评线索，从批评的功能的角度来看，隐现着从文学阐释到文化建构的批评主体性日益自觉自主的过程。被动地奉朦胧诗等诗歌文本为圭臬，试图弄清楚一首诗的意义，揣度诗人的意图，阐明诗人对于文学和时代的立场态度,这曾是广义解诗学努力达成的批评目标;进一步专注于诗与时代、词与物、诗人的责任等的研究,从而反思诗歌在文化生产中的作用,诗歌的美学功能等,从总体上显示了批评视野的开阔与批评意识的增强。伴随着当代诗歌伦理批评的还有诗歌的"细读热"这一主要发生在学院中的批评现象。作为一种批评实践,细读诗歌既是英美新批评推崇的研读现代诗的重要方法,同时也构成了广义解诗学的基础,在中国当代诗歌批评中,诗歌细读仿佛是诗歌文化批评的另一极,但实际上二者共同构成了当前诗歌批评的两个向度,也是诗歌批评中的伦理话语建基其上的重要基石。

对于如何进行当代诗歌的批评工作而发生的论争,与诗人之间就诗歌观念、语言态度等进行的论争并不相同。诗歌伦理话语带出了对批评的功能与批评者的责任的思考,这其中既有诗歌观念的,也有关于批评态度和批评自身限度的内容。具体来说,诗歌与现实的关系到底如何经由优秀的诗歌文本呈现?如何避免要么骂杀要么捧杀的批评惯习?而批评工作是不是需要有一个限度的自觉?随着诗歌伦理议题思考的深化,当代诗歌批评进入了新的阶段,这个阶段也许没有一个明确的标志性的时间节点,但却是我们可以借以思考当代诗歌写作与批评工作不断重临的起点。

综上所述,从近四十年来的诗歌批评话语中梳理出一条可能相关和递进的线索,用以理解当代诗歌批评的关键性议题。从诗歌形式分析的兴盛和困境,进入理解诗歌文本与现实关系的重新定位,再到对诗人写作伦理的关注,当代诗歌批评完成了它内部的成熟和蜕变。在此过程中,批评视角从关注诗歌文本的内在形式之一种或几种,过渡到重视文本本身,再到文本与写作主体的连接。对于一首诗或一篇文学作品,韦勒克和沃伦曾有外部和内部的形式和内容构成的区分,此一文学理论与批评观念(依赖于英美新批评确认的理论陈规)在20世纪80年代引入中国,其形式与内容二元对立的批评法,对当代中国文学批评产生过深远的影响。而美国马克思主义批评家弗里德里克·詹姆逊所谓的"形式的意识形态性"中的"形式"指的是宽泛意义上的文学作为一种形式,而文学构成的形式要素(比如诗歌语言风格、结构等)也经批评家们分析得出了意识形态意味。在特里·伊格尔顿的《如何读诗》一书中,伊格尔顿索性细致地举例讨论了诗歌当中"形式与内容"的不同种关系,既可以是完全分离的,也可以是一方主宰另一方的,或者又可以是难以割裂的。伊格尔顿通过这种具体而微的辨析,将文学理论命题——内容与形式的关系进行微观化处理,使得人们意识到在具体的诗歌批评实践中理论的限度和可能性并存的状态。

  当然,纵观当代诗歌批评,也可以归纳得出批评的职业化、专业化、学术化逐渐形成和完善的过程。从广义的解诗学,发展到诗歌细读、"元诗"的实践与讨论,都发生在学院批评家或者诗人批评家群体中。"诗学"建构意识的增强,也可以纳入到激发诗歌写作伦理批评的现象中去。在这个过程中,当代诗歌批评的主体性已经逐步确立起来了。

三 推论：批评家和批评的主体性

概括而言，批评的主体性意指批评意识的独立以及指批评者反思的自觉。在西方哲学和思想史上，有关主体性的概念有一个关键的、不可逆转变化时刻，即当笛卡尔有关"我思"的观念提出后，埃蒂安·巴里巴尔认为："人类的本质，人之作为（一个）人，既存在于种属的普遍性之中又存在于个体的单一性之中，既作为一种现实又作为一种规范或可能性，这就是主体性"①。从文学和文化批评的角度理解，批评的主体性体现在批评者作为文学生产、接受的参与者之一，对于所进行的批评工作有着更为清醒与自觉的态度，对于批评者身份和批评功能的反思和不断的调整。批评者有能力将视其工作为普遍性的，同时又是个体性的，这种普遍性指明了主体乃是由意识形态、语言传统等因素建构而成的事实，而个体性伸张了批评的能动性。此外，法国哲学家吉尔·德勒兹则从完全不同的角度理解"主体"并给予当代批评的工作以启示，他以"游牧"一词指称一种"我性"，"在这种我性中，主体始终处于生成的状态，规避了许多、即便不是全部规范的主体观念中隐含的静态位置"②。的确，如果用"生成性"来界定主体性，更能显示主体的不确定性、多元性和能动性。

---

① 转引自［美］于连·沃尔夫莱《批评关键词：文学与文化理论》一书中关于"主体/主体性"的词条，北京大学出版社2015年版，第304页。
② 同上引，第309页。

从因诗歌晦涩而生的困惑开始的解诗努力，到试图建构一种系统的理论对诗歌施以批评的解剖术，再到联系具体的经验现实与时代性而促成的诗歌写作伦理的深思，当代诗歌批评经历了一个不断丰富和开阔的进程，并充分显示了它的活力，呈现出多样的形态。由于当代文学本身的生成性特征，在诗歌批评领域，日益逼近自觉的"游牧"状态可以被认为是批评主体性的充分实现。

参考文献

一 史料汇编

刘福春:《新诗纪事》,学苑出版社2004年版。

刘福春:《中国新诗编年史》(上、下卷),人民文学出版社2013年版。

彭金山、郭国昌、季成家、张明廉主编:《1949—2000年中国诗歌研究》(上、中、下卷),敦煌文艺出版社2008年版。

吴思敬主编:《20世纪中国新诗理论史》(上、下卷),人民文学出版社2015年版。

张健主编:《中国当代文学编年史》(共9卷),山东文艺出版社2012年版。

二 批评专著、文学史著作

陈思和主编:《中国当代文学史教程》,复旦大学出版社1999年版。

陈仲义:《诗的哗变——第三代诗面面观》,鹭江出版社1994年版。

程光炜：《中国当代诗歌史》，中国人民大学出版社2003年版。

洪子诚、刘登翰：《中国当代新诗史》，人民文学出版社1993年版。

洪子诚、刘登翰：《中国当代新诗史》（修订版），北京大学出版社2010年版。

洪子诚：《中国当代文学史》，北京大学出版社1999年版。

洪子诚主编：《当代文学研究》，北京出版社2001年版。

林贤治：《中国新诗五十年》，漓江出版社2011年版。

刘福春：《中国当代新诗编年史》，河南大学出版社2005年版。

刘纳：《诗：激情与策略》，中国社会出版社1996年版。

吴思敬主编：《20世纪中国新诗理论史》（上、下卷），人民文学出版社2016年版。

杨健：《中国知青文学史》，中国工人出版社2002年版。

杨健：《1966—1976的地下文学》，中国党史出版社2013年版。

杨四平：《中国新诗理论批评史论》，安徽教育出版社2008年版。

朱寨主编：《中国当代文学思潮史》，人民文学出版社1987年版。

三 资料集、评论选

刘春：《朦胧诗以后1986—2007中国诗坛地图》，昆仑出版社2008年版。

吕周聚编：《朦胧诗历史档案——新时期朦胧诗论争文献史料辑》，人民出版社2016年版。

姚家华编：《朦胧诗论争集》，学苑出版社1989年版。

张涛编：《第三代诗歌研究资料》，百花洲文艺出版社 2018 年版。

王家新、孙文波编：《中国诗歌九十年代备忘录》，人民文学出版社 2000 年版。

张桃洲、孙晓娅主编：《内外之间：新诗研究的问题与方法》，社会科学文献出版社 2012 年版。

张桃洲主编：《新世纪诗歌批评文选》，中国社会科学出版社 2016 年版。

四　报纸期刊、网站

《文艺报》

《文学评论》

《诗刊》

《文艺争鸣》

《诗探索》

《新诗评论》

诗生活网

后　　记

　　当我接受"中国当代诗歌批评史"写作项目的委托时，我意识到，在我浅平的学术履历中，其实是有过相关的研究经历与一定的学术积累的。我的硕士毕业论文《新时期现代诗理论批评流变》，完成于 1996 年，探讨了 20 世纪 80 年代的诗歌批评。大约是 1996 年秋天，我的导师洪子诚先生邀请我和我的同学萨支山一起参与"20 世纪中国文学研究"项目，洪子诚先生是这个项目中"当代文学研究"分卷的主编。2001 年，"20 世纪中国文学研究"10 卷（12 分册）丛书由北京出版社出版。我担任了《当代文学研究》一书中的绪论、第四至第八章的执笔人。这六章内容涵盖了除当代文学思潮研究之外的方方面面，主要是以文类分章，分别从诗歌、小说、散文、戏剧、资料整理和文学史撰写等方面，对当代文学的研究进行考察，是一本学术史性质的专著。虽然其中"当代诗歌研究"一章不过 4 万多字，但在写作的过程中，我也将当代诗歌批评的历史脉络和相关重要议题，仔细梳理过一遍。这两次研究经历，现在回看，既是一种提前准备，又提示了我与当代诗歌批评仿佛有着某种难解之缘。

后 记

  2015年春，我受邀加入"当代中国文学批评史"学术团队，在这一项目的主持人张江教授和中国社会科学出版社社长赵剑英先生的带领、支持下，我们召开了两次交流会，先是提交了各卷的目录提纲，由参与者共同讨论，对提纲提意见、修改、细化并完善，接着是各分卷作者进行初稿的撰写。自2016—2018年又召开了几次会议，对部分初稿进行讨论，由于各位撰写者的进度并不一致，2019年第一批专著六种定稿出版。

  对于我来说，虽有上文提到的积累，但由于平时的学术兴趣和视野所限，我只对当代诗歌批评的某个阶段更加熟稔。故此，在确定了撰写的提纲后，我一边先开始撰写自己较有把握的章节，主要是20世纪90年代以来的诗歌批评部分，即本书的第四、五章，一边反复扒梳其他阶段的诗歌批评史料，期待做到吃透材料，找准问题并展开分析。即便我曾经做过一点学术史研究，这一次的工作仍带给我很多困惑。其中一点，是关于历史观念的确立与实践问题。既名为"批评史"，那就不能仅是资料的编排和批评观点的罗列，而需要有一种辩证的思维与历史意识的代入，能体现当代诗歌批评的主体性。一方面，要从浩如烟海的史料中找到各阶段重要的、值得记取的批评问题，另一方面，又需避免将不同时段割裂开来对待，而能在这些议题之间建立起一种联系，展现当代诗歌批评的流变规律。这些是在写作过程中令我反复深思的。当然，在学术工作中，历史感的养成和对总体性的把握并非一朝一夕能够完成，我也时常掩卷沉思，期待与书中人物共情，或体认历史中一些批评行为的合理性，对于相关的观点、判断也多了一份理解和同情。

另一个问题关涉当代文学的学科特征，即靠近当下的文学现状如何入史，这也是写作本书中21世纪以来的诗歌批评时遇到的难题。如何取舍纷纭复杂、尚未有定论的诗歌批评现象，如何给予活跃的诗歌批评家们恰当的历史评价，如何判断网络媒介的出现对于诗歌批评的意义，这些处于变化之中的批评现象要求考察者以灵活、辩证的方式进行归纳和论评，而不是作为已经完成了的过去的现象而加以重新审视，因而，细心的读者会发现，我对21世纪以来的诗歌批评状况的梳理研究带有史论的特征。

本书的初稿完成于2019年清明前夕，接着又花了近一年的时间修订。感谢张江教授与张政文教授邀请我参与这个项目，给予我机会挑战自己，也感谢课题组的其他成员程光炜、高建平、王尧、王宁、傅谨、王杰、欧阳友权等诸位先生、前辈对我的写作提纲提出了宝贵意见。感谢中国社会科学出版社的王茵副总编和张潜博士对我的催促与协助。

完稿之际，我深感自己在学术修为与知识储备方面的不足，不揣浅陋交付书稿，也是对个人学术生涯的阶段性小结，期待方家指正。